ハヤカワ文庫NV
〈NV1236〉

沈黙への三日間
〔上〕

フランク・シェッツィング
北川和代訳

早川書房
6841

LAUTLOS

by

Frank Schätzing

Translated by
Kazuyo Kitagawa
First published 2011 in Japan by
HAYAKAWA PUBLISHING, INC.
This book is published in Japan by
direct arrangement with
EMONS VERLAG.

破顔一笑、
パウルに

ケルン＝ボン空港

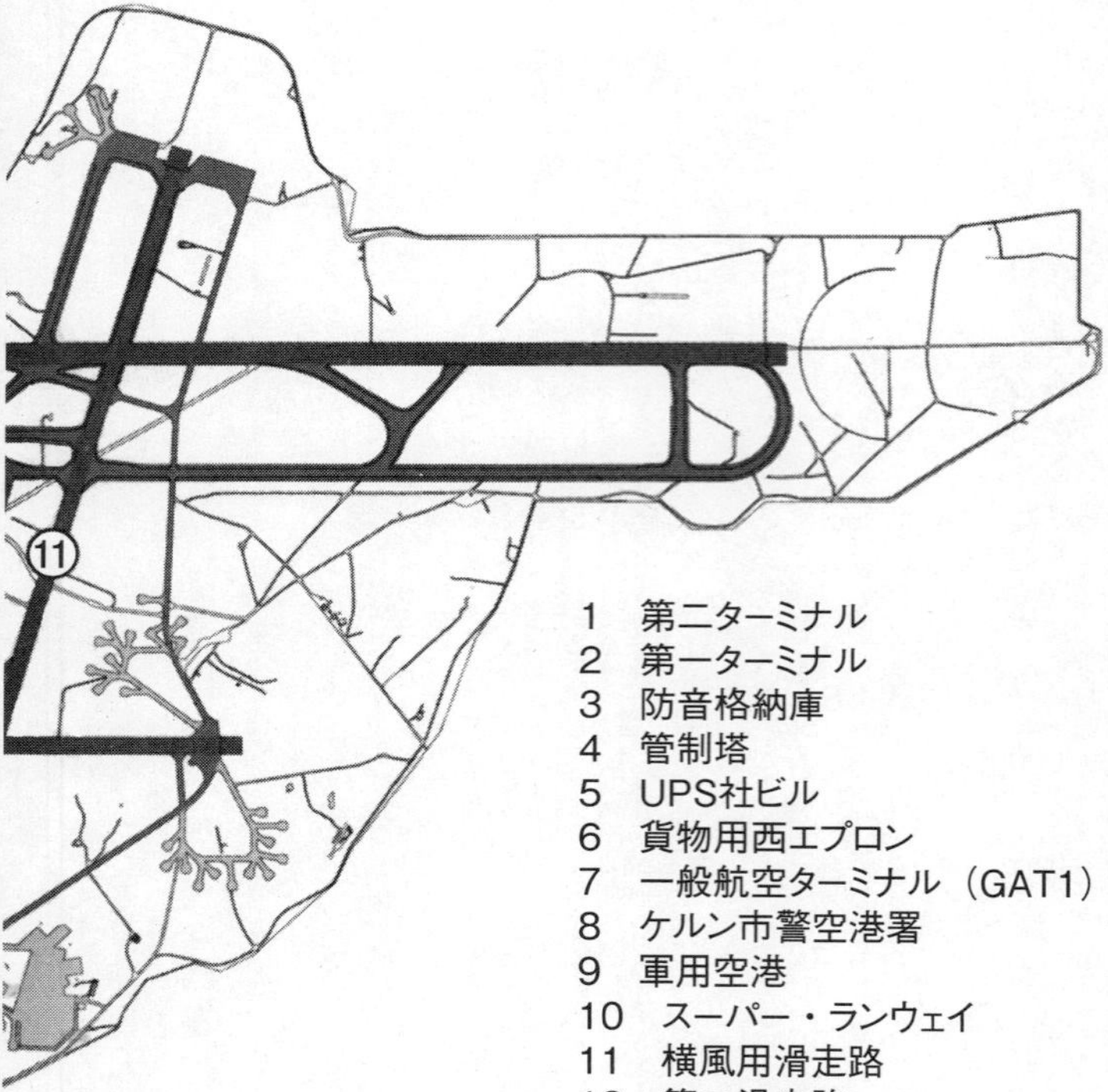

1　第二ターミナル
2　第一ターミナル
3　防音格納庫
4　管制塔
5　UPS社ビル
6　貨物用西エプロン
7　一般航空ターミナル（GAT1）
8　ケルン市警空港署
9　軍用空港
10　スーパー・ランウェイ
11　横風用滑走路
12　第二滑走路
13　空港会社本社ビル

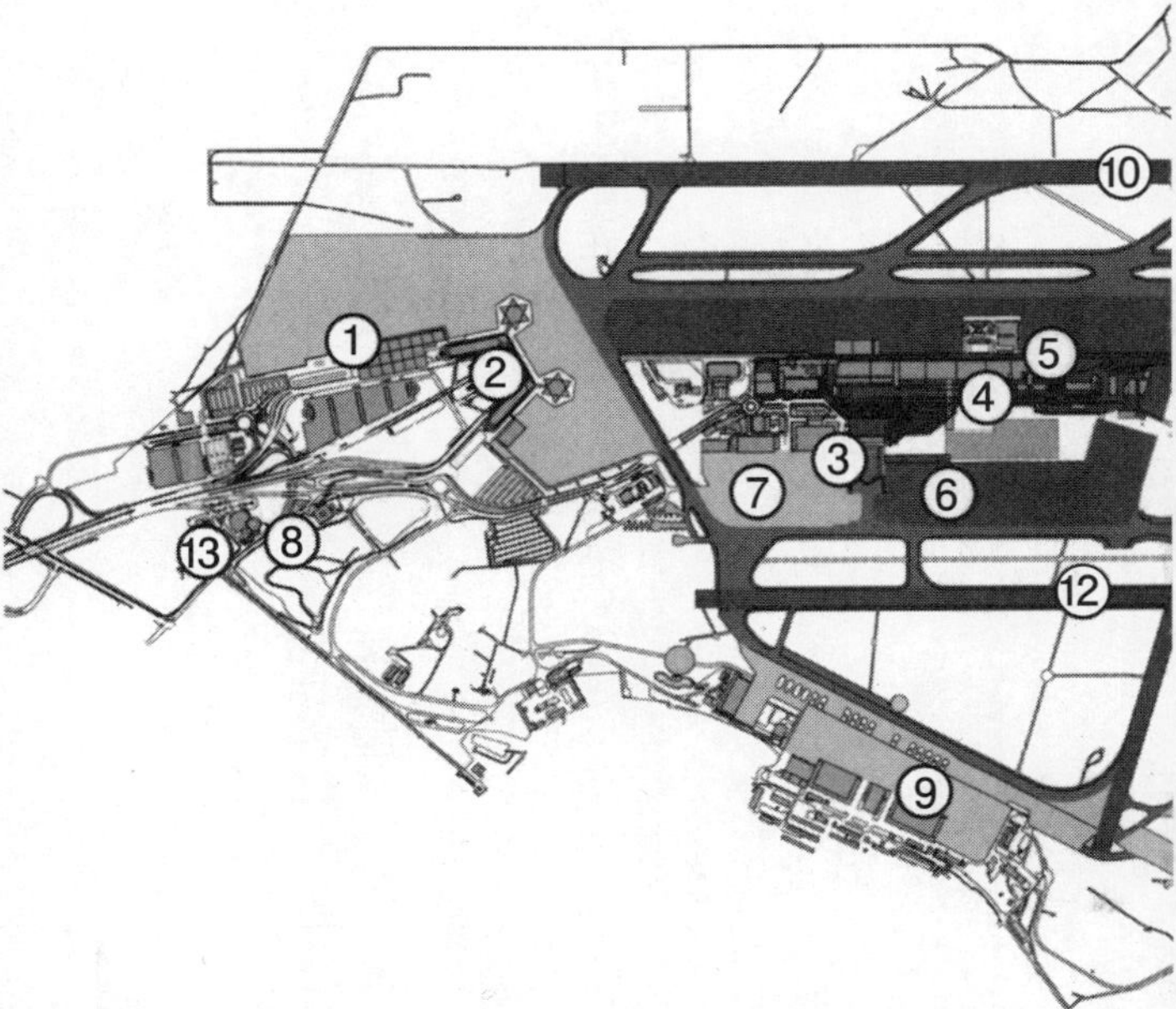

1
2
5
4
3
7
6
10
12
13
8
9

この小説はフィクションであり、登場するのは
架空の人々です——実在の人物一人をのぞいて。

物語のはじめに

一九九〇年代、世界は二度の戦争に直面した。一九九一年の湾岸戦争と、その八年後に勃発したコソボをめぐる戦争だ。

そう記憶に残っている。

実際には、二十世紀最後の十年に世界の百を越える国が軍事紛争に関係し、武力対立、あるいは拷問や迫害の結果、何百万という人々が命を落とした。その舞台となったのはルワンダ、チベット、クルド地域、チェチェン、ガザ地区と広範囲に及ぶ。またアフリカや南米の広範な地域では、市民戦争が大勢の犠牲者を生んだ。にもかかわらず、これらの諍いが戦争になりうるかという疑問は提起されなかった。ところが、中東の油井をめぐる奪い合いと、六百年以上前にセルビアのラザル侯がオスマン帝国と戦って大敗を喫した土地コソボをめぐる奪い合いは、戦争に至ったのだった。

西側世界のメディア文化の急速な発展に目を向ければ、ものごとをそのように見る理由は明らかだ。テレビやインターネットは、われわれが見たいと思う情報のほぼすべてを提供してくれる。好きなデータを、待たずして手に入れられる。世界のあらゆる地域、あらゆる専門領域、あらゆるプライベートな情報にアクセスできる。その代わりに、われわれは判断能力をすっかり失ってしまった。世界的な事件の重要度を、その事件がテレビで報道される時間の長さで測るようになったのだ。チェチェン問題は二分、ローカルニュースが三分、残りの一分はカルチャーと天気予報。メディアの側で判断された価値を、われわれが鵜呑みにするようになったことこそが問題なのである。結果、われわれは錯誤に陥る。われわれは、その事件に興味があるのかという問いと、事件が本質的に興味深いものなのかという問いを混同し、その答えをメディアに求めるのだ。

だから欧米の視点で見た場合、戦争は二度しか起きなかったことになる。われわれが興味を抱くことを強制された、あの二つの戦争だ。サダム・フセインが油井に火を放つぞと脅したときにはすでに、誰もがこの戦争となにがしかの関係があった。専門家は世界規模の経済危機を予言した。地域戦争は世界戦争になり、メディアと世論を支配したのだ。

一見したところ、世界中がコソボのアルバニア系住民の運命に興味を示していることは、もっと不可解に思われる。とりわけアメリカでは、そもそもコソボがどこにあるのか、なぜ何年も前からコソボは自らの首を絞めているのかすら知られていないにもかかわらず、関心が高い。さらに、スロボダン・ミロシェヴィッチはよその専制国家を襲撃したのではなく、いわゆる自分の庭で暴れまわったにすぎないという現実が加わる。それでも、それは世界中を巻きこみ、緊張させるという意味での、より広範な世界戦争に発展したのは、世界政治における専門用語に密かに加わった新たな概念――〝価値観の戦争〟のおかげだった。この概念はあらゆる可能性を提供するが、明確さはない。もちろん人間の命を救うことには大きな価値がある。しかし、よかれと思われる援助行動が、世界の力の均衡の代理を務めるのであれば、まったく違った光に照らされることも確かなのだ。戦争というものはふたたび引き起こされうるものだと結論すれば、これらの戦争を引き起こすことを許される者も存在するという結論になる。つまり、最も多くの武器と最大の価値観を持つ者。もしくは武器や価値観に代わる何かを持つ者。いつか世界に世界の価値を規定し、それを守らない誰かを必要であれば叱りつける者。NATOのような機関が武器を手にすることが正当だと認められれば、バルカン国家で悲劇と関係することは少なくなる。

西側諸国は、この考えが一般に受け入れられると素朴に思っていた。そして、今回もまた湾岸戦争と同じように、全世界が一致して超悪玉に反対の立場をとるだろうと思った。ところが紛争は思わぬ展開を見せ、明らかな力試しに堕落したのだ。コソボで始まったことは、北京の街頭でもアメリカ国旗が燃やされ、ドイツ政府を深遠な憲法問題に直面させ、ロシアを危険な部外者の役柄に導いた。

夜のニュースを観る普通の視聴者はこうした事実の前に今も昔も座っているが、彼らは世界の情報娯楽番組のおとぎの国に引きこもり、谷に隔絶されることを切望し、自分に理解できる見通しのきく出来事や問題に憧れる。世界中で起きている事実を正しく並べることができず、小さな断片だけを探して関心を示し、テレビ画面に映しだされる、とっくに話題ではなくなった難民の一人ひとりに困惑する。

　彼らの現実は、本物の現実ではないのだ。

　一九九九年六月、ニュースの普通の視聴者はミロシェヴィッチの降伏と、ケルン・サミットでの一連の会合を体験した。平和はすべてをくまなく照らした。サミットの締めくくりとなるG８首脳会談は協調の構図を提示した。クリントン、エリツィン、シュレーダー、全員にとってふたたび都合がよくなったようだ。そもそもこの戦争では何が重要だったのか、いまだ大勢の人々は正しく理解していないため、今回もまた映像を信頼し、ハッピーエンドの映画に出演している想像に身を任せた。

　けれども、日々、関心がより複雑で難解に絡み合っていく世界では、ことはそう簡単には運ばない。ユーゴスラビアへの介入が、エリツィンに第三次世界大戦を脅しに使わせるきっかけを与えることになろうとは、誰も推測しなかっただろう。コソボ問題が戦争になるずっと前に、独自の目標を追求する力をかき立てたのだと予想できた者はいなかった。グローバル・ネットワークの中で、われわれは起きることとしか目にしない。どのような重要性があるのかにまで目を向けないし、誰が影響力を行使するかや、どのような効果がもたらされるかまで考えないのだ。こうした事実を背景として、マスコミの耳には届かず、当局の調書には〝突発事故〟とだけ記載された出来事が、ケルン・サミット期間中に起きた。サミット開催地ケルンの市民はもはや勝手がわからず、意思決定者たちですら展望を失っていたところにこの〝突発事故〟が起きて、一躍世界の中心となった一都市がどのような危険を想定し準備しているかが明らかになった。さらに、われわれの現実のイメージには疑ってかかるほうがいいという教訓も与えてくれた。

新聞紙面に、この〝突発事故〟を示唆する記事が見つかるはずはない。当時、それについて公表されたことは一つもないのだ。どのみち事故に直接巻きこまれた者たちのほとんどが死亡したし、関係各国の政府は事件を公にすることに興味を抱かなかった。

その〝突発事故〟はメディアには出没しなかったのだから、とどのつまり事故は起こらなかったのだ。

それが事故のストーリーだ。

すべてを知るという社会は、何も知らないものだ。

——テオドール・アドルノ

沈黙への三日間

〔上〕

登場人物

リアム・オコナー……………………………物理学者、作家
フランツ・マリア・クーン…………………出版社編集長
キカ・ヴァーグナー…………………………同広報担当者
アーロン・シルバーマン……………………ワシントンポスト紙政治部編集長代理
パディ・クローヘシー………………………リアムの旧友
ヤナ（ラウラ・フィリドルフィ）…………殺し屋、ネウロネット社社長
シルヴィオ・リカルド………………………同社のフィナンシャル・プランナー
マキシム・グルシュコフ……………………同社の主任プログラマー
ミルコ…………………………………………テロリスト
初老の男………………………………………ミルコの依頼主

フェーズ1

PHASE 1

一九九八年十一月二十日　修道院

うたた寝をしていた初老の男は、車が遠くから近づいてくる音を聞いた。両手を石造りの手摺りにのせ、腕を突っ張って首を伸ばすと、木の生い茂る丘の向こうに連なる山々の稜線を見やった。体を少し右にずらしさえすれば、頭上に覆いかぶさる巨大な切妻屋根の陰から解放され、暖かな日差しが降り注ぐ田園風景を地平線まで見わたせることだろう。大気は澄み、宇宙が透けて見えるような群青色の空が広がっている。晩秋ではあったが、七月のように暖かかった。けれども男は涼しいほうが好きだ。白髪まじりの眉の下にある目を細めると皺《しわ》に埋もれてしまい、目を開けているようには見えない。顎を突きだし、美しい田園風景と距離をとった。この古い修道院教会の階段を下り、靴底が沈むほど柔らかな草地に踏み入るにはまだ早い。すぐ近くにあるように見えるのに、決してたどり着けない遠い山々に向かって足を踏みだす気には、まだなれなかった。男が興味を抱くものは、歩きまわって知ることのできないものだ。山々の向こう側にあるが、海でもないし、もっと広大な土地でもない。それは一つのヴィジョンだった。

トカゲが一匹、暖かな石の手摺りをすばしこく走って影の中に入ると、男の指に近づいてきた。指の上を走り去っていかないだろうか。男は子どもの頃、それを期待してじっと待ったものだ。そして、一度だけ望みがかなったことがある。たった一度だけだが、待った甲斐はあった。

男はため息をついた。今度は、どれほど待てばいいのだろうか。あと何年、じっと我慢して待てというのか。

手の甲に浮いた染みに目がとまり、身震いした。

この私はまだ老いてはいない。六十にすらなっていないのだ。多くの者たちの手を握ってやらなければならないし、大勢が私に導かれたいと望んでいる。彼らは、お前の手に爪を立てて肉をこそげとる。この国へのお前の愛をこそげとるが、お前はずっと多くのものを与えてやれるのだ。彼らはお前をリーダーと呼び、お前を分かち合う。そのお前が老けて見えても当然ではないか。けれども、彼らはお前が必要とする若さも与えてくれる。お前が彼らに話しかければ、彼らの視線がお前に若さを焼きつける。いつかお前は死ぬだろうが、お前の理想は彼らの中で生きつづけるのだ。年齢は重要ではない。幻想だ。理想にこそ価値がある。

初老の男の目がトカゲを追った。トカゲは身を翻し、姿を消した。

男は、エンジン音があたりの静けさをぶち壊したことに気づき、視界に入ってきた車を苦々しい思いで眺めた。車はがたがたと斜面を登ってくると、階段の下に来て停まった。数秒間、ディーゼルエンジンが唸りを上げ、やがてその音が消えた。あたりは、夜明けから男が耳にしていた懐かしい静かな音の支配する世界に戻った。

車から降りたのは四十代初めの長身の男性だ。短く刈りこんだ硬い髪は、こめかみのあたりに白いものが混じっている。色褪せたジーンズに黒い革のジャケットを羽織っていた。軽い足取りで階段を上がってくる。初老の男は彼のほうに顔を向け、緑色の目をした、端正な顔を眺めた。おおらかな感じがする。親しみやすいとさえいえるほどだが、温かみもなければ、人間味もない。彼が語るジョークは、さぞや面白くないだろう。そもそもジョークを口にする人物には思えないのだが。

「きみをどう呼べばいいかね？」

初老の男は尋ねた。

「ミルコ」

彼は言って握手の手を差しのべた。つかの間、初老の男はその手に目を凝らし、やがて力をこめて握った。

「ミルコ。それだけ？」

問われて相手はにやりとした。

「それだけ、とは？　三文字もある。この三文字に、しばしば命を救われたんです。おれは、この名前が好きなんですよ」

初老の男は彼をじっと眺め、冷めた様子で口を開く。

「きみの名はカレル・ゼマン・ドラコヴィッチ。一九五六年──」

ミルコは手を振って男をさえぎり、

「セルビアのノビ・パザル生まれ。これこれ、しかじか。あなたがおれのデータを知っているなら、それで結構。おれも知っていることだ。もっと大事な話をしませんか」

初老の男はしばらく無言で考えこんだ。

「この国は大事な問題だ。それはわかるな？」

「もちろん」

初老の男は人差し指を突きだし、

「いや、きみはわかっていない。国は誰のものであるかが重要なのだ。何が誰のものであるのか。そもそも、それが最重要なのだ。戦争、紛争、いざこざ。そんなものは、他人の茶の間を行進しようとさえ思わなければ、避けて通れる」

男はさらに顎を突きだした。

「私がこの国を眺めたとき、私の目に何が映っているのか、ミルコ・カレル・ゼマン・ドラコヴィッチ、きみにわかるか？　私には〝予約席〟と書かれた札が見えるぞ。誰のために予約されたものか知っているか？　われわれの国民だ。わが国の人々だ。ここに広がるものすべては、われわれのために創られた。神が、神のものを授けてくださるのだ。そうだろう？

さて、私は寛容で、度量のでかい人間だ。だから言おう。誰にでも神の国を愛する権利はある。けれど、注意してくれ。神の国なのだぞ。ほかの何人《なんぴと》の国でもない！」

ミルコは肩をすくめた。

初老の男は続ける。

「しごく当然のことだと思うが、どうだね？　きみが家を建てたら、することじゃないか？　その家で、妻と子どもたちと一緒に暮らしているとしたら、きみはどうするのだ。家を守るだろうが。もし家の中によそ者がいついて、きみの冷蔵庫の中身を食いつくし、テーブルに足を投げだし、きれいなソファで屁《へ》をこいたら、きみは野郎を放りだすだろうが。そんなきみに有罪判決を下す裁判官は、世界のどこを探してもいない。ところがこの国では、自身を少数派と呼び、民族の多様性だとかほざく者たちが同席を許されたのだそうだ。もともとの所有者たちが、そういう輩《やから》を追いだすという、神から与えられた権利を訴えようものなら、自国の人々によって打ちのめされることになる。それがリベラルというものなのだ」

ミルコは男に目をやった。

「いつかあなたも打ちのめされるかもしれない」

「そのとおりだ。ところで、きみはどうなのだね。きみはこの国を愛しているのか？」

「おれの任務の話をしたいんだが」

「きみのコンタクトパーソンたちによれば、きみは愛国者だとか。しかしきみの――」

ミルコはおざなりな笑みを浮かべて男をさえぎる。

「おれの職業が問題ですか？　じゃあ、こうしましょう。おれは愛国心を抱くように努めますよ。それはそうと、おれにとって大事なものは、他人が金で買えないものだ」

「きみは信念を持たなければならないな」

「失礼ですが、あなたは民族主義に転向したときには、信念をお持ちだったわけだ」

初老の男は薄笑いを返すと、教会の正面から中に入った。

「きみの見方は間違っている。私はいつでも、神にこの国を与えられた者たちの側に立っていた。だが、行動を起こす時点を正確に選びださなければならないとも考えている。名声、社会的な地位、金は必要だ。どぶから這い上がり、汚れた靴を履いて人々に話しかける革命家など立派だとは思わない。それは礼儀知らずがやることじゃないかね」

教会の内部はひんやりとして暗かった。そこにも、男の行く先々に従うボディガードたちがいる。姿は見えないが、男の息を感じられるほど近くに控えていることはわかっていた。

男の日常はボディガードなくして考えられない。そうした生活を送ることに嫌気がさす者たちもいるが、男はその状況を楽しんでいた。男のためならボディガードは一人残らず、火の中、水の中も厭わないだろう。彼らは骨の髄まで調べられたのち、男に譲り渡され、男の所有物となったのだ。男が目配せし、ほんのひと言ささやけば、ミルコは二秒と生きのびることはできないだろう。

男はミルコを連れてベンチに沿って歩きながら、ついでのように口を開いた。

「きみはよくわかっているだろうが、私の名が表に出ることがあってはならない。きみに必要なものはなんなりと用意しよう。だが、きみを守るつもりはない。つまり、きみの命を犠牲にするしかないときは、私にためらいはないということだ」

男は振り返ってミルコを見つめた。

「当然でしょう。おれが質問させてくれと言っても、許してはもらえないのでしょうね？」

「ああ、そうだ。質問を許すつもりがあるなら、この話はしないだろう。きみがわれわれの側に立っているのは、わかっている。きみが一匹狼で中立だと、いくら頑固に言い張るとしてもだ」

男は数歩先にある木彫りの聖母マリア像の前で立ち止まると、言葉を継いだ。

「きみのすべてを私が知っているということを忘れるな。きみ自身ですら気づいていないことまで知っているかもしれないぞ」

「それは光栄です」

「そう思うべきだな。きみは、この任務を完遂できるかね？」

「ええ」

「条件や言い訳は、なしだぞ」

「いくらでもありですよ。でないと何もできない。この件はほとんど不可能なんです。けれど不可能じゃない。適切な人材が手に入れば可能――」

「このお楽しみに、われわれはどれだけ払えばいいのだ？」

「われわれ？」

「トロイの木馬の腹に座席は二席以上ある。私の味方にはこの国のエリートたちがいるのだ。われわれは全額支払うか、一銭も払わないかだ。で、いくら必要なのだね？」

ミルコは頬をすぼめた。視線の先が宙に消える。

「それに答えるのは難しいですね。前例がない。いずれにせよ、あらかじめ設定された条件ではないし。まあ、数百万は予定しておいたほうがいいでしょうね」

初老の男は両腕を大きく開いた。

「神はお与えになられた」

「そうだが、誰がそれを受け取るのか、おれはまだわからないし、額も知らない。残念ながらフランスが最高の男をせしめ、やつは刑務所の中だ」

「カルロスのことか？　たとえ最高であっても、彼はセルビア人ではない」

「確かに。だが、やつはクロスバーを高く上げすぎた。おれたちが話題にしているリーグ戦とは、そんなものかもしれないが」

初老の男は決然として、

「ミルコ、きみには自由がある。けれども、私はセルビア人コマンドに固執しているのだ。今、われわれが話題にするのは立派な愛国主義的な行動だ。アルカンではどうだ？」

「セルビアのプリズレンにあるサッカークラブのオーナー？」

ミルコは小ばかにした口調で言った。

「彼がそれ以上の存在であることは、きみも私も知っているじゃないか。アルカンの名は世界に知られているぞ」

ミルコは鼻で笑い、

「だからこそ、あいつは問題外でしょう。この芝居が終わったらサインでもしてやるつもりですか？　あいつはだめだ。アルカンはメディアのスターになることが大好きで、ホームゲームで生きている。しかも口が軽い。あいつの業界で、それは命取りだ。いつかきっと、あいつは撃ち殺される」

「いいだろう。別の人間を探すことにしよう」

「マーケットは、あなたが考えるほど利益を生まなくなっているんですよ。ロシアが草をはむようになってからは、確かに東欧がマーケットになった。けれども東欧の道徳的な態度は、テロの舞台からかけ離れている。おれたちが必要とするのは、旧ソ連邦のアタッシェケース爆弾を持ってうろつき、町を粉々に吹き飛ばそうという古いタイプじゃない。おつむを使う人間なんですよ。おれたちは現実的にならないと。最優秀の人間は北アイルランドにいる。純粋なセルビア人コマンドは期待できませんね」

「きみにはがっかりだ。金で解決できないことがあるというのか？」

ミルコは、側廊との境をなす太い列柱の一本にもたれた。

「金の問題じゃないですよ。肝心なのはスキルだ。それから匿名であること。カルロスの利点は、やつの名は皆に知られているが、誰もやつを知らないことだった」

「どうあってもアメリカ人だけは勘弁——」

「落ち着いてくださいよ。あなたの気持ちは理解できる。まずは、おれに探させてもらいたい。いずれにしても、あなたのビジネスにはセルビアの人間を確保しますよ」

初老の男は向かいに立つミルコをじろりと眺め、彼のどこが気にさわるのか考えた。なんとなくではあるが、ミルコは完璧ではなかった。才能に欠けるわけではないので、彼を選んだことが間違っていたのではない。ミルコと一つの空間にいると、スクリーンに映る平坦な映画を観ている気にさせられた。二次元の人物像が実際の人間に変わるための細部が、ミルコには欠けているのだ。

「いいだろう。そういう人間を探してくれ」

男は言った。

ミルコは肩で柱を突いて体を起こす。

「あたりはつけてあるんですよ。一週間もすれば、おれはもっと狡猾になっている」

「二週間でもいいぞ」

「心あたりはあるんです。うまくやれば、一週間で充分だ。それまでのあいだ、あなたは気を揉むことはないでしょう」

「わかった」

ミルコは言いよどむ。

「一つ、尋ねてもいいですか」

「もちろんだ。言ってみろ」

「また会合が持たれるとか」

「ランブイエのことかね？」

ミルコはうなずき、

「結果は少々違ったものになるかもしれませんね。アメリカのホルブルック特使が空爆を使って脅し、明解な言葉で意図を伝えた。ただ――」

「つまり交渉で前向きな結果が出れば、われわれの一件から棘《とげ》を抜くことになると？」

「いくらかは」

初老の男の口元が歪んだ。それは容認からなのか、否認からなのか、自分でもわからない。

「きみが一緒に考える気になってくれてよかった。ミルコ・ドラコヴィッチ、そう呼ばれるのは嫌かもしれないが、きみは私の頭を悩ませてくれるのだから、きみの言うことはもちろん正しい。ランブイエでは当然ながら、参加者の全員が最良のことを意図してテーブルにつくのを見たいものだ。私自身、ほかの望みを口にするつもりはない。けれども、会合は無に終わるはずだ。全員が悲嘆に暮れ、遺憾に思うにちがいない」

「そうでなければ？」

「それでも、われわれは望むものを手に入れる。私もきみに尋ねたいのだが」

「どうぞ」

「きみはなぜ、そんなことを知りたいのだね？　きみは中立なのだろ」

ミルコは笑った。目のまわりに無数の皺が寄ったが、奇妙なことに、それでも人間味のなさは変わらなかった。

「おれは中立なビジネスマンですよ。交渉が前向きな結果に終われば、きっとあなたはこの依頼を深く考えることになる。おれは、自分の立場を知りたいだけですよ」

「それは私が教えてやろう。きみは決定権を握っている。ミルコ、きみはキーパーソンだ」

男は言って腕時計に目をやると、片手をあげた。

「きみと話ができて楽しかった。うまくやってくれ。きみの探しものが見つかったら、すぐまた会おう。なあミルコ、私をがっかりさせないでくれよ。私の好意は、きみの三文字からなる名前と同じくらい価値があるからな」

男は踵を返すと、急ぎ足で身廊を歩いて外に出た。日は傾き、テラスの影が長く伸びている。肌に陽光の温もりを感じたが、男の心に燃える熱い炎にはおよびもつかない。ついにことが始まったのを目のあたりにして、心は急激に満足感で満たされた。合法的な手段はだしつくしていた。国を昔からの所有者たちに返してやることばかりが、彼の責務ではない。多民族国家の不協和音を違う響きに変えることも然り。何百万の人々の声。自分たちの居場所を心得る誠実な男女や、希望に顔を輝かせる子どもたちが、一つの歌を合唱し、ついに正義が勝利するだろう。

蛇が敗北すれば、天国へ戻る道に、もはや障害はない。

男は忍び笑いを漏らした。宗教は扇動というオーケストラに、なんとうまく組みこまれていることだろう。彼は心の奥底では無信仰であることを、たまに残念に思うときがあった。無信仰ゆえに、自身があらゆる生き物の頂点に立ち、適切な味方を欠きながら、自分自身と戦うゲームをしているのだと想像させられてしまう。男は教会に畏敬の念を感じる。けれども教会の中で男が見つけるものは、いつでも彼自身だったのだ。

ヘリコプタのローターがまわりはじめ、鈍いモーター音が耳に届いた。

その瞬間、男はミルコの特異な個性の正体を見抜いた。

ミルコは歩き、腕や脚を動かし、話をする。ところが、まったく物音を立てないのだ。彼に比べれば、ホログラフィで投影される人間のほうがずっと騒々しいかもしれない。

人間味に欠け、物音を立てない男。

ことはうまく運びそうだ。

一九九八年十一月二十六日　イタリア　ピエモンテ州　アルバ

「シニョーラ・フィリドルフィ、お美しい。あなたの口座も魅力的ですな。はたして私どもに、まだお手伝いすることがあるでしょうか」

「お上手なことをおっしゃる」

シルヴィオ・リカルドが応じた。薄いファイルを集めて革の書類ケースにしまう。いぶし銀の留め金には、ネウロネット社の社章が刻印してあった。一度見ただけでは印象に残らない、控えめなエンブレムだ。

頭取のアルデンティは両手をあげると笑みを広げ、煙草のヤニで黄ばんだ前歯を二本のぞかせた。チェーンスモーカーであることを別にすれば、彼の外見には非の打ち所がない。高級生地で仕立てたダークスーツ、アルマーニのネクタイ、ゴールドフレームの眼鏡。薄くなった頭髪を藍鉄色に染め、オールバックに撫でつけている。ピエモンテ州きっての大銀行頭取のみに許される独特のエレガントさを漂わせていた。

「私はたゆまず、あなた方を讃える歌を歌いますよ。アルバ銀行はあなた方のものであるのも同然です」

彼は言った。

「頭取、気をつけてください。あなたは喜ばれているが、それ以上に、あなたは真実に近づいているのかもしれませんよ」

シルヴィオ・リカルドが冗談めかして応じた。

アルデンティ頭取は身を乗りだすと、共犯者のように声をひそめ、

「でしたら、はっきり言いましょう。私どもは、あなた方に大いなる信頼をおく役員会で十二分に話し合いまして。その結果、与信枠を拡大してほしいという、あなた方のお申し出を受諾することに決めたわけで」

頭取はそこまで言ってふたたび背もたれに体をあずけ、両手を組んで腹にのせる。

「昼食に〈オステリア・ラリベラ〉に行きましてね。トリュフのラビオリをいただいたんですよ。リコッタチーズとほうれん草をベッド代わりに卵黄をのせ、その上にトリュフをスライサーでささっと削って振りまいたひと皿。ご存じでしょ。ああ、なんと芳しい！　そういったものが、銀行家の金銭に傾倒する体質にどのような効果をもたらすか、ご説明するまでもありませんね。最近、あの店にいらしたことは？　ぜひ、いらしてください。行くだけの甲斐はありますよ。ワインセラーには秘密の風が吹いているんです。そこの空調のために、私どもはいろいろ努力させていただいた。魔力的なピオ・チェーザレ一九八八年の稀少ボトル。怪物は親密さを追い、見識は狂気のあとからやって来る。すぐさま、ネウロネット社との関係を拡大したいという気持ちになりました。あなたがご同席くださっていたら、普遍の喝采が巻き起こったでしょうな」

アルデンティ頭取が媚びるような視線をラウラ・フィリドルフィに向けて言うと、彼女は笑みを浮かべた。

「殿方がいまだお立ちになって喝采してくださっているようで、心が安まりますわ」

彼女はうれしそうに答えた。

アルデンティ頭取は親しげな笑い声を上げ、シルヴィオ・リカルドにもほほ笑んでみせた。リカルドは左の口元に笑みをたたえている。ラウラ・フィリドルフィは、頭取の関心がナイフのように向けられるのを感じていた。彼女のビジネスが順調に進むかぎり、その刃が立てられることはなく、ひんやりとして心地いい。問題が起きれば、肉が切れるまで刃を立てるやり方を、アルデンティは心得ているのだろう。しかし今のところ、部屋には成功の空気が満ちていた。ネウロネット社、厳密にはラウラ・フィリドルフィが、さしあたり頭取の贔屓を失うことはない。

シルヴィオ・リカルドが、書類ケースを閉じてアルデンティ頭取に言った。

「われわれはとても満足しています。ところで、業務報告書のコピーをのちほどお送りしなければなりませんね。あなたの素晴らしい銀行の役員会が、十二倍の俸給を手にされることを、ぼくは一瞬忘れていましたよ。われわれの追加の融資は、いつから受けられますか？」

頭取は眉を上げた。

「お好きなときに、いつからでもどうぞ。あなた方とマイクロソフトとの共同プロジェクトに、うちの役員会が興味を持っていることは、すでにお話ししましたね？」

「いいえ。ですが、そう伺って光栄ですよ」

頭取は声をひそめ、

「彼らと一緒に何をなさるのか、教えてはいただけませんか。彼らから買収の提案を受けたという噂を聞きましたよ」

「それは秘密でもなんでもありませんわ。もちろんわたしたちはお断わりしました」

ラウラ・フィリドルフィが答えた。

「それはよかった」

「でも、インターネットの個人利用を強化するためのソリューションを、いくつか一緒に講じることになるでしょうね。ネットユーザーの中に友人を見いだして個人的な交友関係を発展させる世代に、ネウロネット社は働きかけているんです」

「それは素晴らしいですな」

「それほどでもありませんわ。プログラムは単純にあなた個人のプロフィールを記憶し、更新しつづけるだけなんです。あなたのお好きなようにプログラムを書き換えることもできますよ。でも、プログラムに自由裁量の余地を認めてやれば、プログラムはあなたのために考えてくれるんです」

アルデンティ頭取は間延びした声で、

「すると、私について知りたいと思う者は、私がネットに接続するのを待ちさえすれば、私の情報を解読できるというわけですな。コンピュータが私の個人情報を管理するのは、きわめて危ないことではありませんかね？」

「コンピュータは情報管理を行ないません。選別をして提案するのです。アクセスに関しては、ハンブルクにあるカオス・コンピュータ・クラブ社と提携しています。彼らは面白半分に参入しようとしたんですよ。でも、成功には至らなかった。ですから、わたしたちはさしあたり、エンコーディングを円滑に進めるところから始めます」

シルヴィオ・リカルドが、アルデンティ頭取の背後にあるサイドボードに並んだゴルフのトロフィーを指さした。

「たとえば、あなたが情熱を傾けるものがゴルフだとコンピュータ・プログラムが認識したら、コンピュータは定期的にゴルフに関する情報をチェックする。あなたが北ヨーロッパの気候が素晴らしいと思っていると仮定しましょう――」

「とんでもない！」

「ただの仮定ですよ。〝ファインダー〟プログラムはふさわしい場所探しに邁進する。あなたはアイコンをお好きな順に並べればいい。ゴルフのアイコンもです。あなたが興味を持つだろうと思われるものを〝ファインダー〟が探しだすと、アイコンが点滅する。あなたは新たな情報を呼びだせばいい。そうだな……アイルランドに三日滞在。モハーの断崖。高さ二百メートル、度肝を抜く断崖絶壁の海岸だ。二泊三日のツアーで、近くに建つ城での豪華ディナー付き」

「本当に一度そんなところに行ってみたいですなあ」

アルデンティ頭取はしみじみと言った。

「そうでしょ。〝ファインダー〟に、今度の週末の予約を入れるように指示してみてください。偶然にも、あなたの銀行の女性役員の一人が同じ〝ファインダー〟を使っているんです。お二人は共通のプログラムを介してネット上でつながっていると仮定しましょう。さて、その女性役員がもう少しあとの週末の同じツアーを予約していることを、あなたのコンピュータが発見する。そうしたらコンピュータはどうするでしょうか？」

「私に提案するだろうな」

アルデンティ頭取は考えこみながらリカルドを窺った。自分の答えが的中したことを読み取り、ぱっと顔を明るくする。

シルヴィオ・リカルドはうなずき、

「そのとおりです。日程をずらして、その女性と一緒にゴルフを楽しんではどうかと、コンピュータは提案するでしょうね」

「コンピュータはそんなふうに主張するだろうか。うちの女性役員たちときたら、専門知識に長けることぐらいしか魅力はないのだがね」

アルデンティ頭取はいたずらっぽい目をして言った。

ラウラ・フィリドルフィは、これからの一週間のことを頭の中で考えながら笑った。

「じゃあ、わたしが役員であればいいですね」

アルデンティ頭取は演説でもするように両手を広げ、首を傾げた。

「それなら私が断わるはずがないでしょうな」

そろそろ潮時。フィリドルフィはそう思い、リカルドをちらりと見やった。秘書のリカルドは、おしゃべりはもう充分という彼女の気持ちを瞬時に理解した。二人はアルデンティ頭取にたっぷりと印象づける一方で、二人からしか得られない情報は決して彼に悟らせなかった。こうした絶妙のバランスのとれた話術はリカルドの十八番だ。密度の濃い情報交換と雑談とのあいだを軽快に行き来する術《すべ》を心得ていた。一分一秒から、数時間分、数日分の利益を取りだすことができるのだ。彼は打算的な人間だが、計算ずくだという印象を決して相手に与えない。たった今も、アルデンティ頭取に信頼をおいて力になるという温かな気持ちを伝えたばかりだ。

ラウラ・フィリドルフィの右腕としてリカルドは完璧だった。

しかし、彼が仕えるに値する人物はほかにも存在する。

彼女は、いつそのときが再来するだろうかと考えた。目前に迫っているという気がした。

アルデンティ頭取が腰を上げると同時に、二人も席を立った。頭取はエレベータまで二人に伴い、彼らのインターネット事業の華々しい発展にお世辞を言って見送った。同じようなやりとりを何度となく繰り返すうち、いつか頭取の栄華は衰退するのだ。フィリドルフィは思った。アルデンティのような人間たちは決して敗北を認めず、息切れしたところを相手に見せたりはしない。注意は分割できないものだ。このルールを心得ない者が出世することはない。

ラウラ・フィリドルフィがそれを一番よく知っている。

二人は中世の家並みを今に残すアルバの町の通りに出た。十月の半ばから、町には白トリュフの香りが漂っている。人知れず生育するそのキノコはますます稀少になり、人々は日が暮れると犬を連れてこっそり探しに行く。宝物のようなキノコを発見した者は、なにがなんでも独り占めしようとする。一キロの値段が六百万リラにまでのぼるとなれば当然だ。ピエモンテの森に立ちこめる霧はしばしば銃弾を呑みこんできた。宝のありかを知る人間を追う者は、その言葉を肝に銘じている。けれども二度と戻らなかった者もいた。彼らの血は土に染みこみ、死体は腐敗して土壌に吸収され、地を這う生き物の栄養となり、グルメの秘宝が新たに生まれるという。

人が殺し合う寸前にまでなるからには、理由はいくらでも存在するのだ。

シルヴィオ・リカルドは真っ赤なランボルギーニの助手席に体を滑りこませると、シートベルトを引っ張りだした。ラウラ・フィリドルフィは片手をドアの取っ手においたが、まだ乗りこまない。

「ぼくが運転しましょうか？」

リカルドが呼びかけた。

彼女は通りの先にある小さな店に目を凝らしていた。デリカテッセンとワインを扱う店だった。初めてトリュフを食べたのはいつの頃だっただろうか。それから何度口にしただろう。何度となく食べたものだ。特別なことを数えきれないほど行なえば、それはもう特別ではなくなる。

「ラウラ？」

名を呼ばれて彼女は現実に引き戻された。あわてて車に乗り、エンジンをかけた。巨大な車が町の外周をめぐる環状道路に向かって狭い通りを走りだすと、リカルドはふたたび金勘定に没入した。

「この車には別れを告げたほうがいいですよ」

ついでのように言った。

彼女は考え深げに彼を見やった。リカルドは端正な顔立ちの青年だ。ミラノ生まれだが、金髪をきっちりと分け、角製フレームの眼鏡をかけた容姿は、むしろロンドンの弁護士事務所に勤めるジュニアパートナーを思わせた。彼が厳しく資金管理をしてくれるおかげで、彼女は裕福に暮らしていける。彼は全人生をたゆまぬ収支分析に捧げているのだった。彼から見れば、彼女がこのランボルギーニを手放す潮時はとっくに来ているようだ。

「考えてみるわ」

彼女は言った。

「ほかにいくらでもある。ほかのランボルギーニという意味ですよ」

「そうね。でも、わたしにはこの車は初めてのものだったし」

リカルドはにやりとして彼女を見た。

「今でも初めてのもののままでしょ。給料を払ってくれるのはあなただから、あなたはセンチメンタルな人だと言う資格は、ぼくにはない。それでも、敢えてそう言わせてくださいよ。ものの価値は減少するんです。この車をピエモンテの道で転がしつづければ、一メートル進むごとにあなたの現金が失われる」

「わかったわ。よく考えてみるから」

「ええ、そうしてください」

リカルドはシートに体をあずけると、しばらく口をつぐんだ。車は平坦な土地に延びる街道をクネオの方角に走り、数分後、ランゲと呼ばれるなだらかな丘陵地帯に入っていった。ワインで知られるバローロの中心地は、遅い午後の日差しを浴びて現実離れしたパステルカラーに輝いている。葡萄畑に霧が立ちこめていた。

「今回の与信枠の拡大は本当に必要だったの？」

フィリドルフィが尋ねた。

リカルドは首を振り、

「その必要はないですよ。でもそのおかげで、ぼくたちにはさらなる名声と準備資産が加わる。それに、モンフォルテ・ダルバの向こうにある古い工場を買って、新たな工場に改築できるかもしれませんよ。たとえマイクロソフトが降りたとしてもです。ぼくたちで充分やっていけるでしょうね」

「わたしたちは、とにかく場所が必要だわ。本社ビルの中で、みんなが窮屈な思いをしているのよ」

フィリドルフィは言うと、標識に従ってラ・モッラの町に車を向けた。

「ええ、でも変ですね。それでもみんなはきわめて経済的に働いているんだ」

「あとどれくらい働くのかしら。粗悪な配合飼料の臭いがする卵や、サルモネラ菌が多すぎてひとりでに動きだすような卵でも食べたい人々がいるかぎり、どんな劣悪な養鶏場も経済的に成り立つものでしょ」

「まあそうですよ。でも、あなたは何を望んでいるんです？　プログラマーは本当に下品な連中だ。やつらにもっと広い場所を提供したら、もっと汚いことをしでかしますよ」

フィリドルフィは笑った。

「お金ほど清潔なものはないわね」

リカルドは軽蔑するように、

「コンピュータは金より清潔だ。考えを変えませんか？　わかりました。工場を買おうじゃないですか」

「価格は大丈夫なの？」

「高すぎます。ぼくが値切ってみせますよ」

「それならいいわ」

「価格のほかは文句のつけようがない。今年は研究・発展というテーマで、充分な利益を上げて締めくくるとしましょう。髪を藍鉄に染めた、あの老いぼれ頭取を大いに感心させたと思うな。そうだ、ぼくたちが株価を下げたら、もっとうまく切り抜けますよ。価値がなくなる前に、ハードウェアの一部をたたき売るんです。あなたは資金のいくらかを新しいiMacに流しこむ。特価で手に入れましょうよ」

「それはあなたに任せるわ。トリノの人たちはどうなの？」

「アルファロメオ？　よさそうですよ。来週、ぼくたちに会いたいそうだ。あのドライビングシミュレータをとても気に入っているんです」

ネウロネット社は、ネウロウェブ社とネウロウェア社の二社に業務分割をしている。ネウロウェブ社は自社およびライセンスを持つインターネット・ソリューションを売りさばくことが主業務で、ネウロウェア社は多種多様なアプリケーション用ソフトを開発する。数年前からネウロネット社で働くプログラミング責任者は亡命ロシア人だった。

シルヴィオ・リカルドはファイルを繰った。フィリドルフィの運転する車はつづら折りの坂をゆっくりと登っていく。二人の頭上、丘の頂きに沿ってラ・モッラの小さな町がぎざぎざのシルエットとなって現われた。町を囲む壁の東側には、急峻な岩壁が緩やかな丘陵地帯に向かって落ちこんでいる。

「アルデンティ頭取はわたしたちの言いなりね。シルヴィオ、よくやってくれたわ。今日はもう仕事は終わりにしてちょうだい。どこでも送っていってあげる」

シルヴィオ・リカルドは返事をためらった。

「終わりにはできないんですよ。あなたもそうだ」

間延びした声で言った。

「どうして?」

理由はとっくに知っていたが、それでも彼女は尋ねた。

「もう一つ問い合わせが来ているんです」

「どこに? ネウロウェブ? それともネウロウェアのほう?」

リカルドは首を振った。

「ヤナに」

一九九九年六月十五日　ドイツ　ケルン　ホテル・ハイアット

午前九時半頃、ホテル・ハイアットの荷物搬入口にドイツ連邦刑事庁《BKA》とアメリカのシークレット・サービスが設置したX線検査装置の画面に映しだされたものは、怪しげな手荷物でも、胡散臭《うさんくさ》いアタッシェケース、上着やコートでもなければ、ゴルフバッグやカメラ、ノートパソコン、コカインを詰めたテディベアでもなかった。それは小麦粉に水を混ぜてこね上げたものだった。二十世紀末に発達した技術のおかげで、保安要員は約三百個の朝食用ブレッドの内部すら鮮明に見通すことができる。ぱりっと焼き上がったパンは食欲をそそる香りをたて、まだ温もりが残っていた。

ここまでばかばかしい対策がとられることは、ほかの状況ではありえないだろう。アメリカ合衆国大統領の到着は、いかなる事情をも吹き飛ばしてしまうのだ。数日前までは、ハイアットにも普通の出入口が存在していたが、現在は、出入口という出入口は検波器とX線検査装置を備える検問所に様変わりしてしまった。無数にある対策の一つだが、それらの対策はあらゆる事情に優先されていた。

キカ・ヴァーグナーは膝に雑誌をおいてロビーに座り、出入りする人々の様子を見守っていた。

ビル・クリントンがケルンに到着する二日前とあっては、ホテル・ハイアットはまるで要塞だ。建物前に駐車する車は一台もない。ライン川の観光船ですら欠航し、ほど近くを走るフランケンヴェルフト通りはサミット初日から車の乗り入れが禁止されている。ハイアットの内部は一見すると変わったところはないが、実は何週間も前からシークレット・サービスが建物の礎石を三度もひっくり返し、ありとあらゆる空調用ダクトにもぐりこみ、すみずみまで絨毯もめくりあげ、床と接する壁の幅木の裏までもチェックしたのだった。屋上はアメリカの通信設備に占拠され、ほとんどの客室が独自の通信ネットワークで結ばれていた。ホテルの六階では、世界一の権力者のためにスイートルームを整えようと工事関係者がフル回転で働いている。あと四十八時間もすれば、そこで起きていることをコメントするよりも、火星に生命体が存在すると声明をだすほうがたやすいかもしれない。六階は想像するしかない空間に変わってしまうのだろう。

設営が完成したあかつきには。

半年前、オルブライト国務長官が宿泊したために、ハイアットのスタッフが堪え忍ぶはめになった苦難はおおよそ想像できた。国務長官は、クリントン夫妻にケルン大聖堂を眺めてロマンチックなため息の一つや二つ、ついてもらいたいと考えたのだ。すると宿泊場所の候補地として、ライン川の右岸に盲腸のようにつながるドイツ地区という名のケルンの街区が浮上した。そこからだと対岸に広がるケルンの町を一望できるため、左岸にあるほかの街区を押さえて候補地の筆頭に立ったのだ。

サミット初日から記者やニュースキャスターたちは、ハイアットの茫然自失とした広報担当者を質問攻めにした。クリントンはもう到着したのか、いつ来るのか。けれども回答は五ヵ月前から変わらない——そうであるともないとも。はい、いいえ。おそらく。わかりません。

実際に、アメリカの代表団の訪問は四月に始まった。ホワイトハウス、シークレット・サービス、CIA、アメリカ大使——誰もが、ホテルはクリントンの恐い妻の期待に応えられるほどゴージャスかどうかを確かめにやって来た。会議室や宴会場を確認するとともに、客室をそれ相応に改装して、ハイアットをオフィスというよりアメリカ合衆国の参謀本部にまで改変できるかどうかがチェックされた。〝安全〟は最も口にされる言葉になった。ああ、シェフはハンバーグを作るんだね。おいしそうだが、安全なものだろうね……といった具合に。

混乱が広がった理由の一つに、初め小声でささやかれたため、とてつもなく大きな反響を呼んだ噂が挙げられる。その噂によると、ハイアットに泊まるのはETかマドンナかエルヴィスの幽霊であって、ビル・クリントンでは決してない。なぜなら、ドイツ地区では全劇場で気晴らし用の催し物が開催されるだけで、クリントン大統領はケルンとは離れたペータースベルクの町に滞在することになるからだ。アメリカ人自身がまことしやかに広めた噂は、ペータースベルクの町を大混乱に陥れた。当然ながら町の人々はさっぱり事情がわからず、半信半疑で困惑したものだ。そのあげく、ハイアットと同じように町にはマスコミが殺到した。マスコミの態度に比べて町の人々は謎めいた顔をし、のちに書かれた記事は兵営で飲むコーヒーのように味気ないものだった。

アメリカ側はだんまりを決めこんだ。大統領はハイアットに宿泊するはずだ。いや、やはり違うのか。

何もかもが紛糾する中、七週間足らず前には、ハイアットでは関係者にとって好都合どころではない熱い局面をすでに迎えていた。クリントン用に予約されていた、ジョン・F・ケネディの名を冠されたスイートルームのサウナで配線がショートを起こしたのだ。火災はまずサウナで発生し、広さ百八十平米のスイートが燃えた。スイートのある六階と、五階の一部は、真っ黒な煤が付着して使用不能になった。ラウンジも煤けてしまった。雪崩のごとく押し寄せた世間の関心にホテルの経営陣は埋もれ、ペータースベルクの町はすぐ近くだと重々承知しながら、危機管理対策用の設備を利用して、時間との絶望的な戦いを始めたのだった。やがて改修工事が進み、ホテルは一点の曇りもない輝きを手に入れた。ところがスイートルームだけは、専門の工事関係者が大量投入されたにもかかわらず、遅々としてはかどらない。

間に合うとすれば、ぎりぎり最後の瞬間になるだろう。

真の試練は関係者にその痕跡を残していった。キカ・ヴァーグナーが見わたすかぎり、皆の顔は緊張で引きつっている。そもそも彼女がこうしてホテルに入ることを許されたのも、バッグには慎重に考えて選んだものしか入れてこなかったからだ。検問を二度通り、その都度、化粧道具や煙草、あたりさわりのない小物類がX線に映しだされた。何度となく特別許可証を提示し、チェックにつぐチェック――許可証を拝見、どうもありがとうございます。

すべては円滑で穏やかに行なわれたが、大統領の公式訪問を絶対に台無しにするものかという鉄壁の決意を人々はにじませている。公の場であってもハンドバッグを容赦なく銃撃するらしい。

彼女がホテルに入ることができたもう一つの理由は、ロヴォールト出版の文学編集部フランツ・マリア・クーン編集長が、かのワシントンポスト紙で政治部編集長代理を務めるアーロン・シルバーマンと、二階のブッフェで朝食をともにしているからだった。シルバーマンはハイアットの状況をレポートするため、大統領の随行記者団に先駆けてケルン入りしていた。その機に、ワシントンで政治記者をしていた頃の知り合いであるクーンと再会することにしたのだ。

二人はホワイトハウスにある、今や伝説となったブリーフィングルームに足繁く通い、いわゆる膝詰め談判を交わす仲になった。そこは青いカーテンに大統領の紋章を飾った小部屋だが、過激な要求が飛び交い、大統領の執務室兼住居で鼻つまみ者の記者たちが戦いを繰り広げる場だ。とはいえ、ホワイトハウス記者クラブの身分証明書ほど世の中で切望されるIDカードはほかにない。ホワイトハウス付き記者はこの世で最も強大な男とともに始終一つ屋根の下で働く。最も神聖な場所に自分たちの本拠をおくのだ。たとえ、盗聴趣味の害虫や家を腐らせる菌と同等だと、エリートぶったイエロージャーナリズムに思わせるような行為をホワイトハウス内ではたらいているにせよ――本音は、絶えず屈服して耐えるしかないほどの最悪の気分なのだが――メディアの廷臣たちはドーベルマンの群れさながらに、その特権をめぐって戦うのだった。クリントンが彼らを隣接する建物の明るく居心地のいい部屋に移そうとすると、彼らは頑として抵抗した。大統領の寝室近くに陣取っているかぎり、ほかの記者どもと十把一絡げにされる心配はないからだ。

シルバーマンは一度、クリントンとプライベートで十分ほど話をすることができた。それは長く勤めた同僚記者ですら、めったに授けられることのない名誉だ。おかげで彼は今や一目おかれるジャーナリストの一人で、ワシントンポスト紙はホワイトハウスの信任も厚く、このハイアットに一部屋が用意された。

ケルン一を誇るハイアットに目下のところ個人客は一人もいない。その代わり、アメリカ政府の役人軍団、CIA職員、お決まりのレイバンのサングラスをかけたエージェント、FBI職員、そしてCNNの花形記者の一団が陣取っている。三百五ある客室の二百五十室をクリントン軍に、五十室がメディアの主力チーム用に確保されていた。二日後には、大統領に随行する記者を満載したトライスター機が到着し、ハイアットは第二のホワイトハウスに変貌を遂げることだろう。

さてキカ・ヴァーグナーは、ケルンきっての警戒態勢を敷かれたホテルでフランツ・マリア・クーン編集長を待っているが、それを笑っていいのか泣くべきなのか、わからないでいた。とはいえ、この現状を招いたのはビル・クリントンではなく、ひとえにリアム・オコナーのせいだった。

正式にはドクター・リアム・オコナー。

彼女は雑誌をガラスのサイドテーブルにおき、足を組んだ。

そこにクーンが現われた。右手でネクタイの結び目をいじり、左手に食べかけのサンドイッチを持ち、ブッフェから階段を下りてくる。彼女を見ると、大股で近づいてきた。ひょろりとして、いつもながら服のセンスは悪い。

「さあさあ早くしてくれ」

彼はいささか声を大にして言った。まるで彼がキカ・ヴァーグナーを待っていたかのような口ぶりだ。実際は逆なのに。公共の場で声の大小をコントロールできない人間が彼女は大嫌いだ。バッグを手に取ると立ち上がった。

「きれいな脚だね」

クーンは口をもぐもぐさせながら言う。

彼女は自分の姿を見下ろした。濃鼠色をしたスーツのスカートの裾がわずかに上がっていた。生地がストッキングにまとわりつき、ずれ上がっていたのだ。裾を引っぱって下ろすしか対処のしようがない。

ばかな男。

自分の脚についてお世辞を言われるのは悪い気はしないが、クーン編集長の口からは聞きたくない。彼は仕事では華々しい成功を収めていても、男性としての魅力は破滅的だった。感じよくしようと心がけてはいるのだが、ますます悲惨な結果を招いているだけだ。

二人は身分証明書を取りだして出口に向かった。キカ・ヴァーグナーは、たった今、任務に就いた長身の男性二名にほほ笑みかけた。非の打ち所がない濃紺のスーツに身を包み、品のいい柄物のネクタイをそつなく結んでいる。お決まりのイヤホンから延びる細いケーブルは襟の中に消え、マイクはカフスボタンに隠れている。赤字に金色の星をあしらったエンブレムから、彼らがシークレット・サービスの一員であることがわかる。彼らは誇りに満ちて自らを銃弾《ブリット》キャッチャーと呼ぶ。「今日は大統領が襲撃される日である。それを阻止できるのは私だけだ」毎朝、彼らはそう宣誓する。今はまだ、二名ともリラックスしているようだった。大統領の到着はずっと先のことだが、不必要に彼らに接近しないほうがいい。ビル・クリントンの周囲五メートル以内に入った者は腕をねじ上げられるか、もっとひどい目に遭う恐れがある。その範囲は死の領域といわれ、そこでのアメリカ合衆国最高権力者に対する潜在的な攻撃は致命的なものとみなされるからだ。ブリット・キャッチャーに情け容赦という言葉は存在しない。

彼らはほほ笑み返した。目線の高さは彼女と同じだ。

そうした瞬間、彼女は自分が長身であることを満喫する。身長は百八十七センチメートル。もちろん素足で測ってだ。ハイヒールは何足も持っているが、ヒールの数センチが加わろうが加わるまいが大した違いはない。実際に脚は異様に長く、そのため全身がか細く、骨張って見えることは充分に自覚している。そばかすだらけの、どこまでも細長い鼻が顔についていれば、モディリアーニが描いた女性像のようであっただろう。しかし彼女のそのほかの部分に、絵にあるほどの豊満さはなく、さながらモディリアーニが肖像画を完成させる意欲を失い、オーストリアの画家エゴン・シーレに続きを描かせたかのような姿だった。

ティーンエージャーの頃、のっぽで、がりがりに痩せた子どもたちを待ち受ける地獄の運命を通り抜けると、彼女は前進することに逃げ道を見つけようと決めた。蜂蜜色の髪を腰のすぐ上で切りそろえ、たいていはミニスカートを身につける。ハイヒールを履き、ブラウスの上に好んで細身のネクタイを結んだ。すると、実際よりも背が高く見える。「彼女に向かって帽子を投げれば、きっとどこかに引っかかるだろう」と、名優スペンサー・トレイシーが当時としては長身のキャサリン・ヘップバーンについて語ったが、彼女はまさにそんな女性だった。

シークレット・サービスの男たちは、身分証明書とクーンの持つサンドイッチに目をやった。

「きみたち、これはダイナマイトなんかじゃないぞ。シュヴァルツヴァルト産のハムサンドだ！　わかるか？」

クーンがうれしげに言った。

男たちの顔から笑みが消える。一人が出入口の検問所をさし示した。そこでは男女の警官が身体検査をしようと待ち構えている。キカ・ヴァーグナーは黙ってうなずいたが、クーンはあからさまに顔をしかめた。

「キカ、ぼくたちはここを出ていくんだ。中に入るわけじゃないんだぞ。あいつら、ぼくたちにまたしても何をする気なんだ？」

クーンの口調は、全責任は彼女にあると言わんばかりだ。

「直接あの人たちに尋ねてくださいよ」

「わかってるさ。全部わかってるんだ。入るときは、当然だ。でも、出るときは？　なあ、これじゃ金の無駄遣いだろうが。キカ、きみの払った税金なんだぞ。そう考えたことがあるのか？　きみとぼくはまったくくだらない金を払い、そこからなにがしか返してもらえるのか？　これは国家の罪だ」

ヴァーグナーは呆れた目をした。二人は検問を通って身体検査を受ける。クーンはサンドイッチをX線検査に差しだすしかない。

「ぼくは外に出るんだ。入るんじゃない」

彼は不平をやめなかった。

「そのうちわかるわ。わたしたちが国家の罪をなぜ被るのか、今にわかります。単純な関連だなんて考える人がいるはずないでしょ」

彼女は言って彼を外に押しだし、歩みを速めた。ホテル前に、最寄りの公共駐車場を結ぶシャトルバスが待っている。クーンは上着がずれ、靴紐が緩んでいることに気づき、上着と靴紐を同時に直そうとして、サンドイッチをくわえたまま彼女の後ろをどたばたと歩いた。

「単純な関連じゃないか。ちょっと待ってくれ……くそ。国家の罪は、ごく小さなファクターが相互作用した結果だ。初めに全員が一つのテーブルに座って、これからわれわれは統治しなければならないと言う。いったいわれわれはどうすればいいんだ……くそ。ちょっとサンドイッチを持っててくれよ。さっきシルバーマンが話してくれたことを聞きたくないのか？　フランクリン・ルーズベルトが初めて大統領執務室に足を踏み入れたとき、自分が何をするのか本人は全然わかっていなかったんだってさ。きみ、知ってたか？」

「知らないわ。それより、いいかげんサンドイッチを食べるのやめたらどうです」

「だって……」

クーンは言いかけてしゃがんだ。なんとか靴紐を結わえ直して立ち上がる。

「……そこでだ。大統領は鉛筆と真っ白なブロックメモを持ってこさせた。わかるか？　彼は自分が何をすればいいのか、さっぱりわからなかったんだ。なんのプランもないから、最初の仕事は大統領のためにブロックメモを持ってこさせること。それなら小銭ですむ話だ。でも今では……」

「いつまでぐずぐずしているつもりですか」

ヴァーグナーは彼に背を向け、バスのステップに足をかけた。

「……大統領の引き継ぎは本当に大がかりな行事になったんだ」

クーンは彼女のあとをバスに乗りこみながら、嫌味には臆せず続ける。彼女は腰を下ろした。クーンはサンドイッチの残りを口に押しこみ、もごもご食べながら言葉を継ぐ。

「アメリカ国民が新しい大統領を選出するたびに、一夜にしていわゆる三千の怪物――自らを政府の機構と呼ぶ三千人の素人集団が生まれる。どういう政治をしようとしているのか、たいていの者はわかっちゃいない。大統領の引き継ぎには何カ月もかかることを知ってるだろ？　あらゆる省庁、どこにでもくっついてくる悪党ども、その全部を調整しなくてはならないからな。ぼくはワシントンに駐在していたが、そうした情報は得られるものだよ。本だって書けるかもしれないぞ。毎日毎日やつらは会議に明け暮れ、ハイレベルの委員会でごく普通の調整事項を調整しようと躍起さ。悪夢のようなお役所仕事だよ」

「面白い話ですね。それとケルンにはどんな関係が？」

クーンは熱のこもったジェスチュアでハイアットをさし示した。彼にうっかり殴られないように、彼女は頭を低くする。

「考えてもみろよ。関係ないわけないだろう。莫大な金が煙突から出ていくんだ。それぞれが、それぞれを調整しようと躍起だからな。政治のロジスティックは、プロに成り立ての初心者たちによって創造された、金を食う化け物だ。彼らはヴィジョンを持ちつづけるという目的だけのために、巨額の金を浪費する。このサミットの費用は何千万ドルもするんだぞ。賭けてもいいが、費用の大半は素人が運営を任されたことで発生している。つまりそういうことなんだ」

「そうなんだ」

「そうなんだ！　われらドイツの最高指揮官シュレーダーは何をしたかったと、きみは思うんだね？」

クーンは期待をこめた目をして尋ねた。ヴァーグナーはため息をつく。

「首相になること」

クーン編集長の興奮が収まりますようにと願って答えた。

「そのとおり！　それ以外の何ものでもない。政治にはまるで興味がなかったくせに、やっぱり首相にはなりたかったんだ。でもいきなり首相になって、今、何をすればいいのか、彼は考えに考えた。最良の思惑を持っている素人だな。これまでの何週間もを、ぼくたち全員が何に費やしてきたかわかるか？」

バスが動きだし、ヴァーグナーはクーンを見つめた。

「編集長の話ってごちゃごちゃで、頭が痛くなるんですけど」

クーンは眉を上げ、歯のあいだに挟まった食べかすをつまみだす。

「ぼくは、きみが日々の政治に敏感になるようにしてやってるだけだ」

「それよりオコナーに敏感になるようにしてくださいよ。彼について知っておくべきことはほかにないんですか？」

クーンはにやりと笑って彼女の脚をじっくり眺めた。

「正直、ないな」

「言っておきますけど。彼がわたしたちの前に現われるときに、編集長がいつものくだらない話をするのだったら、お一人でお願いします」

「オコナーはこの世で一番親切な人間だよ」

クーンは甘い声音で言った。

ヴァーグナーは彼をにらみつけるが、そのあとは笑うしかなかった。下唇を噛みしめ、わざとらしく窓の外に視線を流す。ライン川に架かるドイツ橋には色とりどりの国旗がはためいていた。

クーンは周囲の人間から容易に好かれる男ではない。うっかり失言する子どものようで、相手を当惑させ、挑発していることについては徹底して痛みを感じないらしい。他人の鼻先で扉を閉めても、自分がそうしたことに気がつかない。女性の面前で、大きく開けた口の中に指を突っこむ不作法も平気でやってのける。鏡も櫛も持っていそうにないし、マナーを身につけるはずの子ども時代は急行列車で通過してしまった。あつかましくも口にする胡散臭いお世辞といえば、もちろん下半身に関する下品な言葉だが、どうやらそれが受けると思っているらしい。

ところが奇妙なことにクーン編集長の仕事ぶりは、彼の人間性とは正反対だった。学術部門に移る以前は、アメリカとロシアに重点をおいて、ロヴォールト出版の政治部を牽引していた。ブラックホールの成り立ちを説明できるように、アメリカ大統領制を明確かつ面白おかしく説明できる。素晴らしい編集者なのだ。それだけに、ときどき彼自身の口からくだらない、ばか話が飛びだすことには驚かされる。しかしそれは、彼からすれば生半可な知識しか持たない人々とうまく付き合いたい一心で、わざと頼りなげな態度をとって自身を凡人のレベルに引き下げているように、ヴァーグナーには思えるのだった。彼はユーモアのセンスを持ってはいるが、限りなく絶望的なものだ。普通なら誰も笑わないものごとに、彼は好んで逆行して笑う。とどのつまり、彼は楽しむことをよしとしない教育を施された、西ドイツで学生運動が頂点に達した一九六八年世代の生き残りなのだ。

バスは旧国際展示場に隣接する駐車場に着いた。二人はバスを降りて数メートル歩いた。

「きみの車はどこかな？　街灯ほどの身長ともなると、合う車を選ぶのは大変だ。つまり、その……きみの……脚が……」

クーンは言いながら申しわけなさそうに彼女を眺めた。

ヴァーグナーが見返す。棘《とげ》のある視線が彼に突き刺さった。

「そうだな……きっと……ミニクーパーなら合うかな？」

ヴァーグナーは大きく息を吸った。クーンは目を丸くし、驚愕してみせる。

「いや、ＢＭＷイセッタじゃあ無理だよな？」

ユーモアのセンスはあるじゃない！

ヴァーグナーは彼をフォルクスワーゲン・ゴルフの助手席に押しこみ、運転席のシートをまだ後ろに下げられるかどうか、ちらりと目算した。ぎりぎり後ろまで下げてある。いっぱいいっぱいだ。膝が高く飛びださないことを祈りつつ、ハンドルにしがみつくようにして座った。

クーンはその様子を眺めているが何も言わない。

「さあ、何か役に立つことをしてくださいよ。オコナーはいつ、どこに到着するんです？」

ヴァーグナーは彼に迫った。

「きみも知ってるだろ」

「正確な情報は聞いてませんよ」

「妙だな。てっきりきみに言った……」

「いつ来るんです？」

ヴァーグナーは大声を上げた。

クーンは肩をすくめ、

「十時四十分。えっと……ぼくたちはルフトハンザのラウンジで待機しないと。係員が彼をバーまで案内してくれるから」

バーまで。さすがアイルランドの守護聖人パトリック！

ヴァーグナーはイグニッションをまわし、車をだした。クーンは居心地悪そうに尻を左右に揺すっている。やがて彼女のほうに身を乗りだした。ありがた迷惑なことを言うときに見せるお決まりの顔をしている。何も口にださないで、お願い。

「たとえばぼくは、それほど大きくないほうだけど……」

クーンは言いはじめた。

ヴァーグナーはアクセルを踏みこむ。クーンの体が助手席にどしんと倒れ、「ううう」と聞こえる音が口から漏れた。

けれども、エンジンが唸りを上げた音だったのかもしれない。

一九九八年十二月二日　ミルコ

ミルコが二度めに山の修道院に向かった日、彼は了承同然の返事を携えていた。彼の仕事につきまとう途方もない困難を推し測ると、どのような助けよりも、その返事には意味がある。いまだ彼の望みはかなえられていないが、期待した以上の手応えはあった。

十二日前に初めて訪れたときとは違い、今日はまさに季節の変わり目の天候だった。雨が降っている。丘や山々の起伏は灰色の縞模様の向こうに隠れていた。山道を車が登っていくと、もくもくとした雲がどんどん低く垂れこめてきて、巨大な芋虫のように狭い道に這い下りてくるようだ。天国は人々に重くのしかかり、生きているあいだ人々を不安にさせる。

ミルコはラジオのスイッチを入れたが、この標高では雑音しか聞こえない。そこでカセットテープをセットした。

デパートの店内に流れるような軽音楽が聞こえてきた。ミルコは初老の男に一週間と約束したことを不愉快な思いで考えた。腹立たしいが、それ以上の日にちがかかってしまったのだ。ほかの調査はうまくいき、それが唯一の汚点となった。しかし、これから初老の男と報酬について合意できれば、その後の仕事がテンポよくはかどる見通しは立つ。はかどらせるしかなかった。二人は半年という期間を費やせるが、それほど長い時間ではないのだ。

靄《もや》の中に、森を抜けて岩山の急斜面を登るつづら折りの道が現われた。ミルコはギアを落とし、アクセルペダルを踏みこんだ。ジープは力強く山道を登り、やがて頂上に着くと目の前に反対側の谷が口を開ける。天気がよければ、修道院のある高原はもとより、連なる山々の麓まですっかり見わたすことができるはずだ。

ミルコは車を停め、目をこすって外を眺めた。

谷に黒い壁が一枚立ちはだかっている。高さは三キロメートルにも達しそうだ。その中で稲妻が光っていた。ミルコは自分を待ち受けるものが何か知っている。四輪駆動車に乗っていても、降り注ぐ大量の水に押し流されてしまう感覚を、これからの二時間というもの、持ちつづけるのだろう。地獄への扉など大したものではない。悪天候も、この光景からすればスペクタクルとすら呼べないのだ。

彼は車の運転に専念して谷へと下っていった。つづら折りの山道が数キロ先まで続いているのが見える。その向こうにダンテの地獄が始まる。ワイパーもまるできかない世界。

ミルコに仕事を依頼する立場にある男は、なぜこのような場所で会うことを好むのだろうか。この季節、密会するのにもっと快適な場所はほかにもある。男は、映画のワンシーンを演じている気分になりたいのかもしれない。彼の言動に生活感はなく、演出された感がいたるところにあった。過去のどこかを舞台にした芝居。自分の役を演じたくなければ退場するしかない。民族主義は、奇異なまでに美化するという手法で記憶を遡る。偉大な民族主義者たちは、今の自分の国を明るく照らされた時代の影だと感じ、己を時間の車輪を過去に戻して光を新たに灯す人間だとみなす。彼らは理性を働かせるのではなく、神秘的な勘を頼りに未来を予測する。

ミルコの依頼人も決して存在しなかったものごとを夢見ていた。しかし、男は自分の歪んだ夢を現実に導き、倒錯した命を吹きこむに足る充分な金を枕に眠っているのだ。夢は、またしかめ面をして終わるのかもしれない。フランケンシュタイン博士が作りだした怪物のように。耐えがたい自己主張を顔に刻み、下劣な言葉を口にしながら。乱交パーティーの期待を膨らませ、自慰行為にふける少年が見る夢。

偉大なる首領たちの全員が挫折した。確かに立派な人物も幾人かは存在した。表舞台に登場するために莫大な金が支払われるが、すぐまた舞台の袖へと姿を消すのだということを、彼らは理解していた。しかも金はいつでも彼ら自身が支払う。法外な金がミルコのような人間に支払われる。依頼人が誰であろうが気にしない人間たちは長生きをするものだ。

もしミルコがいわゆるモラルに駆られ、あの初老の男の意図や最終的な目的を知ったら、目の前に立ちはだかる暗雲の壁は通り抜けられない。今回の仕事は成功するにちがいない。反面、その結果は人類の失敗の年代記に書き並べられるのかもしれない。

けれども、初老の男にそれを教えてやる気はミルコにはまるでない。彼の仕事ではないのだ。彼の人生は自分に提供される金を受け取ることで整合性を保ってきた。彼が金を貰ってする行為は、ものごとをほんのわずかなあいだ変えるにすぎない。世の中を改善するに値するようなことではないのだ。人類はカタストロフィに苦しめられることにも慣れてしまった。結局、なんとか平静は取り戻せるものだ。ミルコを愛国者だと初老の男がみなしているとすれば、それは間違いだった。ミルコの国への忠誠心は、彼に提供されるものに応じて生じる。ミルコは自分には良心があると思っているが、それはただ仕事を完遂するという良心で、一方で動物にすら哀れみを感じるときもある。なによりの心配といえば、特権を失って楽しい思いを味わえなくなる日が来ることだ。

彼はカセットテープの音量を上げた。

まわりが闇に包まれた。風に運ばれた雨粒がフロントガラスを激しく打った。次の瞬間、ノアの洪水が頭上に降り注ぐ。彼はギアを落とし、さらにゆっくりと車を走らせた。これからは運転に集中しなければならない。今日ふたたび会うことになる初老の男を駆りたてるものが何であれ、ミルコにはどうでもいいことだ。魅力は仕事そのものにある。仕事を完遂することに。報酬に。そして失敗はすべての終わり、ミルコの終わりでもあるという意識の中に。

彼は、永久に続くかと思われた嵐から何の前触れもなく突然抜けだした。目の前には緩やかな起伏の連なる高原があった。頭上高くを形のはっきりしない雲が流れていく。バックミラーに、彼が抜けてきた青黒い雲の壁が映っていた。

煙草に火をつけた。スピードを上げ、頭の中を空《から》にした。

丘の上に修道院が現われた。脇に黒塗りのリムジンが数台停まり、その斜め後ろにヘリコプタの昆虫のような形が見える。ミルコは少し離れて車を停め、前回と同様、白髪頭をした初老の男が手摺りに寄りかかって景色を眺めているのではないかと思いつつ車を降りた。ところが誰の姿もない。彼は二挺の拳銃の重みを懐に感じた。初老の男が彼を襲うつもりでも、そのチャンスはまったくないことは明らかなので、とりたてて動揺などしなかった。彼のような人間は、鉛の銃弾で、あるいは金で支払いを受けるが、それは目新しいことではない。普通、彼らはどちらかを選択する。

ミルコは金に決めていた。

彼は階段を上がった。正面の扉は開いている。薄暗い教会の中にゆっくりと足を踏み入れた。

「ミルコ。きみに会えてうれしいよ」

初老の男の姿は、かつては祭壇だったらしい場所にあった。机と、椅子が二脚おかれ、その一脚に男が座っている。もう一脚はすぐ座れるように少し後ろに引かれていた。男はミルコを手招きし、彼に向けてカップを掲げた。

「ひどい天気じゃないかね。コーヒーはいかがかな」

「いただきます」

ミルコは言って、あたりに視線を這わせた。教会の薄暗がりには二人のほかに人影は見あたらない。もちろん、そうであるはずはない。彼らは至るところにいるのだ。

銃弾か金か。

ミルコは初老の男の向かいに腰を下ろした。男はしかめた眉の下にある目で彼をにらみ、魔法瓶の蓋をひねって開けた。

「ミルクと砂糖は？」

「いりません」

男はにやりと笑ってカップを彼のほうに押して寄越す。

「まさに健全な人間の理性というものだ。私も同じように考えるよ。ものごとには、薄めたり甘くしたりすることを許されないときがある。この何年か、そういうことがあまりにも多くなされたものだが」

ミルコはコーヒーを飲んだ。嵐の中を運転してきたあとでは、まるで人生を一年余分に与えられたように、熱い液体が心を満たしてくれる。

「この場所の何をそんなに気に入られたんですか？　暖房もない教会で人に会うために、遠路はるばるやって来るとは。しかも、外はこの世の終わりだというのに」

ミルコに訊かれて、男は乾いた笑い声を上げた。

「カメラのシャッターが切られる音を聞きながら、きみを迎えたほうがいいのかね？」

ミルコは首を振った。

「そうは思いませんね。でも密会できる場所はほかにもあるでしょう。なぜこんな面倒なことを？」

「きみだってやって来るじゃないか」

「あなたの要請に従うまでで」

男は瞬きらしきものをしながら彼を見つめた。薄暗いにもかかわらず、ミルコは前回会ったとき以上に男の強烈な瞳の色に惹かれた。絵葉書の青空のように現実離れした青。

「そのとおりだ。ミルコ、きみは私の要請に従う。私が要請し、きみは地の果てまでやって来る。わかるか、私がここに来る理由はただ一つ。私はある要請に従っているのだ。小ぎれいなサロンにきみを迎え、次から次へとキャビアを口に押しこみ、シャンパンを浴びるように飲む。私にすればそれはお安いご用だ。もちろん秘密厳守で！　当然、きみもそっちのほうを気に入るはずだ。ところが、私は特異なことや極端なことに傾倒する人間だ、聞いたことがあるだろう。私がこの国とその歴史を気に懸ける理由は何だと思うかね？」

「聞かせてください」

初老の男は身を乗りだし、平手でテーブルをたたいた。

「なぜなら、私はこの国に根を下ろしているからだ。私は老木だ。ミルコ、きみにこう言おう。国には命があり、はっきりと脈打っている。この荒野で、きみはこの国が深く荒い息をするのを聞くことができる。苦悩に満ちたうめき。ルイ十四世風の快適な部屋にいては聞こえない！　われらの先祖の血が堆積物の中を流れ、権利を剝奪された者たちの悲鳴が谷を呑みこむ急流に混じる。神を信じぬ者たちの笑う声！　この教会の外でしか、それは聞こえない。真っ赤に燃える太陽が沈み、きみの耳のまわりで風がそよぐところ。そこなら、外交の場で生まれる麻痺した殺人者から離れていられる。われわれは充分に話をしたと言っておこう。先ほどきみがくぐり抜けてきた嵐。きみが心から忌み嫌った嵐の中に、私は反抗の音楽を認める。いや、われわれは武器をおいてはならない。そうだ、われらはあたりを走りまわる国の強奪者や殺人鬼が、神に与えられしわれらの祖国を、不信心者や下劣な者どもに分けてやることを必ずや阻止する。ミルコ、私は死者の歌声に耳を澄ます。死者たちは、生ける者たちのために私がすべきことを教えてくれる。私の使命が何であるかを」

男は口をつぐみ、自分の言葉がもたらす効果を推し測った。ミルコは身じろぎ一つしない。男は静かに続けた。

「私がここに来たのは、苦悩に満ちた創造物をこの目で見て、彼らと一体となり、彼らの苦しみを理解するためなのだ。私がこの教会にいるのは、ここがわれわれの文化を象徴するからだ。最初に生まれた子どもである、われわれの権利を象徴するからだ。そして、国が粉々に砕け、猿どもが口を開く動物園に成り下がってしまったように、この教会が崩壊するからだ――」

男は意地の悪い笑みを浮かべた。

「――だが、それは必ずや変わる。きみがわれらを助けることになる。そうだろ？　きみはそうしてくれるはずだ」

ミルコは男をじっと眺めた。この男はばかげた話をいったいどれだけ信じているのだろうか。目の前に座る害のない道楽好きな権力者は、謙虚そうにカップに口をつけているが、自身で描いた脚本に惑わされていることもありうるだろうか。

「そうかもしれませんね」

ミルコが答えると、男は眉根を寄せてカップを皿に乱暴においた。説教師の仮面が小道具係に変わる。

「きみの声の大きさからすると、『かもしれない』より頼もしい答えに聞こえるな」

「早まった期待を持ってもらっては困りますよ」

「だが私は、きみが途方に暮れるところを見るためにやって来たのではないぞ。私に知らせる情報があるのかないのか、どちらだね？」

ミルコはコーヒーをひと口すすった。彼は人にぐだぐだからまれることが嫌いだ。そういうときには、相手が無視されたと感じるまで自分からは答えないようにしている。

男は彼をじっと見つめていた。

「おれに協力してくれる人間が見つかりましたよ。女性だ。ヤナというコードネームで知られた」

「セルビア人？」

「ベオグラードで生まれ育った」

「いいだろう」

「セルビア語のほかに、ドイツ語、イタリア語、英語が堪能だ。人気の点では、世界で十指に入るスペシャリストでしょうね」

彼はひと息おいた。

「しかも、最も高額報酬を要求する十人の一人」

男の目が一本の線のように細くなった。ミルコの情報に興奮しているようだ。

「もっと聞かせてくれ。きみはもう少し緻密な話をしないと」

「緻密な話は大してないんですよ。彼女とはまだ会えなかったもので。会うのはほとんど無理だ。いくつかの偽名を使い分けていて、つてをたどっても結局、彼女のフィナンシャル・プランナー止まり。その男は九分九厘、問い合わせには応じない。けれども今回は興味を抱き、彼女に話してくれたんです」

「テロリストの女にフィナンシャル・プランナーがいるのかね？」

ミルコはあざけりをこらえきれず、冷ややかに笑う。

「まさか。テロという言葉は聞こえが悪い。業界では口にしたくない言葉ですよ」

「私がその女性を侮辱するとでも？」

男はくすくす笑った。

ミルコは静かに口を開く。

「違います。そもそもあなたには彼女を侮辱する機会はめぐってこない。あなたが彼女に出会うことは決してないからだ。代わりに、おれが会うことになるでしょうね。もしおれたちが……あなたが、彼女の言い値を了承すれば」

「彼女は何にかかわる話か知っているのかね？」

「誰にかかわる話なのかは承知しています」

「それで？」

ミルコは肩をすくめた。

「二千五百万、お持ちですか？」

向かいに座る男の顔に驚きの色が広がった。一瞬、男は胸像になったかのようだった。

「その金で奇跡を起こす」

男は抑揚のない声をだした。

「ヤナは、あなたが奇跡を望むことを前提としている。その奇跡を実現する可能性は多くないが、二千五百万は大金であることは彼女もわかっているんです」

「ではその……二千五百万には何が含まれるのかね？」

「ヤナです。彼女の頭脳、アイデア、実行力」

「ほかは？」

「諸経費は実費で。この業界も市場経済なんですよ。もちろん常識で考えれば、あなたの依頼を実行する方法はほかにもある。成功の見込みもより大きく、もっと簡単に実行できる選択肢が。報酬もせいぜい半分くらいで済むでしょう」

ミルコはひと息おいた。

「でもあなたは、板の一番厚い部分になにがなんでも穴を穿《うが》ちたい」

男は身を乗りだした。青い瞳がきらりと光る。

「今、われわれが話しているのは必要不可欠な問題だ。当然、私の難題はさらにそれを上まわる。私は歓声を上げたいのだ。この世界をより速く回転させるためのもの。もっと簡単な方法があることは私もわかっている。一つ方法があれば、千の方法があるものだ。けれど、象徴的意義からすれば、いつ、どこで、どのようにしてが肝心なのだ。ミルコ、私の望みはその一日だけだ。何時何分まで、場所も一平方メートル単位まで、きみに伝えよう。たとえ不可能なことであっても、私は二千五百万で奇跡をきみに要求する。いいな？　初めは新聞の第一面に躍り、やがては歴史書を埋めつくすほどのスペクタクル。それは、われわれの敵にとって屈辱となるはずだ」

「おや、歴史に名を残すおつもりで？」

「私は歴史に名を残したのだ。今度は自分の手で歴史を書き換えてやる」

ミルコは手の爪に視線を落とし、

「おれには資格のないことだが……」

「え？」

「おれたちのちっぽけなアクションの根底には、あなたの個人的な敵意以上のものがあるのではないかと、ちょっと思ったんですよ。つまり二千五百万には」

男は唇を口の中に巻きこみ、まるで鮫が笑ったような顔をした。

「きみの態度にはいささか図々しいところがある。だが、私はそうした態度が好きだよ。私のご機嫌取りをしたい者は何年も待つしかない。大勢が押し寄せてくるからね。まあとどのつまり、きみは私の戦略指揮官なのだ。わかっていると思うが、きみが私の信頼を裏切れば、手を尽くして必ずきみを探しだせる自信はあるからな」

男は言って目配せした。

「この前にも言われましたが」

「ものごとは充分に強調できないものでね。その女性に伝えてくれ。身元が検証でき次第、二千五百万を承諾しよう。推薦状はあるのだろ?」

ミルコは笑みを浮かべた。

「あなたがロシアで人を雇うつもりなら、八百長も厭わないプロボクサーとか、アフガン戦争の帰還兵、元KGBや内務省の職員の中から選ぶんじゃないですか。この業界にも分類体系というものがある。その頂点に立つのが、軍事情報機関とKGB第一総局の元職員。選択の余地はかなりあるが、それでもモスクワのマフィア組織のおもだった幹部はヤナを頼りにしていた。彼女は姿を現わし、自分の仕事を片づけると跡形もなく消える。もっとも自分が残したい痕跡だけを残していくときもある。ロシア人は彼女の確実性を高く評価しているが、イスラエルの情報機関も同じだ。ヤナはセルビア案件以外、徹頭徹尾ニュートラルなんでね。いくつか詳細をリストアップして差し上げますよ。それでたいていの情報が得られるでしょう。どのみち、あなたが望むことはすべて手に入れられる。第一級の人間で百パーセントのセルビア人。おれの知るかぎり、最高の愛国者だ」

「ふーん」

「真面目に言ってるんですよ。ヤナはセルビアのものごとを信奉する。分裂国家セルビアから生まれた人間です」

ミルコは内心では笑いながら強調した。

初老の男は彼をためつすがめつ眺め、やがてうなずいた。

「わかった。彼女にはすぐに百万払う。残りは成功報酬で。それに納得できないのなら、別の人間を探すまでだ」

「彼女はそれで了承するはずですよ」

「契約を結ぶにしても、彼女が合意したとどうやって確認するのだね。百万をポケットに入れて、ずらかることもできる」

「ばかばかしい。ヤナがそんな了見を持つようになったら、もはや死んだも同然。それに、おれが保証人だ。あなたは世界の果てまでおれを追いかけてこられるんだから、安心して眠れますよ」

男は顎をさすった。どうにも決めかねているように、ミルコの目には映った。

「まだ何か疑問でも？」

「かつて私が一人の人間に支払った額としては群を抜いて高額なのだ。彼女、成功は保証できるのだろうな」

「できません」

男はドスのきいた声で言った。

「それじゃ――」

「ドクター・ジョージ・ハバシュをご存じで？　もちろん知らないでしょう。あなたは紳士ですからね。あなたの言葉を借りれば、彼は国家をターゲットにした近代テロリズムの創始者でしょうか。そこで彼は――」

「そんな人間を、この私が知るはずないだろう」

男は怒りを顔にあらわにして彼をさえぎった。

ミルコは一瞬言葉をなくした。

「本気でそう思ってるんですか？　まあいい、おれが余計なことを引き合いにだしたんだろうから。ハバシュはパレスチナ解放人民戦線の創設者だとされている。その彼によると、最重要ポイントは、百パーセントの成功を期待できる目標を選ぶこと。あまりに簡潔な言葉で、誰もが守ろうと努力するルールだ。近頃では、テロリズムは大企業や政界でキャリアを積むように機能するんです。誰もがあなたに証明書や推薦状を求める。自分の市場価値を高めるために、失敗を口にする者はいない。でもプロなら誰でも尾根は狭いことを知っている。それは、あなたが提示する注文次第だ。ある人物を殺してほしいだけなのか、指定のやり方で、指定の場所で、指定の時刻に殺してほしいのか。注文が増えれば、それだけ成功の可能性は少なくなる。そういうものだ。でも、もし成功すれば――さっき的を射た言い方をされましたね……やがて世界は少し速く回転する。すると突然あなたはトップリーグでプレイしているというわけだ」

「その……ハバシュとかいう男はどんな推薦状を持っていたのかね？」

ミルコは笑みを浮かべた。

「一九七二年、ミュンヘン・オリンピック。彼らはイスラエル選手十一名を殺害したんでしょ？　よりによってドイツで。血の海になった。パレスチナ人も何人か死に、残りは逮捕された。ハバシュのルールを文字どおりにとれば、その行為は、ドイツ警察による人質解放の失敗と同様の失敗だったことになる。けれども、そもそもイスラエルとパレスチナのあいだに問題があるということを、世間に初めて知らしめたのだ。そう考えると、成功とみなされる。あなたが成功をどう定義するか次第なんですよ」

彼はひと息おいた。

「パレスチナ解放人民戦線が、エルアル・イスラエル航空のどこかのオフィスを爆破するまでもなかったという点が肝心なんだ。イスラエル人の中でもＶＩＰを人質にとることが明らかに重要だった。政治家には近づけず、だからスポーツ選手や芸術家をターゲットにしたんですよ」

初老の男は下唇を嚙んだ。

「実際に、成功の保証はまったくないということだな？」

「あなたの計画に関しては保証はありません。しかし、うまくいくなら、その効果が現われる保証はある。おれは、この板挟み状態からあなたを引っ張りだすことはできない。あなたは演出を手がけたいのでしょう。いいですよ。あなたはパバロッティの出演を予約し、彼がその夜インフルエンザにかかる。すると、得られるはずだった成功と同じくらい、とてつもない失敗なわけだ。カルロスは百万稼げる仕事を棒に振った。なぜなら、霧で暗殺する人間が見えなかったから。そういうことは起きるんです。ＩＲＡはマギー・サッチャーを木っ端微塵に吹き飛ばそうとして、初めてマイクロチップ内蔵の爆弾を投入した組織だ。ところが何週間も前に爆発させてしまった。成功しなかったのは愚かな偶然。あるいは、カダフィ大佐を例に挙げましょう。彼は、その二年前のアメリカによるトリポリやベンガジ爆撃に激怒した。そこでカルロスや日本赤軍に支援を求めたんだ。物騒な第一級の人間たちだ。彼らはアメリカの空軍基地で爆弾を爆破させた。アメリカ軍クラブの店先ですよ。クライマックスはマンハッタンのど真ん中がいいでしょう。何百という死人が出る。爆弾を爆発させる役の男が、間抜けにもいつもの交通検問に引っかかり、何もかも発覚してしまう。そうですね、ハイリスク、ハイリターンってとこかな」

初老の男は何も言わない。結局、ミルコが尋ねた。

「で？　ヤナにどう言いましょうか。考え直されますか？」

男は両手の指先を合わせた。

「ばかな！　彼女には約束を果たしてもらわなければならない。報酬額は相場を超えているのだぞ。私一人がコストを負担するのではないのだ。取り決めが成立したらすぐ、詳細のすべてをきみに知らせよう——」

男は言ってふたたび鮫の笑いを浮かべた。

「ミルコ、決して犬死にはするな。世界最高峰の珍味にまつわる因果関係は、必ずきみに明かされるはずだ。期待していたまえ」

ミルコは、向かいに座る初老の男が仕掛ける追い駆けっこをゆっくりと楽しんでいた。

「おれが正しいのかどうか気になるところです。おれたちは憎悪と愛国心を足して、あなたを経済的に押さえこむ大がかりな取り巻き連中の利益と掛け合わせたらどうだろうか。あなたが憎悪を支払い、あなたの政界の友人たちが愛国心を支払う。残りは大企業の闇資金ということで。おれは正しい渡し船に乗っているんでしょうかね？」

「トロイの木馬にようこそ」

男は言って両手を打ち合わせた。

ミルコは軽く会釈して応じる。

宮廷の道化であれば膝を折り、鈴を振って鳴らすのだろう。そうやって自分の王様に仕え、生きのびるものなのだ。

一九九九年六月十五日　ドイツ　ケルン　空港

ドクター・リアム・オコナーが背筋をまっすぐに伸ばし、兵士が行進するように客室乗務員の脇を通りすぎようとしたとき、まるでエッシャーが描いたと見間違うばかりの不思議なチューブが目に飛びこんできた。それは到着したボーイング727機と空港ターミナルをつなぐ搭乗ブリッジだと、理性ではわかっている。二十メートル先で乗客たちの姿が消えていくが、そこには彼を別の時空に連れ去るワームホールが待ち伏せしているのではなく、ブリッジがカーブしているだけにすぎない。人間は直進の動きを妨げられるとき、どうカーブを切るのだっただろうか。彼は乏しい数学の知識で目の前に広がる構造物を分析し、飛行機の中の方が安全だと判断した。機内に戻ろうと踵《きびす》を返す。

「ドクター・オコナー?」

もう一人の客室乗務員がほほ笑みかけたが、十二年物のウイスキーの芳香に鼻をくすぐられたときに見せる笑みではなかった。オコナーは彼女を見すえ、自分がその女性を見すえているのだと確信すると、さらに目をすえて彼女を見た。

「お忘れ物でも?」

うまい質問だ。忘れ物などしただろうか。そもそも飛行機は着陸したのだろうか。

彼はまわれ右をして、ふたたびチューブと対峙した。わずかなあいだにチューブは長さを増したようで、あたりの温度が明らかに上昇している。彼をさりげなくかわしていく者や、押しのけるように追い越していく者たちが作る流れが、不吉なカーブに急激に吸いこまれたからにちがいない。高エネルギー状態に変わっている。彼が到着したのは粒子加速器の中だったのだ。もう少し佇んでいれば光速にまで加速され、彼という物質は無限になるのだろう。

ばかな。そんなはずはない。とにかくありえない。

「このチューブには入れない」

彼が言うと、客室乗務員二人はやり場のない目を合わせて同時にほほ笑んだ。彼は考えこむ。世界中の客室乗務員の笑みを同期させて共振器の中で再生できれば、想像を超えるほど強力なフレンドリー光線を浴びせられるにちがいない。まだ何か飲みたいものがあるかとか、問われつづけることになるのだろう。

「ドクター・オコナー、ケルン＝ボン空港にようこそ」

二人の客室乗務員のうち、どちらの声とも判断のつかない声が聞こえた。

ふたたびオコナーの体が向きを変える。彼の知覚器官がわずかに後方を向き、網膜に謎めいた像を結ぶ。客室乗務員たちを形成する物質も無限になってしまったようだ。次第に視界が鮮明になる。金ぴかのブレードをつけた制帽をかぶる男がほほ笑みかけていた。パイロットなのかもしれないが、まずは充分に分析してからでなければ結論できない。

数学的には未証明のパイロット氏が口を開く。

「ここにおりますシファーにご案内をお任せください。ルフトハンザのラウンジで、お迎えの皆さんとウェルカム・カクテルがあなたをお待ちですよ」

目の錯覚だろうか。男はウェルカム・カクテルと言いながらにやけた顔をしなかったか？　酒のことで冗談を飛ばすはずがない。電磁波でできた一見害のなさそうな通路に追いこむ気でなければ。

まったくお手上げだ。オコナーは咳払いを一つした。

「私は別の波形を気に懸けないと」

彼はそこそこの威厳をこめて言った。ゆっくりと踵を返し、死をも恐れぬ通路に足を踏みだした。軽い下り勾配で、予想どおり本当に足がわずかに速く運ばれていく。上下が逆さまになりそうだが、それでいて連続体に軽い湾曲が見られる。それ以外に怪しいところはなかった。

「ドクター・オコナー!」

今さらどうしたのだ。

「すみません……グラスをお返しいただけませんか」

彼ははっとした。右手が何かをつかんでいることに、そのとき初めて気がついた。遙かかなたまで記憶を遡り、グラスの中身はアイリッシュ・ウイスキーだと判明する。直前の記憶をあさり、いつからグラスを持って徘徊しているか正確に思い出そうとするが、記憶はない。

オコナーは考えこむ。

「だめだ」

彼は言った。背後からひそひそ声が聞こえてくる。グラスを持っていかせてはだめよとか、困るわとか、グラスを放さないのならどうでもいいじゃないかとか、いやいや安全規則だからとか。

そうか安全規則なのか。オコナーはふたたび踵を返す。これまでの人生で、今ほどその場で何度も踵を返したことはなかった。

客室乗務員の顔に温かな笑みが浮かんでいる。一人がチューブに足を踏み入れ、彼の空いたほうの手にアタッシェケースを押しつけた。

「ドクター・オコナー、これをお忘れでしたよ。さあラウンジまでご案内しますわ。グラスはどうぞお持ちになってくださいな」

「ケルン＝ボンにようこそ。またのご搭乗をお待ちしております」

パイロット氏が目配せして言った。

もう一人の客室乗務員は無言だ。笑みはまだ浮かべてはいるが、そっぽを向いている。ようこそ、ドクター・オコナー。さっさと出ていって、犬の糞でも踏んで嚙まれりゃいいんだ。彼女はそう語っているようだった。

この私が何かまずいことでもしでかしたのだろうか。

「迷惑でもかけたかな？」

彼はどう考えてもシファーという名の客室乗務員に尋ねた。彼女に先導され、彼は後ろをついて歩いているからだ。いつからこんな状況になったのだろうか。もうどれくらいチューブの中にいるのだろう。数秒なのか、数時間なのか。

彼女は首を振り、緑色の瞳で彼を見つめる。そうするあいだにも、二人の足は止まることなくカーブに向かって突き進んでいく。

「いいえ、そんなことはありませんよ」

「嘘はなしだ。あちらの女性はそうは思っていない」

彼はきっぱりと言った。

「そうですね。そうそう、あなたは物理学者でいらっしゃいましたね？」

彼女は歯を見せて言った。

「そうだが、それが何か？」

彼女は肩をすくめ、

「でしたら、科学実験の目的で、あちらにいるクルムのヒップをつままれたのでしょうね」

二人はカーブにさしかかる。オコナーが答えを探して頭をフル回転させていると、彼の体は見事に九十度回転し、シファー女史のあとをついて入国審査に向かっていた。

「粒子加速器って、きみ知ってる？」

彼はうれしくなって大声を上げた。

シファー女史は振り返ると、眉を上げて彼を見る。

「ええ。あなたのようなもののことでしょ」

一九九八年十二月四日　イタリア　リグーリア州　トリオーラ

「なんだか数学の演算みたいになるかもしれない。わたしたちの仕事って数式で表わせるんじゃないかと、よく思ったものよ。ばかげたことが、とどのつまりゼロより多くのものを生みだすかどうかを、わたしたちに教えてくれる必須条件ね」

ヤナが言った。

「あんたは、ばかげたことだと思うのか？」

ミルコが尋ねた。

「そうよ。あなたは思わないの？」

「場合によるな。その人物を、あんたは殺せるか？」

ヤナはすぐには答えなかった。二人は中世から続く歴史を今に残す町の、通り抜け通路やアーチ天井の通路、アーケードの下をそぞろ歩いていた。狭い道はさらに狭くなり、なかば廃墟と化した建物で行き止まりになっている。この時期、迷宮のようなトリオーラ最古の地区を歩く者は二人のほかにいなかった。さまざまな理由から、リグーリアの山中に位置するこの小さな町で会うことを提案したのはヤナだった。その日の午後にはサン・レモで仕事があり、そこから三十キロメートルと離れていないトリオーラは、ちょうど彼女の帰路にあたる。なによりここなら二人は誰にも邪魔されない。セルビア語を話す観光客が、一五八七年、教会の異端審問とジェノヴァの刑吏の命令で、三十人の女性が拷問死したという陰気な過去に思いを馳せながら歩いていても、人々の関心を引く心配はなかった。

ミルコはその日の早朝、トリノ空港に着いた。出迎えの若者にシニョール・ビシッチと名乗ると、若者はすぐさま彼をメルセデスのリムジンに案内し、リアシートに座らせた。車はトリノを出てしばらく高速道路の環状線を走ったのち、A4号線に入ってクネオ方向に向かったが、ミルコは若者と口をきく必要はなかった。若者はただの運転手で、彼を約束の場所まで連れていく仕事を請け負っただけだ。したがって車がアスティの手前で駐車帯に入り、別の男が待っているのを見ても、ミルコは驚かなかった。今度の青年は小粋なスーツに身を包み、髪をぴしっと左右に分け、角製の眼鏡をかけたエリートビジネスマン風だ。男のシルバーグレイのアルファロメオ164に乗り換え、ドライブが続いた。ときどき美しい田園風景やピエモンテの傑出したワインの話をするほかは、二人とも寡黙だった。ミルコは、青年がヤナの伝説のフィナンシャル・プランナーだと確信した。それまで彼とは仲介人を通してやりとりしただけだった。もっとも、本人にそれを確かめるような真似はしなかった。ミルコはワインには大して詳しくもないため、しばらく走ると会話は自然消滅し、車内に瞑想のときが流れた。

彼は自分がどこに連れていかれようとしているのか、知りたいとも思わなかった。それは毎度のことだ。どんな僻地に向かおうが、連れていかれようがどうでもいい。たまに苦労して自らハンドルを握り、朽ち果てた修道院教会という楽しくもない場所に赴くこともあれば、地の利のいいレストランや劇場のロビーが目的地のこともあった。ミルコが今回ただ一つ期待しているのは、この面会のあとでパスタを食べられることだ。彼はパスタが大好物だった。今はおそろしく腹が空いている。グルメとはほど遠いのだが、餌のような機内食にはいつもながら手をつけなかったためだ。

彼は車窓を流れる景色を楽しんでいた。

昼前に車はトリオーラに着いた。青年は彼を降ろすと、図書館までの道順を教えた。この八月に開館したばかりの図書館だが、そんなことはどうでもいい。今日という日に書物は関係ないのだから。

そこは、ミルコが初めてヤナに会う場所というだけだった。

彼が面識のない人間の容姿を想像することはない。想像を膨らませても、しょせん推測にすぎないからだ。けれども、この業界は今も昔も男性が圧倒的に多いため、ミルコですらヤナの本当の容姿を想像したい誘惑につい負けてしまった。多くは思いつかないが、シガニー・ウィーヴァーのように骨太で長身なのだろう。それほど魅力的ではないが、必要なら悪魔やエイリアンの一団でも上手にあやせる女性なのかもしれない。

端正な顔立ちに暗い色の瞳をした中背の女性。魅力的なのに、群衆に溶けこめば誰の注意も引かない女性。彼女の第一印象は、彼の想像とは違っていた。肩まで伸ばした赤茶色のウェーブのある髪。上品で控えめなコスチューム。声は大きくも小さくもなく。ミルコは一瞬がっかりしたが、たちまち彼女の引き締まった筋肉を見てとり、自分は人間の殻を見ているのだと悟った。その殻の中に精密機械があり、カメレオンがいる。今ここで彼が目にしているものは、ヤナが彼に見せたい姿なのだ。記憶に残らない人物像。朝には街角を出勤する女性だが、その夜にはパーティーの華になるかもしれない。彼に近づいてくる彼女の一挙手一投足は、ヤナというコードネームを持つ女性が、肝心なときには、あらゆることを、あらゆる人間をも支配しうると教えてくれた。

二人は握手を交わし、何食わぬ顔で陰気な歴史のある町の散策に出かけた。

中世に刻まれた魔女の山村の残忍な歴史は、現代の観光名所に姿を変えた。二人は、いわゆる魔女が集会場所に使ったカボティーナという遺跡の脇を歩いた。トリオーラの陰気な過去にミルコはおぼろな魅力を感じた。狭い道が網目のように交錯する町並には、車で三十分と離れていないリビエラの町に漂う爽快さはまったく感じられない。十二月、リグーリアの山々は霧にすっぽりと包まれ、冬の太陽が青白い顔をのぞかせることは稀《まれ》だった。

ヤナのシルエットはひしめき合う家々の影に溶けこんでいた。ふいにその家並みが途切れ、二人はひっそりとした高台に出た。ミルコはゆったりとした足取りで彼女の後ろを歩いていた。石造りの手摺りには苔が生え、野生の葡萄の木に覆われている。崩れかけた階段が数メートル先で終わり、その向こうは急峻な崖だ。そこは中世の要塞跡だった。二人の目の前に谷が開け、どんよりとした山の緑が広がっている。

ミルコは静寂を楽しんだ。静かに死について語るのに、これほどふさわしい場所はほかにない。彼が心底感動するものごとは少ないが、静寂はその一つだった。静寂とは贅沢なもので、金で買うことができればなおさら素晴らしいものだ。たとえそう感じることが、二人の話す中身からすれば微々たるものだとしても、ヤナのおかげでここに来られたことを彼は感謝した。ささやかな平穏は心の内に隠しておいて、その気になったときに呼び覚ませばいい。

「あんたに殺せるのか？」

彼はもう一度尋ねた。

「そのつもりになれば、なんでもできる」

ヤナは静かに答えた。

「それはそうだが、あんたにできるのか？　こんな状況で」

「今度の仕事は本当にとても魅力的ね。条件を考えると、実現の可能性は限りなくゼロに近いかもしれない。でもインパクトはものすごい。機を選ぶのは至難の業だわ。失敗する危険を冒してまで実行する価値があるかどうかだけど」

「あんたと失敗の話をする気など毛頭ないんだが」

ヤナは探るような目を彼に向ける。

「もちろん、そんな気はないわ。ねえミルコ、あなたの依頼人がわたしたちに何を求めているか、あなたもわたしもよく知っているでしょ。わたしの報酬額をあなたに言ったはず——」

「で、おれはそれを伝えた」

「——でも、そのとおりにはならないのでしょ？　わたしだって何も保証できないし」

「おれは保証なんか期待してはいない」

ミルコは言って首を振ると、要塞の端まで歩いて谷を見下ろした。

「成功の保証など必要ないんだ。あんたにできるという保証が欲しい」

ヤナは彼の隣に歩み寄った。

「あなたにその保証をあげたら？」

「そうしたら二人で一緒に仕事しようじゃないか。おれの依頼人たちは、あんたにこの件をよく考えてほしいと思っている。あんたは二千五百万以下じゃあ働かないと、おれは彼らに言ってやった。彼らはそれを呑んだ。彼らからすれば不安は拭い去れないだろうが、あんたをこのプロジェクトに獲得するためなら、おれたちはなんでもすると思ってくれ。あんた自身が二千五百万に大きな関心を持っているとまでは、おれは言わないでおいたよ」

「その人たちは、どうしてわたしを？」

「おれがあんたを望んでいるんだ。あんたは最高だからな。敢えてそう言おう。それで、あんたのポジションが決まり、報酬額が確定する。とにかくそういうものなんだ」

「スペシャリストはほかにもいるわ」

「この仕事についてはいないんだ。おれたちは、まったく新しい発想をする人間を必要としている。誰も思いつきもしないような現実離れした発想……でも、それだけなら、確かに候補者は何人かいる。ところが、おれの依頼人たちには重要な条件がまだあるんだよ」

「どんな？」

「あんたはセルビア人だ」

ヤナの表情は変わらない。しばらくして口を開いた。

「わたしは中立よ」

ミルコは、荒削りの石壁に口を開けた裂け目から苔をむしり取った。指でこすって臭いを嗅ぐ。どこかほっとする臭いがした。

「あんたは中立じゃない」

彼は言ってヤナの目をまっすぐに覗きこんだ。彼女はその視線を避けようとはしない。痛いところをつかれたことはおくびにもださないが、ミルコは騙されなかった。

「あんたの中立性は、金を持ってる人間が問題解決をしなければならないときに、フリーの協力者として仕事をする場合には保たれる。そういう者たちのうち、あんたより抜きんでる者はいない。だけどヤナ、おれもセルビア人だ。あんたがおれたちの祖国を違ったふうに見ているることはわかっている。でも、おれたちの歴史にずけずけと介入されることに、あんたもおれと同じで嫌気がさしているのなら、あんたは中立じゃない」

それは彼のはったりから出た言葉だった。相変わらずヤナの顔に表情はなく、踵を返して石壁から少し離れた。

ミルコは待った。自分の言葉が図星だったと確信していた。彼女は日々新たに自分の気持ちを偽って行動しているのかもしれない。けれども祖国を裏切ることはない。おれの目は節穴ではないぞ！

「あなたの依頼人って誰なの？」

「トロイの木馬がおれの依頼人だ。中に乗っているのが誰かまでは訊かないでくれ」

「それを訊いているのよ」

ミルコは答えない。

彼女は彼のそばに戻り、正面に立ちはだかった。

「わたしはアルカンやドゥギのために働いていたのよ。ずっと何年も。だから、セルビアの民兵組織とつながりのある人間なら全員を知ってるわ。準軍事組織は民兵のボスとどこかが糸でつながってるから、わたしの知らない者はいない。セルビア義勇親衛隊や改革派の、表に立ったボスたちや裏のボスたちもよく知っている。だから、あなたの依頼人は彼らではない。絶対に違う。となると、あなたをわたしのところに寄越したのは、セルビアにいる人間ではないようね？」

「おれの口からは答えられないし、言うつもりもないし」

「それならわたしは手を貸せないし、貸すつもりもないわ」

「いや、あんたは手を貸してくれる。なぜなら、おれを寄越した人間を、あんたはその十本の指を一本ずつ折って探しあてられるからだ。あんたが民兵たちと一緒に仕事をしていた頃、ベオグラードから直接あんたのところに命令や指示が下りてきたことがあったか？　権力中枢からという意味だぜ。どうだ、当然なかっただろう。けれども、そんなものはただ、政治家らしい狡猾さの証明にすぎないんだ。その背後には、アルカンやらドゥギやらには決してやっては来ない、まったく質の違う重大な決定事項が存在する。ヤナ、あんたは全員を知ってるわけじゃない。すべての組織にもぐりこんではいないからな。それに、たとえおれたちが今のところ殺し屋集団のような状態であっても、おれたちの国には強力な友だちがまだいてくれるんだ。おれたちはかなり好かれるようになった。西側にすれば、おれたちのおかげでパレスチナ、ルワンダ、イラクやトルコのクルド族、チベットの人々のことを忘れられるからだ。西側は、あらゆる価値観の敵をついに自分の玄関先に見つけた。都合のいい話じゃないか。NATOが脅しを実行に移して本当にセルビアを爆撃すれば、西側経済の利害とうまく一致した戦争が起きると期待される。トルコで戦争が起きても経済効果はまるでもたらされない。それに引き替え、ヨーロッパのど真ん中で戦争になれば純粋に利益が上がる。ドルは急上昇し、それが新たな正義と呼ばれるんだ。ブラボー、価値観の戦争だ。おれは戦争が勃発すると見ている。干渉という亡霊を呪文で呼びだす輩は誰一人、人権災害を回避するつもりなんかない。やつらは自分たちの力が及ぶ範囲を拡大したいだけなんだ。ヤナ、そんなことになってもいいのか？　おれたちは戦わずして我慢するのか。たとえばロシア人はおれたちの立場を違うふうに捉えているが、やつらだけじゃないんだ」

彼はひと息おいた。

「あとどれだけ教えれば、答えをはっきり言わずにすむんだい？」

「なぜ、彼らが直接話しに来ないのかしら」

「彼らにそれはできないし、するつもりもないからだ。契約まで至らない場合もあるし、おれもあんたに口外するわけにはいかない。彼らはおれと話し、おれがあんたと話す」

「じゃああなたは、わたしたちが感極まって抱き合い、六百年も前のコソボの戦いを蘇らせるとでも期待しているわけなのね」

ミルコは顔をしかめた。

「おれには、そんなことをする感情が欠けてるんだ。けれども、おれたちは方向性を示さなくてはならないと思う。世界は方向性を必要としているんだ。正直言って、自分がセルビアのすべてを愛しているのかどうか、おれに自信はない。おれの疑いのリストには、セルビアの老人たちの考え方も入っている。でも、おれが誰を憎み、何を忌み嫌うのか、それははっきりわかっているんだ。おれは最も中心にいる者たちの観点を知っている。ドイツのゲーアハルト・シュレーダーやアメリカのビル・クリントン、イギリスのトニー・ブレアから見たものと、おれから見たものとではちょっと違う。呼びたければ、それを愛国心と呼んでもいいんだぜ。概念なんかおれにはどうでもいい。どうせ現実を表わしてるわけじゃない。けれども、人は何かにしがみつくしかないんだ」

「あなたさっき言ったわ。彼らにとって、わたしは不安材料なんでしょ」

ミルコはしばらく無言で、やがてゆっくりとうなずいた。

「あんたは自分の国を出ていった」

「ばかばかしい。あなたのトロイの木馬が、ヤナは何者で、どこの出身かを知っているとは思えないけど。彼女がどこの国籍を持っているかが、なんだというのよ。あなたの依頼人はプロフェッショナルを必要としている。感情なんて入る余地はない。そうじゃないかしら？」

「普通はそうだ。ところが今、彼らは感情的になっている。じゃあ、おれはどうすればいいんだ？　ついでに言うが、彼らはヤナがセルビア人であることを承知している。そして彼女がセルビアに背を向けたことも」

「だからどうなの？」

「彼らはなぜだろうと思っている。あんたを雇うことになんら問題はないと、おれははっきりさせてやったが、彼らは確信を得たいんだ。あんたが自分の祖国を……そうだな、あんたがいわゆる理想を持ち合わせているのかどうかを。あんた自身に、この件を納得してやってもらいたいと思っているんだ」

「あなたは納得しているの？」

「ああ」

初めてヤナは考えこむ表情を見せた。ミルコは彼女が察してくれるのを期待したが、彼女の口から出た言葉は答えではなかった。

「あなたからはどういう保証をいただけるの？」

「手付けに百万」

「いつ？」

「いつでも好きなときに。仕事にかかるのは受け取ってからだ。それでもまだ依頼を断わりたければ、百万を返してくれ。考える猶予は四十八時間。あんたが断わると決めたら、おれたちはよかれ悪しかれ別の人間にあたらなければならない。まあ、大至急はっきりさせてもらえればありがたい。時間が逼迫しているんでね。この条件でいいか？」

ヤナは視線を彼から谷のほうに流した。

「よく考えてみる」

ミルコは笑みを浮かべて両腕を開いた。

「わかった。ほかに訊いておきたいことは？」

「ないわ」

ミルコは一瞬の間をおいて口を開いた。

「言っておきたいことがまだあるんだ。おれたちの共同作業に役立つかもしれない話だ。おれには……ここは一つ強調しておかなければならないが、おれが一定期間連絡をしない場合に動きだす水面下の機関があるんだが……あんたがラウラ・フィリドルフィという名前を使っているということは、その機関も含めて、おれにはわかっている。もちろん本名じゃない。それからある仲間内ではこんな噂もささやかれている。ヤナは地下に潜った分離主義者ソニア・コシッチと同一人物だと。一九六九年ベオグラード生まれ。大学ではセルビア語、物理学とIT工学を専攻。徹頭徹尾、愛国者。どうだ、一つや二つは、なかなか信憑性のある話だと思わないか。おれの依頼人たちはラウラ・フィリドルフィという名前を聞いたことはないし、おれとしては教えるつもりはない。けれども彼らはあんたがセルビア出身だと知っているし、それであんたの信念を、さっき言ったように疑っている。あんたにはソニア・コシッチ、ラウラ・フィリドルフィ、ヤナという人格がある。あんたの変身リストが尽きることはないのかもしれないが。さてと――」

ミルコは彼女に視線を向け、

「――おれがそんな話にまったく興味がないということを、あんたに言っておく。けれど、おれたちは互いに信頼し合わなければならないんだ。二人の共同作業のよりどころが見つかり次第、おれはあんたに最大限の情報公開をするつもりでいる。だから今のところは、互いの秘密を探りだすのはあきらめようじゃないか。おれのほうから少しばかりあんたに近づいたが、それはカードを伏せてプレイしたくないからだ。だから、あんたにはおれのルールを守ってもらう。おれや、おれの依頼人の情報を調べるような真似は決してするな。おれを尾行したり、おれに人を貼りつけたりするのはやめておくんだ。おれのほうでは、あんたがほかにどんなIDを持っているかとか、あんたがほかにどんなビジネスをやってるかとか、あんたの情報を掘り下げる努力はしないと約束する。ここまではわかってくれたかな？」

ヤナは答えなかった。やがて笑みを浮かべた。彼女が表情を変えたのは、それが初めてのことだった。

「わたしも同じことをお願いしたでしょうね。でも、あなたは自分の宿題を先に済ませてしまった」

ミルコは馴れ馴れしい顔で、

「あんたを困らせようって気はない。まったくその逆だ。おれたちはあんたを獲得したいと思っている。あんたが断わると決めたら、この話し合いはなかったことになり、この先も会うことはない。次におれから連絡が行くとしたら、別の目的であんたの能力を高く評価するときだ。もっともそういう機会があればの話だが。おれたちの取り決めをあんたが守るかぎり、おれはどんなことにも誠実かつ忠誠であることを約束する。これでどうだい？」

「ねえミルコ、ここはイタリアなのよ。一度口にしたことは守らないと」

「じゃあ合意するというわけだな？」

「わたしたちのような人間がいがみ合いを始めるのは、ばかばかしいじゃない。いつでも不愉快な結果に終わるものなのよ。あなたは、わたしがこの美しい山地のどこかに、あなたを埋める理由を運んできてくれたけれど……」

　彼女は穏やかな口調で言った。

「確かにそうだ」

「でも、わたしはあなたの正直なところが好き。それに、そうすんなりとあなたを埋める気にはならないと思うわ。似たもの同士でしょ。ここまでのところは合意する」

　彼女は言って彼にうなずきかけた。

「わかった。もう一つあるんだ。依頼を受けてくれたら、おれたちは一緒に仕事に取りかかる。つまり、あんたとおれの二人で。おれはあんたの命令に従い、あんたをアシストするが、あくまでおれたち二人は共演者だ」

「あなたの依頼人の意向なの？」

「まあな」

「いいわ、あなたが自分の仕事をするかぎり、わたしに異存はない――」

　ヤナは目を細めた。穏やかな口調のままで、

「――でも、あなたが暴走を始める兆しが少しでも見られたら、まずあなたを首にし、作戦を台無しにしてやるつもり。これがわたしの条件。それでいいわね？」

「もちろんだ」

「あなたはわたしの命令に従う。わたしの言うとおりの行動をする。で、きっとあなたはわ

たしを感動させてくれる」

ミルコは首を傾げた。

「そうできると思う」


ミルコが帰っていき、ヤナはトリオーラの町で軽い昼食をとった。波打った天板に赤と白のチェックのテーブルクロスがかけられたテーブルで、パニーニと自家製の総菜を食べ、深さ百二十メートルもあるロレート谷の息を呑む光景を見て楽しんだ。ラ・モッラとサン・レモに何度か携帯で電話し、ラウラ・フィリドルフィとしての仕事をこなした。そのあいだにリカルドは、ミルコという名の男をトリノまで送っていった。

彼女はある意味、感心していた。ミルコはこの業界の内実を熟知しているにちがいない。その状況が、まさに彼女を不安にさせた。これまでの依頼人のうちで、ヤナという女性の実像を知る者はいない。彼女の片腕のシルヴィオ・リカルドがいくつかの死んだメールボックスや代理人を介在させて、インターフェースを具体化してきた。ルートを遡って彼のもとまでたどり着くことですら困難で、ましてやヤナがラウラ・フィリドルフィ、あるいはソニア・コシッチと同一人物であると突きとめられるはずはなかったのだ。

その反面、ミルコの条件にはさほどの驚きはなかった。名なしの同僚の望みに敬意を払うのはあたりまえだ。テロリストのあいだでは不仲を越えて協調するが、そこはただの犯罪者集団と性格が異なる点だった。それは名誉という理由からではなく、個人の利益から発生する。テロリストは互いに学び合う。宗教を異にするというように立場が完全に違わないかぎり、テロリスト同士は共同作業を高く評価するものなのだ。

プロフェッショナルのあいだには例外が一つあった。金だけが目的で働く者は、ほかの誰よりも匿名性を頼りにしている。金で雇われたテロリストは決して犯行声明を残さない。目立ちたいとは決して思わない。世界へのメッセージは持たず、持っているのは口座番号だ。

ミルコは愛国的に振る舞っているかもしれないが、プロフェッショナルの数に入るとヤナは考えていた。彼がほのめかしたように、彼の依頼人たちがセルビアの権力中枢にいるのであれば、彼らの民族主義的な動機を彼は共有していないのだろう。たとえ同じ考えでも、中立的な立場であっても、依頼人たちからすれば彼は大いに役立つ存在だ。ヤナ自身は中立という意味で理想的だった。

ユーゴスラビア大統領スロボダン・ミロシェヴィッチはまた少し異なる。彼は民族主義を裏切ったのではない。かつて、がちがちの共産主義者だった彼には、流行を察知する勘が備わっていたのだ。彼は新しい思想という外套をふわりと羽織った。まさにそれが彼にとっては幸いした。真の企みというものは、往々にして真実よりも本物らしく見えるものだ。

ミルコの背後にいる人々が現実に愛国主義者を探しているのは明らかだし、ヤナが愛国精神に傾倒してからの歩みをミルコが知っているのも、どうやら本当らしい。彼らがミルコを雇ったのは、彼女のように理想主義者であり、かつプロフェッショナルである人物を探すためだ。その点では、ヤナに代わる人物は一人もいない。

彼女はウエイターを呼んでグラッパを注文した。かすかに黄色がかった蒸留酒のグラスが目の前におかれるまでのあいだ、彼女は思考回路を待機状態にして風景を眺めていた。思考のスイッチを思いのままに操作する能力を備えることは、ヤナのような仕事をする場合に好都合だった。どこか頭上で鳥がさえずっている。背後でナイフやフォークが音を立てた。ウエイターがカウンターの脇にある引き出しの中をかきまわしているのだ。

彼女はグラッパを飲んだ。まず舌を濡らし、それで気分をよくしてグラスを一気に傾ける。

彼女はふたたび思考を始めた。

ユーゴスラビアの情報機関は政府直轄だ。ミルコは真っ先に彼女に信頼を示してみせたが、それは情報機関のやり方と同じだった。彼女は情報機関の人間に関係したことは一度もない。準軍事組織の人間は情報機関には属さない。傭兵であり、ただの飼い犬なのだ。国防大臣パヴレ・ブラトヴィチや、ころころと政治姿勢を変えて奇妙な結果を生みだす間抜けのヴク・ドラシュコヴィッチといった、権力中枢にいる人々とも、彼女は面識がなかった。ミルコは権力中枢に彼女が入りこんでいないと推測していたが、そのとおりだ。事実、政府中枢に源を発する指令が民兵組織に下されたことはない。けれど、ミロシェヴィッチが民兵組織のボス、アルカンとその手下を密かに指揮し、彼らの行動を承認しただけでなく、かなり先導していたことを、彼女は知っている。それでも世間は両者を別のものとし、両者のあいだに著しい隔たりを認めているようだ。ベオグラード政府は狡猾で、決して隙を見せたりしない。それミルコはかなりの確率で、ヤナが今考えていることを計算に入れて挑発してきたが、それは愚かな行為だ。彼は、彼女にあれやこれや悩ませたかった。ミルコは彼に許される以上に正直であろうとしただけかもしれないが、彼女の思考を操作しようなどとは、彼女の機嫌を損ねる越権行為にほかならない。

彼はロシア人という言葉を口にした。

ロシア人はベオグラードに親近感を持っている。ミルコは、ロシアの立場についての自分の考えを下心もなく口にしたのではない。ロシアにはボリス・エリツィンという名ではない、権力を操る老人たちがひと握り存在する。赤いボスたちはあらゆる利権を代表するが、国際社会における政治的陰謀とはかけ離れていた。ロシアはテロリズムを犯罪とみなし、その代わり犯罪行為を社会的に容認した。合法と違法のグレイゾーンは巨大国家の権力圏に埋もれている。その権力とは世界の金の流れの上に成り立っているのだ。もしNATOが本当にユーゴスラビアを威圧すれば、ロシアによる武力攻撃がいくらか期待されるかもしれない。しかし、厳しい言葉も西側の信用という綿にくるまれて、結局その輪郭をなくしてしまうのだろう。

その一方で、ロシアのあるグループが戦争や紛争を切望していることは疑いようもない。ミルコはロシア人という言葉を口にした。モスクワが一枚嚙んでいるとほのめかしたのだ。それが月並みな響きしか持たないことは、彼も承知の上にちがいない。では、なぜ口にしたのか。そもそも、ほのめかす必要があったのか。彼の背後にいる者たちは、彼女がノーと答えることを恐れたのだろうか。

彼女はコートの内ポケットからサングラスを取りだしてかけた。気温が下がり、テラス席に座っていられなくなった。開いたままのガラス扉からレストランに入り、支払いをした。店主は笑顔で彼女に挨拶を返す。すべては日常茶飯の出来事で、のちに互いを思い出すことはない。

ミルコは、彼女が考えるよりもずっと困難な仕事の遂行を迫られているのかもしれない。彼女の決断が、セルビアを大事に思う感情に左右されるということを、彼は知っている。その一方で、彼はカードをだせないのかもしれない。依頼人への守秘義務に阻まれて、ヤナが依頼を受けるのに必要となる最重要の論点を伝えられないでいるのだ。

それでも彼はリスクを冒したようだ。もちろん想像にすぎないのだが。彼は、首謀者の身元を曖昧にしたままにはしなかった。どちらかがゲームのルールを破れば、ただではすまないぞと、二人とも武器をちらつかせて牽制し合った。

よくあることだ。

彼女はゆっくり通りに出ると、携帯でマイクロソフト社に電話をかけた。

一九九九年六月十五日　ドイツ　ケルン　空港

キカ・ヴァーグナーは広げた雑誌で顔を隠していた。

「何を読んでいるんだい？」

クーン編集長が尋ねた。

何を読んでいるのか？　もちろんクーンに話しかけられないように活字を眺めているのだ。けれど、それも役には立たなかったらしい。

オコナーの乗る飛行機は定刻より三十分遅れて到着していた。二人はルフトハンザ航空のラウンジですっかり冷めたコーヒーを飲んでいた。

クーンは間違いなく退屈している。

「オコナーはアイルランド共和軍に親近感を持っていたって知ってるかい？」

「いいえ」

ちょっと待って、キカ。それは興味深い話だわ。彼女は雑誌を脇においた。

「いつのことなんです？」

「名声を手にする前のことだ。コークで会ったとき、彼が話してくれたんだよ。去年だったか。信じられないだろ？　光を減速できる人物が、自分は爆弾男だったとカミングアウトしたんだから」

クーンは深刻な表情を浮かべた。

「ややこしい言い方ですね。ストレートに話してもらえます？」

クーンはまるで初対面のような顔をしてヴァーグナーを見つめる。

「ぼくが言いたかったのは、彼自身が……ああ、なんてことだ！　彼はトリニティ・カレッジ時代、北アイルランドがアイルランド人やイギリス人に襲いかかる方向に向かうようなことを、いろいろやってのけたんだ。そのせいで、彼は大学から追いだされる寸前にまでなった。ところが彼の父親がそれに急ブレーキをかけたんだ。それでおしまい。ぼくたちはみんな、一度は愚かなことに親近感を持つものだな」

「わたしは違うけど」

「きみはまだ若いんだよ」

クーンはソファに身を沈めた。体がクッションの上をぶざまに滑り、シャツがズボンからはみだすと、まわりに毛の生えた、指二本分は幅のある臍が顔をだした。

「そもそもきみたちは気の毒な世代なんだ。きみたちの両親はきみたちと同じ音楽を聴き、まったく同じファッションを身につけ、ベネトンやクーカイといったブランドにまだ傾倒している。少なくともぼくたちには、本当に憎むことができる人物がいたからな」

「まあ素敵！　おかげで、編集長の世代はみんな立派な市民の職業に就いたんですね。わたしにすればクーカイは、編集長みたいな誇らしげな一九六八年世代の、信念のない間抜けよりずっと好ましいけれど」

「え、なんだって！」

「本当です、何もかも素敵に聞こえますよ！　編集長の世代にはどうでもよかったんでしょうね。それともわたしが間違ってます？」

クーンはコーヒーをすすった。気を悪くした様子だ。

「いずれにせよ、ぼくたちは人生の意義を、シャネルを着て走りまわることの中には見いださなかった」

シャネルを着こんだクーン編集長がさまよい歩くさまが目に浮かび、ヴァーグナーはごくりと生唾を呑みこんだ。

「ファッションの話をしたいのですか？」

彼女は尋ねた。クーンが答えないと見ると、彼女はふたたび雑誌に没入した。腹立たしかったが、彼の十把一からげなものの見方の中にも計り知れない蘊蓄《うんちく》があることが面白くもあった。彼は甚だしく間違ったことを言っているわけではない。けれど、クーンが正しいと認める気にはなれなかった。少なくとも彼が月並みな言葉を並べ立ててばかりいるうちは。

それは自分自身がよくやることだと、ふと彼女は思って罪の意識を覚えた。なにも一九六八年世代を引き合いにだすまでのことではなかった。

ラウンジの扉が音もなく開き、ルフトハンザの制服を着た客室乗務員が入ってきた。人目を引く美人だが、それはどうでもいいことだった。その後ろに現われた男性を目にすると、彼女がたとえミス・ワールドだったとしても、彼女への関心が色褪せてもしかたない。男性はほとんど空のグラスを握りしめ、アタッシェケースを小脇に抱え、口元に奇妙な共犯者の笑みをたたえている。

キカ・ヴァーグナーがリアム・オコナーを初めて見た瞬間、自分は二十八年の生涯で最も魅力的な男性を見たのだと思った。

とはいえ、彼女はたちまち幸せな気分になったのではない。

オコナーの写真は何枚も見ている。だから彼がハンサムであることに驚きはしなかった。これほどまでにハンサムだったのかと驚いたのだ。どんな写真もビデオも、彼の印象を正確に伝えることはできなかった。リアム・オコナーが足を踏み入れた空間では分子組成が変化する。まるで彼を基点に力場が発生しているようだ。そこでは、彼の実験で光子が衝突するようには、電子同士を引きはがすことはできないが、しっかりと確立した人格を、あてどもなく漂う精神の集合体に変えてしまうことは可能だ。若き日のマーロン・ブランドは姿を現わしただけで、大盛り上がりのパーティー会場を一瞬にして黙らせてしまったそうだ。それと同じ魔力をオコナーも持ち合わせているようだった。違うところがあるとすれば、アイルランド人リアム・オコナーは俳優マーロン・ブランドより頭一つ分背が高い。

客室乗務員の女性があたりを見まわすと、クーンがさっと立ち上がった。その瞬間、オコナーの顔から笑みが消えた。まずはクーンに目をやり、中身がほとんどないのはクーンのせいだと言わんばかりに、自分のグラスに視線を落とす。クーン編集長だとわかったはずだ。ここ何年来、二人は定期的に会っているし、そもそも四十八時間前にハンブルクで別れたばかりなのだから。それなのに彼はあからさまに興味のない表情を浮かべた。アタッシェケースを手近のソファに投げ、若々しい顔には不釣り合いな銀髪に手をやり、何かのメロディをハミングしはじめた。

「リアム！」

クーンはオコナーに駆け寄ると、彼の右手をつかもうとしてやめた。オコナーは遠い世界から辛い現実に戻ってきたかのようにクーンを見つめ、彼の手にグラスを押しつける。

「一杯くれないか」

「ウェルカム・ドリンクはきっとバーにありますよ」

客室乗務員が告げた。

キカ・ヴァーグナーは歩み寄りながら、自分は魔力の虜《とりこ》にはなっていないと気がついた。むしろ、半ズボン姿のわが子が大人の役を演じるのを、楽しそうに見守る母親の気分だった。

「ヴァーグナーです」

彼女はオコナーに言った。

自己紹介をする自分の声は何度となく聞いて知っているが、どういうわけか今日は、オウムが彼女の口を借りてしゃべっているかのような感じだ。

彼は彼女に目を向けた。いきなり自分の注意を彼女とクーンと客室乗務員に三分割しなければならず、見るからに混乱している。やがて目に光が戻ると、ヴァーグナーは自分がその瞳に吸いこまれて、低俗な人間に変えられてしまったような感覚にとらわれた。

こんな経験が繰り返しできるのなら、女性は男女同権を勝ちとる苦労などしなくてもいいのに。彼女は苦々しくそう思った。

相手の注意を引き、興味があることを示すために、互いの目を見つめ合うが、それはむしろ相手を一人の人間として知覚するついでに起きることだ。コミュニケーションが可能になり、意思疎通が深まってから、瞳と瞳で会話ができる。それ以上は、二人が急接近して初めて起きる稀な現象だ。

オコナーの瞳はそうした中途半端を許さなかった。アイコンタクトを取るのではなく、彼の瞳は人質を取る。貧血と間違うほど真っ白な白目にはめこまれた深い青色の瞳は、自ら光り輝いているようだ。眉のせいでそう見えるのかもしれないし、ふらついてはいないものの酔っ払っているためかもしれない。ヴァーグナーの目には、彼はまっすぐ立っており、しっかり自分をコントロールしているように映った。けれども、素面《しらふ》の彼に見つめられたら、その視線にレントゲンのように貫かれ、観察されて、合格か不合格を宣言されてしまうことだろう。たった今まで欠点を抱えながらもうまく生きてきたのに、その欠点が大きく膨らみ、耐えがたい苦痛になり、恐ろしいまでの平凡さという不幸を感じながら自滅していく。同時に——明らかに矛盾するのだが、オコナーの瞳は、これほどまでに大切で美しいものは見たことがないと、相手に語りかける。すると相手は自滅の運命からふたたび蘇る。視線をそらすことなどできるはずもなく、瞳はすべてを約束し、すべてを要求する。相手を中毒にさせ、オコナーが顔をそむけて視線が切れた瞬間に、一番辛いときがやって来るぞと教えてくれる。

ヴァーグナーは笑みを浮かべ、自分が今ここにいる理由を彼の瞳に見いだそうとした。輝かしい精神と山のような悪癖を持ち、スキャンダルをこよなく愛する飲んだくれのひねくれ者オコナー。出版社は彼に同行するよう彼女に命じたが、それはハンブルクで彼が起こしたスキャンダルを繰り返させないためだった。ヴァーグナーは、オコナーを絶対に大目に見ないと心に決めている。そして、絶対に彼を好きにならないと。たった今、何も起きなかったら、その決心は揺るがなかったのだが。

「えっと……どうもありがとう」

クーンが言うのを彼女は聞いて肩をすくめた。

オコナーはいらいらと彼女から視線をはずした。その瞬間も、彼はまだ端正な顔立ちをして粋なスーツに身を包み、酒臭い息を吐く男性だった。キカ・ヴァーグナーは大きく息を吸いこんだ。

クーンが客室乗務員にほほ笑みかけ、父親のような声をだす。

「ありがとう。彼をここまで連れてきてくれて。それで荷物は――」

「ホテルに向かってます」

客室乗務員は答えてしばらく躊躇した。オコナーに目配せすると、

「今はおとなしいんですけど。そうですよね？　それとも、入国審査に戻って警官の帽子を奪ってみます？」

「彼がそんなことをしたの？」

クーンが尋ねた。

「いいかげん飲むものをくれないか。その人に何時間も通路を引きずりまわされたんだ。すっかり嫌気がさしてるんだよ」

オコナーはドイツ語で文句をつぶやいた。

「違いますよ。わたしたちは粒子加速器の中をさまよい歩いたんです。とにかくちょっと気分は悪いけれど。そうですよね？」

客室乗務員が訂正すると、オコナーはにやりと笑った。

「もっと一緒にいてくれないのかい？」

「また別の機会に」

彼女はラウンジの出口に向かった。扉のところで立ち止まるとヴァーグナーのほうを振り返る。

「あなたもヒップに気をつけてね」

彼女の背後で扉が閉まると、オコナーは眉を上げてあきらめ顔をしてみせた。クーンは不安そうに空《から》のグラスを手の中でまわしていたが、やがて薄笑いを浮かべてオコナーの肩を親しげにたたく。

「そうだな。あそこがケルンならよかったな。きみが……」

オコナーは無言で彼の脇をすり抜け、気取った足取りでバーに近づいた。シャンパンをサービスするバーテンダーは彼にせっつかれて、あわててコルクを抜いた。

「きみはぼくの親友だ」

オコナーは言うと、スツールの一つに軽々と飛び乗った。ヴァーグナーは呆気にとられたクーンを引きずってバーまで行き、二人でオコナーの隣に立って、なみなみと酒の注がれたグラスが三つカウンターに現われるのを待った。

「では、ようこそおいでくださいました」

ヴァーグナーが言った。

「知り合いだったかな?」

「キカ・ヴァーグナーです。出版社の広報部にいます……」

彼女はひと息おき、もうこれからは彼に感動するまいと決心した。彼の視線であろうと、ほかのどこにも心は動かされない。

「ドクター・オコナー、お近づきになれてとてもうれしいです。こちらにお越しくださって、ありがとうございます」

オコナーは首を傾げた。やがてゆっくりと手を差しだす。ヴァーグナーがその手を取ると、ほどよい力で握られた。

「私も非常に光栄だよ」

彼は言った。アイルランド訛りのために幾分語気が柔らかに聞こえるほかは、彼のドイツ語は完璧だった。発声にむらがあるのは、この数時間に彼が飲み干したにちがいないアルコール飲料の量に明らかに影響されている。ヴァーグナーはこの状況にどう対処するべきか、懸命に頭をめぐらせた。オコナーがすでに酔っ払っているとは考えてもみなかったのだ。その夜に公の場への初出演がないのであれば、大した問題ではないのだが。

ハンブルクで取材の約束をすっぽかして記者を二時間待たせたように、このバーでも彼は深酒をするかもしれない。そんなことをさせまいと躍起になればなるほど、結果は裏目に出そうだった。

フランツ・マリア・クーンが恐る恐る口を開く。

「シャンパンは別の機会にしたほうがよくないだろうか。いささか時間が押しているし……」

オコナーは決然として、

「フランツ、きみはダニだ。こちらのお若い女性が私とシャンパンを飲んでくれるんだ。黙っててくれ」

クーンにさっと背を向け、自分のグラスを掲げる。

「あなたはとっても、とっても大きなお嬢さんだ」

彼は言って一気にグラスを傾けた。

それがクーンの口から出た言葉であれば、彼女を激怒させることだろう。けれどもオコナーが言うと、ほとんどお世辞に聞こえた。

「百八十七センチです。正確には」

彼女はシャンパンに少し口をつけ、彼のほうに身をかがめた。

「うっひー！」

オコナーは声を上げ、目を輝かせて彼女を眺めた。

「本当にそろそろ——」

言いかけたクーンを、彼女は手を振って黙らせる。

「いいんです。もう一杯いかが？」

彼女に尋ねられてオコナーは口を開けたが、はっとして考えこんだ。

「なんだったか……予定が入っていたよね」

「今晩、物理学研究所でちょっとしたスピーチの予定がありますよ。でも大したことではありません。まだかなり時間がありますし。どうです、一瓶、空にするというのは」

クーンは呆然と首を振り、両手を振りまわした。ヴァーグナーはそれを無視し、シャンパンのボトルに手を伸ばしてオコナーのグラスに注ごうとする。

「いや、その……」

「え、どうされました？　もう飲みたくないんですか」

「それは、でも……」

オコナーは、やんごとなき状況のために、解決不能な問題の前に立たされたような顔をした。すぐにスツールから飛び降り、ラウンジの中央に行って何度も手をたたいた。それまで彼の存在に気づかなかった人々が顔を上げる。

「聞いてくれ！」

人々の歓談する声が消えた。

クーンはため息まじりに、

「実は、こうなると思っていたんだ。どうしてまた、こんなふうになるんだろうな」

「さあ皆さん、雑誌なんかおいて。口を閉ざしてくれ。大切な話をしなけりゃならない」

オコナーが指示すると、ラウンジは本当に静まりかえった。

「この女性……この個性溢れる女性が……」

彼は声を張り上げた。

息を呑むような沈黙。

彼は言葉に詰まる。

何か言うつもりだったのだろうが、それは意識のかなたに消えてしまったらしい。思考の断片が反思考の断片と衝突し、忘却というまばゆい閃光を浴びて二つは反対方向に暴走する。そのあとにどんよりとした重圧感がやって来た。頭ががくんと胸に落ちる。世界中の苦悩を自分一人の肩で担いでいるかのように、彼は一瞬立ちつくした。

やがて肩をすくめると、足を引きずって出口に向かう。

「オーケー。じゃあ行こうか」

彼は自分のネクタイに向かって言った。

一九九八年十二月五日　イタリア　ピエモンテ州　ラ・モッラ

シルヴィオ・リカルドは両手で頬杖をつき、ヤナを眺めていた。彼のまなざしには、頭の中で損益計算書の支出を並べ替えてでもいるかのように、現実離れしたところがある。

「あなたがそれを受けるとなると、ほかのことはもう何もできないでしょうね」

ヤナはうなずいた。

リカルドのコメントは二重の意味で的を射ていた。彼女がこの仕事を片づけたとしても、正真正銘それが最後の仕事になり、この業界を去ることになるのだろう。それほどまでの仕事をこなしたのちもまだ続けるのは、紛れもない自殺行為だ。彼女の名前が口にだされるところならどこにでも、世界中がこぞって殺到する。彼女を狩るゲームが始まり、依頼をでっち上げて彼女をおびき寄せ、いつの日か彼女は罠に落ちる。一方、この仕事をしくじれば、やはり最後の仕事になる。そののち彼女は何もできない。死亡した人間に何かができるはずもないからだ。

結果がどう転ぼうと、彼女はソニア・コシッチ、ラウラ・フィリドルフィをはじめ、一ダースほどもある偽の身分証明を、その日のうちに葬り去るしかないだろう。とりわけヤナという名前ではひと息たりとも長生きはできない。その名を持つスペシャリストは決して存在しなかったかのように、一秒一秒が過ぎていくのだ。

彼女は存在をやめるだろう。

ラウラと、そのほか残りの身元については惜しいとは思わなかった。ただ残念なのは、さまざまな分身を抹殺する際にソニアも犠牲にしなければならないことだ。唯一、ソニアには子ども時代があり、空想が現実を思いのままにしていた頃の記憶を持つ分身だった。ソニア

・コシッチ――ヤナが持ちつづけていると信じる無邪気さの名残り。その一方で彼女は疑い深い。クラジナで子ども時代を過ごしていた頃、おじいさんにおやつのベーコンを食べにおいでと呼ばれ、花畑を駆けて祖父の腕に飛びこんだ少女ソニア・コシッチの無邪気さは、箱の中でミイラ化してしまった物体をときどき取りだしては、すでに死んでいると知りながら、哀愁と嫌悪感の入りまじった気持ちで眺めるようなものだ。ソニアはヤナであるのかもしれない。けれども、ヤナはソニアを呼びだす権利をとっくに失ってしまった。

これ以上、現実というものに面目を傷つけられないためには、少女ソニアの顔は永遠に消え去ったほうがいいのだろう。

そうすべきなのか。

「財務責任者として、ぼくはもちろん賛成しますよ」

リカルドが彼女の心を読んだかのように答えた。

「まずぼくたちは、あなたの分身のすべてを通貨に交換するしかないという、きわめてめずらしいケースに遭遇しているのでしょうね。面白そうじゃないですか。あなたはスウェーデン語とかイヌイットの言葉を習うことになるのかもしれませんよ。ネウロネット社を清算すれば数百万は残るだろうから、そうする価値はある。当然あなたはセルビアには戻れないだろうな。イタリアに残ることも賢い選択だとは思わない。でもイギリスには素敵な場所がある。大量の雨さえ気にしなければアイルランドは美しいところだ。フランス北部やスペイン北部は、すでにまったく違った隠れ家を提供してくれたし、食事も最高だ」

「それはあとで決めればいいわ」

リカルドは肩をすくめる。

「あなたの人生だ。ヤナを世界の歴史から抹消し、これまでほぼ特定されていない人物を蘇らせる諸経費を差し引いて、だいたい三千万はあなたに残る。ドルでですよ。そのあとはモロッコでオレンジの摘み取りをやってもいいし、ハワイのスーパーでレジ係をやってもいい。一番いいのは何もせず、高級ワインを飲んでいることだ。でも、二度とゲームセンターで武器に触れることはない。公の場でという意味ですよ」

「親切な講義をどうもありがとう」

リカルドは気にせず続ける。

「ネウロネット社の解散準備ですが、あなたが自分の仕事を片づけた瞬間に、会社はあらゆる手段を発動します。全債務を支払い、従業員は規則どおり翌日に解雇する。彼らの残りの給与と退職金は、ぼくらが設立する基金で清算する。グルシュコフは例外です。状況からすると、彼の新たな人生にも資金援助が必要でしょうね」

ヤナはうなずいた。マキシム・グルシュコフは、ネウロネット社の主任プログラマーであるとともにヤナの側近で、彼女が依頼の仕事を遂行する際の計画立案と技術面を任せている。

リカルドが続ける。

「ヤナが終わりを迎えるとともに、この家もおしまいになる。残念ながら焼失することになります。火事の原因はショート。何一つ残してはいけない。ぼくとしてはあなたの遺産を引き継ぎたいところだが、ぼくたちはセンチメンタルになるつもりはないんだ」

彼はひと息おいて眼鏡の上縁から彼女を見た。

「このシルヴィオ・リカルドにも新しい名前と居場所が必要です。ぼくたちの距離は近すぎる。自分には答えられないような心苦しい質問に、ぼくはさらされたくないですから」

「大丈夫よ」

ヤナは大きなストライドで部屋の大きさを測るように歩いた。檻から出た肉食獣のように筋肉が張りつめる。彼女は考えをめぐらせた。リカルドはトリオーラの町でいい仕事をしてくれた。おかげでミルコが一人で写る写真を彼女は手に入れた。リカルドは、彼女が写りこまないように細心の注意を払ったのだ。さらに、ミルコはトリノからまずケルンに飛び、そこで一泊して、翌朝、ウィーン行の飛行機に乗りこんだことを確認した。尾行はそこまでで終わりにした。彼女にはミルコとの約束を積極的に破るつもりはないが、少しだけ賢く立ちまわるつもりだ。

ヤナは言った。

「この仕事は、きっとセルビア政府の指令中枢から直接だされたものでしょうね。ミロシェヴィッチ本人がそこまでするかどうかは怪しいけれど。でも中枢にいるほかの人間が思いついたのかもしれない。ミルコはそう言ってしまってから、すぐにロシア人を持ちだして中枢の範囲を広げようとしたのよ」

「そうかもしれない。でも、仕組まれた感じがするな。モスクワ政府の役人は、国内の大規模な犯罪組織とたいていつながっている。もちろん金で。まあロシアは殺人市場の中核だ。でも政治とはむしろ一線を画している。ロシアのマフィアにはリスクが多すぎるかもしれないな。彼らがチェチェンで金を稼いでロシアの屋台骨を修繕し、みんなが誇りを取り戻したんだ。世界の安定を揺るがすようなことは、共産主義者ですら懐疑的に見ているんですよ」

「ロシアの軍人や元KGBのエージェントが核弾頭を売りさばこうとしているって、でかでかと報道されてるわ」

「ウクライナ人ですよ。取引を企んだのはドイツのビジネスマンたちだった」

「汚職軍人が世界中で最高値をつけた者に売りさばいているのよ。それがロシア人なの。分割可能な核材料をイランに供給することを許可したのが誰であれ、キングの死に怖じ気づいたりはしないと思う」

「肝心なことは、それによって誰が何を達成するかだろうな」

「西側は行き過ぎをたしなめられるのかもしれない。結局、自分たちのことは自分たちで、なんとかするのでしょ」

ヤナは自分でも驚くほどの激しい口調で言った。

リカルドはしばらく押し黙り、やがて尋ねた。

「あなたは今でもミロシェヴィッチを賞賛するんですか」

ヤナは口をつぐんだ。居心地のいいリビングルームにおかれた高価なイタリア家具のあいだを視線がさまよう。やがて彼女は窓辺に行き、ピエモンテのなだらかな丘を眺めた。

「アルバイトなのよ」

リカルドは咳払いをした。椅子から腰を上げると彼女の隣に立つ。

「バイトだってことはわかってますよ。ねえ、ぼくはあなたの会計士なんです。ぼくの仕事はラウラとヤナの活動を一つにまとめ、二人のビジネスウーマンに有益な助言をすることだ。あなたの動機を綿密に調べようとして、ぼくが縄張りを変えれば、市場経済的に見てぼくたちのためにはならない」

彼はひと息おいた。

「でも、ぼくたちは親しくなった。あなたに警告することが義務であるように感じているのかな。ヤナにすれば、それはバイトだ。仕事を断わるなんて、ぼくは一秒だって考えたくないだろうな。ぼくたちは依頼人のイデオロギーなんかに全然興味はないんだ。でもソニアにとっては、すべてが個人キャンペーンになるんでしょうね。あなたはミスするかもしれませんよ。ものごとを客観的に見るあなたの目が曇れば、あなたが望むと望まざるとにかかわらず、行動の結末を危険にさらすことになる。それに、あなたが自分自身を利用させるか、利用されるかには必ず違いがある。そういうことも、ぼくなら最終判断をする前に考えるだろうな」

ヤナは考えこんだ。

「ミロシェヴィッチを信用するのは間違いだったわ。彼は国を破滅させる。でも結局、彼の言うことは正しいのよ」

彼女はため息をついた。彼に背を向けると、無力感が湧き上がってくるのを感じた。

「わたしの仕事の結果、何かが本当に……変わってしまうような状況を、今日まで手にしたことがないわ。そうでしょ？」

「そうですね。まったくそのとおりだ」

「いきなり何もかもがまたごちゃ混ぜになる。あなたの言うとおりなのよ。これは個人の問題になるのでしょうね。だから彼らはわたしを探しだした。ミルコがわたしに伝えたかったのはそれなの。これは単純なバイトではない。わたしたちが世界にそういうシグナルを発信すべきかどうかという疑問を、わたしに投げかけているのよ。わたしがそうしたいかどうかという疑問も。本当のことを言うと、ソニア・コシッチは今まさに拳を掲げてクラジナの丘に立っているわ。そして彼女の中にあるすべてが名声を追いかけようとしている。わたしたちはもうこれ以上、自分自身を端役や歴史の倒錯者に格下げすることはできない。セルビア人はずっと犠牲者でしかなかった。でも、ヤナは自分が何を解き放とうとしているのか知っている。彼女にとって、もうどうでもいいことではないのよ。わたしは人々のことを心配しているの」

「同じことをライラ・カリドも言った」

ヤナはリカルドが何を言いたいのかわかっている。ライラ・カリドはパレスチナ《P》解放《F》人民《L》戦線《P》のメンバーだった。一九六九年、ＰＦＬＰはＴＷＡ航空機を、翌年にはエルアル航空の旅客機をハイジャックした。彼らの目的は乗客に危害を加えることではなく、同志の解放のために乗客を人質として利用し、パブリシティを獲得して、国に内在する問題に世間の目を向けさせることだった。ライラ・カリドは自身のことを冷徹でもないし残忍でもないと考えていた。彼女の自己分析はおそらく正しかったのだろう。のちに何度となく行なわれた尋問の一つで彼女はこう語っている。「あのね、わたしは飛行機をハイジャックしろと命令されたのであって、爆破しろと命じられたのではない。わたしは人々のことを心配してるの。もしわたしに飛行機を爆破する気があれば、誰もそれを阻止できないでしょうね」

しかし、ライラ・カリドの歴史は三十年前に遡る。理想主義者以外の何者にもなるつもりのなかった理想主義者の歴史。もう一人は、理想主義者とは違う者になってしまった理想主義者。プロフェッショナル。金で人を殺すことが許されるかどうかは問題ではなく、どこまでやれるかを問う殺人請負人。ヤナとライラ・カリドのあいだには、ずっと昔に奈落が口を開けていた。だからこそリカルドがパレスチナ人ライラの声明を思い出させてくれたことは、ヤナの心の奥を震わせた。ここ数年のあいだ、彼女は請負仕事を粛々と片づけることでうまく生きてきたし、とりわけ経済的に豊かに暮らしてこられた。それは、彼女が負けたと思って再開を待ちわびる公平な戦いとは別の問題だ。ヤナは大した苦労もせず、その二つを区別してきた。けれどもそれは、ミルコが彼女の前に現われ、昔の疑問をあらためて投げかけられるまでのことだ。

突然、奈落の上に一本の橋がふわふわと浮いていた。ヤナとライラを隔てる奈落を渡れと誘惑する。

それは魅力的だった。二人の人生を同時に生きられるかもしれない。請負仕事を事務的に片づけ、かつ、ソニア・コシッチの民族を理解しようともせずに、常に有罪判決だけを下す憎き帝国主義の傲慢さに勝利する。その上、これまでで最高額の報酬を受け取る。クライマックスであり、最後の仕事。新しい人生の始まり。

「どんな助言をしてくれるの？」

彼女は唐突に尋ね、リカルドに顔を向けた。

彼は小さく笑う。

「ぼくに助言してほしいと？」

「そうよ」

「依頼をお受けなさい」

「どうして？」

「だって、あなたは永遠にこういうことを続けられないんですよ。今が華で、あなたのキャリアの頂点かもしれない。賢明な政治家は名声が最高に達したところで引退するって、誰でも知ってますよ。あなたにとって有益なことを、一から始めるように強制されているのかもしれない。ぼくの知ってるあなたが、ずっと陥っているジレンマから解放されるんじゃないかな。ヤナ、あなたは本当は幸せじゃない。依頼を受けなさい。そうなさいよ。多くの人がこっそりあなたの肩をたたいているのかもしれないんだ。声を張り上げて泣く者や歯嚙みする者もいるかもしれない。ヨーロッパのいろいろな問題が国際的に注目されるかもしれない。

国家の指導者の一人や二人が失脚するかもしれないけれど、アメリカもロシアも中国も、それ以上の乱打戦には興味がないんだ。問題は解決されるでしょう。トロイの木馬は世界一の人気者の頭の皮を、誰にも気づかれずに手にしたいのかもしれない。あなたもあなたの国も満足するかもしれない。あなた自身がそれとどう付き合おうと、ぼくはとやかく言えない。まあ、ぼくの問題ではないですから」

「この依頼の大元はどこだと思う？」

「セルビア？　ロシア？　リビア？　ヤナ、あなたに新たな人生を与えてくれる者が誰なのか、そんなに重要なんですか？」

ヤナは虚空を見つめた。

いきなり思考回路が袋小路に迷いこんでしまったかのようだ。記憶容量に限りのあるプログラムの中で次々とウインドウを開け、次々とデータを呼びだす。すると画面に見慣れたボックスが現われる。「新しいウインドウを開くにはディスク容量が足りません。ウインドウを一旦閉じて、初めからやり直してください」

ウインドウを閉じることは急を要する。生涯、いくつもの人格と身元証明を積み上げつづけることはできない。リカルドの言うとおりだ。ヤナは終わった。プロ精神と愛国主義のあいだで、彼女のいわゆる内なるカーソルがハングアップしてしまったのだ。

最後にミラクルタッチして全人格を再統一する。そしてそこから抜けだし、別人になる。ピエモンテの葡萄畑に囲まれたこの家は消え去ることになるだろう。

たとえ焼失しても、新たな家に代われば素晴らしい。三千万ドルを自由にできるのだ！これで金輪際、ソニア・コシッチにつきまとわなくてもすむだろう。

「シルヴィオ」

「何です？」

「ミルコに連絡してちょうだい。わたしが依頼を受けると彼に伝えるのよ。必要な詳細をわたしに知らせ、いつもの銀行口座に百万送金するように言ってちょうだい」

シルヴィオ・リカルドはにやりと笑った。

「かしこまりました、シニョーラ・フィリドルフィ」

一九九九年六月十五日　ドイツ　ケルン　空港

オコナーがダブリン出身だとはっきりわからなくても、キカ・ヴァーグナーが抱くアイルランド文壇のイメージから、彼がそこの出身であると想像できる。彼女の目にオコナーは、物理学者というより作家に映った。それは彼女の主観的な見方で、結局は間違っていたのだが。その上、オコナーは生まれも育ちもダブリンではあるが、百パーセントのアイルランド人ではなかった。父親はダブリンっ子、母親はハンブルクの出身なのだ。おかげで彼はバイリンガルに育ち、英語もドイツ語も堪能だった。どちらの言葉も話したくないとき、彼はアイルランドの先祖の言葉ゲール語に回帰し、自分がケルト民族にルーツを持つことを確かめる。そうする背景に隠れているのが、本物の興味なのか自己満足なのかはわからないが、彼は古代の言葉を習い、しばしば使った。つまり、ときどきアイルランドの西部や北西部に何日間も姿をくらましたのだ。彼の隠れ家を知るのは、魚の臭いが染みこんだ服を着て無精髭を生やした老人たちだけだった。

オコナーは科学に名声を刻んだ。科学者としての彼はアイルランド人でもないし、いかなる型にもはまらない。ヴァーグナーがこれまで知り合った科学者たちは、ファッショナブルとはほど遠かった。彼らは超極小の針先に原子をのせることができても、上着やズボンにこぶし大の穴が開き、皺だらけであることに気がつかない。一方、若い世代の科学者たちはジーンズにTシャツ姿で、ノーベル物理学賞を受賞したゲアト・ビンニヒやホルスト・シュトゥルマーのように、少なくともアカデミックな冒険者風の姿をしている。科学理論というものは、本質的に一貫性があればエレガントであると描写される。けれども、理論の提唱者がエレガントであったためしはない。ところが、オコナーは小麦色に日焼けした肌をアルマーニの光沢のあるグレイのスーツで包み、同色のシャツに調和のとれたネクタイを結び、完璧なヘアスタイルで決めていた。彼は一方のステレオタイプを挑発すると同時に、他方のステレオタイプに反抗しているようだが、そのどちらにも魅力たっぷりに成功していると、ヴァーグナーは認めるしかなかった。

物理学者オコナーは、彼が初の成功を収めた大学、ダブリン・トリニティカレッジで、看板教授としての名声を欲しいままにしていた。一方、作家オコナーは、故郷ダブリンでは、あらゆるところでトラブルを起こす人物として知られている。彼が出没する最良の社会ダブリンは、彼の口から絶え間なく吐きだされる罵詈雑言の原動力となっていた。『ガリヴァー旅行記』の作者ジョナサン・スウィフトはダブリンを哀れだと呼んだ。ノーベル賞作家のW・B・イェイツは盲目で無知だと表現し、劇作家のジョージ・バーナード・ショーはダブリンを愚弄し軽蔑する言葉を発した。『ユリシーズ』のジェイムズ・ジョイスは、不幸で悪意に満ち、崩壊していく町に辟易《へきえき》とし、遠く離れたところに行きたいと切望した。にもかかわらず、彼らは決してダブリンを捨て去ることはできなかったのだ。それぞれは個性溢れるやり方で、リフィー河畔の町ダブリンのパラドックス、光と影、怪しげな混沌を代表した。ジョイスもその混沌がなければ生きることも働くこともできなかっただろう。アイルランドの文人たちが、たとえ何を根拠に愛と憎しみが入りまじる感情をダブリンに捧げたにせよ、オコナーはそれを受け入れ、愛憎入りまじる感情をいつくしみながら育んでいた。

彼はダブリンを瓦礫の山にたとえるが、そのダブリンに本気で腹を立てているのかどうかは疑わしい。二十世紀にそこで第一級の文学潮流が確立されたことに、はっきり気づいていないようだ。潮流を代表する作家たちは、頑固者という彼らのスタイルを守り、酒を飲んで討論し、むしろそのついでに彼らの傑作を世に送りだしている。サミュエル・ベケット、ブレンダン・ビーアン、そして個性的なフラン・オブライエンは、カジュアルな野心を抱いて互いを訴えただけではなく、パブの常連客だった。パブは、才能豊かな酒飲みという神秘的なまでに高められた名声を彼らにもたらした。だから、オコナーが浴びるように酒を飲むのかどうかは不明だ。そもそも飲んだくれと称されるアイルランド人作家の一人であるオコナーが、本当にそんな大量の酒を飲んだのかどうかも不明だった。アイルランド人、とりわけインテリ層のアイルランド人ほど、自らへの偏見をとことん推し進める民族は見あたらない。彼らは望んでそうしているのではなく、彼らがそういう民族であるからだ。実際にアイルランドは、どのような偏見も百パーセントまで現実のものにしてしまう唯一の国だった。だから、オコナーはただ酔っ払ってではなく、もちろんアイリッシュ・ウイスキーで酔っ払って、ヴァーグナーの人生に踏みこんできたのだ。もちろん彼は先輩作家たちの伝統にのっとり、酩酊しても自尊心を忘れず、ある種の崇高さを備える自分自身にすっかり満足している。

ラウンジを出た三人はターミナルビルの二階を歩いていた。ケルン＝ボン空港はリニューアル工事中だ。ターミナルの北東ウイングには、スチールとガラスでできた新世界が誕生していた。二十一世紀の初め、旅行者は地下十八メートルにできる鉄道駅に到着すれば、百歩も歩かずチェックインし、あっという間に豪華なシートに座って滑走路を眺めていることだろう。この建築プロジェクトは必要に迫られて始まった。古きよき時代の落ち着いた空港の雰囲気はもうどこにも感じられない。現在、乗客は蟻の巣のように狭すぎる古いターミナルに押しこまれていた。今月初めから、モダンな新空港はほぼ毎日のように世界各国の政治エリートたちを迎えているが、ハイテク機器が乱雑に詰めこまれただけの混沌の様相を呈している。

三人は下りのエスカレータに乗った。オコナーはラウンジを出てからひと言もしゃべらない。

「で、フライトはどうだった？」

クーンは後ろのステップに立つヴァーグナーとオコナーのほうを振り返り、しかたなく尋ねた。リアム・オコナーは眉を上げ、左手を水平に伸ばすと、親指と人差し指を大きく広げて飛行機に見立て、機体が旋回するように動かしはじめた。

「ぶーーーーーん！」

「ああ、なるほど」

クーンは言ってうなずいた。

「ドクター、ハンブルクでは存分に楽しまれましたか？　ナイトライフとか」

キカ・ヴァーグナーが意地悪そうに尋ねた。

クーンは驚いて目を丸くした。彼女に向かって鋭い語気で、

「キカ、リアムに弁解させる必要はないぞ。しょっちゅう飛んでると、ひどく疲れるものだ。誰だってリフレッシュしたいじゃないか。ぼくなんかフライト恐怖症だから、離陸したらすぐに一杯引っかけるね。そのどこが悪いんだ？」

「キカ？」

オコナーがおうむ返しに言った。

ヴァーグナーは笑みを浮かべ、

「わたしのファーストネームです」

「彼女はね――」

言いはじめたクーンを、真顔をしたオコナーが大声でさえぎる。

「どうしてまたキカなんて名前なんだい？　ドイツの女性は、ハイディとかガビィとかじゃないの？　あなたはガビィだ。覚えておきなさい」

「さあ、足を前にだしてください」

ヴァーグナーが言った。

オコナーは眉根を寄せる。次の瞬間つまずいて、エスカレータの終点から一階に群がる人々の中によろめき出た。ゲール語で悪態をつく。クーンが駆け寄り、彼の腕をつかんだ。その手をオコナーはぶつぶつ文句を言いながら振り払うと、視線をめぐらせてヴァーグナーを見つけた。

「われわれが違う四分円に入るって、きみは教えてくれてもよかったのに。おい、ウフーラ！　ブリッジのカーク船長、この淫売を最寄りの特異点までビームで飛ばしてくれないか」

ヴァーグナーはクーンを見やった。彼は両手を大きく開き、肩をすくめて呆然としている。

「ごめんなさい、外には遠い星から来たクリンゴン人がうようよしてるんです。わたしをそんなところに放りだそうなんて、本気ではないでしょ」

「本気だ。でも、まずホテルに行くぞ」

オコナーは答えて唇をすぼめた。

「かしこまりました」

三人はまた歩きだした。ヴァーグナーはタクシー乗り場に通じるガラスのスイング扉の方向に足を向けた。クーン編集長がオコナーと一緒にタクシーに乗り、ケルン中心部のノイマルクトにある大型書店に立ち寄って、オコナーが百冊の自著にサインをする予定だった。ヴァーグナーとしては書店の頼みを断わりたいところだが、今さら予定は変更できない。彼女は自分のフォルクスワーゲン・ゴルフで、オコナーが宿泊するマリティム・ホテルに向かい、彼の部屋を確認してから時間をつぶす。オコナーを予定どおりケルン大聖堂に案内し、可能であればドーム屋根を登るかもしれない。大して独創的な観光ではないが、外国人旅行客にはどうしてもはずせない場所だ。午後を自由に過ごさせてやってもいいだろう。この状態のオコナーにドーム屋根を登らせるのは、限りなく不可能に近い。彼が夜の七時ちょうどにケルン大学物理学研究所に顔をだしてくれるだけで、ありがたいといえそうだ。今回オコナーがやって来た本来の目的は新著を紹介するためだが、研究所はその機会を利用して、彼に講演を依頼したのだった。いやしくもオコナーは光を減速した業績でノーベル賞候補になっている。たとえ、その業績がどのようなことか誰にもわからなくても。

彼女はオコナーを乗せる栄誉を授かったタクシー運転手になり代わり、彼がワープ速度で走れと命じないことを祈った。そんなことになったら、運転手一人でどうやって彼の面倒を見るのか、クーンはしばらく傍観するしかないだろう。

いつしかオコナーは『スター・トレック』を引き合いにだすことがすっかり気に入っている。視線をめぐらせ日本人の一行に目をとめて言った。

「バルカン人だ」

ヴァーグナーは小声で笑って歩きつづける。彼は彼女の腕をしっかりとつかんだ。そのようなことをされるのは嫌なものだが、彼の握り方に横柄なところはなかった。

「ちょっと待ってくれないかな、カキ……キカ。いやすまない、ガビィだったね」

オコナーは言って、共犯者のように声をひそめる。

「空港は乗っ取られてるぞ。地球外知性体にだ。われわれはずらかったほうがいい」

ヴァーグナーは一度あたりを見まわした。

「本当ですね。宇宙艦隊に連絡しないと」

「そうだそうだ」

オコナーは大声を上げ、顔を輝かせた。

「でも、まずはホテルに行きましょうね」

彼は思案顔になった。間延びした声をだす。

「なんで？　どこかで一杯飲むんじゃなかったのか？　ガビィ、一杯飲みたいよ。喉がからからなんだ。私が喉の渇きで死んでもいいのかい？」

「ホテルなら飲むものは大量にある。ホテルで飲もうじゃないか」

クーンが言った。

オコナーは自分の鼻をつまみ、彼女を解放した。

「ホテルに行くって、いったい誰が言ったんだ？」

「きみだろ」

クーンの即答が奇跡をもたらした。オコナーは無言で歩きだしたのだ。ヴァーグナーはまるで復活祭の聖体行列に紛れこんだかのような気分になった。一歩進んで、二歩下がる。オコナーはいったいどれほど酔っているのだろうか。芝居半分の気もする。せいぜい半分ほどしか酔ってはいないのではないか。

彼女は忍耐がなくなっていくのを感じて足を速めた。スイングドアが左右に開く。

「パディ！」

オコナーがいきなり叫んだ。

ヴァーグナーは足を止めた。大きく息を吸いこみ振り返る。はい、笑って。親切そうな顔をするのよ。あなたは親切なプレス担当であって番犬じゃないと、彼に思わせなくちゃ。親切なプレス担当は思いやりがあって、愛想がよく、どこまでも打たれ強い。

クーン編集長の顔を見れば、彼が真剣に心配していることがわかる。ふと彼女は編集長が気の毒になった。これまでオコナーにどれだけ手を焼いてきたのか、彼に尋ねたい者はいないだろう。

彼女だって訊きたくなかった。

「さあ行きましょう。ドクター・オコナー、本当ですよ。書店では大勢があなたを待って…

「……」

彼女がやんわり言うのをオコナーは聞いていなかった。あらぬ方向を凝視し、二人に背を向けるとエスカレータに向かって駆けだした。

「パディ・クローヘシー！　パトリック！」

クーンの唇がへの字に曲がる。

「耐えられないな。あの大ばか野郎は、今度もまた何もかもめちゃくちゃにする気だ」

クーンの右脚がぴくりと動いた。次の瞬間、逃げていくオコナーを怒りに燃える足取りで追っていく。ヴァーグナーもあとを追った。彼の心の内はよくわかる。物理学研究所の講演をキャンセルする羽目になると考えているのだ。いつものようにスキャンダルになるのだろう。念書を書かされるかもしれない。あちこちに電話して詫びてまわらなければならないだろう。リンチに遭い、頭の皮を剝がれて八つ裂きにされるかもしれない。まずはケルンで、もちろんハンブルクでも。

「ドクター・オコナー！」

オコナーはすでに立ち止まっていた。急に酔いが醒めたようだ。エレベータのほうを指さしていた。

「もうそろそろ行かないか。サイン会に遅れてしまうから」

クーンが頼んだ。

オコナーは彼を見つめ、

「あれはパディ・クローヘシーだった」

「へえ。誰のことかな。ちょっと考えさせて——」

「あいつ、エレベータに乗ってしまったんだ。捕まえ損ねた。われわれも上に行かなくては。そもそも、あのエレベータはどこに行くんだ？」

クーンはため息をつく。

「上にも下にも。きみはどっちに行きたいんだい？」

オコナーは満足げにうなずく。

「上だ！」

三人は運命に従い、くだんのエレベータに乗って二階に上がった。オコナーは航空会社のカウンターのあいだをふらふらとめぐり、首を振りながら戻ってきた。

「下には何があるんだ？」

「なんにも。道路だ。道路を見たいのかい？　そこからは駐車場がよく見わたせる。本当に素晴らしい眺めだぞ」

クーンは歯をむきだして言った。

オコナーはぐずぐずしている。

「一緒に行きますか？　それとも、わたしをガビィと呼ぶのをやめますか？　どちらがいいですか？」

ヴァーグナーが落ち着いて言った。

結局、彼はあきらめた。それから先は突発事故はもう起きず、タクシーまでたどり着いた。クーンはBMWの助手席にオコナーを押しこみ、自分はリアシートに乗りこんだ。ヴァーグナーが身をかがめ、窓越しにオコナーの目を覗きこむ。

彼はその目を見つめ返した。まるで、彼女に裸になって彼の待つバスルームに入っておいでと誘っているような目つきだ。

窓が音を立てて下がる。

「キカっていったい何なの？」

彼は尋ねた。

「キルステン・カタリーナ。どっちの名前もわたしは気に入らなかったの。両親もそうだったみたい。物心ついたときから、わたしはずっとキカなんですよ」

オコナーはお辞儀でもするつもりだったのだろうか。シートベルトに固定されていると、そのしぐさは滑稽だった。

「キカ……ああ、キ・カだ！」

彼は言った。

「では、のちほど」

彼女はさよならの合図にドアをノックし、走り去る車を見送った。

クーンは、オコナーは世界一感じのいい人物だと言ったが、嘘をついたのではなかった。どう感じがいいのか、言い忘れただけだ。

一九九八年十二月九日　ドイツ　ケルン

夕方、ケルン＝ボン空港の入国審査を通過した女は、女性実業家ラウラ・フィリドルフィとも、ミルコがトリオーラで会った女性とも似たところはなかった。職員が女のパスポートをちらりと見てうなずくと、すでに視線は次の人物に向けられている。トリノからの飛行機は満席ではなかった。入国は特に問題もなくスムーズに終わり、世界一危険な女性がケルンの地を踏んだ事実は見逃されてしまった。職員がイギリス人の慇懃《いんぎん》さを持ち合わせていれば、「ありがとうございます、シニョーラ・バルディ」と作り笑いを浮かべて言ったことだろう。けれども、ここはドイツだ。

ヤナはほかの乗客たちと一緒に荷物受取所に向かった。サングラスをずり上げ、ショーケースに近づく自分の姿がそのガラスに映っているのを眺めた。灰色の髪を後頭部に向かって撫でつけ、流行遅れのコートを着て、ウールの手袋をはめている。革のショルダーバッグは明らかに安物ではないが、持ち主と同じで擦りきれていた。数分もすれば、ベルトコンベアから自分の旅行鞄を苦労して引っ張り上げることになるが、彼女に代わって取ってやろうという気の利く男性は現われないだろう。関節炎でも患う歩き方をして、若いうちから老けこんだ様子の女は、美人だとか醜いだとか、まったく印象を与えない人相で、よく見もしないまま記憶から消し去られてしまう人間だった。

彼女は荷物受取所に着くと、ベルトコンベアに貼りつけられた広告に生気のない目を向けた。スーツケースや旅行鞄の重さを支えるコンベアのプラスチック製ベルトは、最近では抜け目なく広告用に使われている。荷物をのせて運んでくるのは、ただの黒いベルトではなかった。鱗《うろこ》のような一枚一枚に、洗剤やテレビガイド、幸せそうな主婦の顔、ミネラルウォーター、ドッグフードの広告が描かれている。

旅行鞄が出てきた。ヤナは老けた姿にふさわしいしぐさで右手を伸ばし、重く不恰好な鞄を取り上げた。それを引きずり外に出てタクシーに乗ると、一泊の予定で予約しておいた、駅裏にある格安ペンションの名を告げる。車窓を流れるライン川にも、ライトアップされたケルン大聖堂や聖マルティン大教会にも目を向けなかった。運転手にケルンは初めてかと訊かれ、親戚を訪ねるところだと片言のドイツ語で答えた。そのあと運転手は何も尋ねなかった。ケルンの親戚を訪ねる、ドイツ語の下手な、色褪せた四十半ばの女がサッカーや政治に詳しいはずがなく、面白い話を聞かせてくれるわけでもないからだ。

ペンションは質素だが快適だった。彼女の鞄を三階の狭い部屋まで運ぼうと、今度は主人のほうから申し出た。彼女は鞄を主人に任せ、二マルクを手に握らせた。主人が朝食は九時半までだと無表情で告げる。彼女はうなずき、感謝の笑みを浮かべると、彼の足音が階段に消えるのを待った。

それからしばらく窓の外をじっと見つめて計画を練った。

八時頃、大聖堂のすぐ近くの、さほど高くないイタリア料理の店を紹介してもらい、ホテルを出る。その店でペンネ・アラビアータを食べ、赤ワインを二杯飲んだ。

やがてショルダーバッグを肩にかけて店を出た。大聖堂前の広場ではクリスマス市が立っているが、すでに店じまいした屋台のあいだをライン川のほうに歩いていった。しばし視線をめぐらせ、ライン川をゆっくりと行き来する船を目で追った。考え中の計画を頭の中で一つにまとめる。やがて旧市街にある老舗のビアハウス〈ペフゲン〉に足を運び、ケルシュというケルンの地ビールを飲んで、ほどよい味わいを楽しんだ。十時を少しまわった頃、店を出てペンションに戻った。部屋の灯りを消すと、彼女はすぐに眠りに落ちた。

翌朝は、九時に朝食をとった。支払いを済ませ、旅行鞄をあと一時間預かってもらえるように頼んだ。それから最寄りのデパートの場所を尋ねる。主人は世間話をしようとしきりに話しかけるが、彼女のたどたどしいドイツ語では無理だと悟り、デパートへの道順を教えて送りだした。ヤナは礼を言って、旧市街を南北に貫く大通りの人の流れに身を任せた。デパートには数分で着いた。めあての売り場を見つけ、ＭＣＭというブランドのエレガントなキャリーケースと、揃いのハンドバッグを買った。現金で支払ってからハンドバッグをキャリーケースにしまい、駅まで引いていった。コインロッカーに預け、自分の旅行鞄を引き取りにペンションに戻る。タクシーを呼んでもらい、ふたたび駅に向かった。コインロッカーから買ったばかりの鞄を取りだすと、二つの荷物を持って公衆トイレに入った。

扉の開いた小さな個室に目を走らせて様子を確認し、中に入って扉を閉める。

そこで起きたことは、一分の隙もない、プロのみが為せる完璧な技だった。ヤナは貧相なほうの鞄を一気に空にすると、中身の一部を便器の蓋の上に、残りを足元の床に積み上げた。狭い公衆トイレの中で大型の鞄の中身を詰め替えることは容易な作業のはずがないが、訓練を積んでいれば可能だ。ヤナは二分とかからなかった。服とアクセサリーが保管場所を交替する。大半は新しい鞄に消え、いくつかは新しいハンドバッグに収まった。彼女はブラジャーとパンティ以外、身につけていた地味な服を脱ぎ、灰色のウィッグをはずし、透明感のない老けた肌を演出する薄いラテックスの膜を額と頬からこすり取った。すばやい手慣れた動きで黒のストッキングを履き、黒のブラウスにグレイのタイトスカート、揃いのジャケットを着て、高価な腕時計と、品のいいシルバーのブレスレットとネックレスをつけ、黒いパンプスを履いた。手鏡を取りだして顔を眺める。次の瞬間、ウェーブした金髪がヤナの肩にかかった。ウィッグをつける。メイクには一分をかけた。地毛の上に新たなウィッグをつける。メイク道具をハンドバッグにしまい、服の残りとともにバルディという女の一切合切を鞄に詰めた。ローデン織りの黒いケープを羽織ると、リラックスした様子で新たな荷物を持って個室を出た。

「誰か鞄を忘れていったみたい」

彼女はトイレ係の女性にスラブ語訛りのドイツ語で言うと、皿に小銭をおいた。答えを待たず、MCMのキャリーバッグをしっかりと握り、ハンドバッグを腕に下げ、駅のコンコースに出ていった。タクシー乗り場に着くと、先頭の運転手が彼女を目にとめ、すぐさま車を降りて荷物を積むのを手伝った。運転手が彼女をタクシーに乗せながら、彼女の姿を上から下までこっそり眺めたのを見て、彼女は満足した。

「ホテル・クリスタルまで」

彼女は告げた。

駅のトイレに残された旅行鞄と、その中に入っていた古いショルダーバッグは遺失物センターに届けられるかもしれない。どちらにも彼女は手袋をした手でしか触れていないが、中身は空で、不審なところもないため、誰も指紋を採ろうとは思わないだろう。持ち主が引き取りに来なければ、ゴミにまわされるか、貧しい人々の手に渡るのかもしれない。

誰かがケルンにやって来た。別の誰かがケルンを出ていく。それだけのことだった。

愉快なことに、本や映画の中では、スパイやギャングが彼女とまったく同じやり方で変装をする。必ずいつも特別なことのように描写されるが、決して特別なことではない。変装はルーチンワークだった。肝心なのは、どこかの誰かに気づかれる前に、可能なかぎり頻繁に痕跡を消すことだ。彼女がこれまでにこうしてやってきたことや、これからすることは、必要のない作業なのかもしれない。もう少し先になれば、ラウラ・フィリドルフィとして堂々とケルンに来られるだろう。けれども今はこの変装のほうが好都合なのだ。

来るべき事件におそらく責任のある人物が、それ以前にケルンに滞在していたと証言することはできないだろう。のちに事件を再構築することはほぼ不可能だ。ヤナがケルンで目撃されることは決してない。ヤナはラウラ・フィリドルフィでの姿で存在するのだが、目下のところ彼女は財務責任者のシルヴィオ・リカルドと、ネウロネット社の主任プログラマーであるマキシム・グルシュコフとともに、南イタリアに滞在している。それは二人が実際に証言してくれる。

タクシーはホテル・クリスタルの正面に停まった。旧市街を南北に貫く通り沿いに建つこのホテルは、趣味はいいとまではいえないが、快適な高級デザイナーズホテルだ。彼女は運転手に気前よくチップを渡し、キャリーバッグをホテルの中まで運ばせた。荷物はポーターに預けられ、すぐさま部屋まで運ばれる。彼女はレセプションでカリーナ・ポチョワと名乗った。ウクライナから来たビジネスウーマンだ。それからケルンの見どころを尋ね、高級イタリアンの〈アルフレード〉にテーブルを予約させた。

彼女にとってペンションに泊まることに抵抗はないが、ヤナという女性のライフスタイルにはホテル・クリスタルのほうが似合っていた。今の装いは、老けた女性というより本物のヤナのほうに近く、それにふさわしい周辺環境を整えていた。とはいえ必要に迫られれば、ヤナは木賃宿でも我慢する。別人の役を演じていれば、彼女はその人物なのだ。その人物のように体を動かし、考え、感じる。変装したら、自分が演じる人物になりきる。ヤナとは、そのときどきで彼女が演じる人物だった。

彼女は、高価な服を着て豪華なホテルを楽しむという満足感を一瞬味わった。高級レストランで食事をし、バローロやアマローネといった高級ワインを飲むのだ。最高の気分で部屋に行き、化粧直しをすると、すぐにケルン大聖堂に向かった。初めて見るように、その巨大な建造物を驚嘆して眺めた。駅と大聖堂のあいだには、大聖堂にとっては台座に、観光客の群れにとっては思い出の舞台となる、コンクリート敷きの醜悪な広場がある。その広場の一画に溶けこんだ土産物屋で、彼女は町の地図とガイドブックを買った。大切な見どころに目を通し、見せかけのそぞろ歩きを始める。

その日、彼女はケルンでおもに興味のある場所を訪ねた。オペラハウス、劇場、美術館、市庁舎。ほかにも最高級ホテルや旧市街のように、国賓を迎え入れる日を待ちわびる町の建造物を訪ね歩いた。それらのうちのどこに、のちに重要な役割を果たすことになる場所があるのか、彼女はまだ知らされていない。とにかく大まかな土地勘を得ておけば、アイデアを膨らませることができる。

空港は明日でいいだろう。これから何度かケルンに来なければならないが、今回、来てみたことは大いに役立った。明後日の今頃、トリノに向かったカリーナ・ポチョワがラウラ・フィリドルフィに変身する頃には、彼女は少なくとも問題点をすべて把握しているだろう。ミルコの依頼人たちは、彼女に要求したことのすべてを本当に理解しているのだろうか。

彼らは二千五百万を吐きだす。

それについては理解しているにちがいない。

安っぽいサンタクロースの帽子をかぶったオランダ人の一行が、ショッピングバッグを振りながら彼女の脇を通りすぎた。

そうだ、今はちょうどクリスマスシーズンだ。

華やかなクリスマス市が立ち、ショーウインドウのクリスマスそのものの飾り付けを見て初めて、クリスマスシーズンであることを思い出すとは不思議だった。それはドイツに限ったことではない。ヨーロッパのほかの国々も同じだ。人々は本来のクリスマスの意味合いを忘れ、商業主義に踊らされているだけだからだろう。

ヤナは想像の目に十字の照準を浮かべてみた。オランダ人の男にその照準を合わせる。男は一行と並んでなにやらジェスチュアをしながら歩いてきて、彼女に声をかける。

「ぶー」

彼女は小声でブーイングする。

男は笑う。一行は遠ざかっていく。

つかの間ヤナは彼らを見送り、注意をほかの目標に向ける。

一九九九年六月十五日　ドイツ　ケルン

まずヴァーグナーはマリティム・ホテルに行き、オコナーの荷物が必ず彼のスイートルームに届けられるように指示した。二、三分待って、スーツケース二個と、彼が四六時中持ち歩くゴルフバッグが到着する。オコナーは執筆や調べ物をしたり、酔っ払ったりしていないときは、ゴルフに熱狂した。明日、ケルン近郊の町プルハイムにある、レルヒェンホーフ・ゴルフクラブで市営銀行のビジターとして彼にプレイさせる予定だ。ランチにはクラブのレストランを予約してある。ミシュランの一つ星を戴くが、そこらの三つ星よりずっと味はいい。

ヴァーグナーはスイートルームを見せてもらった。部屋はゆったりとして快適で、ハイアットの建つライン川対岸が一望できた。満足してロビーに降り、レセプションで、スコットランドやアイルランドのおいしいウイスキーの用意があるかどうか尋ねた。当然、バーボンは必要ない。オコナーが酒を飲むことを阻止するのは、彼女の役目ではなかった。いつ、どこであろうと飲みたければ、彼は酒を手に入れる。それほどまでの酒飲みなら、部屋に一瓶用意されていればうれしいはずだ。

レセプションの女性もヴァーグナー同様、ウイスキーにはまったく疎《うと》かったので、詳しい同僚を手招きした。その男性は物知り顔で、用意しますと承諾してくれた。彼が告げたのは、ヴァーグナーも聞いたことのある銘柄だ。さらにスペシャル・オールド・リザーブだと付け足し、ピュア・シングルモルトと口にした。エキゾチックな響きがあり、ヴァーグナーは聞いただけで彼の見識を信用した。男に礼を言い、ロビーに視線をめぐらした。

ここにもサミットの熱気が感じられる。肩幅の広いボディガードの姿はないが、ロビーを行き来したり、立ち話をしたり、メモやノートパソコンを携えソファに陣取ったりする、ビジネススーツに身を包んだ男女の姿があった。

ホテルのロビーに一人静かに座るのは、今日二度めのことだ。彼女はカプチーノを注文した。マリティム・ホテルのロビーには、ハイアットと同じエレガントで居心地のよい雰囲気が漂っているが、キカ・ヴァーグナーのような女性には似合わなかった。ソファに身を沈めて膝を引き寄せる。軽く体を右に傾け、すぐに左に傾ける。結局、また体を伸ばす。ロシア語らしき言葉で話をする男性二人が、彼女をじっと見ながら脇を通りすぎていった。

いい感じ。

十五分後、クーン編集長とオコナーが到着した。クーンは親指を立ててにやりと笑った。オコナーは書店でいい子にしていたという意味だろう。クーンは上着をつまんでみせると、レセプションに向かった。ヴァーグナーは立ち上がってスカートの皺をのばす。クーンのそのジェスチュアにむっとしながら、オコナーのほうに歩きだした。

「やあ、キ・カ！」

オコナーは言って、彼女を見つめる。

彼女の腹腔と胸郭の中で、かなりの量の原子が高いエネルギー状態に推移して衝突した。彼女は笑みを浮かべた。彼はなにやら考えこんでいる。やがて、ぱっと顔を輝かせると、ロビーのそこかしこにおかれたフラワーアレンジメントの一つに手を伸ばし、薔薇を一本引き抜いて、彼女のほうを振り返る。

すると次は。

彼女はクールに礼を言おうと待ち構えた。ところが、彼はいっこうに薔薇を手渡すそぶりを見せない。薔薇の花をくるくるとまわして匂いを嗅ぎ、満足そうにうなずいた。

「薔薇は大好きな花なんだ」

「そのようですね」

ヴァーグナーは乾いた口調で応じた。

「この花を持って部屋に行き、そこにおいてある草花は全部ゴミ箱に投げこむ。いいアイデアだとは思わないか？　どこのホテルも、せっかくの部屋を身の毛もよだつフラワーアレンジメントで台無しにしているからね。お墓に供える花みたいだ。ベッドに横たわったら、神父がそこにいるんじゃないかと思って呆れるよ」

「部屋はスイートの一〇八号室だ」

クーンが割りこみ、ルームキーを振った。

「で、そこで私は何をすればいいんだい？」

オコナーは真剣な顔で尋ねる。

「べつに用事はありません。ケルン大聖堂に登られてもいいですよ。すぐそこですから」

ヴァーグナーが応じた。

「ぼくは三四四号室だ。これからしばらくは部屋にいるから、何かあったら遠慮なく電話してくれ」

クーンがあわてて言い足すと、オコナーは大げさに腕を広げて彼の両肩をたたく。

「あなたが赤い巻き毛で、ロロ・フェラーリみたいな巨乳だったら、喜んで電話させてもらうよ」

クーンの耳たぶが真っ赤になった。

「ぼくに……まあ……何ができるか。それって、つまり……」

オコナーは彼のほうに身をかがめて鼻をくんくんさせた。

「どこのアフターシェイブ？　アイリッシュ・ムース？　ひょっとして好かれたいのかい？」

「おい、いいかげんにしてくれよ！」

「私はあなたの引き馬だよ。あまりものをまわしてくれれば充分だ。おいおい、すごい臭いだぞ！　私は、午後はずっと寝てないとだめそうだ。ガビィ……えっとキカ、きみはどこにいるの？　つまり、きみの友だちのクーンは飲み過ぎてて、もう立っていられないだろ。だから、きみが私を部屋に連れていってくれないかな？」

「エレベータで二階に上がれば――」

ヴァーグナーが言いかけたのをオコナーはさえぎって、彼女に言った。

「きみがエレベータで二階に上がるなら、たぶん私はついて行く。でなきゃバーに行く」

ヴァーグナーはふつふつと湧き上がった怒りを呑みこみ、うなずいた。

「いいですよ、行きましょう」

クーンがエレベータを呼んだ。三人は二階に上がり、オコナーの部屋に向かって廊下を歩いた。

「きみ、身長はどれくらいあるの？」

オコナーが尋ねた。

「あなたには大きすぎるでしょうね」

彼女は甘い笑みを浮かべて答えた。

オコナーは顎を引き、犬のように上目づかいで彼女を眺める。

「そんなつもりで聞いたんじゃないよ。私は百八十四センチ。いや本当は百八十六センチ。ずっと百八十六センチだった」

「どうして二センチ縮んだのです？」

「去年、かかりつけの医者に言われたんだ。きみの身長は百八十センチだと。実は、その医者とは長らくご無沙汰していて、そこで口論になった。で、結局、百八十四センチにしておこうということになった。この話を信じてくれるかい？」

「信じません」

クーンが一〇八号室の鍵を開け、オコナーを引っぱって中に入れる。

「少しお休みになるといいですよ。物理学研究所は七時の予定です」

ヴァーグナーは言った。

「あ、あった」

オコナーは手にした薔薇をくるくるまわし、よろよろと自分の荷物のほうに歩いていく。

ゴルフバッグを突ついていると、鏡の下のサイドボードにおかれたウイスキーの瓶に気がついた。目を見開き、

「グレンフィディック」

クーンが毒のある視線をヴァーグナーに向けた。彼女は気まずい思いがした。オコナーの部屋にウイスキーを用意させたのは、いいアイデアではなかったかもしれない。彼が今すぐボトルに手を伸ばせば、物理学研究所の予定はキャンセルになるだろう。

それでも大正解だった。彼は心から感動している。

「グレンフィディック」

オコナーは小声で繰り返した。サイドボードに薔薇をおき、ボトルを両手にとって首を振る。

「今すぐ空けるしかないだろうな」

「ぼくなら絶対そんなことしないぞ!」

クーンが絶叫した。

「いや、私は空ける」

彼はキャップをまわして開けると、足を引きずってバスルームに向かった。ヴァーグナーの耳にどくどくという音が聞こえてくる。いったい何をしているのだろうか。彼を追ってバスルームに行くと、なにやらつぶやきながら洗面ボウルにボトルの中身を捨てる彼の姿があった。

「間抜けめ。私を誰だと思っているんだ。侮辱する気か? デパートのまわし者め! 輸出用の茶色い水だぞ! 間違ってスコットランドから世界に流れだした薄い肉汁。私にはそんなものだ。百年そこそこ前なら、そんなことをした張本人に飲ませて処刑できるほど、劣悪な酒なんだ」

クーンがにやりと笑い、挑発するようにヴァーグナーを眺めた。

「見当違いだったな」

「うるさいわね」

オコナーがバスルームから戻ってきてあくびをした。今にも床に寝転びそうだ。

「横にならせてもらうよ。現実とは、稀に現実的過ぎることがある。そのおかしな名前の研究所にはいつ行くのだったかな？」

「六時半にクーンが迎えにきます」

ヴァーグナーは言った。

「講演は何時から？」

「七時です。少し早めに行ってくださると助かりますが」

オコナーはうめきながらベッドに長々と身を投げだす。

「なんということだ。時間厳守とはあさましいものだ。愚かでありふれている。時間厳守が時間を盗むとオスカー・ワイルドは言ったものだが、まったくそのとおりだ。時間厳守とは、視野の狭い者が気前よく口にする言葉だ。ばかはみんな時間厳守にちがいない。七時前に起こしてくれ。じゃあ、おやすみ」

「六時半ですよ」

ヴァーグナーは念を押した。

「ああ、わかったよ。めずらしいね。賢い女性とは、たいていびっくりするほど醜いものだ。ところが、きみは違う。そっちのほうが、ずっとびっくりさせられるな。それを差し上げよう、心から喜んで」

オコナーは薔薇の花を指さした。

「ありがとうございます。でも、お世辞にお辞儀はしないんです。お辞儀するには背が高すぎますから」

ヴァーグナーは部屋を出しなに言った。

ホテルを出て自分の車に向かいながら、彼女はつかの間考えこんだ。胸の中にふたたび何かが湧いてくる。そのままにしておくと、驚いたことに声を上げて笑いだした。

彼女がこれまでに経験したことは、オコナーがきっとまだ用意しているサプライズに比べれば、些細なことだ。ハンブルクでは、彼は予定の大半をすっぽかしたか、遅刻した。ひどい話だが、それでも彼が突拍子もなく引き起こす喧嘩沙汰からすれば害はなかった。たとえば、昨年のブレーメンでの事件。本人が言うには――当時、出版社も事件を捜査した警察も彼の供述を支持したのだが、オコナーが深夜一時前に立ち寄った小粋なバーで、彼は一人のビジネスマンにさんざん侮辱されたあげくに襲いかかられたのだ。どちらが先に手をだしたかを百パーセント確実に言うことはできないが、ビジネスマンは鼻の骨を折って医者の世話になった。一方、オコナーは指の関節が痛いと訴えただけだった。諍いの原因は空いていたスツール一脚だった。二人が同時にスツールに目をつけ、それに向かって近づいたのだ。彼以外の関係者にとって、いたたまれない事件だった。オコナーだけがその厄介事を楽しんでいた。それでいいじゃないか。彼が殴り合いをするたびに、半分のケースでは彼が先に殴ったという事実に見て見ぬふりをし、彼の責任を不問に付する合意が、高い場所でなされるようなのだ。

とにもかくにも。

彼女はフォルクスワーゲン・ゴルフのエンジンをかけると、旧見本市会場沿いの道を走った。時間はたっぷりあった。買い物を済ませ、荷物をおきに実家に行ける。これからの数日は実家に泊まることになるだろう。

オコナーが約束とは違って意識不明の状態になったら、クーンが面倒を見ればいい。

一九九八年十二月十三日　イタリア　ピエモンテ州　ラ・モッラ

ヤナは書類の山に腰を下ろし、殺人ビジネス業界の古きよき風習が崩壊したことを罵った。テロリズムは潔白さを失ってしまった——それは奇異に聞こえるかもしれない。さまざまなテロ組織は、容認可能な暴力と非暴力のあいだの均衡をとろうと、長年にわたって努力を続けてきた。テロリストは正真正銘のならず者と戦うのだと主張することに重きをおいてきたのだ。罪のない者を巻きこむことは非倫理的だ。暴力は国家に向けるのであって、市民に向けられるのではない。その市民のために、嫌な仕事を引き受けるのだから。

この主張はもちろん口からでまかせだ。たとえシンボルとして殺されても、死ぬことには変わりない。とはいえ、エスカレートするテロリズムと倫理とのあいだには、まだ曖昧さが残っており、それがテロリズムに幅広い共感をもたらしていた。だからテロリズムでは、テロリストではない支持者を獲得することが重要になる。支持者を有意義に利用するために、理解や共感を生みだしロビイ活動を拡大する準備を、テロ組織は早急に迫られた。パレスチナ解放機構《PLO》、アイルランド共和軍《IRA》、バスク祖国と自由《ETA》のようなテロ組織は、どこまでやれば、一度獲得した支持者を怖がらせずにシンボルというおとぎ話を完遂できるか心得ている。世間が望むと望まざるとにかかわらず、彼らは北アイルランドやバスク、パレスチナの人々の問題に取り組み、理解を拡大しはじめた。もちろんテロは人間を軽視し、残忍なものだと非難することはできる。テロ組織の努力の結果、テロはしばしば容認されることになった。ヤセール・アラファトへのノーベル平和賞授与が、そのもっとも顕著な例だ。

そして一九九五年、世の中を震撼させる事件が起きた。オウム真理教による地下鉄サリン事件は、テロリズム研究のあらゆる法則を一夜にして無効にした。不可解な理由で無差別大量殺人を行なう集団が明らかに存在するのだ。彼らにとって殺される人々が多ければ多いほど好都合だった。それ以前は、ほとんどのテロリストが大量殺人兵器に対する反感を示し、ピストルと釘爆弾で保守的とすらいえる作戦を実行してきたのだが、今や、神にひらめきを与えられ、神秘的で超越的な掟に促された末の、人類大虐殺が一般になったわけだ。

どうやら国際テロリズムは、漠然とした宗教や人種差別主義の金言に立脚する新たな段階に突入し、暴力行為が過激化して流される血の量が増した。こうしたテロ組織がそもそも何を望んでいるのかという疑問もあるが、さらに、組織はどのようなメンバーで構成されるのかという疑問も生じる。しかし最悪なのは、大量殺人鬼がハイテク兵器や巨額の金を自由に使え、モラルに縛られないプロの殺し屋を雇えるということだ。

世の中は目をこすり、せわしなく動くようになった。問題がいくらあってもまだ足りないかのように、ソヴィエト連邦崩壊後、核兵器の闇市場が姿を現わした。国際的な危機管理対策本部が立ち上がる。国境を越えての合同捜査の協定が次々と結ばれる。恐怖への恐怖がグローバルな戦争ゲームを進行させた。次に来るものは何なのか。化学兵器の雨？　核の嵐？　シンボルには恐ろしいまでのこだわりを持っていたものの、テロリストがまだ気さくな人間だった頃の、古きよき航空機乗っ取り事件や政治家暗殺を、哀愁を抱いて回想しない者はいない。未来は闇に包まれている。どのようなことでも起こりうる。現実離れしているからと考える必要のないことなど、何もない。すべてに可能性は存在するのだ。

準備をしないですむようなものは何もない。

一九九八年十二月十三日の夜、ヤナはネッビオーロ・ダルバのボトルをかたわらにおき、伝統的なテロに用いられる従来の武器を遙かに超越する装置に思いをめぐらせていた。オウム真理教の狂気が新たなテロのシグナルを発したことにより、安全に対する考え方が変わってしまった。そうでなければ、ヤナは、いかなる武器をも締めだし、テロリストにとっての成功を夢物語にしてしまう安全対策のことなど、考慮に入れる必要はなかったのだ。

このとき、ピエモンテの山中にある屋敷の前を通った者は、評判のいい女性実業家ラウラ・フィリドルフィがその家で企んでいることなど想像もつかなかっただろう。屋敷は静かに佇んでいた。広い書斎から、ヤナの考えをひっそりと照らすテーブルライトの光が漏れている。山のように積まれたファイルや書類や専門書の向こうに、尾根にジグザグのシルエットを作るラ・モッラの町の灯りが見えた。たまに車のヘッドライトが直線的な光で闇を照らし、エンジン音を響かせる。冷気が葡萄棚に霧を運んできた。ここは怪談話をするにはうってつけの場所だが、手に汗握るテロリズムにはそぐわない。

ヤナは先ほど散歩に出かけ、冬めいた大気を吸いこんでいた。たいていアイデアは、ふいに浮かんでくるものだ。出発点を早々と見つけ、時間をかけて細部を磨く。豊富なレパートリーの中から選びだした手段を、二、三時間かけて個性豊かなプランに組み立てる。あとはルーチンワークで、退屈ともいえた。武器は武器、ピストルはピストル。たとえそれが一瞬のために特注され、依頼人が大金を払う特別な武器であっても。

今回、それは違った。

起爆装置が作動し、すべてを決定づけるデータが彼女の頭の中に現われ、その秘密が暴かれるのを、彼女は数日来待っていた。蓄積されたレパートリーの中に答えはなかった。ヤナは自分に二千五百万の価値がある証明となる、その日のことを繰り返し考えるが、そのたびに袋小路に迷いこんだ。エラー。五番めの間違いが発覚。データを確認してください。ウインドウを閉じて、別のプログラムを試行してください。初めからやり直し。ミルコの背後にいる者たちがこれほど厳しい制約条件を持ちださなければ、ずっと簡単な作戦になっただろう。しかし、実行の時間と場所は厳密に決められていた。彼らはその一瞬に決行されることを望んでいる。世界が呆気にとられる一瞬。

解決不可能な問題。

答えがどのような形であろうと、魅力的な論理を持つとともに、まったく理解しがたいものでなければならない。抜かりのない警護関係者ですら思いつきもしないほどの、想像を絶する答えでなければならない。

ヤナの視線がデスクにおかれた時計にさまよった。しだいに眠気が襲ってきた。午前二時四十五分だ。闇を切り裂く車のヘッドライトはもう煌めかず、ラ・モッラの町の灯りも街灯を残すのみとなっていた。彼女は立ち上がって伸びをした。左の肩が少し凝っている。

それはまずい。肉体の故障を許すわけにはいかないのだ。長時間座りっぱなしだったのでも、徹夜で働いているのでもないのに。毎日のトレーニングを見直し、専任トレーナーを替えたほうがいいかもしれない。彼とはこれまで二度寝たことがある。それ以来、体に触れる彼の手の圧力は退屈な愛撫に成り下がったのではないかと、なんとなく感じていたところだ。

あくびをしながらCDデッキに向かった。デイヴィッド・ボウイの『スペース・オディティ』を選び、ネッビオーロ・ダルバを最後にもう少し飲むことにする。ワイングラスを手に、窓辺に佇んで外を眺めた。困り果てたときにはいつもそうする。

幸運は期待しないものの中にある。

誰が言ったのだったか。アイルランド人ではなかっただろうか。きっとそうだ。アイルランド人は多くの格言を残している。彼らは本当に優秀だ。

軽い疲労感を覚え、ヤナはデスクに戻った。グラスをおいてテーブルライトのスイッチに手を伸ばした。

その手が動きを止める。

つかの間手のひらが宙を舞い、ゆっくりと沈んでいった。視線は魅せられたようにグラスを見つめている。ひと口残ったネッビオーロの中でライトの光が屈折し、鮮烈な赤い色の煌めきが流れ落ちる滝を生みだしていた。

答えはワインの中にあった。

いや、それはあまりに難解すぎる。もう考えるのはやめて、さっさと寝るのが一番だ。

ところが、そう思いながらも彼女は身をかがめ、グラスの細い脚をつまんでいた。軽く左右にまわし、ライトに近づけては遠ざけてみる。ワインの中にできた光のアーチが、ライトまでの距離に合わせて濃さを変える。人差し指を伸ばして、ハロゲンランプの真下までグラスを押していった。すると光の束が一点にまとまり、脚とつながるグラスの中央に小さな太陽を作って輝いた。

やがて彼女はグラスを手に取り、ワインを飲み干した。

これこそ類い稀なこと！

しかし、機能するのは夢の中だけではないだろうか。

眠気は吹き飛び、肩凝りもどこかに消えてしまった。引き出しからブロックメモと鉛筆を取りだすと、ヤナは仕事にかかった。

一九九九年六月十五日 ドイツ ケルン 第一物理学研究所

ほとんどの聴衆が、オコナーが現われるのを楽しみにしていた。

皆の期待に少しでも応じるためなら、ヴァーグナーはどのようなことでもしようと決めた。五時四十五分に実家を出たときのことだ。しかし嵐を予告することは不可能だった。オコナーの到着を待っているのは学生が四十人、ひと握りの教授たち、ケルンのさまざまなマスコミ関係者だ。彼女はオコナーをホテルに閉じこめておくか、たとえどうなろうと避けられない現実に従うかだった。

市内の道は混み合っていた。ヴァーグナーは二十分かかって研究所にたどり着き、赤錆の浮いた二台のルノーのあいだに自分のゴルフを停めた。ルノーはどちらにも、〝車売ります〟の札が窓に掲げてある。白い平屋建ての研究所は広々とした緑の敷地の真ん中に突き刺さるようにして建っているが、研究所の前を走るツルピヒャー通りは、学生が自分たちの時代遅れの車を売りにだすのにうってつけの場所だった。そこでは、恐竜のように絶滅同然の車を買うことができる。まだ動く車も何台かはあるものだ。近年、ここに集められたブリキの山の平均的な状態は幾分向上していた。それでも、停めた場所から動かせそうにもない、まるで戦前価格の稀少な車に出会えるのだった。

ヴァーグナーは駐車中に自分のゴルフが売り払われませんようにと祈りながら、車をロックした。左右を確認して道を渡る。百メートルも離れていないところに鉄道の高架が見えるが、その先に学生が集まる飲食街があった。少し前までは、ドラッグをあからさまに持ち歩く売人にどこの通りでも出くわしたものだが、最近ではいくらか秩序を取り戻している。劣悪な店の何軒かは閉店するか、経営者が交替していた。車や自転車の盗難事件はわずかに減少した。ヴァーグナーの知り合いの学生の話では、真の犯罪と呼べるのは学生食堂の食事だけだが、それでも昔よりは改善されたそうだ。

彼女は舗装された道を建物に沿ってまわりこんだ。ところが道は木立で行き止まりとなり、引き返すしかなかった。入口は反対側に隠されていたのだ。彼女はハンブルクに移り住む前にケルン大学でドイツ文学と政治学、英文学を学んだが、当時、この物理学研究所に来たことはなかった。

入口までの数段を上がってガラス扉から中に入る。薄暗い玄関ホールを歩いた。知識の殿堂といった雰囲気はほとんど感じられない。壁に、ラジオテレスコープの写真や地球のスペクトル解析画像などが数枚飾ってあるだけだった。ホールの突きあたり右手、大きなガラスの壁に〈第一物理学研究所〉と表示されていた。その奥が、宇宙の謎を解明すべき人々の領域だ。いよいよ研究所の始まりだが、部外者は事前の通告がないと立ち入ることはできない。科学もまた、予期せぬ侵入者はお断わりなのだ。

壁にインターホンがある。彼女は行き先の番号を押して応答を待った。

「キカ・ヴァーグナーと申し――」

「わかってます。すぐにお迎えに行きますから」

彼女が言い終わる前に、返事が返ってきた。

受話器をおいて見上げると、ドイツとオーストリアの国境をなすツークシュピッツェ山の写真が誇らしげに掲げてある。厳密に言えば、ツークシュピッツェ山の頂《シュピッツェ》きだ。宇宙の神秘を探る観測所のドーム屋根が岩塊にうずくまっているようだ。

そこで星降る一夜を過ごしてはどうだろう。科学者は実はロマンチックな人間だということは往々にして忘れられる。そこにいる人々は、まるで顕微鏡で見るような、とても小さな存在にちがいない。人類がミクロの世界の深淵に入りこんでいくように、人間は自分たちの機器に自らが計測されているのだ――宇宙を生成し消滅させるメタ宇宙的規模の、想像を絶する研究所の、想像を絶する実験室で、高度な文明が小さなシャーレに入れられて。

研究所に通じる扉が開き、背の低い、頬髭を蓄えた豊かな髪の男が現われた。

「ドクター・シーダーでいらっしゃいますか？」

彼女が尋ねた。

「初めまして。さあ私の部屋に行きましょう。オコナーはご一緒なのでは？」

彼は握手しながら言った。

「いえ、まだです。でも……無事、ケルンにお迎えしましたから。三十分もしないうちに、フランツ・マリア・クーンと一緒に到着するはずです」

「編集長の？」

「そうです」

二人は施錠された扉をいくつも通り、殺風景な通路を歩いてシーダーの研究室に向かった。そこは書斎と資料庫と、中性子爆弾が爆発したあとの実験室を足し合わせたような部屋だった。デスクやテーブルらしきものの上は、コンピュータやファイル、雑誌やありとあらゆる紙類でできた山の頂きが、決して低くはない天井にまで達している。ヴァーグナーはなかばあきらめ顔で座るところを探した。シーダーは彼女の視線に気づき、ビデオテープでできたピラミッドの向こうを片づけ、レソパル社製の椅子を引っ張りだした。

「お座りください。広い講堂を用意しましたよ。あなたには何か飲み物を差し上げたいところですが、コーヒーメーカーはすべて出払っているか壊れているかでして。ここにあったのは、昨日、息を引き取りました。誰にも蘇らせることができないのですよ。その代わり、原子を観察することはできますが」

「ご専門はどのような分野か教えていただけますか？」

「お教えしますよ、べつに秘密じゃないから。ありとあらゆる分野が専門です。企業の依頼を受け、それでかろうじて命をつないでいるわけですよ。目下の研究課題は、シリコン素材の加工方法の向上。二つめが電波天文学」

「ツークシュピッツェの観測所を目にしましたけれど」

「あちらに行かれたことがある？」

シーダーは驚いて尋ねた。

「いえ、ホールにある写真で見たんです」

「ああ、なるほどね。あれは巨大な建物でしょ？　昔、ホテルだったんです。あそこに、いわゆる大気汚染はない。宇宙からやって来る物質をほぼそのままの状態で採取できるんです」

「それも企業の資金援助で？」

「一部ですが。国から貰う予算もあるし。企業からの資金だけに依存するのは好ましいことではない。そんなことになれば、研究は単調な仕事になってしまうから。企業が問題性を第一に考えたら、彼らが要求するのは真のイノベーションではなく、現行システムの競争力を向上させることだけだ。研究には時間がかかり、時間は金を消費する。そういうことなんですよ」

彼は笑って続ける。

「人類の偉大な業績のいくつかは、うっかりから生まれたものだ。それが新発見とか真の進歩の困難なゆえんでしょう。あなたが研究者として研究を始めなければならないとしたら、あなたの理性が確立したところで始める。でも結局、まったく違うものに突きあたる。それが人類に大きな前進をもたらすのでしょうね。けれども、そんなふうに投資家に言ってごらんなさい。だが、われわれ研究者が自由空間を持ちつづけるかぎり、真の研究をする機会はある。そうでなければ世界の解明は困難になるだろうな」

彼はひと息おいた。

「さあ、あなたを退屈させるつもりはない。会場に行きましょうか？　改善することがあったら言ってください」

「オコナーはどういったタイプの研究者なんでしょうか？」

ヴァーグナーが講堂に向かう通路を歩きながら尋ねた。

シーダーは当惑顔で訊き返した。

「あなたはどう思われるのです？」

「そうですね。直接には経済的価値につながらないような仕事をしているのでは？」

「いや、そんなことはない。データ伝送技術ですよ。経済界はコミュニケーションにかかわることならどんなことでも興味を持っている。誰の依頼で彼が研究しているか、ご存じだと思っていたが」

「実は知らないんです……正直に言うと、わたしたちはオコナーの本を出版するだけで、彼が自由に研究できるかどうかなんて、考えたこともなかったから」

彼女は決まり悪そうに言った。

「べつに気にするほどのことではないですよ」

二人は講堂に着いた。数人の学生がアンプの調整をしている。シーダーはヴァーグナーについて来るように言い、二人で階段を下りて巨大なスクリーンを背にした演壇に向かった。

「そんなことを考える者はいないから。そこがまさにわれわれの問題で、おそらくオコナーの問題でもある。自由な研究というものは世間では胡散臭いものだ。われわれは超薄型テレビを新開発すべきなのか、光波をモード結合によってフェムト秒光パルスになるまで持っていくべきなのか、世間の人に尋ねてみれば答えは明らかだ。フェムト秒テクノロジーというものは将来的に最高の転送速度を可能にし、原子や分子レベルでの超高速現象の追跡や操作を可能にする。テレコミュニケーション分野における進歩には欠かせないものだ。あるいは素材技術研究を例にとりましょう。もしナノレベルで素材処理ができれば、マイクロメカニック構造体の構築が可能で、動脈硬化の進んだ血管を掃除し、心臓病の予防ができるようになる。血液の中を進む潜水艦だな。例を挙げればきりがない」

「それは結構なことですね。でも、テレビが何かを知っている人のほうが多いから。だいたいフェムト秒テクノロジーって何ですか?」

「フェムト秒とは千兆分の一秒のことなんですよ」

シーダーは説教がましく聞こえないように答えていた。ヴァーグナーは彼のことが気に入った。地に足の着いた人間に思える。

「つまり、あなたの研究が価値のあるものかどうかを判断する方法は、普通の人間にはわからないということですね?」

シーダーは彼女を見つめた。

「よくおわかりのようだ。たいていの者はわかっていないが、口ははさむ。原子力をとやかく言う者の大半は、原子炉の機能なんか知らないのですよ。たまたま誰かがペニシリンを発明すると、世の中全部が手をたたく。でも、ペニシリンの開発ばかりを続けようとすると、世間は超薄型テレビの開発を望む。われわれもそれと同じですよ」

彼は演壇を指さして続ける。

「まずドクター・オコナーにお話ししていただこうと考えています。彼の研究については聴衆なら誰でも知っているが、本人から直接聞けば、また違ったふうに聞こえますからね。そのあとで学生たちが質問を用意しています。でも、われわれとしては、先に記者に質問させたいのですが。どうです?」

「まず学生に質問させてあげてください。記者が先に訊いたら、質問がなくなるのでは?」

「まあ、なんとかなりますよ」

彼は言って演壇に上がった。テーブルの表面に目を凝らし、埃を吹いて落とすと、

「ドクター・オコナーは明るい人ですかね?」

シーダーはどこまでオコナーのことを知っているのだろうか。

「少々お疲れですよ」

ヴァーグナーは答えた。

「お疲れとは?」

「ハンブルクからいらして、昨夜はたぶん遅くなって。ここだけの話ですが、包み隠さず言うと……」

シーダーの眉が上がる。左右の眉とも額に垂れた大量の髪の中に消えていった。

「というと？」

彼は間延びした声をだす。

「酔っ払っているんです」

ヴァーグナーはだし抜けに言った。

わたしはなんてばかなんだろう。外交上手とはほど遠い。あわてて付け足す。

「本当は大したことではないんですよ。ハンブルクで、はしゃぎすぎたのだと思うんです。出版社の招待で。翌朝は、すっきりしているはずもなく……」

彼女は言葉を濁した。シーダーはにやりとして彼女を見る。

「オコナーの名声は先走ってますね。彼の行状を調査報告するには及びませんよ。で、この講演会を持ちこたえられそうですか？」

「大丈夫でしょう。でも、どうやって持ちこたえるかまでは知りませんけど」

「彼を見くびってはだめですよ。個人的には存じあげないが、聞くところによると、オコナーはふりをするのが天才的だとか。もし本当に酔っ払っているのであれば、われわれに恐れるものは何もない。でも、酔っ払ったふりをしているだけなら、かなり厄介なことになるでしょうな」

彼は髭を撫で、くすりと笑った。

「そうですね。わたしもそれを恐れていたのです」

ヴァーグナーの目には、迫り来るアルマゲドンが見えた。


「ドクター・オコナー！」

「じゃあ、そこのあなた」

オコナーに指名された女子学生は、満面に笑みを浮かべてメモ用紙を繰る。

「先生についていくつか伺いたいことがあるんです。でも個人的なことなんですが、かまいませんか？」

「それは光栄だな」

オコナーは甘い声をだした。しかし左の口元が不吉に歪む。それを見た者はヴァーグナーとクーン編集長だけだ。もしかするとドクター・シーダーも気づいたかもしれない。彼は腕を胸の前で組み、かなりの落ち着きを見せていた。

とはいえ、オコナーには前向きな意味で驚かされたと白状しなければならない。彼は七時きっかりに会場入りし、講演をしっかりこなせるだけの力をみなぎらせているように見えた。脇に立つクーンはまるで幽霊だ。マリティム・ホテルで彼と別れたときより、さらに顔が青ざめている。講堂に入ってきて肩をすくめただけだったが、ぼくたちの運命は神の手にあるとでも言いたかったのだろう。それに引き替え、オコナーの顔は輝いている。スーツを着替え、にこやかな笑みをたたえ、ホテルで過ごした短時間にエネルギーを充電し直したようだった。彼の視線が講堂に集まった一同にさっと注がれると、誰もがとろけてしまう。アイルランドきってのハンサムな男に会えると予想していた者は一人もいなかったようだ。もしかするとオコナーが声を張り上げて船乗りの歌『シー・シャンティ』を歌えば、聴衆は自らの手で彼を掲げ持って運んだかもしれない。

光の減速に関する彼の講演は客観的で奥が深かった。

「光子が三十万キロメートル進むのに一秒かかるのは、皆さんご存じでしょう。この値は固定されている。このとてつもない速度を、当然われわれは歓迎する。光信号は膨大な量の情報を驚くべき高速で伝達できるわけだからね。ただ、ダブリンの奥様方はもっと高速で噂をばらまくことができるが――」

くすくす笑い。

「――ところが、ここにも面倒な点があるのです。光は、秒速三十万キロメートルより速くも遅くも飛びまわることはできない。コンピュータ科学者は、データが電子回路を迂回することなく処理される光コンピュータの実現を夢見ている。しかしながら光の速度は速すぎる。光を制御することは容易にはできない。それが厄介で、手こずらされる点なのだ。そこで光を思うままに操る研究に着手したわけで……」

こういう具合に講演は続いた。ときおり軽い冗談をまじえた、博識のあるスピーチだった。オコナーが語ろうとするところは、どのみち誰もが知っている。ヴァーグナーの驚いたことに、彼は一度もふらつくことはなかったし、発音も明瞭だった。ホテルで眠ったのだとすれば、短い睡眠のあいだにアルコールがすっかり分解されたのだろう。演壇のテーブルの角に馬乗りになり、目に見えないオーケストラを指揮するかのように両手を振りまわしていた。

ヴァーグナーはスピーチの内容を追い、実際にオコナーがわずかに光の減速に成功し、光情報を記録することができたのだと理解した。光のスケールでは永遠ともいえる時間なのだろう。それだけの時間があれば光はさらに十キロメートル進めるはずだ。しかし、それが何の役に立つというのだろうか。シーダーは、超薄型テレビかあるいはペニシリンの開発をするために反論したのではなかったか。広報活動のために、担当する著者の発言をすみずみまで理解する必要が絶対にあるのだろうか。答えは明らかにノーだ。

隣に座るクーンは顔色を取り戻していた。

やがてスピーチが終わり、質問が許された。専門用語が飛び交う質疑応答の時間はわずかしか残っていない。ヴァーグナーは緊張を解いた。大したことは起きなかったのだ。

とにかく彼女はそう思っていた。しかしそれも、今こうして、女子学生が頬を紅潮させ、目を潤ませて、個人的な質問をしたいと告げるまでのことだった。

クーンの顔色がふたたび変わった。カメレオンも脱帽するほどの変わりようだ。彼はまずヴァーグナーに目をやり、それから女子学生を見た。彼の唇が「やめてくれ」と無言で言っている。

手遅れだった。

「オコナー先生、わたしたちみんな、先生には感銘を受けました。ですが……その……先生のような人でも、やはり弱点をお持ちなのではないでしょうか。人間が持つ小さな弱みというものです。一つ教えてください。先生の大きな欠点はどういうところですか？」

女子学生は遠慮のない視線を彼に向け、目をぱちぱちさせた。オコナーの笑みが広がる。

「そんな質問に答えることだよ」

シーダーがため息をついて髭面を掻いた。

この時点で、女子学生がさっさとテーマを変えれば、彼女はとめどもなく流れ出るオコナーの意地悪な言葉から逃れることができたのだろう。ところが彼女は魅せられたようにうっとりとしている。すっかり惚れこんだ目をしてオコナーを見つめていた。とはいえ、妙な雰囲気を感じとる理性はまだ残っていた。結果、世にも稀な無力感が顔に現われる。

そして重大な間違いを犯し、尋ねた。

「なぜです？」

オコナーはあきらめたように小さく舌打ちした。明らかな敗者がさらなる敗北で挑発するというばかさ加減を、理解できないようだった。いらいらと口を開く。

「あのね、きみはいつも本を読んでいるかもしれないね。その同じ時間、私はゴルフをしているか、仕事をしているか、きみが読むべき本を執筆しているかもしれない。けれども私は、きみがとっくに知っている話を喜んできみに語っているんだ。それでも、精神の存在、知的な人生というものの存在を私に示してくれるような論争を私は期待している。なのに、きみは程度の低い質問をする。きみの人生目標が何であるのか、教えてもらえないかな？」

「それは……まだわかりません」

「では、一つアドバイスしよう。人間を偶像視するのはやめなさい。思いやりの心を持ちなさい。事実に専念しなさい」

「そういうふうにしてきましたが……」

女子学生は口ごもった。オコナーに叱られているのだと、だんだんわかってきたようだ。しかも、彼は皮肉や軽蔑のニュアンスが加わった厳しい口調で話している。

「……わたし、誰も偶像視なんかしてません！　先生を偶像視しようなんて思ってもいない。素晴らしい業績を上げた人々のことをもっと知りたいだけです。それがいけないことですか？」

「そうではない。信奉されざるをえない者だけを常に信奉することが問題なのだ。英雄崇拝をうれしく思わない者が少なくとも一人はいるが、それが英雄だ。人々は自分の神を苦しめているのだ。祈りを捧げるのは、神になにがしかを望むから。私の本を読んでごらん。もし、われわれが科学とは縁もゆかりもないパブで出会ったら、きみは安心して私の弱点を聞きだせると思うよ。でも、ここは大学だ。次の質問をどうぞ」

女子学生は困り果ててメモに視線を落とした。

「研究されていないときには、何をするのがお好きですか？」

「執筆」

「執筆されていないときは？」

「酒を飲んでいる。これで質問は三つ。私がなぜ暇か、その理由を探っているのなら、私の暇はきみのせいではないよ。きみは家族というものが好きかね？」

「え？」

「大学の学費をだしてもらうつもりなら、適性検査をするべきだと私は考えている。大きな夢を抱いていても、赤ん坊の強烈な泣き声を聞いたらあきらめてしまうような者は花嫁学校に行きなさい。研究者になるべきではない」

「でも……」

「きみは私の質問にまだ答えていない」

「いえ、わたし……」

「人生の目標はまだわからないと言ったね。それは困ったものだ。きみは子どもは欲しいの？」

まるで彼がジキル博士からハイド氏に変貌したかのように、女子学生はオコナーを見つめている。

「と思います」

彼は身を乗りだした。ふたたび親切そうに穏やかな口調で話しだす。

「きみが何を望んでいるのか言ってあげよう。きみは金《きん》の心を持っている。私が保証しよう。純金の心だ。きみはそれを小銭に両替してしまうのかもしれないな。少なくとも三年以内に、そういうことをする誰かを見つけるだろう。その小銭で、人生を高めはしないが、感じのいい人生にしてくれるものならなんでも買えるよ。平凡な人生にようこそ」

オコナーは、まるで女子学生の姿が消えたかのように彼女から視線をはずすと、一同のほうに向き直る。

「マイケル・コリンズ――アポロ十一号の司令船に残り、月面には立つことができなかった宇宙飛行士。彼は妻について『宇宙の歴史がもとで常に争いがある』と語ったことがある。妻は、家の食器が洗われないまま放置されているのに、誰かさんがどうして月に行けるのか、簡単にはわからなかったんだな。ここにおられる皆さんの大半は、ご自分の夢やヴィジョンを、平凡な中流の暮らしの中にある黴臭《かびくさ》いぬくぬくとした場所のために、遅かれ早かれ奪いとられてしまうのだろう。それはなぜなのか。なぜなら、皆さんはすでに存在する誰かになろうとしているからだ。そして失敗に終わる。第二のアインシュタイン、第二のホーキング、第二の誰それに。しかし、アインシュタインは第二の誰かになろうとしたのではなく、より優れたアインシュタインになろうとしていただけだということを、皆さんは忘れている。それが皆さんにとっての問題点で、ドイツ人研究者のメンタリティの問題点なのだ。皆さん全員は、他人がすでに行なった発明を献身的にするかもしれないが、残念なことに、皆さんのほとんどが夢想家の厄介な本質というものに欠ける。平凡な業績なら上げることができるが、自らにはインスピレーションがはっきり欠如していることに、そのうち皆さんも気づくはずだ。中世の識者は、啓蒙主義が神秘主義に宣戦布告したとき、アリストテレス、プラトン、デモクリトスといった古代の賢人たちと明確に絶交したのではないとも告白した。彼らは自らを巨人の肩に乗る小人だと思っていたのだ。そのようにして、彼らは一段高い視線でもう少し遠くまで世界を眺めることができた。小人たちの次の世代は、さらに遠くを眺めたのだ。で、皆さんはどうだろうか。皆さんはものごとをすべて学んで暗記する。皆さんの教授は、皆さんが遺伝子的にどこまでオウムに似ているかをもとに評価を下す。科学が反復を続けるかぎり、科学は何ものでもない。そうでしょう？　この一時間、私のような人間に、どんな食べ物が好きかとか、背中がかゆいときにどこを掻くかとか、そんな質問しかしないのであれば、皆さんはテレビのクイズ番組以下だ。皆さんがすでにご存じのことを、なぜ私の口から聞きたいのかね？　ありふれた祈りの言葉をどれだけ唱えれば、皆さんは気がすむのかね？　研究に励みなさい。疑問に思いなさい。疑いを持ちなさい。私を疑いなさい。不愉快きわまりない質問をしてごらんなさい。そういうことをしないかぎり、男性諸君は応用科学の研究の中できっと力尽きる。女性の皆さんは結婚する前は、フィアンセの壮大な夢の実現を応援したのに、結婚してしまえば、ご主人がそうすることを阻止するものだ。次の質問をどうぞ」

とんでもない糞野郎だ。ヴァーグナーは思った。

「よくもまあ次から次へと口をついて出てくるわね。あの学生は彼に何も悪いことをしていないのに」

彼女は小声でクーンに言った。

「そんなことは関係ないんだ。彼からすれば、彼女はただのボケ役なんだ。オコナーの人生観の中では、どうせ全員がボケ役にすぎないんだよ」

クーンはぶつぶつ言った。

「彼の女性論は悪質だわ」

「誰に対しても悪質だ。ケルト人をのぞいて。ケルト人のことは素晴らしいと思っているんだ。女性ももちろんのこと。おそらく、本物のケルト人は全員もう死んでしまって抵抗できないからだろうな」

別の女子学生が手をあげた。

「オコナー先生。どのようにして光を迂回させるおつもりですか？　つまり、意味のある軌道にということですが。先生は減速させただけですよね」

オコナーの顔が明るくなった。

「それは簡単なことだ。ついでに言えば、すでにやっていることだ。われわれは、第二の音波を第一の音波に直交させて結晶の中に入射した。きみは光を自由に操ることが可能で、光が消える前に半導体上の好きな場所に運ぶことができる」

「つまり、さまざまなガラス繊維のあいだでデータを切り換えることができるのですね？」

「まったくそのとおりだ」

シーダーがヴァーグナーのほうを振り返った。

「これがあなたの質問の答えですよ。大手の通信事業者は何年も前から、データ回線の能力を向上させる研究に取り組んでいる。彼の研究費はそこから出ているんですよ」

ヴァーグナーはうなずいた。そうこうするうちに初めの女子学生が体勢を立て直し、また質問をした。

「オコナー先生。さまざまな音波を用いて光を回路に引き入れることで、理論的に光をずっと捕まえておけるのではないでしょうか?」

オコナーは言いかけて口を閉じた。今、この女子学生が講堂に入ってきたかのように、彼女を眺めている。

「理論的には考えられるかもしれない。けれども光の速度は速い。ほんの一瞬の記憶時間を問題にしなければならないな」

ヴァーグナーは女子学生の頬が紅潮しはじめるのを見た。

「それから……先生が光を減速したら、わたしたちが知覚できる時間も減速できるのですか?」

オコナーは、おっとひと声上げて笑みを浮かべた。それは本当に優しい笑みだった。

「時間の速さというものが光の速さと同じようなものだと言いたいの? そういうことが流行った時代があった。実際に光はタイムトラベルの歴史にかなり関係があるからね。当然、きみが光の速さで移動するなら、ある意味、時間は止まっていることになる。きみという物質は永遠になる。きみが光の速さよりも速く移動すれば、実質的にきみは時間よりも速く移動して未来に消えてしまうわけだ。これに似た時間が歪む現象はブラックホールで知られているね。私の結晶の中に入って観察者の主観的な視点から見ると、私は確かに時間を減速させる。そこでは光子の運ぶ情報は、いつものように秒速三十万キロメートルの速度で飛び去っていくのとは異なる状態であることを体験できるにちがいない。きみは何を作りたいの？タイムマシン？」

「たぶん……赤ん坊の泣き声に邪魔されなければ」

女子学生はメモ用紙を手の中で丸めた。

オコナーは彼女を見つめ、やがて笑う。

「きみの才能が突如として芽吹いた証人になることを許されたのに、赤ん坊の泣き声に邪魔されるなんて、私も望みたくはないな。けれども赤ん坊が問題ではないのだよ。問題は、われわれが主流に別れを告げ、平凡な暮らしに姿を消してしまった言い訳を赤ん坊に押しつけることなのだ。赤ん坊の両親が穴居人に先祖返りすると決めたとすれば、それは赤ん坊のせいではない。妊娠したらしいと思ったとたん、人はチンパンジーのように行動する。つまり、もうヴィジョンは存在せず、高い目標もなく、普遍性もない。あるのは動物本来の本能だけだ。そして、すっかり聞き飽きた言葉をいつも口にする。かつて私は世界を動かしたかった。癌の特効薬を発見したかった。火星旅行がしたかった。シェイクスピアを演じたかった。でも、これこれしかじかの理由で、そんなことは全部どうでもよくなった。やっぱり世界で一番大切なわんぱく小僧だけを中心にして、すべてがまわっている。それぞれに期待されるのは、自分の子どもがお粥をよだれかけの上に吐きだす様子をうっとりと眺めていることだ。

でも悲しいかな、きみは違う話をしたい！　きみが本当にタイムマシンを作りたいのなら、作ってごらんなさい。赤ん坊がいてもいなくても。幸運を祈るよ。だが絶対にうまく機能しないと賭けてもいい。約束したから、私は何時間でもきみのスパナを支えていてあげよう。そのあいだに、きみは欲しいだけ子どもを産むことができるはずだ」

「おやおや、先週、彼は反対のことを言ったぞ」

クーンが苦々しく言った。

その話題に食いついた記者が口をはさむ。

「つまりタイムトラベルは不可能だと？」

「つまり、人類が理性的になることを始めれば、人類は死にはじめる。理性とは信念の究極の敵であり、頑固なものだ。誰かが自分は光を減速させたと、あなたに話そうとしたら、理性はあなたに家に帰れと命じるにちがいない。皆さんとお話ができて楽しかった。講演はこれで終わりです」

オコナーは言った。

一九九八年十二月十四日　イタリア　ピエモンテ州　ラ・モッラ

翌日の昼前、マキシム・グルシュコフはファイルに目を凝らし、軽く唇を動かしていた。

つるつるのスキンヘッドに蛍光灯の光が反射している。外ではパステルブルーの空に冬の太陽が透明な光を振りまいていたが、グルシュコフはブラインドを下ろして人工の光を浴びていた。ファイルに書かれた数行に集中しており、まるでパソコンの立てる音ですら遠慮して死に絶えたかと思えるほど、彼の耳に音は入ってこなかった。やがてゆっくりとファイルを閉じてテーブルにおいた。シルヴィオ・リカルドとヤナも一緒にテーブルを囲んでいる。

彼は眉の上を指で揉んだ。口を尖らせて、つかの間虚空を見つめ、それから二人に視線を向けた。

「これはマジな話じゃないでしょ」

彼の声には、いつものように無関心で淡々とした響きがあった。グルシュコフがわれを忘れたのは、過去にただ一度あっただけだ。遙か昔に、遙かかなたの地で起きたことで、それが今こうしてイタリアに暮らし、モスクワには戻らない理由だった。

「いや、似たような話は前にもしたぞ」

リカルドは大きく肩をすくめ両手を開いてみせた。ミーティングが行なわれているのは、グルシュコフの〝魔女の台所〟だった。そこはネウロネット社の開発本部で、主任プログラマーの彼が技術革新に飢える市場に提供するため、ソフトウェア・ソリューションを作りだす調理場だ。三人は扉を閉ざした会議室に引きこもっていた。部屋は防音だが、その理由は容易にわかる。オンライン・ビジネス同様、産業スパイを許さないためなのだ。

グルシュコフの顔に、めったに見ることのない表情が浮かんでいた。当惑だ。

一方、ヤナはことのほか満足している。

「それはよかったわ」

「よかった？」

グルシュコフは腕を組み、しばらく宙を見つめて考えこんだ。

「わからないな。これまでに私の身に起きた中で最高にクレイジーなことですよ。こんなアイデアを思いつくのは、あなただけだろうな」

彼は言って、自分が存在することを確かめるかのようにファイルを手でなぞった。

「ちょうどいいタイミングでグラス一杯のワインを飲めば、誰でも思いつくことよ」

ヤナは落ち着いて応じた。

「一瓶でしょ」

リカルドが辛口のコメントをした。

ヤナは手を振り、

「そんなことどうでもいいわ。肝心なのは、わたしがとにかくそれを知っているということなの。わたしの知識は初歩的なもので、実現するための技術については最低限必要なことしかわからない。でも、このアイデアには心をそそられる。わたしの側近ですらクレイジーなアイデアだと思うのなら、それで危機を切り抜けるチャンスがあるわけね」

「まあ確かに。でも、そこに問題があるんですよ。あなたは最低限必要なことしかわかっていない。それじゃあ、せいぜいサイエンス・フィクションが書けるくらいだ。もっとも、このアイデアが成功しないと言うつもりはないけれど」

「これはサイエンス・フィクション以上のものなのよ」

「現時点では無理ですね」

「完全に除外されるのかどうか、わたしは知りたいの」

グルシュコフは頭を掻いた。リカルドは疑り深い顔で首を振ったが無言だ。ファイルに手を伸ばして開ける。それは午前中、三度めのことだった。ヤナは何も言わずに待った。彼女としては何度でも好きなだけ二人が目を通してくれればいい。焦ってはいない。

しばらくのあいだ聞こえてくるのは、ファイルのページを繰る音だけになった。

ようやくリカルドが呆然として口を開く。

「ぼくはそもそも専門家ではないし。感じたことを口にするぐらいしかできないな。ビームを発射するみたいなことを、あなたはここに書いているのかもしれないが、無理でしょうね」

「私も専門家ではない。ヤナは、こんなことが実現可能かどうかを知りたいのでしょ。それなら、二百年前には月旅行を実現する可能性はほとんどなかったと答えておきましょう——」

グルシュコフは言って席を立ち、部屋の中を歩きだす。

「——問題は、まったく実現不可能なアイデアなのか、今の時代では不可能なのかということだ。そういう観点なら、まったく除外されるとは言いきれない。モデル試験であれば、うまくいくかもしれないな。含まれるファクターを二十分の一のスケールに縮小して密閉状態で行なえば、きっと成功するでしょう。とはいえ、動く目標にこのように固定されたシステムで命中させられるかどうかは、私にはわからない。難しいのは、われわれが生きた人間を相手にするということだ。これまでに、そういうスケールでなされたことがあるのだろうか」

「アメリカ人はやったわ。ロシアも」

ヤナが言った。

グルシュコフは立ち止まり、

「それは違う話です。あなたが何を言ってるのかはわかってますよ。でも、それは莫大な出費だった。しかも、きわめてクリーンな環境で行なわれたシミュレーションだ。このアイデアを進める前に、これはサイエンス・フィクションだということをはっきり頭に入れておかないと」

ヤナは、周囲に所狭しとおかれたパソコンを大げさな身振りで示した。

「ここにあるものは全部サイエンス・フィクションでしょ。自然の法則をペテンにかける方法があるのかどうかもわからないのだから、遠く離れた宇宙まで旅することはできないわ。いつかきっと誰かがその方法を発見すると信じているだけ。ワームホールとか量子トンネルとか。わたしたちの場合、話はまったく違うわ。方法は、わかっているのよ。理論に隙間一つない。現実に存在しないことを発見する必要はないの。問題はただ一つ。どうやって運用するか」

グルシュコフは眉根を寄せ、

「あなたは、距離を考えた上で必要な出力を仮計算している。確かに、この出力ならだせますよ。でも、そうなると装置がどれだけ巨大なものになるか、わかってますか？　そんな巨大な装置を、どうやって最重要警備区域に持ちこむのです？」

「さっぱりわからないわ。最も警備が厳しいのは半径一キロか二キロの区域ではないかしら」

「二キロから三キロメートルでしょうね」

「場合によってはもっと広がるかも。半径五キロぐらいまで想定しておけば安心ね。せいぜいそのくらいでしょう。いずれにせよ、どんなに巨大な装置でも最重要警備区域の外なら人目につかず設置できるわ」

「距離のほかにも、環境の影響による問題も出てきますよ。とにかく、なんとか可能だと仮定しましょう。それでも装置は動かせるように設置しなければならないが、それは絶対に不可能だろうな。その上、高電圧を蓄えて、震動せずに可動する巨大な台車を作らなければならない」

ヤナは首を振り、ファイルを指さした。

「装置は動かないわ」

「でも、あなたの目標はそうじゃない。一軒家を、その前を歩く人間に合わせて動かすようなものですよ」

「そうではないわ。わたしたちに必要なものは迂回するシステムなのよ」

「つまり……」

ヤナは身を乗りだしてテーブルを指で連打した。

「古典的な解決策。グルシュコフ、きっとうまく機能するわ。アメリカ人やロシア人が作ったものとなんら違いはないのよ。制御技術についてはまださっぱりわからないけれど、可動するのは装置の一部でいいはず」

ヤナは自分がイメージする装置の構造をグルシュコフに説明した。実は、装置が想像どおりに機能するかどうか、彼女にはまったく自信がない。それは生半可な知識と上等な赤ワイン、午前三時という早い時間から生まれたアイデアだと痛いほどわかっていた。けれども彼女が半信半疑な様子を見せれば、グルシュコフから相手にもされないだろう。

むしろリカルドの意見には純粋に興味を引かれた。彼はビジネスマンであって学者ではない。ヤナは、彼の言葉には裏がないと思っていた。実現可能か不可能かが問題になるとき、たいていの者はまず感覚に頼るものだ。たとえば、物理的な条件に反しているのに、恒星間宇宙旅行は遅かれ早かれ可能になると考える者は多い。一方、科学的根拠のある考えなのに、タコは体の模様によって互いに意思疎通を図ることができると考える人は少ない。人間の脳で日々行なわれる選別は、きわめて迅速に処理される本能的なプロセスだ。深い理解力が欠ける者に即座にぴんとこないものごとは、途方もないものごとだとみなされる。ドイツ人にゲーアハルト・シュレーダー首相は人間の姿をしたエイリアンだと言っても、それを証明しようと思う者は一人もいないだろう。卓越した一般教養を備える優秀なリカルドは、ヤナがこのアイデアを披露したとき、彼にふさわしい反応を示してくれた。不可能だという技術的な裏付けはないのに、実現の可能性をしょっぱなから除外したのだ。その点で、彼の意見には価値があった。そういうアイデアがひらめく人間などいるはずがないと、彼が思ったことがわかるからだ。

「私はプログラマーなんですよ。それを忘れないでください。このアイデアを少し理解できるとしても、それは偶然なんです」

ヤナの説明にじっと耳を傾けていたグルシュコフが言った。

「あなたは偶然から理解できるのではないわ。あなたがオールラウンドの科学者だからなのよ。お世辞ではない。わたしは事実を言っているの。そうじゃなければ、あなたに尋ねたりしなかった。それで、どうなの？　実現できると思う？」

グルシュコフは頬を膨らませた。眼鏡をはずすと、ハンカチをだして熱心に磨きはじめた。やがてレンズを天井灯にかざし、目を細めて眺める。その眼鏡をかけ直して言った。

「ええ」

「やっぱり！　うまくいくとわかってたわ」

ヤナは勝ち誇ったように声を上げた。

グルシュコフは両の手のひらを見せて彼女を制し、

「まあ先走らないで。私は可能だと言った。けれど、うまくいくという意味ではありませんよ。時間と、とりわけ確かな情報をいただけますか。場所の詳細なデータが必要だ。その土地の広さと状態、特に最高地点のデータを。細かい技術については、モスクワとサンクトペテルブルクにコンタクトをとれば、誰か一肌脱いでくれます。もっとも、渡りがつき次第――もしも、ついたらということですよ。装置そのものに関しては、まったくコネはないが」

「それはミルコが手伝ってくれると思うわ。もうすぐケルンで会うことになっているのよ。彼は、ものでも人でもなんでも知っているみたい」

リカルドは眉根を寄せ、

「彼はチームで一緒に行動するんでしょ」

「それは彼の条件の一つだったわ」

グルシュコフは興味のなさそうな顔で、

「私としては異存はありません。今の感じでは、チームはもっと大きくなりそうですよ。深い知識を持つ専門家が必要だ。知識の深さは、これからの数日にもたらされる情報次第ですが」

「わかったわ。ほかに必要なものは?」

グルシュコフは考えこんだ。

「私を一人にしてください。できれば今から」

リカルドはにやりと笑って立ち上がった。

「かしこまりました、アインシュタイン博士。きみを生かしたまま壁の内側に残し、ぼくたちは出ていくよ。宅配ピッツァを頼もうか？　扉の下から差し入れられるから」

「リカルド、冗談の好きな人だ。いつかきっと笑ってくれる人が現われますよ」

グルシュコフはうれしくもない顔で応じた。

開発本部をあとにして外に出ると、リカルドはヤナに言った。

「ぼくたちのことが今日まで発覚しなかったのは驚きだとは思いませんか？　こんなふうにミーティングするなんて、普通ありえない。偽名を使って秘密の場所に集まり、見つからないかと、こっそり外を窺う。それなのに、ぼくたちはこうしてここで堂々と仕事をしているんだ」

ヤナは肩をすくめる。

「そうね。わたしたちのように勤勉な若者が、閉ざした扉の奥で殺人やらテロやらを画策しているなんて、誰も思いもしないわ」

リカルドは冬の大気を吸いこみ、天を仰いだ。ネウロネット社のガラス張りの平屋はピエモンテのロマンチックな風景に見事に収まっている。会社の敷地から、ヤナの住む屋敷が見わたせた。

「いつかきっと誰かが思いつくだろうな」

「そうしたらわたしたちは消える」

「それがいい。あなたはよくわかっている。傾く可能性のあるものは、いつか傾くという暗黙の掟だ」

ヤナは笑みを浮かべた。

「掟。もちろんそうね。でも、わたしたちが掟を気にするときは、いつやって来るのかしら」

マキシム・グルシュコフは三日間、世界から引きこもった。食事は本当に開発本部に届けさせた。同僚たちは彼がしばしば引きこもることに慣れており、今回もそれを不審に思う者はいなかった。グルシュコフは独自のコンピュータ回線を使っているが、何者も侵入できない鉄壁の暗号システムを構築している。ヤナだけがアクセスコードを知っており、自分のパソコンから彼のコンピュータに接続できた。

彼が引きこもっているあいだ、二人は連絡を取り合い、独立したコンピュータ・システムを通じて情報交換を行なった。おもに質問するのはグルシュコフだ。ヤナは、知るかぎりのことを答え、わずかながらの食事の差し入れを用意し、疑心暗鬼の気持ちをつのらせていった。彼はこの作戦が百パーセント成功すると納得して初めて成果を伝えてくるだろう。ヤナは彼が賛成してくれると思っていた。彼が賛成してくれれば、この作戦が完璧なものであると確信できるのだ。グルシュコフは石橋をたたいて渡る人物だった。これまで彼が間違ったことは一度もない。

三日めの晩、かなり遅い時間に彼はなにげなく彼女に電話をかけてきて、インターネットの検索エンジンの新しいコンセプトについて雑談を交わした。

「とりわけマイクロソフトが新たな市場を開拓できるプログラムを作ってみました。こちらに来て、ちょっと見てもらえませんか」

彼は言った。

ヤナは屋敷を出て会社に向かった。しばらくぶらぶらと登り勾配の通りを歩き、会社の正面玄関に通じる横道に曲がる。外は冷えこんでいたが、彼女はTシャツの上にジャケットを羽織っただけだ。彼女は寒さも暑さも気にならない性分だった。玄関の鍵を開けてガラス張りのホールに入り、奥に続く管理棟に足を進めた。薄闇の中、待機状態のパソコンの灯りが輝いている。それからグルシュコフの部屋に通じる窓のない廊下を歩いた。天井の蛍光灯の一本が低い音を立てて点滅している。彼女は携帯電話を取りだすと、管理部の留守電にそれを簡単に報告した。この時間、会社にグルシュコフのほかは誰もいないが、仕事が未処理のまま残されるのは嫌なのだ。明日の朝、彼女が朝食を終える前に、蛍光灯は交換されているだろう。

グルシュコフが彼女を待っていた。数式で埋めつくされたディスプレイの前に座り、もう一脚椅子を自分の脇に用意している。

「座ってください。一緒に見ましょう」

ヤナは立ち止まり、椅子の背もたれを両手でつかんで体を支えた。

「うまくいくかしら？」

グルシュコフはにやりとした。それはめったにないことだった。自分の仕事に満悦しているときにだけ見せる表情だ。

「腰を下ろすだけの価値はありますよ」

ヤナは座った。

「じゃあ、うまくいくのね？」

グルシュコフはマウスを動かしてウインドウをいくつか閉じると、新しいウインドウを一つ開く。

「ええ」

ヤナは画面いっぱいに展開するスケッチに魅せられたように見入った。ほとんど感激せんばかりだ。

「装置の大きさはどのくらいなの？」

グルシュコフは両手を大きく開き、

「そうですね。正確なところはまだ言えないが、小型トラックくらいの大きさでしょう。構造もさまざまなモデルがあるし。これはヤグレーザーです。充分なパワーがだせますよ。あとは、そこそこの容量のジェネレータが必要だ」

「すごいわ」

彼は彼女を見つめた。眼鏡の丸いレンズがディスプレイの光を反射し、その奥にある彼の瞳を見ることはできない。

「そんなにすごくはない。こういうものがどこで手に入るか、わからないのだから」

「こういう装置はどこにもないと？」

「いえ、かなりの数はある。でも、ずっと大型だ。家一軒分ほどの巨大なものなら手に入りますよ。問題は、どうやって手に入れるか」

「うまくいくのなら、手に入れましょう。調達はわたしに任せてちょうだい」

ヤナは小声で言った。

「結構です。そうそう、距離は問題ではありません。あなたが正しかった。この装置なら、十キロメートル離れたところから目標に百発百中ですよ……もちろん、まだ理論上ですが。線形方程式だけをあてにしてても、しかたがない。実際には、かなりの環境因子と戦わなければならないから、対策を考えないと」

彼はもう一つ新しいウインドウを開いた。

「これが大まかな構造です。かなりラフですが。あなたが操作できるハンディサイズのコントロール・ユニットを考えてみました」

彼はひと息おいた。

「カメラはどうかと思ってます」

「通信には何を？」

「無線で飛ばします。ハリウッド女優ヘディ・ラマーが愛をこめて。彼女、その特許を持ってますからね」

「赤外線はどうなの？」

「赤外線を使ったことは二、三度ありますが、時代遅れなんです。距離を考えると赤外線は対象外だ。無線なら完璧です。ＧＰＳを使うべきかどうかまだ迷っていますが、使えば簡単になるかもしれない。でも、使わなくても大丈夫でしょう」

「カメラねえ」

ヤナは言った。グルシュコフが何か隠しているのはわかっていた。彼はもったいぶるのが好きなのだ。

「そうです」

「教えなさいよ。わたしに取材カメラマンになれと言うのでしょ？」

わずか数分間に、グルシュコフは二度にやりと笑った。それだけで月平均を上まわっている。

「カメラの付属品ではないマイクロチップが二枚入っていても、カメラを解体でもしないかぎりばれませんよ。世界のどこを探しても、そこまでするセキュリティ・チェックはない。だから、あなたはかなり接近できます」

「で、シャッターを押すと……」

「発射される」

「グルシュコフ、夢のようだわ」

彼は椅子の背にもたれて息を吐きだした。これまで彼が極度に緊張していたことに、ヤナは今ようやく気がついた。

「わかりますよ。でもそう聞くと、クレイジーな映画みたいに信用できない感がまだ残っていそうだな。まったく夢のような話。でも、どれだけ頑張って探しても、成功しない要因は見あたらない……ただ一点をのぞいて」

「どんなこと？」

「雨が降ってはだめなのです」

「え？　どうして？　何が……？」

そのとき、彼女は彼の言おうとする意味を理解した。物理だ。初歩的な物理。彼女はしばらく無言だった。やがて口を開く。

「グルシュコフ、当然だわ。当然すぎる。雨が降ったら、この件は忘れましょう」

「必ずしもそうとは。もう少し話を聞いてくださいよ。まず、バケツをひっくり返したような雨であれば、問題だということです。あなたが精密な武器で百メートル離れた動く目標に命中させるつもりなら、豪雨は破滅的だ。あるいは霧が立ちこめていたとしたら。それに、どんなことでも起こりうるのです。あなたがシャッターを押す瞬間に、トラックが脇を通りすぎるとか。こうした不確実性はなにも目新しいことではない。夏に作戦を決行してもいいですよ。晴れの日は多いから」

「ドイツではだめね。まあいいわ。先を続けて」

「あなたは一発以上発射する。二発、あるいは三発でも。霧雨であれば、それで命中するチャンスは劇的に増えます。それに、複数発射する理由はまだあるんですよ」

「それは?」

「プランB。古きよき時代のプランBです。あなたの依頼人は、ある特定の日時と場所を望んでいるんですよね。ピンポイントでなければならない。でも実際にうまくいかないのであれば、彼らは別の日にチャンスを見いだすしかないわけだ」

「もう一度苦労してやり直せと言うの?」

「それほどの苦労ではないですよ。考えてもみてください。迂回路がもう一つ必要になるだけだから。それをどこに設置しなければならないか、前もってわかっていればいい」

ヤナが考えこむと、グルシュコフが言い足した。

「あなたの依頼人は、そもそもこの装置が機能することに興味を抱くはずだ。であれば、あなたはネットを張って安全を確保した上で宙返りをしてください」

「夢のような武器だわ。効果はきっと計り知れないでしょうね。そうなるようにしないと」

「そういうふうにできますよ。たとえ場所や日時が違っても、効果は変わらず莫大だ。同じ結果になるはずです。写真も同じように世界中を駆けめぐる」

彼は言って立ち上がると、椅子の背に掛けたセーターを手に取った。

「あなたもそれを望んでいるのでしょう?」

彼女は一瞬考えこんで、

「そうよ。グルシュコフ、いい感じ。本当にいい感じだわ」

「よかった。では私は食事にいってきます。明日、細かいことを話し合いましょう。すべきことは山ほどある。そうでしょ？」

彼はこの日三度めの笑みを見せた。ヤナには彼が空恐ろしく思えてきた。

一九九八年十二月二十二日　修道院

ミルコが初老の男と初めて会ってから、解決策を提示できるようになるまで、ちょうど一カ月が経過していた。あの男がどのような反応を見せるのか、彼には予想がつかない。ヤナはミルコ、あるいは彼の背後にいる人々が例の装置を調達してくれることを期待している。しかし、それが問題なのではなかった。

問題は、初老の男に充分な想像力があるかどうかだ。

ミルコの依頼人たちは、〝トロイの木馬作戦〟というコードネームをどうして思いついたのだろうか。決してうまい選択だったとはいえない。想像上の馬の腹の中に身を隠している戦士たちは、実は全員が歴史の授業をサボっていてトロイの木馬の寓話など知らないかのように、ミルコには思われた。ミルコは指導者たちに仕え、彼らのために働いているが、そのミルコのような人間よりも世間知らずの指導者たちが率いる世界は、いったいどう機能するのだろうか。それは彼にはどうでもいいことだ。とはいえ、ミルコとカレル・ゼマン・ドラコヴィッチは、無学ながら陰謀の黒幕にまでのし上がったのだが、社会に影響力を持つ博学なエリートたちの認識不足に、その彼が気づいたのは驚くべきことだった。

さて、では世界を治めるのはいったい誰なのか。ルイ十三世はフランスの王であったかもしれないが、実権は宰相リシュリューが握っていた。ニクソン大統領は側近に支えられていた。ローマ法王ヨハネ・パウロ一世は対立的な思想をあまりに多く唱えると、まもなく急死した。皇帝や王、大統領、法王、独裁者は気取った態度をとっているかもしれないが、彼らには歴史のスナップショットにいつも一緒に写る人物がいる。ポーカーフェイスに笑みをたたえ、支配者が振る腕に半分隠れているが、自分の首が斬り落とされるときを、最後に自分で決定する。

権力者たちは失脚するかもしれない。しかし、権力者の意のままになる第二の親衛隊はいつかまた現われる。彼らは自身の立場がさらされる危険を最小限にとどめ、最大限の行動範囲を確保できるポジションに必ず現われるのだ。彼らは影だが、彼らを誰が作るのか、彼らはCIAになるのかKGBなのか、自ら選択できる。影を獲得した者たちは全能を手にする。命取りになるのは、自分自身がスポットライトの輝きの虜《とりこ》になったときだけだ。

遠くに修道院が姿を現わした頃、ミルコはスロボダン・ミロシェヴィッチのことを考えていた。その独裁者もまた、便利なご都合主義の影から踏みだし、自分の虚栄心に屈したときは、すでに安全な縄張りを捨てていた。彼の同類たちのように分別を失い、そのため脆弱になってしまった。適切な時期に思想を転向し、政権を他人に譲ることを優先すれば、彼は持ちこたえて、ひっそり暮らす道を選択できただろう。彼を必要とする新しい強力な指揮官がいる陣営に、彼はいつでも鞍替えすることが可能だった。ところが一九八六年、セルビアで党首となり、その翌年に大統領に就任したのち、自らが先頭に立つことになる。彼に従う人やものはなく、避難所も持たなかった。彼は自分自身の、そして他人の製造品、セルビアの国家情報機関の妄想だった。法そのものとも呼べる、彼が権利や正当性を導きだす歴史的な主張に基づいて、セルビアの真実を永遠に明言する唯一の使命を担った人体模型だ。

その結果、独裁者ミロシェヴィッチは自分が作った幾多の法を、それ以上に解釈できなかった。彼自身が法だったのだ。彼は自己責任で破滅したのだから、生き急いだのかもしれない。世界政治の舞台のまばゆい光を浴びる彼に、卑劣な死が迫っていた。なぜなら世界から充分に注目されたからだ。それが彼の最大の問題で、彼はそれを認識せず、対処しなかった。とてつもない損害を与え、敵を繰り返し徹底的に打ちのめすには何年もかかるだろう。しかし、『オテロ』のイアーゴや、『ジュリアス・シーザー』のブルータスのようにポーカーフェイスに笑みをたたえ、裏切りを企みつつ、偉大な民族主義者ミロシェヴィッチが振る腕に半分隠れる者たちから、彼を守ってくれるものは何一つなかった。

多くの者がセルビアの独裁者と、ケネディやニクソン、エリツィン、サダム・フセイン、シーザーと同様だった。イデオロギーに関係なく、他人が操る指人形は彼らから逃げていった。彼らは勝者なき壮大な戦いを繰り広げ、ミルコやカルロス、パレスチナ解放機構のアブ

・ニダルや、ヤナのような人間が活気づく第二の戦争を秘密裡に引き起こし、自分たちの運命を他人の手に委ねた。いつの時代も、彼らは自信に満ちており、全権を行使することになんら疑いを抱かない。彼らの力が頂点に達したところで、何者かが彼らの肋骨のあいだに短刀を突き立て、陰謀が集結する。人形劇に幕が下りた。人形は粉々に破壊され、人形遣いは引っこんで次の出番を待っている。人形の世界は流転する。しかし、人形遣いの世界が変わることはない。

ミルコはジープを修道院の下にある茂みに停めて車を降りた。あたりにはひんやりとした靄が立ちこめている。彼は上着のジッパーを上まで閉めた。初老の男は正面入口に通じる階段の前で彼を待っていた。今日は警護の者たちの姿を隠そうとはしていない。ミルコに、さやかではあるが見せつけたかったのかもしれない。戦闘服姿の男たちがあたりに散開し、然るべき距離を保っている。彼らはあまたの民兵組織のどこかに所属するのだろう。

「やあ、よく来てくれた。きみの知らせは香り立つコルク栓だったよ。さあ私にそのワインを飲ませてくれないか。われわれの大切なガールフレンドは？　この件にどう取り組むつもりでいるのだね？」

男は優しい声で言った。

ミルコは戦闘服の男たちに視線を走らせる。

「あの者たちに聞こえても？」

「ああ、かまわない。だが、きみの言うことも一理ある。ちょっと歩こうか」

二人は歩きだした。修道院から小道が通りまで続き、さらにその先に延びていた。道の両側には低木が生い茂っている。二、三百メートルも進めば小道は草原で行き止まりになるのだろう。けれども前方には乳白色の靄が立ちこめ、まるで小道は山の向こうまで延びているようだった。

三人の男たちがいくらか離れて二人についてくる。

二人で並んで数歩歩くと、ミルコが初老の男にヤナの要求を話した。

男は足を止め、彼を見つめた。

「彼女は何を望んでいるのだね？」

「ちゃんとお話ししましたよ」

男は首を振り修道院を見やった。心癒やされる現実をそこに残してきたかのようなまなざしだ。

「それはどう機能するのだね？　きみのガールフレンドは正気をなくしたのか？　ミルコ、ばかげた話だ。二千五百万の与太話じゃないか」

「いえ、そうではない。あなたに落ち着いてもらいたいから言いますが、おれも初めはいらついたんですよ。でも彼女が説明してくれた。装置は機能します」

「私には信じられないぞ」

「彼女を信じられないのなら、おれを信じてください。それなら聞こえがいいはずだ。聞く者が驚くのはスケールのせいです。ミニチュアサイズであれば、世界一簡単な作戦でしょうね」

「そうだろうが、この件にはあてはまらない。私もあまたなことに慣れてはいるが……代替案はないのかね？」

ミルコはうなずいた。

「ありますよ。地対地ミサイル。それならたぶん。でも、発射基地を設営できるところまでには至らないでしょうね。その手の武器を人知れず持ちこむのは不可能だろうし、ドイツで手に入るはずもない」

「今、準備を始めたとしても無理なのか？」

「無理です」

初老の男は思案するように足元に目をやった。やがてゆっくりと歩きだす。

「ヤナが彼女の作戦を実行したら、どうなるだろうか。つまり、どのような効果があるだろうか」

男の口調から驚きは消え、その代わりに理性がシナリオを描きはじめていた。ミルコは少しほっとした。最大のハードルは乗り越えたのだ。男の同意よりも、協力のほうがずっと必要だった。それには男に納得してもらわなければならない。

ミルコは武器の作動原理を説明した。多くを語る前に、男の青い瞳が輝きはじめた。

「恐ろしいまでの出費だが、素晴らしいショウになる」

初老の男は言った。

「あなたが望まれたことだ」

男はとまどった。

「そのようだな。人間に学びつくすということは決してないらしい。私は、ライフルを抱えた男が屋根に身を横たえる時代に生きているのだと、ずっと考えていた。唯一の問題は、然るべき屋根を見つけることだと」

ミルコは笑みを浮かべた。

「それはパルチザンのロマンですね、そうでしょ。男と武器。この話を然るべき人物に伝えてもらえますね？」

初老の男は声を轟かせて笑うと、ミルコの肩をたたいた。

「おいおい、ミルコ！　一筋縄ではいかないことぐらいは、私でもわかってる。けれども、きみのガールフレンドのアイデアに慣れるしかないと、きみは言うのだろう」

ミルコは無関心な顔で、

「これはある女性のアイデアです。男というものはいつでも大砲しか思いつかない。女性のほうがずっと夢がありますよ。拳銃やライフルが暗に男根を意味するという研究報告があるのを知ってますか？　どうして男ってものは一発ぶちかますのが好きなんでしょうね」

男は笑った。すこぶる愉快そうだ。

「それは男にはペニスがあるからだろ。だから、ぶちかまし方を心得ているのだ。神は、男が武器を手にするのを見るのがお好きだ」

たが」

「そうなんですか？　全能のパイプが命を授けるところを見るのが好きなのだと思ってまし

「死を与えることもある。いったいどうしたのだ。キリスト教の教義問答書でも飲みこんだんじゃないのか？」

ミルコは軽蔑するように、

「めっそうもない。おれはただ、ペニスと武器を同時に讃える歌をどうやったら歌えるのだろうと思っただけですよ。そうしたらジークムント・フロイトが頭をよぎった。フロイトは、ある意味それはまったく同一のものだと言ったんです。おれの経験では、どっちかが立てば、どっちかは立たないものだが」

「フロイト？」

「そうです」

男は笑うのをやめていた。しぶしぶという口ぶりで、

「心理学者のたわごとだ。男は身を守ることができなくてはならない。子孫を作り、適切な瞬間に引き金を引いた誠実な男たちは何人もいるぞ」

「そうかもしれません。おれはほかの男たちも知ってますよ。でもまあ、これは学術的な研究の話だから」

男はミルコを盗み見る。

「私にはわからないな。じゃあ、きみはどんなパイプで撃つのだね？」

ミルコは笑った。

「その都度、正しいパイプで。これまで一度も間違えたことはない」

「私にモラルを説くつもりはない」

「ご心配は無用です。将軍たちがセックスに興じれば、戦争は少なくなる。おれにとってはいいことじゃないが。おれは、このままがいい」

「きみは、この国のために死んだ者たち、これから死にゆく者たちを侮辱しているぞ。われわれに戦う必要はないのかもしれない。この国の誰もが銃を撃つより子どもを作ることのほうが好きなのかもしれない。われわれは全員、武器は家においてくるほうが好ましいのだろう。きみが言うような輩を使わずにすめば、そのほうが望ましいのだろう」

「そんなことを、よくも口にされるものだ。それでは売り言葉に買い言葉ですよ」

「人殺しは好きかね？　ミルコ、教えてくれ。きみは愛国者なのか、それともただの戦闘要員なのか」

「おれはビジネスマンです」

「初めてあったときにそう言ったな」

「では、二度は訊かないでください。ヤナとおれは仕事をやり遂げる。おれには、あなたや、あなたの理想を侮辱する気は毛頭ない。けれども、おれがおれとしての理想を持たないほうが、あなたにはずっと好ましいんじゃないんですか？」

初老の男は目を細めた。やがて緊張を解く。

「ドラコヴィッチ、よく言ってくれた。そうだ、そのほうが私にはずっとありがたい」

男はミルコに立場をわきまえさせようとするときはいつでも、ドラコヴィッチという彼の本名で呼んだ。それはミルコを愉快にさせた。今日のところは初老の男を相当やきもきさせてやったのだ。これはゲームで、互いの尊敬を失わないことが肝心だった。ミルコがお世辞だけを口にする人間ではないため、男が彼を高く評価していることは知っている。しかもミルコに代わる者はいないのだ。

まだ大丈夫だ。男の好意を、軽率が災いして失うまでには至っていない。そうなれば、間違いなく命取りになるだろう。

初老の男は続ける。

「さて、これからいくつか説明しよう。われわれのささやかな願い事の背景を教え、それがきみの仕事にどう影響するかを話すつもりだ。トロイの木馬はきみに扉を開いている。われわれのアイデアを実行に移す手のこんだゲームに、きみはきっと感激するだろうな。きみの頭がわれわれの考えについてこられればだが」

ミルコは礼儀正しくうなずいてみせ、

「トロイの木馬は、トロイの王プリアモスが考案した最も賢明な策でした」

男から反論の声は上がらない。木馬を考えついたのはオデッセウスで、プリアモスであるはずがないと訂正する気は男にはないようだ。

けれども、これくらいで終わりにしてやろう。ミルコは満足して思った。

「ヤグレーザーを調達できますね?」

男はうなずいた。

「ああ、まったく問題はない。きみの話を正しく理解したとすれば、それで済むことではないのだろ?」

「細部はおれたちで調達します」

「わかった。成り行きを見せてもらおう。個々の詳細について話し合わなければならないな。教会の中に昼食を用意してある。ミルコ、きみは犬のような生き方をしなくてもいいのだぞ」

ミルコは答えなかった。初老の男は山々を見やる。険しい峰々の上に灰色の雲が集まっていた。

「また雨が降る。戻ろうか」

男は言った。

二人は無言で踵を返した。警護の男たちが脇によけて道を空ける。二人が通りすぎると、後ろから従った。

「ところで、そんな巨大な装置をどうやってドイツに運ぶつもりなのだね。少々目立ちすぎないか? 武器そのものではないとしてもだ。出所をたどられてしまうぞ」

ミルコは薄笑いを浮かべた。

「まったく関係のないものが、人目を引かずにロシアから届いたんです」

男の目が見開かれた。一瞬、瞳に困惑の色が浮かんだ。彼の口が開く。

やがて甲高い声で笑いだした。

「ミルコ、きみは狡猾な犬だ。そう言うしかないな。まったく狡猾な犬だ」

男の笑い声は、ミルコに聞き覚えのある轟きにまで高まった。

男は繰り返しミルコの肩をたたき、さらに大声で笑いながら足早に修道院に向かった。

「ドラコヴィッチ、きみと話をするのは愉快だ。食欲が出るよ」

ミルコは会釈した。神の恵みは彼のものだった。

一九九九年六月十五日　ドイツ　ケルン　マリティム・ホテル

「ここのレストランはどうやって料理を作るのだろうか。ぼくにすれば、ケチャップとかフライドポテトがついていない料理は、ばか高いだけの味なんだが」

クーン編集長が言った。

「編集長のことなんか関係ないんでしょうね」

キカ・ヴァーグナーは不機嫌そうに答えた。

「おいキカ、マリティム・ホテルは評判がいいんだぞ。そんな目でぼくを見ないでくれないか。だいたい常識だろ。どの店に行こうが、つまりは評判を食べるんだよ。シェフの帽子を被って星を戴く仰々しさに価値などないと思わないか。そういう天蓋の一切合切は金で買われたものか、穴が開いて価値がないものだ。肉は軟らかいか、硬いかで、それ以外に何もないんだ」

「わたしはフレンチの名店〈ル・モワソニエール〉を推薦したんですよ。それ以外のものが、そこにはあるから」

「そうだな、明日行く予定の〈レルヒェンホーフ〉も相当ぼられるぞ。大金払って、詰め替えた安ワインを飲まされ、脂っぽいフォアグラの断片、生臭い魚の卵と、鼻水に味をつけたものや、きっと迷惑なものを――」

「鼻水になんです？」

「生牡蠣だよ。キカ、なんということだ、きみのその目つき。まさか、ぬるぬるした汚水のような食い物が好物だなんて言わないでくれ」

「編集長も好きそうじゃないですか」

クーンは動揺して目をしばたたいた。

「え？　どうしてぼくが？　今、言っただろ――」

「編集長のネクタイが、そういう食べ物の中を這いまわったように見えるんですけど」

ヴァーグナーはハンドバッグからティッシュを一枚取りだし、舌先で濡らした。

「ちょっと見せてください。すごいことになってますよ。編集長の部屋には鏡がないんですか？」

「きみねえ……」

彼女がネクタイを引っぱってティッシュでこすりはじめると、クーンは体の向きを変えて両手を振りまわした。

「おい！　失礼じゃないか。ぼくはリードで引っぱられてる犬じゃないぞ……痛い！　絞め殺す気か？　きみたちの世代はまわりの環境がそんなに重要なのか。そもそもネクタイなんて締めたくなければ締めなきゃいいんだ。いまいましい社会習慣だな。西洋の思い上がりだろうが。知ってるか、インドの政治家――」

「そのとおりだわ。ネクタイはしないほうがいいですよ。でも、ネクタイなしでも見栄えがしないというのは問題だけど。さあ、これでいい」

クーンはぶつぶつ言いながら彼女の手を振りほどき、ネクタイをまっすぐに直した。どうしたら彼がこんなにもだらしない外見になるのか、ヴァーグナーには理解できなかった。彼は口で言うほどの自然志向派ではなかった。安物の服は絶対に身につけない。高価な服を、まるで古着の山から持ってきたかのように着てみせる。その上、決して高くないデリカテッセンを食べこぼして、服は染みだらけだ。オコナーと並ぶと、悲劇的なエラーに見えた。これからクーンはマリティム・ホテルのレストランで夕食会を開くが、そこに集まる人々の中に、ましな恰好で座っていられそうにもなかった。

夕食会の場所選びは、彼女が唯一彼に任せたことだった。しかし彼は早々とそれを台無しにした。ヴァーグナーはマリティム・ホテルで行なうことに異存はない。ただホテルのレストランが嫌なだけだ。ホテルのレストランは、たいていよくも悪くもないからだった。よくも悪くもないレストランをオコナーに勧める気はまったくないのだ。クーンはライン川を一望できるという理由の一点張りで、結局、ヴァーグナーが折れ、場所の変更はあきらめた。彼の意向に沿ってやり、その借りをいつか必ず返してもらう算段だった。

「きっとうまいぞ。ぼくが請け合うから安心してろ」

彼は父親のように言った。

「ふうん」

「キカ、大盛りだ。ついに、きみもその肋骨の上になにがしかの肉をつけられるぞ。そうだ、知ってるか？　女優が、体の骨がかたかた音を立てるのが聞こえるまで、がりがりに痩せたがる理由を」

「いいえ」

ヴァーグナーはため息をついた。

「答えは簡単。セルフプロモーション。かたかた音がすれば、観衆が注目してくれる。ははは、面白いだろ。ところできみの体重はどれくらい？」

「編集長も肋骨の上になにがしかの肉がつきますよ」

「失礼、ぼくはただ――」

「わたしの体重なんて、編集長には関係ないでしょ」

「きみの身長だと……」

「わたしの体重なんてどうでもいいじゃないですか」

クーンは肩をすくめ、ホテルのロビーに視線を流した。ほかの招待客もちらほら姿を現わす頃だった。席は九時十五分に予約してある。オコナーは服を着替えに部屋に戻っていた。ホテルへの帰り道、彼は見るからに羊のようにおとなしく、ときどきうたた寝までした。第一物理学研究所は四十五分前に出たのだが、ヴァーグナーの驚いたことに、オコナーの横柄な態度に気を悪くした者は研究所には一人もいなかった。

研究所を去るとき、彼女がドクター・シーダーに謝ろうと思って立ち止まると、彼が説明してくれた。

「もちろん、あの人は変わり者ですよ。でも、ここにいる者たちは皆、そうであることを期待していたんです。博識でバランスのとれた人々の何人が、自分は変わり者だと言えるだろうか。あの人は芸術家だ。フリーランスの優秀な物理学者は芸術家なんですよ」

「それって誰にもわからないことなんでしょ？」

「そのとおりです。だから、われわれは経済力のあるスポンサー探しに必死なんですよ。おやすみなさい。あなたがアテンドしている人物は本当に素晴らしかった」

シーダーの言うとおりだった。オコナーは芸術家だ。

だからといって、彼は変わり者の群れのような振る舞いをする必要があるのだろうか。

そのときクーンの声が聞こえてきた。

「……ベストセラー作家をソーセージの屋台に引っぱっていかないのは理解できる。でもここは有名で、いいレストランなんだ。しかし、きみといったらまるでぼくが……あ、みんなやって来た」

男性三人と女性二人の集団がロビーを横切ってやって来た。健康そうで陽気な顔立ちの書店経営者の姿が見える。彼の一族が町の二大書店の一方を経営しており、当然ながら彼には大きな存在感があった。ケルンではこの二大勢力がしのぎを削っていることを、ヴァーグナーも知っている。どちらを優先させるかは、デリケートな問題だった。ケルンの市場を支配する二大勢力は、ブフィア・グループから分かれたゴンスキ書店と、マイヤーシェン書店だ。二つのライバルはケルンの中心ノイマルクトという広場を二分するように、五十歩も離れないところに店を構えていた。クーンは面白がって、両者の代表を一緒に招待しようと考えたこともある。そうなった場合、オコナーは不協和音を読めないかもしれない。両雄が集まる機会はケルンではないだろうと思って、ヴァーグナーはほっとした。

二人めの長身で白髪の男は商工会議所の会頭だが、むしろ美術評論家として名を馳せていた。市議会議員でもあるが、今日ここに招待されたのは三人めの男の口添えがあったからだった。その三人めの男が、オコナーがプルハイムのゴルフクラブでプレイできるように取り計らった人物だ。ケルン市営銀行の役員で、オコナーがＶＩＰたちと知り合う時間を作ってくれたのだった。

二人いる女性の一方はケルン市の文化部長を務めている。幅をとるひらひらのドレスをまとった、印象的な出で立ちの女性だった。もう一方は女優で、公共放送の長寿ドラマに何年も前から出演を続けている。VIPがVIPと知り合う場には必ず顔をだす女性だ。少々年季の入った小太りの女性だが、若い男に目がないことで悪名を馳せている。

ヴァーグナーは身を引き締めた。お決まりの挨拶と長々とした握手が交わされる。クーンが女優を書店経営者の名前で呼んでしまった。すかさずヴァーグナーが話しかけ、ちらりと腕時計に目をやる。

九時二十分。

その瞬間、彼女の思いがファンファーレに姿を変えたかのように、エレベータのガラス扉が左右に開き、オコナーの姿が現われた。

まばゆいばかりに輝いている。スーツとシャツとネクタイのコーディネートは完璧だった。銀髪はまるで筆で描いたようだ。とんでもない飲んだくれが歩いてくるぞと言う者がいたら、彼女はその人物を笑いとばしてやるだろう。

「皆さん、どなたかをお待ちですか？　それとも私が皆さんをお待ちしているのかな」

オコナーは上機嫌で言って、仲間に加わった。

歓声が上がる。クーンは陽気になって招待客の面々を紹介した。オコナーは率直な態度を見せ、それぞれに選りすぐりの愛想のいい言葉をかけている。

ヴァーグナーはすっかり感心した。

「素敵なスーツをお召しだわ。流行の最先端ね」

五階にあるレストランに行くためエレベータに向かいながら、彼女は心から言った。

「ヴァーグナーさん、あなたの言葉はまるで音楽だ」

オコナーは酔いが醒めているときは、名字での呼びかけに切り換えるようだ。

「実は、私は流行にまったくついて行けなくてね。トレンドとは生まれた瞬間に古臭くなるものだ。それが私にはどうも面倒で。光の速さについて行くことで手一杯なのだよ」

「そうかしら。絶えず流行を追われているように見えますけど」

「ちょっと自慢すると、流行しはじめる前に服を買い、流行遅れになる前に着るのをやめる。こうすれば、いつもさりげなくシックな装いができる。あなたに習って」

五階に着いた。窓辺のテーブル席からは、ライン川と対岸のドイツ地区の素晴らしい眺めを満喫できる。席順を決めるのに少し手間取ったが、皆が腰を下ろすとシャンパンが振る舞われた。オコナーが午前中の酔いの状態に戻るのに大した時間はかからないだろう。ところがシャンパンは舐める程度で、彼はその分ミネラルウォーターを飲んでいる。ヴァーグナーは伏し目がちに彼を眺め、彼の自慢はどこまでが本当の自慢なのだろうかと考えた。その答えは、すぐに得られそうな気が漠然とする。

しばらくは広く浅い話題で会話が弾んだ。女優がありきたりの質問をオコナーに次々とぶつける。

「発想はどこから生まれるのかしら？　本を書くなんて、わたしなら想像もつかないわ」

「マケドニアの彫刻家みたいなものですね」

「まさかそんな」

「いや、そうなんですよ。彼は、どうすれば巨大な大理石の塊から完璧なライオン像を彫ることができるのか、尋ねられた。彼はちょっと考えて、こう答えた。『単純なことだ。猛烈に働いて、ライオンに見えない部分を削ってしまえばいい』」

「まあ、おじょーず！」

このような会話が続いた。

オコナーは黒パンにハーブ入りカッテージチーズを薄く塗りながら、丁寧な口調で言った。

「皆さんの町は注目に値しますね。聞くところによると、カナでの奇跡とイッソスの戦い以来の大イベント、〝ケルンの平和〟が今、開催されているのだとか」

市の文化部長の女性の顔が引きつった。

「オスカー・ワイルドの『キャンターヴィルの幽霊』以来のすごい幽霊が、ケルン大聖堂に出没したんですよ。わたしですら知らなかったんです。でも外務大臣は幽霊を見た気がすると。新聞報道では、幽霊はフィンランドの政治家マルッティ・アハティサーリの姿を借りて、有名な平和会談の席に現われ、みんなを敬虔な平和主義者に変えてしまった」

「ケルンは新しい友人をたくさん獲得して、いまいましいコソボ戦争を終わらせた。なぜなら、われわれにはこんなに美しい教会があるからですよ」

銀行の役員が強調して言った。

「ごもっとも」

商工会議所の会頭が気難しい顔をして、

「われわれは平和というものから教訓を得ることができる。ケルンは自らの手で自らに苦しみを与えているのですよ。ドクター・オコナー、ご存じでしょうか。敗北と自己破壊において、ここにいるわれわれに勝る者はいない。常にわれわれは互いに反目し合っているのです。このケルン・サミットでわれわれは非常に忙しい思いをしているが、それには誇りを持っても許されるでしょうな」

「わたしはまったく不満など抱いていないわ。ケルンのマイスナー枢機卿がミロシェヴィッチの夢に現われて、彼をちょっといい人間にし、あとはケルンのノーベルト・ブルガー市長が激しくやり合ってなんとかしたのだとしたら、すごいことだと思うけれど」

市の文化部長が言うと、銀行の役員が、

「あなたの視野は狭すぎますよ。冷戦時代にヨーロッパの安全保障をめぐって欧米各国が採択したヘルシンキ合意に、実のところフィンランド政府は前向きではなかった。今回のサミットは、ケルンからすれば平和そのものだ。世界政治という筆がケルンの人々の頭上にさっと触れる程度のもの。われわれが名声を勝ちとったという事実は、素晴らしいではないか。まあ、それがケルン大聖堂のおかげであっても、私に異存はないが」

銀行の役員が言った。

「マイスナー枢機卿は、第二次世界大戦がケルン大聖堂の影の中で終わってくれたらというような希望を口にされなかったかな？」

クーンが知ったふうに尋ねた。

「枢機卿が言われたのは、自分もケルン大聖堂の影の中で最期を迎えられたらという意味だと思いますよ」

「寛大になりましょうよ。人は誰でも独善的だ」

「皆さん、なんと陳腐な！　ケルン大聖堂はとにかく平和のシンボルですぞ。それを否定されるおつもりではないのでしょ？」

「まさか、否定するわけがない！」

「とにもかくにも大聖堂は世界大戦を持ちこたえたのだ。私は飛び抜けて信心深くはないが、それでもそういうものをシンボルと呼ぶのです」

「なるほど、そのとおり。敵は爆弾をむしろ市民の頭上にばらまいた。それもまたシンボルだ」

「ケルン大聖堂が破壊されたほうがよかったと言うのかね？」

「そんなつもりはありませんよ」

「そうだろ！　大聖堂なくして平和は存在せず。ケルンのエクスプレス紙にこの前書いてあった。それは世界史を書いた、と」

「それ？　ケルン大聖堂のこと？　すごい！　書くことができる、最初の大聖堂だな」

「比喩ってものでしょうが」

「それはどうでもいいんです。ドイツ首相はケルンの地ビールを気に入ってね。エンタテナーのルディ・カレルと一緒に〈ケルシェン・シュトゥッフ〉に十五時間もいたんだ。そういうことが大切なんですよ。この大聖堂一つでは足りないってことを自分自身に信じこませる理由は山ほどある」

「素晴らしい！　二つめを建てようじゃないか！」

「どうでしょうね。ぼくはもう何年も一つめの大聖堂に行ってないから」

「行ってない？　じゃあ行ってごらんなさい。最近、少しばかり大きくなったと思うが」

「ねえドクター・オコナー、あなたの住むダブリンでは、ケルンはどう思われているんですか？　ここのところケルンは世界から注目されてるから」

　オコナーは突然話しかけられてびくりとした。

「え、なんです？　ああ、そうだった。アイリッシュ・タイムズ紙がサミットについていくつか書いていたな。けれども、サミットがケルンで開催されるということを、はたして彼らは知っているのかどうか」

「あら、ドクター・オコナー。世界中がわたしたちの大聖堂を知ってますよ」

　女優の愛想のいい声が響いた。

　市の文化部長が口をはさむ。

「ええ、そういうことを心配してたんですよ。もともとの計画どおりであれば、国際映像は市庁舎の屋上一ヵ所でのみ撮影することになっていました。そうなると、ケルン大聖堂の南側しか映らない」

　彼女はひと息おいた。

「皆さん、二つある塔の一つしか映らないんですよ。平和のシンボルも半分だけ」

咳払いや軽い笑い声が聞こえ、メニューが配られた。

書店経営者がメニューを繰りながら、

「いずれにしても、トニー・ブレアはドーム・ホテル、エリツィンはルネッサンス、クリントンはハイアットだ。われわれは幸せかもしれませんよ。リアム・オコナーがマリティム・ホテルに泊まるのを拒まれる理由は一つもないから」

「ゲーアハルト・シュレーダーはマリティムだ。ジャック・シラクもマリティム。われわれは有名人だが、排他的ではない」

商工会議所会頭がさらりと訂正した。

「それならよかった！　少なくとも債務救済とか平和のロードマップ作りとかに取り組む必要はないね、そうでしょ？」

銀行の役員が言って、勝ち誇った顔で一同を見まわした。

女優が一緒に笑う。

「どのみちバルカン情勢がわかってる人なんていないのよ。わたしは何年も前に展望をなくしてしまったわ。イスラム教徒でも、イスラム教徒じゃなくても、わたしにとってはみんな野蛮人」

座が沈黙した。

市の文化部長が咳払いをする。

女優は怒り丸だしで、

「ねえ、どうしたっていうのよ！　あの人たちが文明人みたいに行動しているの？　どうしてわたしたちがあそこに介入するのか、さっぱりわからないわ。あの人たち同士で頭突きするなら、勝手にやってればいい。でもわたしたちの税金は使わないでほしいの」

銀行の役員は愚かな人間を見るように彼女を見つめ、

「あなたの栄枯盛衰が見られる、あのくだらないテレビドラマシリーズで、あなたは違うことを言ってたと思うが——人は救いの手を差しのべなければならない。何もせずに眺めているのは許されない」

「でも、さっきあなたも言ったじゃない……」

女優は口ごもった。

「もっと愉快な話題があると言っただけだが。それ以上でも以下でもない」

女優は憎々しげに彼をにらみつけた。

「わたしは脚本を読んでるだけ。それがどうしたの？　コソボですって！　そんなこと、わたしは何一つ知らないし、何一つわからないのよ。すべてを理解しなくてもいいんじゃないの。わたしたちは蚊帳《かや》の外にいればいいのよ。自分たちの問題だって充分たくさんあるんだから」

「そうだな。それは私もそうだと思う」

「脚本ねえ」

書店経営者がつぶやいた。

オコナーは身を乗りだし、女優にほほ笑みかける。

「まあそんなに怒らないで。あなたは二重の観点で、正確な発言をされてますよ」

「本当に？」

女優は笑みを浮かべた。

「本当です。まず、なぜわれわれが介入するのか疑問を呈された。いい質問だ。もう一つは、あなたは何も理解していないから答えられないと言われた」

女優はほほ笑んだままだ。けれども瞳は、それが正しいリアクションなのかどうかわからないでいるようだ。

銀行の役員が葉巻を吹かして、にやりと笑った。

「マヌエル・アサーニャは、『スペイン人一人ひとりが、自分が本当にわかっていることに判断を下すなら、学ぶために使える平和なときが続くだろう』と言ったんですよ」

彼は落ち着いて言った。

「アサーニャ？」

女優がおうむ返しに尋ねる。

「一九三〇年代にスペインの首相を務めた人物です」

「でも、ここはドイツだけど」

「それは残念！」

しばらく皆が沈黙したあと、書店経営者が口を開く。

「まあとにかく、今ここで徹底的に議論する話題じゃない。コソボは悲惨だが、それはもう充分。何週間もその話題一色だったからね」

彼は、裏庭を眺めたら、粗大ゴミを大至急捨てなくてはならないと気がついた男のような口ぶりだった。

「料理を注文しませんか？」

ヴァーグナーが提案すると、市の文化部長がオコナーにほほ笑みかけた。

「その前にもう一ついいかしら。ドクター・オコナー、あなたのお考えを聞かせてもらえますか？」

「そうだな、私はブランジーニのグリルと、その前にキノコと車エビのサラダ」

彼は言ってシャンパンのグラスを掲げると、

「皆さんに乾杯。サミットの期間に居合わせたことに、たった今気がつきましたよ」

「いえ、ごめんなさい……この戦争を、あなたがどう思われているのか、お尋ねしたかったんです」

「いいですよ。そうだな、私の専門分野に関係しますね」

オコナーは両手の指先を突き合わせた。

「光ですか？」

「いや、言葉です。これは戦争ではないと思うんですよ」

「戦争ではない？　どうして？」

文化部長は唖然としている。

「おっと、それは私に課された使命ではないようだ。私は政治のことはわからない。NATOが教えてくれるんじゃないかな」

オコナーは控えめに答えた。

「戦争ではないということをですか？」

「NATOのスポークスマン、ジェイミー・シェアはいつも空爆としか言わない。戦争と言えば、なんとしても戦争の法的根拠を説明するしかない。明らかに彼はそれができずにいる。だから戦争ではないのですよ」

「戦争じゃないなら何ですか？　あちらでは爆弾が落ちてるのに」

「そうだな、〝侵略戦争ではない〟ではどうです？　関係各国はすべて国防省が前面に出てきていて、軍ではない。だから侵略戦争ではないわけだ」

「ふん、そのとおりですね」

文化部長は言った。

「では防衛戦なのか。でも、われわれは防衛することはない。ユーゴスラビアは、われわれのどこの国も侵略しなかった。そうでしょ？」

「それもそうですね」

「すると……どう呼ぶべきなのか」

「干渉というのはどうだい？　ところで、ぼくはポテトスープとラムのステーキにするよ」

クーンが口をはさむと、オコナーは、

「そうだ、干渉と誰もが呼んでいるんだった。干渉か。ぼくは政治には疎《うと》いからな。これは失礼。では、それを何と呼ぶのか。犯罪行為的な活動に対抗する警察の行動のようなものなのか」

「たぶん」

「けれどもNATOはユーゴスラビアに主権を持っていない。警察として効力を及ぼすことはできない」

銀行の役員が俗っぽい葉巻を取りだし、

「あなたはものごとを複雑にしておられる。一服、よろしいか？　どなたか吸われる方は？　コソボで起きていることは正真正銘のテロリズムですよ。それに対抗措置をとるつもりはないと？」

「いや、ありますよ。もしテロリズムなら、関係各国はユーゴスラビアの側からすれば犯罪者になるだろうな。すると裁かれなければならない。つまり、ユーゴスラビアの判事によって。どうです、この点には法律的な合法性と道徳的な合法性が競合しているように思えませんか。私が心配なのは、誰かが道徳的理由から力の行使を正当だと認めているのに、自分がそのために現行法の網をくぐるように強要されていると思うことなのだ。そこから導かれる結論は二つだけ。その誰かが間違っているのか、現行法が間違っているのか。NATOは正しいとされることを実行する前に、この話をよく考えてみただろうか?」

「そうだね、あなたがそう見るなら——」

　オコナーは両手を掲げて相手をさえぎり、

「すみません。私のほうが質問されたのだった。私はただの物理学者で、本は書くが、政治家ではない。私には、誰もこの事態を戦争とは呼びたくないという気持ちしか伝わってこないんです。もしNATOがこの事態を正しく理解していないのなら、NATOは自分たちのしていることも、きっと正しく理解していないのではないかと、私は疑ってしまう」

「じゃあ、あなたは賛成なの反対なの?」

　女優がオコナーに尋ねた。

　銀行の男は目をぐるりとまわしてシャンパンを飲んだ。

「まさにその点もわからないのだな。この事態が何であるのか、いまだに理解できないから」

　オコナーは答えた。

「正義の行動! それだ! ところで、鴨の胸肉はうまそうだな」

　商工会議所の会頭が言った。

「ふむ」

「そうは思われない?」

「いや、うまそうだ」

オコナーは言って唇をすぼめ、

「悪を排除することは正当だと思いますよ。言ったように、私はずぶの素人で、戦争のやり方……失礼、干渉のしかたなど、まったくわからない。私の理性は、悪を引き起こすことは不当だと教えてくれる。すると、悪を引き起こさずに悪を排除する行動であれば、それは正当なことなのかもしれないな」

　市の文化部長は笑みを浮かべて沈黙している。

　オコナーは上機嫌で続けた。

「ようやくわかった。われわれが話題にしている行動というのは、ありがたいかな戦争ではない。しかも当然NATOは、片づけなければならない問題は発生している問題よりもずっと多いとわかっている。彼らは権限を持ってこの行動を計画したのだから、一夜にしてこの行動が勝利するだろうというところまで承知しているのだ。そういうふうに、私はこの行動を見ている。皆さん、乾杯」

「ではそろそろ――」

　ヴァーグナーが言うのを書店経営者が不愉快そうにさえぎった。

「当然これは戦争ですよ。そうではなくて、これをシャドウボクシングと言う者は、〝どうぞ私の妻を殺してください。あなたの部屋で殺《や》ってくれるのなら、反対しませんよ〟というモットーを持っているから、自分では絶対に行動できないのですよ。これは戦争だ。ついでに言えば、価値観の戦争だ。ねえ、この舌平目はどうかな？」

「おいしいですよ」

「ちょっと待った。じゃあ、われわれは価値観を守っているのだと？」

オコナーが首を振って尋ねた。

「そのとおり」

「どんな価値観？」

「舌平目のライス添え。え……くそっ……えっと……まあ、そうだな、生命……生きる権利……人間の命には価値がある。もしこの価値が攻撃されれば——」

オコナーは書店経営者をさえぎって、

「私はそうは思わない。言わせてもらえば、価値観というイデオロギーは私には疑わしいものだ。価値観とは、その時代の価値観を正しいとする、そのときどきの文化の在庫目録みたいなものなのだ。西洋には西洋の価値観、西洋のライフスタイルがある。何に価値があるのかという、われわれの見解を守る必要はない。なぜなら、それを攻撃する者などいないからだ。同じように、同じ価値観を共有したくない国に、強要することはできない。コソボのアルバニア系住民はわれわれの価値観を表わしているのだろうか」

「もちろん違う！」

「あなたはどんな価値観を守りたいのです？」

「生命の価値。それには価値がないと？」

「ちょっと待った！　あなたが言うのは人権でしょう。譲ることのできない人権だ。そういうものの価値は抽象的で、結局は人間そのものを守ることになる」

「それは屁理屈だ。同じことじゃないか！」

「おしゃべりの老いぼれを許してくださいよ。ミロシェヴィッチも価値観を守ろうと考えているのは確かだ。ヒトラーもそうだった。サダム・フセインも然り。ヒズボラも価値観を守ることを考えている。ＩＲＡ、ＥＴＡ、ＲＡＦも同じ考えだった。価値観を守るとは無意味なことだ。そうしようと考える者は、実在する価値という意味で行動するのではなく、価値観に対する個人的な見解を獲得しようと戦う。こうしたことが人間の興味の中に起きてはいけないのだ。状況を描写する、客観的に見て妥当な言葉に、われわれは同意することすらできないのではないかな。こういう戦争の中で、それができる者はいないようだ。では、われわれは何を話題にすべきなのか。私はもっと楽しい話をしたほうがいいと思うな。たとえば本のこととか。現実社会を覆うベールの話はもう済んだから、フィクションの世界はどうかな」

座に沈黙が広がった。

「そうだね。われわれのサミットのテーマは文学だ」

結局、クーンがきっぱりと言った。

「そのとおり」

「まさしく！」

会話が立ち消えそうになる。ウエイターがあわてて助けにやって来て注文を取った。それからは会話の話題はワインに移り、クーン以外の者なら話に加わることができた。一同の関心が自動車産業の新発展に向けられるまで、どのくらいの時間がかかるだろうかと、ヴァーグナーは密かに考えていた。

「殿方はいろいろなことに知識があるんですね。わたしなど言葉をなくしてしまいますよ」

彼女は文化部長の女性にささやきかけた。

「そうね、わたしもうついて行けなくなるわ」

オコナーがゆっくりとこうべをめぐらし、キカ・ヴァーグナーに視線を流した。それは、皆は勝手にしゃべらせておいて、二人で小粋なバーに行かないかと誘っているようでもあった。煙草の煙が漂うバーカウンターで、趣味のいい寓話に耳を傾ける。ジュークボックスから流れる音楽にうっとりとし、過去に思いを馳せる。政治屋たちにはケルンの平和やら価値観の戦争やら好き勝手にしゃべらせておいて、わたしたちは情熱的に口をつぐむ。

キカ、とてつもない妄想ね。

銀行の役員がもう一本葉巻を取りだし、クーンを共犯者の目で見ている。葉巻を吹かすと、

「ところでドクター・オコナー、アイルランド人の目から見て、この美しい町はお気に召しましたか？」

オコナーは尋ねられて驚いた様子だ。

「アイルランド人の目から見て？　実は、これまで目にしたものはどれもダブリンを思い出させてくれたな」

「本当ですか？」

「ええ。私は不完全なものの魅力が好きでね」

「ふーん、そういうものかな。不完全さというものは、今のところ私には真の姿を打ち明けるつもりはないようだ。かつてダブリンは文化の中心地ではなかったかな？」

オコナーはどうでもいいふうに、

「何千年か前には、ストーンヘンジも文化の中心でしたよ。ダブリンは不完全な歯並びのようなもの。その持ち主は、残った歯の隙間を差し歯で埋めるより、金のブラシでごしごし磨くほうがいいと思っている。まあでも、しっくりしたたとえではないが。ケルンは二度破壊されたんでしょ？　一度めは連合軍の爆撃で、二度めは建築によって」

「おっしゃるとおりです。たとえば、オペラハウスは爆撃で木っ端微塵に」

文化部長が応じた。

書店経営者が、

「まさにそこが魅力とおっしゃるなら、しばしば瓦礫に美しい花が咲くと言っておかなければ。ダブリンのうらぶれた街角に粋なバーがあるのを見つけましたよ。その点、ケルンも同じだ。ドクター・オコナー、実のところ、ここみたいなレストランにはいないほうがいい。マリティムはごく代表的なホテルだが。この町の本当の魅力は扉の奥にある。扉の前じゃなくて」

ほとんどわからないほどの変化がオコナーに現われた。瞳に本物の興味の色が煌めいたのを、ヴァーグナーはそのとき初めて気がついた。彼は軽く身を乗りだし、臭いでも嗅ぐように鼻を膨らませた。

「で、それはどこなんです？」

「フリーゼン界隈。あなたのホストに今晩連れていってもらわないとね。許してくださいヴァーグナーさん、クーンさん。でもドクター・オコナーにとっては、アイリッシュパブはきっと黄金郷でしょう」

「ばかばかしい。パブならアイルランドにあるので充分じゃないですか」

　市の文化部長が抗議する。

「でも〈ジェイムソンズ〉のような店はない。そこには本物のアイルランド人が通っているんですよ。ウイスキー・リストは有名だ。それにアイルランドのゴールウェイ産の牡蠣を黒パンとギネスと一緒にしてだしてくれる」

「くだらない！　それなら〈ペフゲン〉に行かなくちゃ」

「ばかなことを言ってはだめだ！　〈クライン・ケルン〉だ。〈クライン・ケルン〉に行きなさい。そここそ正統派が行く店だ。〈ペフゲン〉よりずっと本場の雰囲気がある」

　銀行の役員は言って葉巻を振りまわした。煙が文字を描いたが、すぐに消える。

「売春婦とひも。本場ってそういうことでしょ？」

　女優が言って、オコナーのほうに身を寄せようとした。

　オコナーは彼女に一瞥もくれない。

「どこにそういう店が集まってるのだったかな？」

「フリーゼン通りですよ。ドクター、そこに行かれるといい。私の言葉を信じてくださいよ！」

書店経営者が言った。

オコナーはにやりと笑って椅子の背にもたれる。

「どうもありがとう。でも、こうして皆さんと一緒にいるととてもくつろげる。またの機会にしますよ。博識で賢い方々がいてくださるのに、場所を変える理由は何もない。そうでしょ、ヴァーグナーさん？」

ヴァーグナーは彼をじろりと眺めた。

「確かに。素敵な晩ですね」

ゆっくりと答えた。

「ところで、まだお伺いしたいことがあるのですが……」

文化部長の言葉を機に、前菜とメインディッシュのあいだに自動車産業の新発展というテーマで脱線したものの、ようやくオコナーの著書と彼の実験物理学における功績が話題に上った。

ヴァーグナーの記憶では十時前のことだった。オコナーが皆に断わって席を立ち、化粧室に消えた。とりたててめずらしいことではない。

彼が二度と戻ってこなかったという事実をのぞいては。

五分経っても、十分経っても、彼は戻ってこなかった。皆はそわそわと視線を交わした。十五分が過ぎた。「きっと彼は電話をかけに、あるいは着替えのために部屋に行き、魅力的な言い訳を口にしながら戻ってくるだろう」と口にする者はいない。

十時二十分、その日三度めにクーンは顔色と落ち着きをなくした。

「ちょっとぼくが――」

「落ち着いてくださいよ」

ヴァーグナーは彼の腕をさする。商工会議所の会頭は市の文化部長と、芝居の演出法を分析しながら時間をつぶしていた。銀行の役員は書店経営者とEコマースを話題にしている。女優だけがぼんやりとワイングラスを見つめていた。

「妙だわ。こんなに親しくなったのに」

彼女がぽつりと言った。

いいえ、妙なんかじゃない。わかってるでしょ。ヴァーグナーは心の中で言って、クーンのほうに身を寄せた。

「皆さんと話を続けててください。わたし、消えるから」

「なんだって？　きみはまだ助かろうっていうのか？　ぼくを置き去りにして。まずオコナーで、今度はきみまで！」

「そんなつもりじゃないですよ。彼を連れて戻りますから」

クーンは呆然と彼女を見つめ、やがてトランス状態に陥ったかのようにうなずいた。

「わかったよ。眠りこんでしまったのかもな」

「彼を連れて戻ると言ったでしょ。眠りこんではいないわ。ここの精算をお願いします。じゃあ、またあとで」

「キカ」

クーンが情けない声をだした。

彼女はクーンの肩をたたくと、立ち上がって一同に合図する。

「わたしたちの友人がどこに隠れているのか、わたし、ちょっと行って見てきます。すぐ戻りますから」

「フリーゼン通りに行けば見つかるのじゃないかな」

銀行の役員が冗談を飛ばして、また葉巻を取りだした。

クーンはさらに深く肩を落とす。

「それはありえますね」

ヴァーグナーが陽気に応じた。

一九九八年　十二月二十八日　ドイツ　ケルン

ミルコとケルンで会う前夜、ヤナは後々まで忘れられない夢を見た。

鮮烈な夢というものには興味深い特徴がある。その夢を見ている本人は、目を覚ますか続きを見るかの選択をさせてもらえるのだ。究極の感覚は、明快な夢の中で空を飛ぶことで、睡眠の壁の外では絶対にありえないと充分に自覚しながら、その感覚を味わいつくす。見ている本人が主人公である夢は、たいていなんとしても最後まで見るものだが、そういうふうに、夢の過程に自分が影響力を行使するのだ。

彼女は起き上がっている。寝室には大きな窓があり、谷からラ・モッラの町がある丘までを一望することができた。その眺めはベッドの向かいの、何もないはずの壁に広がっており、すぐに夢だと気がついた。けれど、彼女はアドベンチャーの世界に身を任せようと決めた。夢の舞台が架空のものではなく、ある種のパラレルワールドのような世界だったからだ。かたわらには誰かが横たわり、荒い息をついている。その人物のほうに身をかがめたが、顔は溶けてしまったかのように輪郭をなくし、誰であるかはわからない。彼女は現実と同じで裸だ。立ち上がり、外を見ようと、現実では壁であるはずの窓辺に歩み寄る。

目の前に、朝日を浴びて田舎道が延びている。広々とした前庭のある古めかしい家が二軒、互いが斜向《はすむ》かいになるように建っている。その向こうには赤い芥子《けし》の花が咲く草原が広がっている。その真ん中を、起伏のあるトウモロコシ畑の太く黄色い帯が貫いている。虫の声が聞こえ、どこかで犬が吠えている。少し先では、農民とおぼしき恰好をした三人連れが、古風なパイプを吹かしている。親指ほどもあるミツバチが、何匹もぶんぶんと羽音を響かせて軽快に飛びまわっている。彼女は景色をもっとよく見ようと身を乗りだす。ミツバチは、体を支えるために窓枠におかれた彼女の手につかの間止まる。彼女は刺されないだろう。それは歓迎の挨拶以上の意味がある。なぜなら、彼女が見ている朝日を浴びた光景は、クラジナにあるソニア・コシッチが暮らした祖父母の家の子ども部屋からの眺めだからだ。

小さな女の子にすれば、大人の女性から見るよりミツバチはずっと大きな存在だ。子どもの頃はあんなによく祖父母の家を訪れたのに、成長したのちは、めったに祖父母に会いにいかなかった。きっとそのために、今の彼女の頭では本来の大きさのミツバチを想像することができないのだ。時間を遡ると、ミツバチは子どものときに感じた大きさにまで成長する。同じように、すでに死んで墓に入って忘れ去られた、あのパイプを吹かす男たちが生き返る。そのうちの一人が手を振り、「おやソニア、また来たのか？」と呼びかける。まるで現実のようだ。彼女は手を振って声を上げようとする。ところが何かに押しとどめられる。彼女はもっと遠くを眺めているだけだ。

本当にそこにいるのだろうか。夢を見ているのだということははっきりしている。けれども、その夢は彼女を正しい場所に連れていってくれたのだろうか。牧歌的すぎる光景。この世界にあるものはすべて、わざと古めかしいニュアンスを持たせてあるものの、鮮明だ。しかも、それは子どもたちが抱く本物の感覚を伝えてくれる。小さな子どもたちは、自分が成長するのだとは気づかず、自分のまわりのものが縮むと思っている。

彼女が通りを目にした瞬間に獲得した幸福感の中に、不安が混じる。彼女は自分の姿を見下ろす。体は大人のものだが、彼女が立っているのは子どもの頃の場所だ。

老人の一人が連れの二人と別れて窓のすぐ下までやって来る。頰と顎が白い無精髭で覆われている。彼女の祖父だ。

わたしは子どもなの？　ヤナは尋ねる。その声はか細く、不安げだ。

もちろんだ。おじいさんがうなずく。

でも子どもの姿には見えないわ。もう誰も殺さないって約束したら、子どものままでいられるの？

子どもたちの真実とは変化だよ。おじいさんは優しい声で言ってパイプを取りだす。おかげで生き生きとした現実味が増す。

可能性の連続。超越的なひらめきなんだよ。ひらめきの中では、わしら大人がするように、欠けているものの数を数えるのではなく、存在するものの数を数える。そしてお前の瞳には、わしと同年代の人間が目にするよりずっと多くのものが映っている。賢者の語るメルヘンを信じてはいけないよ。歳を重ねると目が見えなくなる。世界とは定義できるものではなく、解釈するものだと気づかなくてはならない。お前が現実の一部であるかぎり、現実はお前の一部だ。すると馬に突然羽が生え、馬は現実に翼を持つ。けれども、お前はそれを望まなければならない。望まなくてもいいが、コントロールをしつづけなければならないんだ。ソニア、お前がここに来た唯一の理由はお前の意志なのだよ。他人に、お前の代わりに望んでくれと頼むのなら、お前はその窓から引っこんだほうがいい。なぜならお前は自分自身をもう信用できないからだ。お前という真実は存在しない。世界はお前の頭の中だけにあるからだ。

反証することは、お前には決してできない。

彼女は窓の下にいる老人を見下ろしている。明らかに大男だ。なぜか彼女はさくらんぼを思い出す。茎の先端でつながった二つのさくらんぼ。おじいさんが笑う。彼女は目を覚ますべきなのだろうか。それとも、真実、つまり子どもの抱く本物の感覚を探しに子どもの頃に戻っていくほうがいいのか。ところが彼女は長く迷いすぎた。突然、窓がただのモノクロ写真になってしまったからだ。ヤナはベッドの端に座り、空の青が鉛色に変わってヴィジョンが消えていく様子を落胆して見つめている。パイプを手にした男たちが色褪せる。すると写真に新たな色合いが混じる。写真は真っ赤に輝き、縁が巻き上がって炭化していく。

おじいちゃん！　彼女は呼んだ。

駆け足の靴音が彼女の耳に響く。悲鳴と銃声。彼女はむせび泣きを始め、ベッドに身を投げて枕に顔を埋める。

「ヤナ？」

彼女ははっとわれに返った。ミルコのほうに顔を向けて笑みを浮かべる。

「ごめんなさい。ちょっと考えごとをしていて。何か言った？」

「デチャニ修道院に行ったことがあるかどうか訊いたんだ。コソボで最も華やかな建築の一つだ」

ミルコは言って、ケルン大聖堂の塔を見上げた。二人は大聖堂の正面に立ち、観光客を装っていた。ヤナはカリーナ・ポチョワという人物になって入国し、金髪のロングヘアのウィッグを着けている。ミルコはいつもと同じで、ジーンズに革ジャケットを羽織り、グレイの髪はクルーカットに整えていた。

二人は午前中、ケルンの町を歩いて過ごした。尾行する者がいるとすれば、二人はひとおりの市内観光を終えたように見えるだろう。由緒ある市庁舎、旧市街、ギュルツェニヒと呼ばれる十五世紀に建てられた館、市場、大聖堂、ライン川の遊歩道。ときどき賑やかな通りを歩いて土産を物色する。しかし実際は、ヤナもミルコも素晴らしい観光名所に目を向けてはいなかった。そうする代わりに、今のところヤナが考えているBプランに関係する場所を自分の足で歩いて確認していたのだった。

「この教会は印象的だ。セルビア人にとってコソボの修道院が歴史的意義を持つように、この教会もドイツ人にとって歴史的な意義があるのかと思って」

ミルコは言った。

ヤナは肩をすくめた。デチャニ修道院なら知っている。ミルコが華やかな建築と描写したのは正しいと思う。修道院の教会堂は十四世紀前半に建てられ、ビザンチン様式とロマネスク様式、ゴチック様式の要素が融合した建築だ。まわりの大自然とは比べようもないほどの小さな存在だが、教会堂、宿坊、農場の建物、そして長大な外壁ですら山あいの風景に調和していた。

セルビア人にとって、コソボが彼らの国と教会の起源だとみなされる理由は、デチャニ修道院をおいてはほかに何もなかった。事実、コソボにある教会や修道院は歴史的に明確な重要性をほとんど持っていない。昔、ヤナがデチャニを訪れたとき、そこは完全な静寂に包まれていた。彼女はまわりを取り囲む壮大なアルバニア・アルプスの峰々を思い出した。その東の稜線が自然の国境となっており、こちら側がコソボで、あちらがアルバニアとモンテネグロだ。あのときは五月の終わりだったが、二千五百メートル級の峰々は残雪を戴いていた。一方、高原にはすでに春が到来し、草の緑に果樹の花が映えて美しかった。修道院からは荘厳とも思える雰囲気が発散されていた。門をくぐると、修道僧の歌う聖歌が聞こえてきた。きっと六百年前も現代と同じ歌声が響いていたのだろう。彼女は神を信じないが、現実を修道院の壁の外に閉めだしてしまう崇高な力がそこにあるのを感じた。

それもまた、彼女の祖国の人々から取り上げられる運命なのだ。

ヤナはミルコの視線を追ってケルン大聖堂の塔の尖端を眺めた。

「どうして今頃、修道院のことを言うの？」

「ちょっと思っただけだ。近頃、そういう修道院の一つに何度か行く機会があって」

「歴史に感動できてよかったわね」

「感動なんかしていない。子どもの頃、デチャニに行ったことがあるだけだ。コソボにいたんでね。デチャニはいい遊び場だった」

彼女はミルコに好感を抱いてはいるが、個人的なことにまで踏みこんで尋ねる気はなかった。彼女は彼の冷静さを気に入っていたし、ルックスもなかなかだ。自分自身の子ども時代のこと、クラジナに行ったことや、両親のことを彼に話して聞かせてやりたいほどだった。

けれども、それは自分とはかかわりのない者の話だ。半年経てば永久に存在をやめることになるソニアという名の少女の話なのだ。親密になる理由は一つもない。

「Bプランはどうかしら?」

彼女は尋ね、はっきりと話題を変えた。

「そういうことを町中でやるのは難しいな。おれは、もう一つのバリエーションのほうがいい。空港の屋外なら、一度めが失敗した場合、第二の可能性としてBプランのようなものを実行できるかもしれないな」

「じゃあ意見は一致したわね」

「それに場所はうまく選んである。あの配送所は、おれには理想的に思える」

「そこは来週までオプションにしておくわ。それから最終決定をしましょう」

「購入するほうがいいだろう」

「わかったわ」

「必要なことは、おれがすべて軌道に乗せる。でもまあ、町中を可能な舞台の候補からはずすこともないな。詳細な日程表がまもなく手に入るだろう。大聖堂はプログラムに含まれるはずだし、市庁舎や旧市街もそうだ。おそらく、あの建物……なんという名前だったか……」

「ギュルツェニヒでしょ。情報はいつ頃手に入るの?」

「まずまず早く手に入る。一、二カ月」

「そう」

彼女は言ってあたりを見まわした。二人が立つ大聖堂広場には大勢の人が群がっている。クリスマス市《いち》の会期は終わっていたが、それでも押し寄せる観光客はあとを絶たない。

「いえ、それでは無意味だわ。町中で決行するのはやめましょう。絶対に空港で大丈夫」

「あんたの思うとおりにしてくれ。じゃあ詳細を詰めようか」

「それはホテルで」

二人は、ヤナが前に初老のシニョーラ・バルディに変装して訪れたビアハウスで軽い食事をした。それから歩いてホテル・クリスタルに向かう。ヤナは今回もこのホテルに泊まっていた。雰囲気が好きで、ケルンにもう一泊する予定だ。土地に慣れておくためでもあるが、ケルンを気に入り、町の郊外の城にある、おいしいと評判のレストランで食事をしたかったのだ。ミルコは早朝着の飛行機でやって来て、今晩の便で町を離れるつもりだが、ヤナには選り抜きの食事と、ひょっとすると年代物のボルドーが待っている。

ミルコはいつしかヤナに気を許すようになっていた。彼女は、彼がベオグラードに寄り道することを知っていた。そこで何をするのか、誰と会うのかまでは知らされていない。彼に尋ねてもよかったが、細かい情報を教えてくれるとは思えなかった。しつこく訊けばミスにつながりかねない。そのうち、もっと教えてくれるようになるだろう。

彼女は一人でホテルに戻り、すぐさま自分の部屋に向かった。十分が過ぎ、扉がノックされた。彼女はミルコを招き入れた。

「レセプションに誰もいなくてね。もってこいだった」

「楽にしてちょうだい」

ヤナは窓辺におかれたソファセットを指さした。ブリーフケースから薄いファイルを取りだす。二人は腰を下ろし、ミルコはファイルを繰った。

ヤナが説明する。

「グルシュコフが個々の詳細までまとめ上げてくれたわ。あなたが目にしているのは、わたしたちに必要なものの最終的なリスト。いくつか、あちらこちらを最適化するつもりだけど、あなたが心配すべきことではないわ。肝心なのは、わたしたちは装置を持っているということ。ヤグレーザーはその一つで、もちろん核心よ。それにミラー。そこに四枚あるでしょ。ミラーというと、ちょっと紛らわしいわね。両面が透明で、誘電体多層膜コーティングしたものなの。ミラーが外に出ても、太陽光をほとんど反射しない。気づかれたくない者に、ミラーは見えないというわけ」

「誘電とは？」

「このミラーは普通の光を透過するの。波長一マイクロメートルの光だけを反射する標準タイプ」

「なるほど。じゃあ、ここにある補償光学《アダプティブ》というのは？」

「特別仕様なの。グルシュコフの話では、あなたがヤグレーザーを調達するところで、アダプティブミラーを手に入れられるそうよ。望みどおりの寸法のものは無理かもしれないけれど、問題はないわ。サイズは調整できるから」

「どうしてそういうものが必要なんだ?」

「距離があるから。この距離ではアダプティブミラーが必要になるのよ。ミラーの直径は十センチから三十センチメートルのあいだをシフトする。すべて正確にそこに書かれているわ」

彼女はひと息おいた。

「ミルコ、小型のミラーであることが重要なの。わたしたちは装置を遠隔操作できるレーザーターゲットに改造するつもり。それはグルシュコフがやってくれる。プログラムも彼が作成するわ。ほかに準備しなければならないものは励起用電源。おそらく二つ連結し、それぞれ十から二十キロボルトアンペアで充分でしょう。さらに台座とレールが必要だけど、それはドイツで手に入れる。わたしたちと一緒に働いてくれる人物を知っているから。自分たちの力でできることは、わたしたちだけでやるわ。それでもあなたが準備しなければならないことは山ほどあるの。やってくれる?」

ミルコはファイルを閉じ、うなずいた。

「ヤグレーザーに関しては解決したも同然だ。トロイの木馬には必要なコネがあるからな」

「どこで調達するの?」

「ロシアからだ。ベラルーシか、ウクライナからかもしれない。どちらの国にも相応の研究機関がある。おまけにモスクワ・リングの上層部の人間にコネがあるから、その人物を通じて、配送所の購入が解決できるはずだ。ミラーに関してはヤグレーザー同様、問題はないだろう。金が絡めば、あちらの人間はきわめて協力的だから」

「ロシア。リング。どうせそんなことだろうと思ってたわ」

ヤナは言った。

ミルコは無言で笑みを浮かべる。

リングは西ヨーロッパ、おもにスイス、オーストリア、とりわけドイツに強力なコネを持っている。リングとは何か、メンバーは誰なのか、リングをどこまでマフィアとみなすのか、明確に言うことはできない。赤いボスと呼ばれる、新ロシアのエリート層がヨーロッパに張りめぐらしたネットワークの一部だ。そうこうするうち、彼らはアメリカ合衆国にまで糸を延ばしていた。とはいえ、ロシアの高級売春婦が優先して取引をする国々がある。ロシアの金を洗うために、毎月、何百というペーパーカンパニーがイギリス、オーストリア、スイスに生まれる。ドイツでは一九九〇年代初め、ロシアの大物たちが勢力拡大するビッグバンが起きた。ドイツ政府が赤軍に撤退費用を支払いはじめた瞬間に、ロシアの大物たちはその金をせっせとせしめるようになったのだ。ベルリンの州当局は、ロシアのマフィアがどのような資金を使ってドイツで不自由なく活動を開始したのかを把握していた。それはドイツ政府が一九九四年までに送金した六十億マルクだったのだ。以来、ロシアの高級売春婦がドイツで行なった活動で知れわたっているもののすべてに、この金が関与している。

そもそもこの戦いは、始まる前から敗北だった。ドイツとロシアの情報機関は、はたしてそこにマフィアがまだいるのか、もういないのか、犯罪学者が頭を悩ませるグレイゾーンで連携をしていた。組織犯罪の洗浄された数十億の利益が合法と非合法の境界線を消し、政治・経済的な第一級の決定が下される部屋の扉を開け、それにより、新たな経済的現実を作りだした。非合法の金が合法の構造を生む。まさにドイツは、ロシアとイタリアのマフィアの資金が浸透して弱体化し、その絡み合いを解くことはできない。その金を、ひと晩でドイツ経済から取り除けばどうなるかを想定したシナリオがある。経済全体が崩壊しはしないだろうが、一部の崩壊はまぬがれない。

一方、ロシアやヨーロッパ経済が大惨事に発展しかねないこの状況は、ヤナとミルコが、とりわけ今回のような仕事をするのには好都合だった。ロシア資本はハイレベルな資金トランザクションを可能にしてくれる。核材料の非合法取引への恐れが非常に顕著なことには明確な理由がある。核弾頭はすべて国境で見逃されるのではないかと、誰もが懸念するからだ。どのみち小型トラック程度のサイズのヤグレーザーなら、モスクワでコネを働かせれば、偽造書類を添付して問題なくロシアからドイツに輸送できるだろう。ヤグレーザーは武器ではない。表向きの宛先はドイツの研究機関だが、その研究所が発注した事実はなく、輸送途中で行方不明にすることは、怪しげな計画を実現させるドイツとロシアの助産師にしてみれば、比較的容易な作業だった。ロシアのボスたちが国の革新的なブレインを引き継いでしまった現在、ロシアで注文できないものは何もない。ミルコがウクライナやベラルーシの辺境で、タイムマシンとか恒星間宇宙船を注文したと語ったとしても、まんざらありえない話ではないのだ。

というわけで、ヤグレーザーとミラーは入手できるはずだ。発送にも問題はない。ミルコがリングの人物に渡りをつけ、ダミーとして商品を購入し発送すると約束してくれた時点で、一件落着していた。

ただ問題があるとすれば、それはヤグレーザーの出所を追跡されかねない点だ。昨今ではロシアマフィアの手口が巧妙になり、一方でドイツや国際的に活躍する犯罪学者の能力も向上している。このテロのあと、ドイツ当局はヤグレーザーの出所を割りだし、ロシアの事件への関与を発見するかもしれない。西側がそのような結論を得たなら、新たな冷戦の幕開けも見込まれる。さらに責任の大元がベオグラードにあると西側が知れば、撃ち合いではないにせよ、報復はすぐに始まるだろう。

たとえ何であれ、彼らは結論をださなければならない。ヤナは遠くに行くだろう。遥かかなたに。ヨーロッパの問題が追ってこられないほど遠いところに。

彼女は二冊めのファイルをミルコに手渡した。

「チーム編成を作成しておいたわ。トップはあなたとわたし。それからグルシュコフ。グルシュコフは秀でた頭脳の持ち主ではあるけれど、前線での任務には向いていない。それでも彼にはそばで働いてもらうつもり。切羽詰まったとき、彼ならまったく新しいプランをあなたに描くことができるから。でも、いろいろ装置を設置するのに、技術者が一人か二人いるわね。ミラーに詳しい者が一人とアシスタント。そして当然、六番めの人物」

ミルコは眉根を寄せた。

「白状すると、それには頭を悩ませていたんだ。唯一のウィークポイントだな」

「では、選択肢は二つ。賄賂か脅しか」

「あと六カ月だ。ドッペルゲンガーを潜入させるには時間が足りないのじゃないか？」

ヤナは首を振り、

「複雑すぎる。わたしたちが補充したい人物と基本的に似かよった人間を、なんとしても探しださないと。ドイツ出身で、専門知識があり、手術してもいいという人間。きっと外科医が奇跡を起こしてくれるはずよ。傷が癒えるのに二カ月はかかるわ。手術したとわかるどんな小さな跡でも残ってはいけないけれど、ちょっと無理ね」

「じゃあ、交通事故に遭ったことにしたらどうだ？　以前とまったく違う顔になった理由の説明がつくだろう。手術の跡も含めて」

「それでも無理だわ。家族持ちならどうするの？」

「え？」

ヤナは不機嫌そうに、

「勘違いしないでね。わたしたちは全員を殺すか、この作戦をあきらめるかのどちらかなのよ。永遠に家族を騙すことはできない。この人物はちょっと顔見せするだけではないわ。何週間も別人でいなければならないのよ。つまり、家でも、ベッドでも、ありとあらゆるところで。その上、わたしたちは事故を演出しなければならない。それでは余興が多すぎるでしよ」

「あんたの言うとおりだ。じゃあ古典的なやり方にしよう」

ミルコは少し考えてから言った。

「選択肢は二つ。賄賂と脅し。それなら、わたしたちでできるわ」

ミルコは二冊のファイルを右手にのせて、バランスをとりながら笑みを浮かべる。

「これは高いクオリティが要求される仕事だ。あんたに任せて正解だったと思ってるよ」

ヤナはほほ笑み返した。

「うれしいことを言ってくれるわね」

「ヤグレーザー調達のめどは立っているから、おれは技術者のほうをなんとかしよう。あんたとおれが加わることで、セルビアの指導部とトロイの木馬を満足させた。セルビア出身の者を見つけられれば、それに越したことはないのだが。まあ、おれたちが他の国のプロに頼るという条件を、おれの依頼人たちは呑んでいる。彼らにはどちらでもいいことなんだ。作戦がセルビア人魂によって運ばれることを望んでいるだけだからな」

「それなら、あなたは自信を持って彼らに約束できるわ」

「まったくだ。まず触手をＩＲＡに伸ばしてみる。アイルランド人は技術問題には無敵だから。聞いた話では、彼らは何年か前にあんたと同じアイデアを思いついたそうだ」

「本当に？」

「準備を始めるところまでいったが、知ってのとおり事情が変わってしまったから」

「どうして？　何があったの？」

ミルコは眉を上げた。

「平和が訪れた」

「そうだったわ。そうね、彼らがイギリス人と話し合いの場についているのは、わたしたちには好都合ね。何人かは失業したかもしれない。きっと欲しい人材は豊富にあるわ」

彼女は頭の中で細部をもう一度確認する。すべて話し合った。見落としたことは何もない。彼女は満足感に浸った。

「これでいいわ。ミルコ、一緒に空港に行きましょうか？」

「喜んで」

「そのまま飛行機に乗れるわね。現場を見るのに二時間あるわ。それだけあれば充分でしょう」

「結構だ」

ヤナは立ち上がった。ミルコはファイルを自分のアタッシェケースにしまい、彼女のために扉を開けてやった。

「あら、ずいぶん紳士的ね」

ヤナは言って躊躇した。

「……ところで、わたしたちの作戦に名前をつけようと思っていたのよ」

「いいアイデアだ。心あたりはあるのか？」

「ええ。〝無音作戦〟というのはどうかしら?」

ミルコはにやりと笑った。

「ぴったりだ。ああ、気に入ったよ。そこまでうってつけの作戦名はないだろうな」

確かにそうね。音も立てずに生きる者と死んでいく者。これから数ヵ月のうちに、どの役が誰に与えられるのか決定するはずだ。

彼女はそう思い、サングラスをかけるとミルコの脇を通って部屋を出た。

一九九九年六月十五日　ドイツ　ケルン

ものごとには簡単にわかることもある。

まったく躊躇もせず、キカ・ヴァーグナーはホテルを出るとタクシーに乗り、運転手に行き先を告げた。大した距離ではない。自分のフォルクスワーゲン・ゴルフで行ってもよかったが、車は、マリティム・ホテルの地下駐車場に停めたままにしておくほうがいいと直感した。

五分後、彼女はタクシー料金を支払い、満員の客でごった返す〈ペフゲン〉に自分の体を押しこんだ。一瞬にして騒音の荒波に揉まれる。無数の声が混ざり合った音の攻撃に、敵ならば広々としたパブから逃げだしたくなることだろう。一方、常連客はこれをハイレベルの静寂と描写する。階級差別のない神殿が存在するのは、ここケルンだけだ。神殿の敷居を越えれば、貧富の差、年齢の差、左翼と右翼の区別は霧散し、本当に存在するコミュニズムの世界に足を踏み入れることになる。誰もが同じケルシュビールと、オランダのチーズ一切れをのせた、ぱりぱりか、ぐにゃぐにゃの黒パンを手にすることができるのだ。

ヴァーグナーは入口付近の人混みを抜け、いくらか落ち着いた奥のフロアに入った。やむをえない場合は衝突も辞さないウエイターたちの行く手を邪魔しないように、苦労してあたりをチェックした。バー・スペースとその向こうのホールはすし詰め状態だ。彼女はビアガーデンに向かい、テーブルと黄色い塗装が剝げた折りたたみ椅子のあいだを縫って歩いた。空いた席は一つもない。やっとのことでウエイターの一人から注ぎたてのケルシュを手に入れ、ごくごくと飲み干した。今晩のように暖かな夏の夜には、二百ミリリットルのビールは舌の上で蒸発してしまうようだ。それから建物の中に戻り、このビアハウスで最も古い区画にあたる細長い部屋に入った。テーブルが並ぶフロアの中央は、板張りのオープン展望客車と養鶏場のブロイラーの棚が合体したような雰囲気があった。しかし、ここにもオコナーの姿はない。彼女は店を出てフリーゼン通りに立った。

斜向かいに〈クライン・ケルン〉があった。市営銀行の役員が話していた店で、さらに似合いの客が集う飲み屋だ。一見したところでは、こちらのほうが少しばかりシックだった。実際に〈クライン・ケルン〉は、ボクサーの写真を所狭しと壁に貼ったいかがわしい酒場から、文化的な憩いの場への道を見つけたようだ。ケルンの犯罪事情は、アラブ系やチェチェン、ロシアの犯罪組織が移ってきて以来、様相を変えている。ケルンの裏社会のボスであるシェーファーズ・ナスが、かつては居心地のよかったライン河畔の町で、無意味な暴力犯罪が増加したことに驚いてから数年が過ぎた。人々が売春婦のことを金《きん》の心だと陰口をたたきひもの男たちが、女に言い寄る者は殴るが、女には手をあげなかった時代の生き残りたちに、運がよければ〈クライン・ケルン〉で会えるだろう。かなりの確率で、カウボーイのようなめずらしいタイプの人々にも出くわすはずだ。白髪を、一九七〇年代のロックンローラー、アルヴィン・スターダスト風のヘアスタイルで決め、刺繍入りのシャツを着て、ジュークボックスの脇で何時間もスイングし、浮世離れしたにやけた笑いを顔に貼りつけ、カントリー系から出発したオリビア・ニュートン・ジョンの初期のレコードを肌身離さず持っているような老人。残りは、雰囲気を眺めにきて、ほかの場所であれば背筋がぞっとするようなヒットソングを、皆と一緒に絶唱する観光客だ。

オコナーがそんな店に来たとして、はたして長居するだろうか。午前一時前の〈クライン・ケルン〉はまだ静かなものだった。彼女はそれでも店内に目を走らせた。やはり彼の姿はどこにもない。

あとは、目と鼻の先にあるアイリッシュ・パブ〈ジェイムソンズ〉だけだ。〈ジェイムソンズ〉は一大現象だった。店はかなり大きく、大道具を満載し、ハリウッドがリアリティにこだわるように、ここは本物のアイルランドにこだわっている。とはいえハリウッドには及びもつかないが、ケルンっ子にアイルランドへの夢のようなものを売ることには成功していた。本物のパブの内装を寄せ集めて大胆にアレンジしてある。奇想天外な美食通の店だ。シンガーソングライターやポップグループが生出演し、正確に注いだギネスビールには、ちゃんと泡にクローバーの模様をつけてあり、新鮮なガロウェイ産の生牡蠣が黒パンを添えてサービスされ、通をもうならせるウイスキーが揃っている。従業員が英語で話すのは、実際にグレートブリテン島出身者がほとんどだからだ。ドイツ人客も同じように英語を話すことで、正統派の魅力に賛辞を表わしていた。それでももちろん、ケルン一愛されるパブは、しょせんディズニーランドだ。けれど、そこでは本物のアイルランド人と、緑の島アイルランドの正真正銘のファンを見いだすことができる。

だから、きっとドクター・リアム・オコナーはこの店にいるはずだ。

古風なカットガラスのはめこまれたスイングドアをすり抜けた瞬間、彼の姿が目に飛びこんできた。バーのスツールに腰かけ、若者のグループと話しこんでいる。彼女が近寄ると、バーテンダーがたっぷりと入った黒い液体の上に白くクリーミーな泡をのせたグラスの一団を彼らの前に押しだしたところだった。太陽光のようにきらきらと輝く液体を入れた小振りのグラスも一緒だ。オコナーは、マリティム・ホテルでミネラルウォーターを要求したことへの埋め合わせをここでしているらしい。自身の習慣を取り戻した彼の姿を見て、ヴァーグナーはほっとした。

彼女は黙って彼の隣に立った。オコナーは半分背を向けているので、バーにやって来た者が誰であるかわからない。ヴァーグナーは彼の前におかれたウィスキーのグラスをバーテンに示した。

「ジェイムソン１７８０の十二年」

バーテンは言うと、次の注文をこなす作業の手を一瞬止めて、彼女が注文するのを待った。ヴァーグナーはうなずいた。バーテンは急いでビールをグラスに注ぎ、別のグループのほうに押しだした。すぐに棚からでっぷりとしたボトルを手に取る。もう一つのグラスに琥珀色の液体が満たされた。おそらく、ヴァーグナーが初めて味わうアイルランドのウイスキーだった。

彼女は香りを嗅いだ。ヒースと、不思議なことにシェリーの香りが鼻腔に入ってきた。ふんわりとして甘い香りだ。舌先で舐めると心地よい味が広がる。彼女はオコナーがグレンフィディックをホテルの洗面所に捨てたことを思い出した。好奇心から、棚におかれた無数のボトルの中にグレンフィディックのラベルを探した。それは一番上の棚にこっそりとおかれている。どうやらここでも前面には並べたくないようだ。

店の奥から喧噪に混じって音楽が流れてくる。ギターとヴァイオリンの生演奏で誰かが歌っていた。ブレンダン・ベーハンか、ショーン・オケイシーが編曲した『フール・オン・ザ・ヒル』のようにも聞こえる。

ヴァーグナーは曲に合わせて小さくハミングしはじめた。急いではいない。オコナーにマリティムの夕食会に戻る気がないことは明らかだ。そうであれば、何をしたいのかを探りだし、必要なら、それを阻止するほうが面白そうだ。

オコナーのグループは英語で話していた。ヴァーグナーは聞き耳を立てたわけではないが、耳に入ってくるのは物理の専門用語でも、オコナーの領分である文学の話でもなかった。どうやら川やボート、表向きは食料品店でも裏は違う怪しげな商店の話をしているようだ。しばらくするとオコナーが体の向きを変えた。彼のグラスから琥珀色の液体が消えたのだ。右手をあげてバーテンダーに合図し、咳払いをしてヴァーグナーを見つめた。

「何を飲んでるんだい?」

彼はまったく驚きもせずに尋ねた。

「ジェイムソン」

彼は賛同するように眉を上げた。

「正確には、１７８０の十二年」

彼女は言い足した。

「きみに会えてすごくうれしいな。でも、もっと早く来るか、遅く来るんじゃないかと思っていたよ。スコットとメアリーを紹介しよう。その隣のキャップをかぶった男は、ドノバンと呼べば答えてくれる。つまり、健忘症に近づきつつあるが、まだ耳は聞こえるということ。自分のことは知りたくないものだ。そうすれば、わが家のことも知るには及ばないし、わが家を探しだす理由もないからね。こちらはアンジェラ、ドノバンのガールフレンドだって。私には理解できないけれど。みんな、こちらのちっちゃな女性は、ドイツの法律概念に従えばガビィかハイディという名前。でも彼女はその名を拒否し、キカっていうんだ。スツールなんか勧めないでくれ、これでも彼女、もう座ってるから」

オコナーは英語で紹介した。一語一語の真ん中を間延びさせて発音するので、ねばっこく聞こえた。ヴァーグナーは、彼らもアイルランド人だろうと思いながら握手を交わした。

「マリティム・ホテルでは、皆さんがお待ちかねなんですけど」

彼女は皆からギネスを押しつけられ、グラスを合わせて乾杯してから言った。

オコナーは顔をしかめる。

「誰も待ってはいないよ。オフィシャルな夕食会は、普通なら一緒に座らないような人々を同じテーブルに座らせるものなんだ。彼らのうちの一人でも、光の速さの実験に興味のある者がいると思うのかい？」

「あなたの著作には興味をお持ちですよ」

「それなら本を読めばいいじゃないか。誰も本気で有名人と知り合いになるつもりはないんだ。興醒めだからね。こっちが期待している半分も興味がないか、もう少しある程度だ。そのどちらでも、相手を笑わせる話なんか何もない。そのほうがいいんだ。とどのつまりは自分にとって意味があることを話せばいいから。あのテレビ女優は、どうやってオルガスムスに達したふりをするかなんて、あの歳で訊かなくてすむだろ。誰にとってもありがたい」

「わたしは違います。クーン編集長も自分のエクスタシーを制御できるわ」

彼はため息をつき、

「まったくもう。じゃあ、問題はどこにあるんだ？」

「今日のあなたはものわかりが早くはないでしょ。だから、わたしたちは腹を立てている。それが問題なんです。あなたが自己実現をやり遂げる方向に傾けば、出版社の売れっ子作家の販促ツアーを成功裡に終わらせる責任が、ますますわたしたちに重くのしかかってくるんですよ」

「それがどうしたんだ？　私が見限ったとしても、それはきみの責任じゃないだろ？」

「悪い知らせを持ってくる使者の話を一度も聞いたことがないんですか？　わたしは追いかけてこないで、ベッドに入って眠ることもできたんですよ」

「けれども、きみはそれを許されなかった」

オコナーは言って秘密めいた笑みを浮かべた。

「どういうことですか？」

「きみは密命を帯びてここにいるわけだから、きみの友人クーンより、きみのほうに死刑判決が下される」

「ばかばかしい、密命だなんて。リアム、それはいったい何なの？」

オコナーは肩をすくめる。

「違うのか？　間違うこともあるんだな。ウイスキーはおいしいかい？」

ヴァーグナーはどうすればいいのか、つかの間考えこんだ。自分は何をしたいのかという疑問が激しく渦巻いた。自分がここにいる表向きの理由とはなんの関係もない疑問だ。

「明日は元気でいられると約束できますか？」

　彼女は尋ねた。

　オコナーは彼女をじろじろと眺めた。やがてキャップをかぶった若い男を指さす。

「ドノバンにはシャノンブリッジに住む従兄弟《いとこ》がいる。何をすればいいか、彼にアドバイスしてやってくれないか」

「いいですよ。従兄弟さんは何をされているの？」

「従兄弟はボートを持ってるんだ！」

　ドノバンが言った。ボートを所有する行為が、まるで人間にできる極限であるかのような口ぶりだ。

「それで？」

　オコナーが代わって説明する。

「家が押し流されてきたような外観のボートなんだよ。ボートは橋に係留されていて、そもそもその橋のおかげで、シャノンブリッジにある二ダースばかりの家は生存権を持っているわけだ。つまりシャノン川にはほとんど橋が架かっていないんだ。不思議だろ？　アイルランド島を真っ二つに分断して流れる川なのに、橋がほとんど架かっていないとは。シャノンブリッジに行くもう一つの理由はパブ。十一時のラストオーダーを過ぎると、不可解な理由から酒場のカウンターは壁に収納されるのだが、客は全員おとなしく店の外に出て、あっという間に隣の食料品店に消える。するとそこで仰天ものの光景を目にすることになるんだ。

なんと壁からカウンターがふたたび現われる。おまけに、どういうわけかビールサーバーまで迷いこんでいるから、それからの数時間、レジのあたりに集まって、ドッグフードやら洗濯用洗剤やらに囲まれてギネスを飲むわけだ。さらに奇妙な光景を眺めることになるぞ。覚えているかい？　アイルランドの作家フラン・オブライエンが、シャノン川に浮かぶ島を舞台に『スウィム・ツー・バーズ』という小説を書いたんだ。まさにそこからシャノンブリッジを眺められる。ぜひ一度は訪ねてみるといいが、島には結局ボートでしか行けないんだ。ドノバンの従兄弟がうまいこと案内してくれる。彼のハウスボートには、まったく必要のない付属のボートがあるんだが、そのボートを漕いでもいいと言われれば、嫉妬深い大男の従兄弟が妻とその愛人を殴り殺した場所を見ることができるぞ。彼によれば、船にはアイリッシュウイスキー・パディのボトルが一本あるそうだ。わかったかい？」

「わかりません」

「明日の朝六時に、シャノン空港行の便がある」

彼を見つめるヴァーグナーは、なぜだか心が和んでいくのを感じていた。

「よかった。それに乗ってくださいな」

オコナーは唇をすぼめた。

「一緒に乗ろう」

「一緒には行けませんよ。皆さんに本を売った男は手漕ぎボートに乗ってシャノン川を漂ってますと、わたしは説明しなければならないから」

「キカ、そう硬いこと言わないで。きみは自分の義務を果たしたいの？　義務とは自由だ。冒険に出る前に降伏するほうが、義務を果たさなければならないと主張するより人生を醜くするものだ。きみは物理学研究所での小さなショウをマネージしたし、名誉ある人々の夕食会もお膳立てした。あとは二人でちょっと楽しまないか？」

「明日の朝九時半、プルハイムのゴルフクラブに行くことになってます。そこに開いているいまいましい穴の全部にボールを入れたら、引きつづき昼食会。夕方には、三百人の聴衆を前にしての朗読会。チケットは完売。午後は何をされようと、どうぞご自由に」

「私が違う計画を考えているとしたら、きみはどんなふうに反対するんだい？」

「何もしませんよ」

オコナーはためつすがめつ彼女を眺めた。

やがてにやりと笑う。目がぎらりと輝いた。

「夕食会に戻る必要はないね」

「ありません」

「あのねえ、私はこれまでの人生で、ドノバンという、従兄弟がボートを持っている男にいつでもどこでも知り合いになったんだ。私の言いたいことがわかる？」

「と思います。あなたはご自分の人生オペラをぐだぐだと話したいか、わたしに二杯めのウイスキーを注文したいのでしょ？」

オコナーの顔が輝いた。

「じゃあ、飛ぶのは来週ってことで。いいっすね?」

背後からドノバンの言う声が聞こえた。

それから何時間か過ぎ、オコナーはゆっくりと、しかし確実に、その朝ケルンに到着したときと同じ状態に向かって舵をきっていた。状況が違えばヴァーグナーもっと早くに気がついたのだが、オコナーや、従兄弟がボートを持っていて、朝六時の飛行機に乗れば、そのボートでどこかの島に行けると語るドノバンや、その仲間たちと同じくらい酔っていたのだ。彼ら四人と、オコナーは本当にこのパブで知り合ったばかりなのだが、そのわりには瞬く間に友だちになっていた。クーン編集長が心痛で青ざめる一方だというのに、ヴァーグナーはシャノンブリッジでコーンフレークスと粉石鹸に囲まれて、ギネスの瓶を握りしめる姿を想像するのが楽しかった。けれども、彼女がせっせと口をはさむおかげで、やっと会話が成り立つ状況だ。しばらく文学が話題に上り、なぜかカリブの話になる。そこから東洋のマッサージは心地いいという話に飛んだ。それはメアリーがこの前モロッコを旅行したからだった。それから先は、聞き手も話し手も中身を忘れてしまうほどの、どうでもいい話題が続いた。彼女が強い酒をこれほど飲んだのは初めてだ。いつしかマッカラン、オーバン、バルヴェニーといった銘柄の十二年物か、それ以上の年代物の味を知ることになり、口の中がすっかり麻痺してしまった。最後に残った理性で頭の中の大混乱を制圧しようと試みて、こんなに上機嫌なのは下品だと自分に言って聞かせる。

オコナーは皆と一緒に歌を歌っていた。

プルハイム。

冷静になりなさい。今ここでわたしが注意しないと、リアム・オコナーは明日の予定をすっぽかし、それでかえって目立つことになってしまう。しっかりしなくては。

彼女は水を貰って飲み干した。大して役には立たず、霧が少し晴れたくらいだ。まわりで椅子が片づけられるあいだにも、次々とシングルモルトがカウンターに現われる。彼女は水割り用のミネラルウォーターをピッチャーごと空にした。スツールから滑り降り、洗面所に行く。水で顔を濡らして鏡を覗きこむと、しだいに意識がはっきりしてきた。まだ酔ってはいるが、頭はふたたび働きだした。

われながら、ここまでよくやった。さて、うまく立ちまわって、憎々しい酒飲みを、飛行機に飛び乗る前にベッドに送りこまないと。

バーに戻ると、オコナーも、皆の姿も消えていた。そのショックが功を奏して、水を飲んでも醒めなかった酔いが一気に醒める。

「まったくもう、あの糞親父!」

彼女は吐き捨てるように言った。

ヒールを打ち鳴らして通りに駆け出ると、あたりを見まわした。〈ペフゲン〉は閉まっている。〈クライン・ケルン〉は今が賑わいの最高潮だ。そこに彼がいなければ、見失ったということだった。

「キ・カ」

誰かに呼ばれた。

振り返ると、パブの庇《ひさし》を支える柱の一本に、オコナーが寄りかかっている。右手には中身がまだ半分入った酒瓶を持っていた。

「なんだか安心したみたいだね」

彼女は彼の頬に一発お見舞いしたい衝動に一瞬駆られた。やがて甲高い声で笑いだす。酔いが舞い戻ってきた。

「雲隠れしてしまったのだとばかり思ってたわ。リアム、あなたって人の神経をどこまでも逆なでするのね」

彼女は彼に一歩近寄り、軽く腰を折った。

彼女の頭ははっきりしている。それなのに、口から出る前に、言葉が口の中で空まわりするのはなぜなのか。

しかも、いつからこんなに馴れ馴れしい口調で話しているのだろうか。

オコナーは酒瓶で通りの先をさした。

「アンジェラとドノバンは帰ったよ。ボートに乗って島にね。でもスコットとメアリーは、まだなにがしか飲めるところでわれわれを待っててくれるって。このあたりに〈ピンク・シャンパン〉とかいう店があるの？」

「あるけど、あなた向きじゃないわ」

オコナーはうなずき、

「そんなところだろうとは思っていたよ。キカ、きみはやっぱり気分をしらけさせる人だな」

「そんなことない！　わたしには思慮分別ってものがある。ただそれだけよ」

彼女は憤慨して言った。

オコナーは酒瓶の栓を抜く。

「いつの日か、きみが自分の上に蓋をすれば、ヴァーグナーさん、きみは理性的なのかもしれない。でも、決して間違いを犯さなかったことが最大の間違いだと、きみもわかってるだろう。いったいどうしたんだい？」

「あなたはトラブルを起こすつもりでしょ？」

「終わりなきトラブル」

「リアム、よく聞いて。わたしはあなたをゴルフ場に引きずっていくけど、いいわね？〈ピンク・シャンパン〉に行ってもいいわ。でも、明日あなたが愚痴の一つも言ったら、あなたは一巻の終わり」

「うへぇ。ところで今何時？」

「三時ちょっと過ぎ」

彼は考えこむようなそぶりを見せた。けれどもヴァーグナーは、彼がまたからかおうとしているのだと予感した。

「あなたよりも早く起きなきゃならないの。あなたは一人で行ってくださいね。つまり、家に帰ろうと決めたのよ」

「じゃあ、これは？」

彼は酒瓶を振った。

「それがどうしたの」

オコナーは勢いよく柱から離れて彼女に接近した。つかの間、彼の瞳が彼女を平らげてしまいそうなほど間近に彼は立っていた。彼女は彼の息づかいを感じた。彼は彼女よりも幾分背が低いが、それでも彼女を見下ろすような圧迫感を持っている。

「覚悟はたぶんできていると思うんだ――」

彼が話しはじめると、彼女は心臓が口から飛びだしそうになった。

「いいえ、覚悟ができているのはわたしのほう。つまり、あなたはホテルに帰る。それで明日、あなたをどこかの安宿でピックアップする必要はないということ。でも、まだパブを梯子したいのなら、あなたをここにおいて、わたしは実家に帰るけど」

オコナーは鼻をすすった。彼女に酒瓶を差しだす。

「飲めよ」

「もう飲む気はないの」

「残念だな。さっきまで、きみには外見と同じくらい興味をそそられていたんだが」

「下手なお世辞」

オコナーは肩をすくめた。酒瓶にコルク栓を押しこみ、彼女から二、三歩離れた。彼女がいなければ、彼はこの町に損害を与えるような物騒なことをしでかすのではないかと、ヴァーグナーは唐突に思った。彼がおべっかを使って虚栄心をくすぐってやる人々のもとに、彼女は元気な彼を届けなければならないが、そんなくだらない義務のないところで、彼とは出会いたかった。

「そのわけのわからないお酒をひと口飲ませて」

彼女は言って彼に近寄った。足元は彼と同じでおぼつかない。背筋を伸ばし、滑稽な動きがばれないように気をつけた。

彼は振り返ってにやりと笑う。

「ラガヴーリン十六年」

「何年物であろうと、どうでもいいわ。さあ、ちょうだい」

彼女は酒をラッパ飲みした。液体が喉にしみる。パブで飲んだシングルモルトの口あたりのよさはまったくない。薬品のような味がして、煙っぽい臭いがあった。彼女は咳きこみながら、アルコールが最後に残った理性に覆いかぶさっていくのを感じた。

「オーケー」

オコナーが言った。

「オーケーって？」

彼女はむせながら言った。

「オーケー！　きみの勝ちだ。私は寝に帰るよ。きみのためを思ってね。そうすればきみはなにがしか自慢できるだろ。でもホテルまでは送ってくれるかい？」

それに越したことはないわ。泥酔したキカ・ヴァーグナーの頭の中で声がして、ぐらっとめまいを感じた。

「それで結構よ」

通りにはまるで別人の声が響く。いくらかでも冷静な声に聞こえればいいのだが。

「タクシーはどこで捕まえるんだい？」

「あっち」

彼女の平衡感覚があらためて消えかかる。彼に腕をつかまれないように、一歩距離をとった。二人は黙々と歩いた。いったい全体わたしはここで何をしているのだろう。この男と一緒にウイスキー・バーを襲撃して、シャノンブリッジに移り住もうかなんて考えたりせず、彼が行儀よく振る舞うように注意したほうがいい。

「明日の午後はボートには絶対に乗れないな」

タクシーに乗るとオコナーが言った。ヴァーグナーは彼をリアシートに押しこみ、自分は助手席に座っていた。彼はカレイのように体を伸ばしている。座席のクッションにだらしなく横たわり、ネクタイを緩めてシャツのボタンをはずしているが、クーンのような人間の、ここぞというときの装いよりもましに見えた。

「キカ、ゴルフのあとでもう一度空港に行かなくちゃならないんだ」

ヴァーグナーはリアシートを振り返って見た。

「やっぱりシャノンブリッジに？」

「パディのことで」

パディ？　あっそうか。

「空港で誰だかを見かけたんだったわね。わたしたちをまたからかうのかと思ったわ」

オコナーは首を振り、

「そんなことはしないよ。あいつは本当に私のそばを通りすぎた。もう一人の男と一緒にだ。二人はエンジニアみたいなつなぎを着ていたんだ。飛行機の乗客なんかではなく、あっさり行ってしまった」

「ピ・パ・パディ……きっと彼はあなたがわからなかったのね」

彼女はメロディをつけて言った。あの酒は何という銘柄だったのか。確かラガなんとか。

「連れの男と話していたから、そうかもしれない」

「そもそものパディって誰なの？」

「パディ・クローヘシー。大学で一緒だった。歪んだやつだったよ。よくふざけたりしたものだが、あいつにはいつも理不尽なところがあった。運命がいたずらをして、あいつに鎖をつけて私のそばを歩かせたのかと思ったよ」

「はあ？　仕事は何をしてる人？」

「パディかい？　さあ、わからない。きっと何もしてないのだろう。いつか何かするだろうとは思っていたけれど。おそろしく才能はあるが、きれいさっぱりモラルのないやつでね」

オコナーは酒瓶からひと口飲んで、憤りの声を上げた。

「腹が立つな。あいつは私の脇をさっさと通りすぎて行ってしまった。あいつの消息を最後に聞いたのは、北アイルランドに引っ越したということだ。私の目に彼は、政治的に怪しげな考えを抱くが、害のない革新的な男に映るのだが。結局あいつは、きわめて真っ当なダブリンで、声高に反対運動を賞賛した。それで大学から放りだされたんだ」

「あなたみたいに？」

「どうしてまた？　私が大学から放りだされたと、誰から聞いたんだ？」

キカ、口をつぐみなさい。

タクシーがカーブを切ってマリティム・ホテルのアプローチに入った。ヴァーグナーは小銭入れを探ったが、オコナーのほうが早かった。彼女の顔には、歯に麻酔をされたあとのように、腫れて麻痺した感覚がある。ハンドバッグから中身がこぼれ落ちる前に口を閉めようと悪戦苦闘しているあいだに、オコナーが驚くほど迅速にタクシーを降り、彼女のために助手席のドアを開けた。

「ずいぶんお行儀がいいのね、ドクター・オコナー」

彼女は自分が陽気な声をだすのを聞いた。

「光栄です、マダム。飛び降りなくてもすむように、梯子をお持ちしましょうか」

彼女は痛烈な視線を彼に投げ、彼に助けられなくても降りられますようにと祈った。まるでタクシーに吸いこまれそうだ。右手でセンターピラーをつかむ。全力で体を突っ張って外に出ると、思ったよりもずっと簡単だったとわかった。もう少しでオコナーの腕に飛びこみそうになる。

「わたしのことを笑わないでちょうだい。あなたのラガなんとかには慣れてないのよ」

彼女は間延びした声をだした。

「ラガヴーリン。きみを笑うつもりなんかないよ。ひょっとしたら、きみを襲うかもしれないけれど。さあ、もうタクシーを行かせてあげなさい」

「あら」

彼女の右手はいまだにセンターピラーをつかんだままだ。彼女が勢いよくドアを閉めると、タクシーは走り去った。

実家に帰るのではなかったか。タクシーを降りなくてもよかったのに。

「わたし帰らないと」

彼女は重い口を開いた。

オコナーは手を振って、

「それは間違いかもしれないよ。よく考えてくれ。私は協力的だった。そうだろ?」

「そうかしら」

「いや、そうだ。私はシャノン空港にも、ほかのどこにも雲隠れしなかった。午前中は銀行の若手とゴルフをする。この酒瓶にはまだなにがしか残っている。最後にひと口飲もうじゃないか。この飲み物が絶対的な癒やし効果を持ち、かつ、あの副作用は招かないと、きみに保証するよ」

「あらあら、難しいことをよくすらすら言えるわね」

「私の部屋で教えてあげよう」

「一杯だけよ。ほんのちょっとだけ」

彼女は親指と人差し指で、ほんのちょっとを示して言った。オコナーは目を細める。

「それならグラスはいらないな」

彼女は笑い、彼の先に立ってエレベータに向かった。風にそよぐポプラのようだと、彼女は自分の姿を思った。身長百八十七センチの女性が六センチヒールのパンプスを履けば、二メートル近い。オコナーが鍵を受け取り、あとを追ってきた。

「あなたって、とってもいい人かも。糞親父だけど」

彼女はエレベータの中で言った。

「そのとおりだ」

オコナーはつま先でくるくるとまわって廊下を歩きながら答えた。

部屋の扉が二人の背後で閉まると、彼女は考えこんだ。

「あなた、一発どやしつけられた経験があるんじゃないの。女性にってことよ。すっかり惚れこんじゃって、高校生みたいにどぎまぎしてたら、彼女に奈落の底に突き落とされたんじゃないの。ぴしゃりとびんたをくらって、それでおしまい」

「私は女に惚れたりしない。てっぺんからは、いつだって落ちるしかないだろう」

オコナーは酒瓶を彼女に手渡し、

「グラスなんて行儀がよすぎて、せせこましいと思わないか？　グラスには縁があるが、それはきみが飲んでもいい量を指示するためだ。せこいな」

ヴァーグナーはひと口飲んで酒瓶をオコナーに返した。

「じゃあ」

彼は不思議そうな目で彼女を見つめる。

「じゃあって？」

「もう帰るわ。ひと口の約束だったでしょ。それは果たしたから」

「そういうことか」

オコナーは酒瓶をおいてベッドに身を投げだした。ヴァーグナーは帰ると宣言したにもかかわらず、扉の反対側の壁にかかる鏡に歩み寄った。鏡に映るオコナーと自分の姿を眺める。彼女はあまりに鏡に近く、彼はあまりに小さかった。ちょうど彼女の肩に彼が乗っているように見える。

「タクシーで帰るわ」

彼女はつぶやいた。

「くだらないね。気分はよくなったんだろ。じゃあ、二人でこのまま行くところまで行こうじゃないか」

彼女は振り返って彼を見た。

「わたしがそんな誘いに、おいそれと乗るはずがないでしょ」

彼は答えない。

「胡散臭い人ねえ。わたしがノーと言って、すごく怒るだろうと予想してたでしょ。でもそうしようと思ったのは、あなたが自分でくだらないことを言った瞬間だけ。つまり、その気なんか全然ない」

「きみをそんなに困らせるとは思わなかったんだ」

彼は詫びるように言った。

「え？」

「われわれのあいだに何かあるのかないのか、はっきりさせようと思って。それには選択肢は二つしかない。今あるか、未来永劫ないか。私が口のきき方を間違って、それできみは断わるしかなかったと考えてくれればいい。それなら好都合だろう。うかれた気分に煩わされず、われわれの仕事ができるというものだ」

「前言を撤回します。あなたはいい人じゃないわ。ただの糞親父よ」

オコナーは手を組んで頭をのせ、脚を組んだ。

「まったくきみのいうとおりだ。キカの中に真実がある、だね。でも、きみはどうしたいの？　私がきみを猛烈に口説くことを、きみは期待した。きみは貧相なレパートリーを想定していたわけだ。『お願いだ、キカ、一緒にホテルに戻ろう。部屋まで行ってもう一杯飲もう』こう言えば、きみはお行儀よくちょっと撤退できるだろ。『まあリアムったら、わたしのヒップを見たでしょ』じゃあ、私がきみの望みをきいて、下劣な男になってやろう。よかったね。きみはそんな下劣な男を受け入れなければいいんだから」

ヴァーグナーは彼を見つめていた。腹を立てようとしたが、とまどうばかりで、その場に立ちつくした。

彼の言うとおりだったという困惑。愚かにも。

今度は彼が彼女をお払い箱にする。

「脚本！ メイク係り！ ミス・ヴァーグナーの顔を怒りでもっと赤くしてやれ！」

オコナーが大声で言った。

「ばか！ わたしがあなたと飲むだけで、あなたと寝ると思ってるの？」

彼女は彼を怒鳴りつけた。

オコナーは激しく首を振り、

「いや、絶対に期待しない。私と一緒にシャノンブリッジに行ってくれるとしても」

「どうして？」

彼は体を起こし、彼女を見つめた。

「きみはすごく望んでいるのに実行しないから。そういうことだ」

「やめてよ。あなたの自信はどこから来るわけ」

彼はにやりと笑った。

「きみのせいだ。一日で、すっかりまいってしまってね。キカ、われわれには失って困るものはあるのか？　そんなことになったら、頭痛を抱えるぐらいじゃないか？　もしかすると私も望んでないんだ。だったら、きみは腹を立てて家に帰れ。それなら私はきみに何もできないぞ。それとも二人で酒瓶を空にするかい？」

ヴァーグナーはとっておきの罵倒を浴びせてやろうと口を開けた。

けれども、そうする代わりに彼のかたわらに歩み寄って身を固くした。

ばかな男ね。遊びなら、わたしのルールに従ってもらうわ。

ゆっくりとオコナーのほうに身をかがめながら、彼のネクタイをほどき、まだとまっているシャツのボタンをはずした。二人の顔は触れるほどだ。彼は彼女を見上げたが、キスをする気配はない。

「あなた、ＩＲＡのことで面倒を起こしたんでしょ？」

彼女が唐突に尋ねた。

オコナーは目を丸くする。

「どうしてそんなことを知ってるんだ？」

「いろいろ耳にしてるのよ」

彼女は体を起こしてネクタイを床に投げ捨てる。窓辺のデスクの脇にあるソファセットまでぶらぶらと歩いていった。ソファの一つに横向きに腰を下ろすと、肘掛けの上に両脚が突きだした。どこまでも長い脚。なぜ、この男はすぐにわたしと寝ないのかしら。

パンプスが音を立てて床に落ちた。

「リアム、あなたらしいと思うわ。あなたがあまりに不良ぶるから、大学では、なんでも悶着を起こすのが主義だったみたいに想像してしまう」

彼は片肘を立てて体を支え、左の眉を上げた。彼女の脚には一瞥もくれない。

「イギリス人は北アイルランドを返還すべきだと、私は今でも思っている。でも、イギリス人に問題があるのではないと、しだいにわかってきた。アイルランド人が問題なんだ。IRAは解決策ではない。昔の私はそんなふうに考えなかった」

「だからパディが放りだされたの？」

「まさにその理由で」

「じゃあ、あなたは？」

「ちょっと違う理由で」

ヴァーグナーは両腕を伸ばし、首をのけぞらせて天井を眺めた。本当のところ気分はとてもよかった。

「リアム、あなたって嘘つきね。あなたは、わたしに吠えついた犬の中で一番きゃんきゃんうるさい犬だわ。おそらくあなたは大学を放りだされなかった。放校処分になるほどの理由を大学当局に提供する勇気がなかったから。あなたはちょっとだけ挑発したり、出しゃばったりしてみせた。でもやばくなると、大学当局の路線にスイングバックした。そうでしょ？あなたはちょっと大口をたたいただけ。徹頭徹尾やるとなると、あなたは尻ごみする」

オコナーは立ち上がり、絨毯敷きの床を足音も立てず彼女のほうにやって来る。彼女が首をまわして彼を見ると、瞳が輝いていた。彼は熱波を発散しているようだ。それともアルコールのせいだろうか。

彼はひざまずいて彼女を見つめた。両手で彼女の髪を梳《す》く。口元に笑みをたたえていた。

「きみがこんなにも礼儀正しく理性的でいてくれて、私はうれしいよ。だから、われわれは少なくとも友だちのままでいられるね」

彼は優しく言った。

「そうね、よかったわ」

「きみのご両親はきっとすごく心配しているよ」

「そうだった」

「下まで送っていこうか？」

「いい子にしてるのよ」

二人ともしばらく何も言わなかった。ただ見つめ合っていた。

「お酒、まだ残ってる？」

彼女がささやいた。

「ああ、たっぷりと」

「あとどれくらい持つかしら？」

「たぶん朝食までは持つよ」

彼女はちょっと笑った。それから彼の銀髪の頭を自分のほうに引き寄せた。

一九九九年一月二十九日　ロシア　モスクワ

大型で大重量の装置がウクライナの国境を越えてポーランドを通過し、ドイツに輸送されて数日後、ミルコは昼前にモスクワのシェレメチェボ第二国際空港に降り立った。ホテルの宿泊予約はしていない。モスクワでの滞在時間はわずかで、すぐに初老の男の国に飛行機で戻ることになっていた。彼はいまだに長蛇の列をつくる面倒な入国審査を辛抱強く我慢した。いつもの税関申告書に署名して、ようやく外に出た。たちまち、もぐりのタクシー運転手に四方八方から声をかけられるが、ミルコは相手にしない。ハイヤーを手配してあるからだ。モスクワに飛行機で来る場合、それが最良の交通手段だ。料金も手頃だし、待つ必要がない。

彼はリラックスして気分もよかった。すべてが計画どおりに運んでいる。ヤグレーザーは入手した。通関書類には送り主としてウクライナの研究所が明記されている。受取人はドイツにある量子研究の実験施設だが、ヤグレーザーはそこには届かなかった。いつのまにかケルンの宛先に到着していた。ミラーはスイスのクールという町で製造されており、来週には届くだろう。大型の台車の準備もほぼ終わっている。ヤナが手配した者たちがめざましい働きをしてくれたおかげだが、もちろん彼らがその用途を知るはずもない。装置は自分たちの手で例の配送所に設置しなければならないし、長さ二十五メートルの鉄道用レールもそこに敷設しなければならなかった。軽視できる作業ではないが、それで必要なものはすべて揃うことになる。

ミルコはリアシートに乗りこみ、新聞を読んだ。

市の中心まで三十キロメートル足らずだった。決していい日和とはいえない、テレビでよく見るモスクワらしい天気だ。鼠色の空はどんよりとして、空と大地の境がどこにあるのかわからない。その空から針のように細い雪の結晶が吹き下ろしてくる。雪は積もっているが、ロマンチックな気分にさせられるほどの積雪ではなく、寒々しい印象が増すだけだった。郊外の町には、灰色の味気ないアパートの列が果てしなく続いている。外を歩く者だろうか。首を垂れた輪郭のない人影が、積もった雪の上を足早に過ぎ去っていく。

モスクワ市内には別の光景があった。ミルコには教養がないため建築様式を正確に言いあてられないが、構成主義とスターリンのモニュメント風、バロック様式の要素や近代建築が混ざり合っているのかもしれない。モスクワは印象的な巨大都市だった。しかしここでも、人々はいやいや家を出てきたように見える。道路は渋滞し、車の運転は荒かった。陰気な雰囲気が大都市にのしかかっている。陰鬱、経済危機、とっくに自制をなくした激しやすい者の横暴さ、金の亡者たちの斜陽の帝国、チェチェン、セルビア空爆のNATOの最後通告、あまりに卑屈な感情。

町のそこかしこに、ミルコはこの国を動かしているものを見た。ロシアの平和への明確な愛とNATOの空爆予告への抗議は、抗議の真の背景であるアメリカと、その同盟国に対する不信感、圧倒されて二度と認められないという懸念、占領と永遠に消え去る恐れを、覆い隠すことはできなかった。タカ派に栄養を与えかねないため、この国の民主勢力がNATOの軍事介入に警告を発していることや、改革を恐れていることは、多かれ少なかれ無視されている。残ったものは、怒りと意気消沈と、NATOが脅しを実行に移した場合の、危険をはらんだ種子だった。

ロシアは、ロシア人の心を捉え、悲しみと憎しみを生みだし、昔の亡霊を呼び覚ます強大な劣等感に腐敗して衰弱している。コソボをめぐる出来事は西側、特にアメリカへの、長いあいだくすぶっていた潜在的な敵意をかき立て、あからさまな敵意を燃え上がらせた。衝動的な汎スラブ主義、いわゆるセルビア人の姉妹国家への伝統的な共感が社会を占領した。スターリンとチトー政権下では友好的な関係とはほど遠かったことは、忘れられてしまったようだ。よくよく見てみると、ロシアの西側やNATOへの態度は、自国問題に対する反応であり、エリツィンが善良な人々にもたらした危機から目をそらす試みであることは明らかだった。しかし、そうした人々はこの事態に関心がなく、チェチェンでロシアのヴェトナムを体験した政治家集団はいくつもの扉を閉ざして、グローバルな責任とスーパーパワーの失われた役割を夢見ている。たいていの者にとってソヴィエト帝国の崩壊は、比較的安定して、お気楽な存在だったことの終わりを意味する。ロシアでは、皇帝ボリス・エリツィンが忍び寄るノスタルジーに抵抗しながら国を治め、タカ派がくちばしを研《と》いでいる。

ヨーロッパでは火種が燃え上がっていた。

車はクレムリンのあるアレキサンダー公園を通りすぎ、モスクワ川を渡って、ザモスクヴォレチェという閑静な地区にやって来た。そこに見られる多くのものは、一九三〇年代の改革の犠牲をまぬがれて今に往時の姿をとどめている。ミルコは、モスクワの有名レストランの一軒〈Uバブシュキ〉で軽く食事をした。四十五分後、運転手が彼を迎えに来て大通りを走った。いささか評判の悪い地区に着くと、ミルコは車を降り、運転手に待つよう指示する。大通りに交差する道をしばらく歩いて路地に曲がった。

反アメリカのスローガンが壁に落書きしてある。それは腹を立てた学生たちの仕業というより、大ロシアのルネサンスを期待し、現状の責任を自由主義者と民主主義者に押しつける狂信的排外主義勢力の、意図的な行為だ。熊からその力を奪ったのは彼らではなかったのか？　無意味なたわごと！　ロシアの言うことを聞く者はおらず、西側がロシア人をいいように扱うのも不思議ではない。自由主義者のせいだ。密告者とおべっか使い。

その日ミルコはそうしたことに関心がない。路地をさらに歩き、とある建物まで行った。正面の壁は至急塗り直す必要がありそうだ。扉は少し開いている。腐敗臭と石炭の臭いが鼻をつく玄関ホールを横切り、二階に上がった。あらかじめ決めておいたリズムで、アパートの扉をノックする。

狐のような顔つきの小柄な男が扉を開け、彼を中に入れた。

「今回は簡単というわけにはいかなかった」

小男は挨拶もせずに言った。

ミルコはうなずいた。小男は、くたびれたソファに座るよう彼に指示してから奥の部屋に姿を消し、白い布にくるまれたものを持って戻ってきた。ミルコはそれを受け取り、布をめくってピストルを取りだすと、手で重さを量った。それはPSMと呼ばれるバックアップ用の小型ピストルで、ロシアの高級将校が好んで使用する武器だ。

小男の売人は誇らしげに、

「スタンプ台のように平らだろ。使用カートリッジは五・四五×十八。旧東独の将校のものだったんだが、何度も使っている。成功を祈ってるぜ！」

「いいだろう」

ミルコは言った。

PSMは実際に驚くほど薄かった。ミルコが知るかぎり世界で最小のボトルネック弾を使用する。彼は布の中からもう一つの包みを取りだした。カートリッジだった。

「弾薬は弾頭部分を中空にするしかなかった。一発につきテトリルとアジ化鉛が四グラム含まれている」

ミルコが装弾していると、売人が説明した。

「なかなかいいじゃないか」

狐顔の売人は躊躇する。

「ほかのはどうだい？　常に上物が入ってくるんだ。軍では、今シーズンの冬物大バーゲンセール中だからな」

「そりゃどうも」

「ガールフレンドはいるかい？　興味があるなら、ワルサーTPH、口径六・三五の古いモデルを用意するぜ」

　ミルコは笑みを浮かべた。ワルサーPPKは、ジェイムズ・ボンドが銀幕を射貫いた有名なピストルだ。TPHはいわばその妹分だった。プロの殺し屋からすればTPHの穿つ穴は小さすぎる。TPHはどんなにたくさん撃っても、相手を倒すというより、控えめなミシン目を開けるだけだという冗談まで流通していた。007シリーズでハンドバッグに必ず忍ばせてあった伝説的なFNベビーと同様、女性にふさわしいピストルだ。

「その話ならあとだ」

　売人はにやりとして、ミルコが差しだしたドル紙幣を受け取った。すばやい手つきでズボンのベルトの中にしまう。この男のような人間はドルしか受け取らなかった。

「相変わらずご親切なことで。ところで、何もかも値が上がるんだよ。つまり、この次からってことだが。TPHはどうする？」

「博物館にやってしまえよ。おれはもう何十回も値上げを経験してるんだが。値をつり上げすぎるやつは、一銭も手にできないものだ」

「おれたちみんな、生きていかなきゃなんねえ」

ミルコはピストルをもてあそび、たまたま銃口が売人に向いたかのように構えた。

「そうだな。おれたちみんな、生きていたいよな」

売人が青ざめる。

「よせよ、こっちに向けるな……」

ミルコはピストルを上着に滑りこませた。扉のところまで行って売人に言う。

「そうだよな」

ミルコは建物を出て大通りに戻った。車に乗りこむと、運転手に川をふたたび渡って、キタイゴドロと呼ばれるモスクワの金融中心地に行くよう指示した。クレムリンの横に広がる、赤の広場も含めた由緒ある地区で、魂と金が握手する場所だ。ブティックや宝飾店が軒を連ねるニコリスカヤ通りで彼は車を降り、迎えにこさせる時間と場所を運転手に告げる。とある銀行に入り、すぐにアタッシェケースを持って出てきた。隣接する公園をしばらく散歩する。公園の向こうには、邸宅が建ち並び、ベラルーシ大使館もある、イワノフスカヤの丘と呼ばれる区域だった。ミルコはアタッシェケースを小脇に抱えて軽快な足取りで歩いた。数百メートル行ったところで、ユーゲント様式の小ぎれいな建物の階段を上がり、呼び鈴を鳴らした。

ぶーんと低い音が響いて扉が開き、彼は壁に豪華な化粧漆喰を施した天井の高い玄関ホールに足を踏み入れた。玄関扉の正面にある第二の扉が開く。筋骨逞しい男が彼を招き入れ、もう一人の男が身体検査をした。

「鞄を」

初めの男に言われ、彼はうなずくとアタッシェケースを開けて、整然と詰められた紙幣を見せた。

「百万。約束どおりドルで」

彼は言った。

ボディガードがうなずいた。ミルコは鞄を閉め、男たちのあとをついて隣室に入る。高価な家具を配した執務室のような部屋だ。デスクの向こうで、髪の薄い、口髭を生やした端正な顔の男が立ち上がった。

「ビシッチさん、あなたをお迎えするのに失礼がなかったかな」

男は柔らかな口調で言った。

「議員、申し分ないとは言えませんね」

ここではスタニスラフ・ビシッチとして知られているミルコは答えた。デスクの前に来客用におかれたアンティークの椅子に、勧められもしないのにくつろいで座る。

「われわれがここで行なうようなトランザクションのわりには、あなたのゴリラどもはかなりぶしつけな真似をされる。こちらは小悪党のように身体検査されることには慣れてませんからね。将来こっちの政府がそちらの政府とビジネスをするつもりだということを、言い忘れましたかな?」

相手はうろたえたようだ。

「申しわけない。私は……」

ミルコを連れてきた二人の男に厳しい視線を向ける。

「お前たち何考えているんだ。私が身体検査のことを言ったか？」

二人は肩をすくめる。

「おれたちが考えたのは――」

「お前たちが考える。そこが問題なんだ。出ていけ！　ビシッチさんはありがたい客人なのだぞ」

二人は殴られた犬のような顔をして出ていった。

「あと何人くらい若い衆が控えているのです？」

ミルコはついでに尋ねた。

男は首を振り、謝るように両手を広げる。

「いませんよ。二人でも多いくらいだ。本当にお恥ずかしい。ビシッチさん、何か飲まれますか？　フライトはいかがでした？」

「こっちは気にしてませんから。あなたのご親切はうれしいが、少々急いでましてね」

ミルコは平手で鞄をたたいた。

「ここに百万入ってます。あなたのきわめて勤勉な手下がすでに目にしているが。その話はもうよしましょう。うれしいことにヤグレーザーはドイツに到着しましたよ。あなたの尽力に対して、約束の百万は少ないが、われわれの今後の共同作業の頭金としては大金だ。もっとも、あなたに関心がおありになるのが前提だが」

議員と呼ばれた男は笑みを見せ、

「もちろんある！　教えてください よ。何をしてさしあげましょう？」

男は大声を上げた。

ミルコは足を組むと、

「まず、ご自分の不信感を取り除かれるといい。そうでなければ、わたしのために何もできないでしょうな」

「もう二度と繰り返さない！　本当です。この頃では生きるのも命懸けだ。あなたに言っているんですよ。しかし、外にいるばかどもは誰を見ても殺し屋かギャングだと考える。ああ、なんという時代だろうか。あいつらは頭なんか持ってはいない。あれは瘤《こぶ》だ。われわれは純粋な金融ビジネスをやっているんだと、いくら説明してやっても無駄なんです。いずれにせよ、あなたが満足されたと伺えて光栄ですよ」

ミルコは同意するように頭を傾げた。

「さらなるプロジェクトの話をする前に、あなたがヤグレーザーの出所を知る唯一の人物であるという保証をいただかないと。信用してもよろしいか？」

男は眉を上げ、まぶたを伏せた。

「お願いしますよ。それは取り決めたことだ。私は約束を守る」

「あなたが誰かに秘密を打ち明けなかったという証拠は？」

「おやおや、私は初めから、ビジネスパートナーとしてのわれわれの関係を発展させることに関心がある。そのためには、口が軽くては元も子もない。当然のことながら、出所を知るのは私だけですよ。ヤグレーザーの移送にかかわった者たちのすべては、あなた方が望まれた出所までしか遡れない。装置の本当の供給元を私の口から聞きたければ、私を拷問するしかないでしょうな」

男は椅子の背にもたれ、顔に満足の色を浮かべた。

ミルコは真面目な笑みを見せ、アタッシェケースの留め金をはずした。

「それで結構。では新たな仕事の話をしましょうか。でも、あなたが稼がれた報酬をお渡しするのを引きのばすつもりはないので」

男のまなざしに欲が現われる。ミルコは鞄を大きく開けて中身をぶちまけた。札束が転り出てきて、デスクの上に不安定な山を築く。いくつかが床に落ちた。男はあわてて身を乗りだし、札束の山に手をおいた。いらいらと目をしばたたく。

「お願いだ、金をそんなふうに……」

ミルコは鞄の持ち手の内側にある小さなカバーを押した。レバーが飛びだす。彼は鞄をもう少し持ち上げ、側面を男の頭に押しつけてレバーを引いた。乾いた音が一つした。男の額に穴が開いている。血と脳漿が流れ出た。男は恐怖に目を見開き、口を大きく開ける。一瞬ぐらりと体を揺らし、札束の山に突っ伏した。

男に目もくれず、ミルコは鞄の二重底を開けた。平らなアームにPSMが取り付けてあるのがわかる。銃口が接触する鞄の側面は、革が特に薄くなっていた。アームの一部分がピストルの引き金と鞄の持ち手にあるレバーを連結している。電子信号により引き金が引かれる仕組みだ。鞄そのものは消音器として機能する。この仕掛けは新しい技術ではないが見慣れないものだ。複雑なメカニズムを扱えるのは、ごく限られたプロフェッショナルだけだった。

ミルコはピストルをはずし、二重底を閉じた。静かに札束を鞄に詰め直す。鞄を閉じると両開きの扉まで歩き、押し開けた。部屋を出ながら二人のボディガードを撃つ。二人は椅子に座って雑誌を読んでいた。一人めは座ったままミルコに撃ち殺された。もう一人は腰を上げながら上着に手を滑りこませたところで撃たれ、体を傾けて椅子に座りこむと息絶えた。

ミルコはあたりに視線をめぐらせ、ピストルをしまって立ち去った。数分で銀行に着き、貸金庫に鞄を戻す。あとは誰かが処理してくれるだろう。急ぐでもなく公園を横切ると、三位一体教会の脇を歩いて川まで行った。人目がないのを見計らって、ピストルを川の流れに投げこむ。彼は冷たい空気を吸いこんだ。満足して待ち合わせの場所に向かった。ハイヤーは彼を乗せるとまっすぐ空港をめざした。

ヤグレーザーはドイツにある。痕跡は消えた。見方によっては、残っているのかもしれないが。作戦チームは結束している。ここまでのところは最高の出来だろう。

ミルコは小さく口笛を吹きはじめた。今日のような日が好きだった。成功とは最高にリラックスしたものではなかったのか。

一九九九年六月十六日　ドイツ　ケルン　マリティム・ホテル

二人で寄り添うことは世界を変える。

ヴァーグナーの頭はオコナーの胸にのっている。両脚はぴたりと閉じて、自分が十八歳、身長百七十八センチの小娘になった気分がした。

せめてそのくらい。

驚いたことに、彼と寝ていれば充分に楽しめただろうと思っていた。その一方で、寝なかったことに満足感を覚えた。かれこれ六時を過ぎ、ひどい酔いが残っているのに、明晰な理性は働いて自制を失ってはいなかった。

彼女がしようと決めたゲームでは、まさにそれが重要だった。ちょうどいい瞬間に自制を失うには、当然、自制を持っていなければならないからだ。オコナーもヴァーグナーも、千夜一夜物語の語り手シェヘラザードのようにロマンチックに過ごせば、大切な夜がやって来るだろうと思っていた。けれども、それは今夜ではなかった。作戦に屈したり、何本もウィスキーを飲み干したから無条件で陥落するのではない。しばしば一夜の遊びを正当化するアルコールが、今はその遊びを断念する理由に使われたことが、彼女には心地よい皮肉に思えた。たとえ数時間か数日の効果しかないとしても。

体の大きさは相対的で、精神の大きさは画期的だと確信して、ヴァーグナーはオコナーの腕に抱かれていた。彼の胸から聞こえる音は蜂の巣の騒音のようだ。彼がなにやらハミングすると振動波が発散される。それはシャノンブリッジか、同じくらい不吉な場所でしか耳にすることができないメロディだ。昔々、ある男がパブからあの食料品店に押し流されてきた。その店のカウンターで村の警官と出くわす。警官は雇われ店主の義兄弟で、店は雇われ店主の伯父のものだ。彼らの共通の親友がボートを一艘持っている。男は警官と一緒に、シャノン川に浮かぶ小島に行こうと考える。小さな池にまだコイがいるかどうかを確かめるためだ。その池は、先史時代、巨人が妻とその愛人を投石機で殺してしまうずっと前から島にあった。二人が殺されたのは、逢い引きの最中によこしまなことを思いついたからだ。二人は交尾のあいだに鳥に姿を変え、魔法の飲み物で巨人を眠らせてしまおうと企んだ。結局それは失敗し、官能のときは終わった。そしてそれから……

彼女は目を開けた。

オコナーがカーテンを閉めて寝なかったので、部屋はまばゆい朝日に輝いている。半分開いた窓から鳥のさえずりが聞こえてきた。二人はまっすぐ立ってゴルフ場に行かれるだろうか。きっとオコナーが二日酔いに専門知識で冷静に対処し、彼女をも一緒に救ってくれるにちがいない。

彼のハミングが消えた。

「眠ってしまったのかしら」

彼のはだけてしわくちゃのシャツにくるまれて、彼女はつぶやいた。

「ああ」

「スポーツマンらしくないわね。つまらないな。あなたは酔ってぼおっとしてても、傑作が書けるか、少なくとも光子を減速できると思ってたのに」

「もちろんできるよ。でも現実世界の中でだけだ」

オコナーは言った。彼のハミングも、声も、時空から隔絶したこの部屋の現実の中では、おそろしく心地よい低音の振動でしかなかった。

「現実世界？」

「私の頭の中にある世界のことだ。そのほかのものはすべて幻想。きみや、ほかの人々が考えることも。私が天国に行ったら、きみたちみんなに私の夢を見ることを許し、私の才能を分けてあげるよ」

「死んだら、あなたは自分がまったく存在しないと思う？」

「きみたちはまったく存在しないと思うな」

「ばかね」

「私はどんな責任も拒否するね。スコットランドの哲学者デイヴィッド・ヒュームは頭がおかしいんだ。彼が考えだした――」

「知ってるわ。ヒュームも頭が変なのよ」

「きっと、きみの言うとおりだ。拒否は、興味の最も実利的な形なんだ。さて、きみも存在する。でなきゃ誰もいないことになるね」

「さっきは何の歌をハミングしていたの？」

オコナーは彼女の首筋を撫ではじめた。やがてあのメロディが聞こえてくる。

「そう、これよ。何という歌？」

『ナ・ジェーナ・フェイン』

「ゲール語みたいね」

「これはゲール語で、アイルランドを渡っていく野生の雁のことだ。ある解釈では、渡り鳥はリチャード・カッセルズやトーマス・アイヴォリー、ジェイムズ・ゴードンといった建築家が十八世紀に造り上げた黄金のダブリンに帰っていく。彼らのおかげで、かつてのロンドン取引所やフォー・コーツ、トリニティ・カレッジの西側正面など豪華な建築を今も目にすることができる。もっとも私はトリニティ・カレッジの壁の向こうで、何年も死ぬほど退屈なときを過ごしたけれど。もう一つの解釈は、私なりにアイルランドの悲しみを理解したほうに近いな。雁は島を去っていく。彼らは行ってしまうが、古いアイルランドのものを一緒に持っていってしまう」

「素敵ね。そのとき雁が何を考えていようと」

「十九世紀の初めに、パトリック・クインという名のハープ奏者がいた。彼がこの歌を、そういうものを集めている男に売ったんだ。アイルランド人は誰でも歌を歌うんだよ。歌えない者もみんな。音楽的だからじゃないよ。そうでもしないと悲しみを拭い去れないからなんだ」

「あなたって謎めいた人だわ」

「きみもだよ」

「どうしてあんなにお酒を飲むの？」

「ばかげた質問だ。アイルランド人は誰でも――」

「アイルランド人は誰でもお酒を飲む。そうね、当然ね。で、ほかの理由は？　観光ガイドに載っていない説明を聞きたいな」

オコナーはしばらく沈黙し、やがて口を開いた。

「渡ってくる雁もいれば、去っていく雁もいる。それに、旋回する雁もいる」

「どうしてそんなことをするの？」

「ほかの雁が方向を選んで飛んでくれたら、ついて行けばいい」

「それが浴びるようにお酒を飲む理由なの？」

「決して素面にならない理由だ。巧みな旋回はきみを責任から解放してくれる。きみは罰せられずに光を減速できるし、別のいたずらをすることも許される。きみのおしゃべりを本に書いて世に送りだしてもかまわない。きみにふさわしくない行動も許され、逆にお世辞を言われるだろう。アイルランド人だけが自分にこうした行為を許すことができる。情けない一団だ。ほかの者たちであれば精神病院に入れられてしまうだろう。ダブリンに、ヤッパーと呼ばれる男がいた。オコネル橋を歩いて渡る者がいると、背後に駆け寄ってイエスという意味の〝ヤップ〟という言葉を叫ぶんだ。声をかけられた者は心臓が飛びだすほどびっくりする。彼は誰にでも声をかけた。彼は天才的な旋回ができる男だった。私は〝ヤップ〟とめいて人生の時間を過ごし、毎回うまくいったと思ったりするんだ。誰も私が方向を選ぶことを望んではいない。もし素面だったら、そんなことに耐え抜けると思うかい?」

「じゃあ、どうして旋回をやめないの?」

「やめて何をするんだい?」

ヴァーグナーは考えこんだ。いくつもの答えが浮かんできたが、どれも砂漠より乾ききった答えだった。やがて、中途半端な答えのそれぞれが、オコナーが語った方向の一つひとつに合うように思えてきた。自分がここにいる状況を理路整然と述べても、まったく面白みはない。知り合ってまる一日も経たない男とシングルモルトをひと瓶空にして、セックスしようと考えて頭がいっぱいになり、一方で、そういうことをしなかったと有頂天になり、それなのにどうして男と同じベッドで寝ているのかという疑問を、冷静に論じても面白みはないのだ。どうしたらこの哲学の論理を打ち砕けるかと考えていると、彼女の頭の中に、それぞれの考えが楽しそうにおしゃべりしながら互いのまわりを旋回するヴィジョンが浮かんだ。なぜ偉大な小説家たちは、いつも同じ人々、同じ場所をテーマに物語を書いたのだろうか。なぜ偉大な画家たちは、いつも同じモチーフの絵を描いたのか。なぜ名優たちは、同じ役を繰り返し演じるのだろうか。

こうした旋回は美しい。なぜだか美しすぎるくらいだ。

彼女は体を起こし、オコナーの目を覗きこんだ。まぶたはなかば閉じている。彼が鼻に皺を寄せる。それはとても愛らしく思えた。

「あなたは旋回していないわ。そうするふりをしてるだけ。ほかのどんなことでも同じだわ。あなたは演技が気に入っているのよ。リアム、あなたは有能な物理学者になった。ベストセラーも書いている。いつかきっと方向を選んで示してくれる」

オコナーは笑みを浮かべた。

「充分大きな円が描けたときだけ、他人には方向のように見えるものだ」

「どんどん抽象的な話になっていない？」

「抽象的であるのは大酒飲みの特権だよ。ジェイムズ・ジョイスはあまりに抽象的で、誰も理解しない本を書いて世界的な名声を手にしたんだ。クーン編集長から聞いたけど、きみはケルン生まれだってね。でもハンブルクで働いている」

「そうよ。で？」

「戻ってくる気はないのかい？」

「そうね……」

戻ってくる気はあったのだろうか。

「戻ってくるしかないじゃない。いいことでしょ。両親もいるんだし」

「どうしてハンブルクに行ったんだい？」

「仕事よ」

オコナーはそっと首を振った。

「きみは仕事のためにハンブルクに行ったんじゃない。おとぎ話をしないでくれ。きみはケルンを愛している。私には文字どおり臭うんだからな。きみは、あらかじめ設定されたとおりに生きる人間じゃない。きみは見かけほどタフではないし、ハンブルクにいるのが楽しいわけでもない。なのに、私の広報の仕事をハンブルクでしているという理由で、きみはこの町にはいない」

ヴァーグナーははっとした。彼女の理性は、たちまち不条理なものにつながった。しかし、それは彼女が真剣に向き合わなければならないものだ。

それとも向き合ってはいけないのだろうか。

「でも仕事はしてる」

彼女は不機嫌な声をだした。

「反論はしないよ。ただ、きみは広報の仕事でここにいるのではない。きみは私を監督するために送りこまれたんだね？」

「そんなばかな」

彼は彼女の肩を優しく抱き寄せた。キスという無重力の中、朝の太陽は少なくとも三度、上下した。雁が、逃げていくウイスキーのボトルを追っていく。

「そうなんだね？」

彼はふたたび尋ねた。

ヴァーグナーは彼の胸の上に自分の腕を交差させ、そこに顎をのせて彼を見つめた。

「わたし、ある出版社で広報の仕事をしていたの。そこで間違って上司を好きになってしまった」

彼女は言った。すらすらと言葉が口をついて出てくるとは不思議だった。

「二年前のこと。ケルンは、逃げまわるには大きな町じゃないの」

彼女はけらけらと笑う。

「町はローマ時代のリング構造だから。ぐるぐるまわりたい人には理想的ね。困るのは、ここでは常に自分自身と遭遇するということ。角を曲がるたびに知り合いに出会うけれど、本当は常に自分自身に出会っているの。それがいい場合も悪い場合もあるわ。わたしにはよくなかった。だから雁は飛び去った」

オコナーは沈黙している。

彼女はため息をついた。

「わたしの話をもっと聞きたいんでしょ？　そうよ、わたしは進んで町を出たのではないわ。違う展開だったら、今でもこの町の一角に暮らしているか、まっすぐの方向に飛ぶのを優先する優しい男と一緒に住んでいるでしょうね。でも、あなたの言うとおり。わたしはくだらない状況の真上をうんざりするまで旋回していた。わたしたちは少しのあいだ同棲して別れたの。だけど、日に何度も嫌というほど出くわすのよ。それじゃあうまくいくはずがないでしょ。チェックメイト。だから結果はどうなろうと、彼から逃れるためだけに違うことをしようとした。ここケルンでね。結果はすぐに出たわ。でもカタストロフィだった。そういう運命のもとで身を隠そうと思って適当に穴に飛びこんでも、違う結果になるわけがない。すると、この町の全部が問題なんだとわかったの。何をしてもうまくいかない。そこかしこで待ち伏せしてるのは失望と怒りだけ。誰かをベッドに誘っても、次の瞬間には放りだしたくなる。狂人のように走って逃げるけれど、そこは競技場のトラックなのよ。繰り返し同じ観客席の前を走っているの。いつでも逃げ道は見あたらない。友だちのアドバイスもだんだん大胆になって……そうね、ある日、鞄に荷物を詰めて降参する。違う町なら素晴らしいかもしれない。ここよりはずっとましなはず。そう自分自身に思いこませるの。大手出版社からオファーが来て、それで出ていった」

ヴァーグナーはひと息おいた。

「初めの頃は、ここには戻ってこない。この町や、昔の人生なんか必要ないと証明しなければならないから。そのうち落ち着いてきて、失恋の痛みなんか蒸発しちゃう。苦々しい思いをするには若すぎたのよ。何もかもが元どおりになった。結果をだし、新しい友だちもでき、楽しいこともいっぱいある。でも、残念ながら違う町に住んでいるの。そうだとわかっているから、やっぱり友だちはできない。自分が自分自身のお客でしかない場所では、しょせん何も得るものはないのよ。そんなとき、自分が薄っぺらでひょろ長いポプラみたいだという取るに足らない不満が、昔なじみがお茶に誘うように声を上げるの。するとと再発見したコンプレックスに懐かしさを覚えてうれしくなる。そんなふうに生きるのも悪くないし、それが正しいことだと気づかないまま、ハンブルクのアルスター湖からライン川まで届きそうな大きな新しい半径で旋回するの。しばらく滑らかな旋回をしていると、ある朝、狂人のベッドに横たわっていた。その狂人は別の狂人の話を耳から溢れだすまで聞かせてくれる。そしたら今は、わたしが自分のいまいましい物語を話してるじゃない。しかも、またこの町に戻ってこようかって考えている。これでおしまい……いいえ、おしまいじゃなかった」

「終わりじゃないの？」

彼女は彼に目を向けた。口角が開いていき、にやりと笑った顔が完成する。

「おしまいじゃないわ。だって、戦々恐々とした出版社から、狂人を監視する密命を本当に与えられていると白状しなければならないから。これですべてのカードがテーブルにのった」

オコナーはにんまりした。

「きみの出版社は、きみのことを自慢できるな。彼らが期待もしていなかった賭け金を、きみが提示してるから」

彼女はオコナーの頭のほうに這い上がり、身をかがめてキスをした。彼女の長い髪が左右から垂れて、二人は枝垂れ柳の下にいるようだった。

「こんな予定じゃなかった」

彼女はささやいた。

「わかってるよ。私だって、今夜、新たな人生を歩みはじめる心構えを、誰もさせてくれなかったんだから」

「また大口たたくのね」

「そんなことない。きみはすごくきれいだ。百八十七センチの悠然とした身長は注目に値する」

「わたしはきれいじゃないわ。薄っぺらで、のっぽで、青白くて、骨張ってる」

しばらくのあいだ聞こえてくるのは、小鳥が外でさえずる声だけだった。

ヴァーグナーが眠りに落ちる寸前、オコナーが声を上げる。

「キカ、違うよ。女性は、男が口にするお世辞と同じだけきれいなんだ。きみは全部のお世辞をいっぺんに受け取ったんだ」

一九九九年二月十八日　ドイツ　ケルン

男がもう何日もまともな食べ物にありついていないことは、ひと目でわかる。それよりも長らく体を石鹸で洗っていないことは、男に近づけば臭いでわかる。

男は新車のアウディの助手席に座り、しきりに古びたコートに両手をこすりつけていた。ぼさぼさの赤みがかった金髪が額に垂れている。顔は日に焼け、むくんでおり、目は上下のまぶたにはさまれて、まるでクッションに埋めこまれたようだ。鼻は青く変色している。左の眉のあたりも青いが、それは売春婦のアルバニア人のひもと喧嘩したときにできたあざだった。どこをとっても惨めな様相なのに、不幸せな印象はまったく感じられない。何本か残る黄色い歯をむきだして笑い、運転手に馴れ馴れしくうなずきかけた。

男はビッグマックを二つとフライドポテトのＬサイズを、三十分かけて平らげたところだ。

「あんた親切だね」

男の声は甲高いとしか表現のしようがない。ケルンのパンク・ロックンローラーとホームレスのあいだでは、コンピュータ音声というあだ名で通っている。もっともコンピュータ音声がどのような音なのか知る者は皆無で、この男も知りたいとは思っていないようだった。

「あんた若えのに、本当に親切な人だ。うまかった！　癖になっちまうかもしんねえ」

運転手は笑みを浮かべた。

「どうかな」

「えー、あんたきっと満足するさ。おれ、いっぺん写真に撮られたことがあるんだ。新聞だぜ。あれは……いや、わかんねえや。どの日も一緒。同じことさ。あいつらおれたちのことをしょっちゅうルポして、それを上品な人たちが朝飯食いながら読むんだ」

男はコンピュータ音声でくすくす笑い、運転手の袖をつまむ。

「あんたも上品な野郎だろ？　いい服着てるじゃねえか。写真家ってのはそんなに金を稼ぐのかい？」

車はライン川に架かるセヴェリン橋を渡っていた。運転手が答える。

「まずまずだ。写真家は掃いて捨てるほどいる。ぼくの写真がよくなければ、誰も買い取ってはくれない。写真がよくても、そこらの生意気なやつの気に入らないかもしれない。そうなると困ったことになるんだ」

男は顔をしわくちゃにして運転手を見つめると、下唇を突きだす。

「あんたは、おれみてえに困ったことにはなんねえ」

「そうだな。きみの言うとおりだ」

運転手は男の歳を尋ねはしなかった。ホームレスは根掘り葉掘り訊かれることを好まない。彼らはもともと疑り深く、敵意を持っている。相手が自分のことを真剣に思ってくれていると納得して初めて、自分のほうから口を開く。それは無理もないことだ。彼らの唯一の資産は悲惨な経験で、利子は慎重さと用心深さなのだから。

運転手は男に金をやり、しばらく彼とだけ話をした。冗談をまじえたどうでもいい世間話や噂話だ。それから食事をおごってやった。男が二つめのビッグマックにかぶりつくと、ようやく運転手はある提案を持ちかけた。ケルンの荒廃した側面を取り上げた写真集、路上で凍えて死んでいく薄幸の人々のドキュメンタリー用に、写真を撮らせてくれないかと言ったのだ。二百マルクという話が出ると男は承諾した。男の人生は、これまでただ働きばかりだった。ポートレートを撮りたいというなら、しっかり金を払ってもらおうじゃないか。

外見では、男がかつて第二次世界大戦のスターリングラード攻防戦に居合わせたとしてもおかしくはない。おそらく五十歳にもなっていないのだろうが、その戦いで存在を打ち消された大勢の化身のように見えるのだ。

車が工業団地の道路を走っていると、男が口を開いた。

「住むとこがねえなら、あんたは屑だ。食うものをなんにも買えねえのなら、それは相当なもんだ。みんなが言うぜ。おい、あの豚を見てみろ。あいつは有り金すべて酒に変えて飲んじまって、ああやって反吐《へど》まみれで寝っ転がってるんだ。そうやってくたばるならましなほうだ。みんな目をまんまるにして言うんだ。いいや、おれたちのせいじゃねえ。気の毒な豚野郎にとっちゃ、ずっとましだ。あいつがなにがしかの人生を持ってるのか。あいつがなにがしかを生みだすわけねえだろ？　働けるやつなら、望めば、誰だって働けるかもしんねえ。でも、死なせてやれ。そうすりゃこの世から消えて、一人少なくなる」

男は無精髭を引っかく。

「どんな動物でももっと価値があるぜ。おれ、ハムスターを飼ってたことがあるんだぜ、知ってるか？」

「いや、その話はまだ聞いてないな」

「昔、飼ってたんだよ。なぜかって？　動物なんてものはくそったれだ。けどな、それで金が稼げるんだよ。おれはそいつを箱に入れて、道端に座ってた。ちょっとだけ草を入れてやって。〝このかわいい子にお恵みを〟って書いた看板もくっつけて」

「うまい手じゃないか」

男は豪快に笑い、膝をたたいた。

「あれは、おれにとっちゃ一世一代の妙案だったぜ。人生のクライマックスだ。さっそく初日に、ばあさん二人が生クリームのケーキをたらふく食ってカフェから出てくると、座ってるおれに目をとめたんだ。正真正銘、吐き気がするようなやつらだった。絶対に施しなんかしねえ人間さ。あいつら言ったんだ。親愛なる神様は公平だから、老いぼれの屑野郎なんか路上でくたばるのがふさわしい。神様がお許しになるのなら、それもまた秩序正しいことなんだ。ところが、ばあさんたちはハムスターを見た。そしたらいきなり一人が小銭入れの中をごそごそ引っかきまわし、五マルク硬貨をつまんで箱に投げ入れたんだ！　おったまげた、五マルクだぜ！　で、ばあさんが言った。ああいうかわいそうな生き物はなんにもできないからね。罪は全然ないのよ。もう一人のばあさんもおんなじように、虐げられた神の創造物が飢え死にするのを見捨てる気にはなれなかった。けど、虐げられた神の創造物ってのはおれのことじゃねえ」

男はひと息おいた。顔から笑いが消える。

「ハムスターのことだ。かわいそうな小さなハムスター。ばあさん二人は言った。この子にちゃんとした食べ物を買ってあげて。飢え死にさせてはだめよ。つまりそういうこった。ばあさんたちは動物に情けをかけて施しをした。動物は死なせちゃだめだが、人間はかまわねえ。おれたちみたいな人間のやることは、ものをくすね、きれいな通りを汚し、小便を垂れ流す。そんなやつはとっとと消えろ。そうさ、そういうこと。人間の最後の屑は、つまり糞の山ってことよ。人はもういねえんだ」

「それをぼくたちは変えるつもりだ」

運転手が言った。

男は笑い、

「写真集でかい？　そうだな、やってくれよ。すごいことだと思うよ。で、おれには何をくれるんだ？　あんた、すんごくがっかりするだろうが、金だ、おれには金が大切なのさ。とにかく金だ。でなきゃ、おれはやんねえぞ」

「金はぼくたちにとっても大切だよ」

運転手は言ってほほ笑んだ。

男は急によそよそしい顔をして運転手を眺める。

「おい、あんた、病気持ちの豚野郎を写真に撮るつもりじゃねえのかよ。身ぐるみ剝ぐとか、汚い手を使おうって気じゃねえのか？」

運転手は激しく首を振った。車は左折し、門を通って前庭に入った。大型トラックが二台停まっている。右手には窓がほとんどない平屋の建物がある。敷地は塀にぐるりと取り囲まれて外から中を覗くことはできなかった。

「そういうことは絶対にないさ。まあ、いずれにせよ写真はぼくが撮るんじゃないんだ。ある女性が撮影する」

男は体をぴくりとさせ、

「ひぇー、わかんねえな、おれ――」

「きれいな女性だ。おまけに、とっても腕のいい写真家だ。ぼくよりずっとうまいんだ」

男は怪訝そうな目で運転手を見つめた。

「その女、おれを脱がすつもりじゃねえのか？　言っとくが、ポルノはごめんだぜ」

「心配するな。真面目な撮影だ。本当だから」

男はコートに手をやった。手の皮膚をこすり取りたいかのようだ。唐突に、また黄色い笑い声を上げる。

「それならかまわねえ。その女にすごい写真を撮らせてやろうじゃねえか！」

「そう、その調子！」

運転手は共犯者の笑みを浮かべた。二人は車を降り、前庭を歩いて建物に入った。運転手が後ろ手で鉄製の扉を閉める。そこは蛍光灯に照らされた広い倉庫だった。奥の壁に、いくつか扉があるのが見える。倉庫にはテーブルが一つと椅子が何脚かあるほか、家具は見あたらない。その代わり中央には鉄道貨車のような巨大な物体が据えられ、エンジニアリング装置とおぼしき機器が二つと、ぴかぴかと金属的な輝きを放つ大型の箱が一つおかれている。巨大な物体は長さ十メートルはあるにちがいない。その奇妙な物体のすぐ前の床から金属製アームが突き出ており、尖端には輝くものがつけてある。レールが貨車のような物体から延びている。それとも壁まで延びているのだろうか。コンピュータ音声とあだ名される男は興味津々で首を伸ばした。それが何なのかさっぱり見当もつかないが、もう何十年も進歩というものからは縁遠いのだ。

女が近づいてきた。中背ですらりとして、きれいな顔立ちに金髪のロングヘアだ。

「あなたがわたしたちのトップモデルね。来てくれてありがとう」

女は優しく言って握手の手を差しだした。

男は不安そうに運転手を見やり、ためらいながら女の手を取るとゆっくり握手した。

「おれ……手を洗っとくつもりだったんだけど」

女は首を振った。

「とんでもないわ。来てくれただけで充分よ。あなたにはとっても感謝しているの」

「けど、おれ、豚じゃねえから。それは知っておいてもらいたい」

男は向かいに立つ女の服を頭の中で脱がせながら、直立不動の体勢をとろうとした。

「もちろんあなたは豚じゃないわ。さてと、すぐに始めたいのだけど、いいかしら？　ちょっと急いでいるのよ」

女は大きく腕を開いて言った。

「えっと……ちょっと……そんなに急いでかい？」

「ええ。いいでしょ？」

「で、金は？」

「あらそうだったわ。それが真っ先よね」

女は運転手をちらりと見やった。彼は上着のポケットから紙幣を取りだし、二百マルクを数えて男の手に握らせた。男は金を見るなり、口が耳まで裂ける笑みを浮かべた。

「これはこれは。さあ決まりだ！　おれに何をしてもらいたいんだい？　側転でもしようか。

倒立かい？　なんでもやってやろうじゃないか」

運転手は金属製の箱にもたれて男をしげしげと眺めた。やがて鉄製扉のある向かいの壁を指さす。

「ぼくたちは動きのあるものを撮ろうと考えていたんだ。できるかぎり生き生きとしたきみを撮影するのが肝心だ。すごくエネルギッシュなところを。そうだな、きみは扉のところからぼくたちのほうに歩いてきてくれないか。そこを写真に撮れれば最高だろう。この箱に向かってきてくれ」

「おれのエネルギーは底なしだぜ！　警官の一人もここに寄越してくれたら、原発なんかよりもっとエネルギーをだしてやる！」

男は甲高い声を上げ、ぎこちない足取りであたりを跳ねまわった。

女はテーブルまで行き、カメラを取って戻ってくる。

「ありがとう。わたしたちとっても満足してるわ。準備はいいかしら？」

「いいっすよ、マダム」

「よかった。じゃあ始めましょう。とっても簡単なの。ごく普通の速さで歩いてちょうだい。走ってはだめよ」

「もう？　今から？」

「まずは扉のところまで行ってちょうだい」

男は跳ねまわるのをやめ、よろよろと歩いて壁のところまで行くと踵を返した。

「もういいかい？」

「ちょっと待って！」

女はカメラを構えてレンズをまわした。天井付近の薄暗がりの中でムービーカメラ大の装置がゆっくりと回転を始める。

男は女の構えるカメラを指さした。

「遠隔操作じゃねえか。高いんだろ？」

「そうよ。遠隔操作で高いのよ」

「写真は貰えるか？　おい、何枚かくれるんだろうな？　全部くれよ！」

「人生で最高のショットを撮ってあげるわ」

女は笑って言った。

「約束だ、いいな？」

「もちろんいいわ。さあ歩いてきて。そうよ今よ。せーの！」

つかの間、男は踵を上げ下げした。どちらの足から歩きだそうか決めかねているようだ。

それから二人に向かっておぼつかない足取りで近づいてくる。

「おれはつまり……」

男は甲高い声をだした。

女がシャッターを切った。

箱から乾いた音がした。同時に、それほど大きくはない引き裂くような音が聞こえ、男の頭が爆発して血と脳みそと粉々に砕けた骨が霧となって飛び散る。体のほうは何ごともないように一瞬歩きつづけるかに見えた。両腕がゆったりとした歩調に合わせて動き、そのため胴体はバランスを崩して横向きに床に倒れこんだ。右手の指が支えを探してぴくぴくと動いている。

「素晴らしい」

ミルコが箱のところで声を上げた。

ヤナは死体に歩み寄り、かたわらにしゃがんだ。傷口を注意深く観察する。右側は、頭と首が肩まで引き裂かれており、顎と耳の一部が反対側にぶら下がっていた。肩胛骨のあいだには血溜まりが広がっている。

「およそ期待していたとおりだわ」

彼女は言った。

「かなりの距離があってもパルスが効力を失わないのは確かなんだな？」

「確実よ。目標まで三キロメートル。五、六キロの距離を想定して計算してあるの。テストは満足のいくものだった。六月の本番も同じ結果が得られるはず」

ミルコはうなずき、

「あんたには脱帽だよ。ヤナ、心からそう思ってる。まったく感激したよ」

ヤナは肩をすくめた。テーブルまで行ってカメラをおくと、振り返ってミルコを見つめた。顔はまったくの無表情だ。

「ありがとう。四ヵ月したら、わたしに感激してちょうだい」

ミルコは笑みを浮かべた。

「もちろんだ。さあ、あれを片づけるとするか」

死体に視線を流して言った。

フェーズ2

PHASE 2

リアム・オコナー

彼の頭の中で、七時五十一分ちょうどだと何かが告げていた。けれども、自分でそれを証明できる状態ではなさそうだ。

いや、まったくできない。腕の中で誰かが動いた。それでも目が開こうとしないことだけは確かだ。その誰かに触れ、視線に捉えて確かめなければならないが、オコナーのどれほど強い意志をもってしても、小指を動かすことすらできなかった。彼は金縛りにあったように横たわっている。まつげ一本動かせないのだから、目を開けたり、手足を動かしたりできるはずもない。

昔は、目を覚まして、自分の意識が朽ちた木に宿っているのだと気づき、とてつもない恐怖にとらわれたものだ。エドガー・アラン・ポーの小説で、生きたまま埋葬される人間の話が彼の脳裏に浮かんだ。一見すると死んでいるようで、全身が完全に麻痺し、モンテ・クリスト伯の地下牢ですら広々としたラウンジだと思えるほど、自身の体の中に閉じこめられた人々を描いた物語だ。この一時的な硬直状態がどうして起きるのか、説明してくれる者はいなかった。もっと悲惨なのは、誰も彼を信じてくれないことだった。どの医者も、彼は自分が目覚めていると妄想しているだけで、実はひどい悪夢を見ているのだと説くのだ。医者たちは健康増進に決してよくはないアルコールの過剰摂取がもたらす作用を非難し、老眼鏡の縁越しに、咎めるような目つきで彼をしげしげと眺めた。目覚めているのに、うめいたり、すすり泣いたりすることすらできない硬直状態を、やはり誰一人として想像できないのだった。

初めの頃は、体の芯に途方もない力を溜めて足か手をほんのわずか動かそうとすることで、彼は自身の体という監獄から解放された。魔法が一旦ほころびると、麻痺という鎖はだし抜けに離れていった。飛び起きて枕をつかみ、できた皺を凝視し、力を取り戻したことに荒い息をつきながら大喜びしたものだ。ところがしばらくすると、この方法で成功するのは稀になったため、恐ろしい硬直状態から脱出する新しいやり方を編みだした。脳はコンピュータだ。そこで新たなスタートを試してみたのだ。体がストライキに入れば、彼はふたたび眠りこみ、彼を捕らえて放さない暫定的な世界に身をおくしかない。硬直状態に抗うことをやめたとたん、彼は落ち着いた。せいぜい、これは死のリハーサルではないかと疑ったり、新たに訪れた眠りにまたしても屈して、まだ充分に人生を楽しんでいないのにこの世を去るのかと恐れたりするだけになった。しかしこのルールを受け入れてからは、彼はふたたび目覚めることができるようになったのだ。今朝も、なんの苦もなく硬直状態に対処した。彼の意識はモルヒネの海を漂う。そこではパディ・クローヘシーがオペラ『さまよえるオランダ人』のごとく徘徊し、過去の闇に彼を誘った。

ダブリンの町が不気味な色の中に生まれる。やがて由緒あるトリニティ・カレッジを覆う天蓋が裂け、太陽が燦々《さんさん》と輝く、暢気な一九八〇年が現われる。黒髪のオコナーと、ともに鯨飲したが勉強はしなかった仲間たちの姿が見える。

オコナーは、高校を優秀な成績から恥ずかしい成績まで取りそろえ卒業すると、思い上がった老騎士フォルスタッフのように大学に引っ張り上げられた。うれしいかなアルベルト・アインシュタインと同じで、数学だけは芳しい成績だったとはいえない。だから積分方程式の講義では、前後の列に座る女子学生のことか、夜ごと薄暗いスティーブンズ・グリーン・パークに出かけていき、自分と同じように自堕落な人々と国家の徳行について議論することしか考えなかった。

トリニティ・カレッジの学生はフーリガンか特権階級出身者、あるいはその両方だと何世紀も前からいわれているが、最高の頭脳を持ちながら、それにそぐわない行動をするのが、学生社会の不文律だった。それは、二十世紀末にもなって、警察が勝手に大学の正面ゲートを入ることを許さないカレッジに、まさに期待されたことだ。北アイルランドのベルファストと南のアイルランドとのあいだの厄介な社会情勢が要求するのは、豊かな両親の金を浪費させることだが、そのせいで自身を軽蔑するのではなく、まさに両親を軽蔑するのだった。

オコナーは心理学、物理学と数学を学んだ。彼は数学を避けては通れなかったが、数学が美人を引きつけ、彼女たちに服を脱がせるという、まったく新たな可能性を提供してくれるとわかると、苦手意識が消滅した。とても魅力的な女子学生たちがいたことは事実だ。彼女たちは、ブラックホールの放射モデルや重力場の方程式を学んだり、中性子星の周囲の時空の歪みを研究したりする頃にもなると恥じらいを捨て、すぐに服も脱ぎ捨てたのだった。オコナーは遅くともトリニティ・カレッジの一年めには、科学がロマンチックでエロチックな魅力を持つことを証明して結論づけた。「知識はセクシーだ。したがって博士号は最良の媚薬になる」

彼は、高校では中程度の成績で、試験勉強など一日たりともしなかったものの、大学では頭角を現わした。学期の大半を、これ見よがしに〈ケニーズ〉や〈リンカーンズ〉といった近隣のパブを梯子した。哲学ソサイエティというトリニティ・カレッジの学生サークルでは何度も一席ぶち上げ、フロント・スクエアにある小劇場で上演される伝統的なトリニティ・プレイヤーズの芝居では、悪党や革命家の役を演じた。夏になれば、観光客に大学の仲間とともにカレッジを案内した。彼がパトリック・クローヘシーと知り合ったのは、その頃のことだった。クローヘシーはおしゃべり好きの技術オタクで、オコナーが彼を演劇の配役リストに加えてやったのだ。その見返りに、クローヘシーはいかがわしいと評判の、類い稀な才能を持つ女性たちを紹介してくれた。大量のアルコールを自らの体で処分し、意義あることは極力しないという目的で、とあるサークルが生まれた。そこでは全精力を傾けて情勢を議論した。ほんのわずかでもうまくいく人々がいるイギリスとは違い、アイルランド人は全員がうまくいかなかった。オコナーとクローヘシーがなみなみと注いだ黒ビールのグラスを前に座っている頃、緑の島アイルランドがいばら姫のようにふたたび眠りから目覚め、何十年ぶりかで目をこすって、猛烈な勢いで社会問題に取り組みはじめた。イギリスとは違い、伝統主義者が改革主義者に握手の手を差しのべたのは、アイルランドだけだ。全員がなんとか抱き合った。それは真実であるには美しすぎた。だから、とりわけ美しかったのだ。

ベルファストは違う。そこは地獄だった。

全員が新たに強化された自意識で団結していたので、ダブリンっ子のパブでの話題は、無責任な行動をとる黒い羊、つまり北アイルランドに徹頭徹尾絞られた。北アイルランドはもはや沈黙しておらず、賞賛の歌を存分に歌っている。その点では要点を正確についており、遠く離れたところからでもうまく関与できた。ダブリンっ子は得意がって声高に意見を言い、ときの声を上げるので、そのあと行動することを忘れてしまった。行きつけのパブでは一人ひとりが王様で、パブが彼らの世界だった。そこで語られることは、没落と再生の年代記に書き加えられる。行動したい者がいるはずがない。だから抗議は大演芸会以上のものにはならず、北アイルランドはＩＲＡとともに文化的な問題にとどまった。せいぜい芝居や映画やレコーディングスタジオで形作られる幽霊で、キリスト教徒の整然とした生活を脅かすものにはならなかった。

　このような状況がクローヘシーやオコナーのようなおしゃべりを生みだした。クローヘシーは下層階級の出身だった。父親は大酒飲みの暴れ者で、母親は鬱病だった。彼は貧困と不幸を知り、大学で闘争した。彼とは対照的に、オコナーの父親は名声ある裁判官で大金持ちだった。イギリス人であれば父親はサッチャーの支持者であったことだろう。ダブリンでは少なくとも超保守派の一人だった。彼は理にかなった人物ではあったが、それ以上に軽薄でもあった。息子リアムがたとえどんな失態や逸脱行為をしでかそうと、金と有力なコネで抹消してやったのだ。一方、クローヘシーが何かしでかせば、自分の問題が増すだけだった。

　不揃いの二人はトリニティ・カレッジで出会い、信頼し合うようになった。挑発という陶酔の中で遭遇した二人が互いに共感を持ったのは、IRAに率直で、潜在的な爆撃機とわかる態度をとることが流行りだったからだ。ところが、オコナーは政治に真面目な興味を示さず、クローヘシーの心の中には重苦しい怒りが広がっていった。オコナーの態度は、落ち着きをなくした兄弟のようだった。クローヘシーは過激な民族主義者としての本性を現わし、大学を中退してIRAに加わろうと熱心に提案した。オコナーは、民衆扇動の背後には、彼ですら深く考えたこともない本物の暴力を行使する用意ができていると感じて、ひどく不安になった。人生とは悪ふざけだが、クローヘシーは真剣だ。オコナーは尊敬するオスカー・ワイルドの、〝真剣であることは重要性を持つ〟という言葉を、誰の言葉よりも信じていた。それからの彼はクローヘシーとの結びつきを緩めるようになった。ある朝、クローヘシーは扇動的な行動のために大学から逃げたという噂を耳にする。

オコナーは彼を探しだした。大学の総務と交渉して、クローヘシーが正式に謝るなら復学を認めるという約束をとりつけたが、彼は頑なな態度を崩さなかった。彼はIRAを復讐の天使だと運命づけ、自分が受けたあらゆる侮辱に対する復讐を、侮辱に苦しむ彼に代わってしてくれると思いこんでしまったようだ。彼は方向性を見失い、将来の展望を欠き、上昇する代わりに下降する人生の謎めいた道を通って、孤立へと追いやられていった。そうさせたものは、見通しの不足と、上方ではなく下方に導く人生の不可解さだった。オコナーはオスカー・ワイルドの言葉を借りて、何ごともすべては悪ふざけだと言って最後にもう一度説得したが、武装した言葉を答えに受け取っただけだった。彼は腹立たしい思いで、ついにそっぽを向くと、しばらくしてクローヘシーが地下に潜ったことを聞き知った。

しばらくのあいだオコナーは無為に過ごすことを信奉し、やる気もなくして退屈していた。とどのつまり、彼はパディ・クローヘシーがいなくて寂しかったのだ。パディは雄弁でおしゃべり好きの飲み友だちだった。あの失踪した男をもう少し気に懸けるべきだったという曖昧な思いが彼に忍び寄ってきた。それでも、その一件にはどうしても興味が持てなかった。そもそもオコナーは飽きっぽい性格なのだ。何に対しても興味を抱かなければ、かえって他人の真剣な興味を自分に引きつけることになり、それはそれで心地よかった。彼は新しい飲み友だちをまわりに集め、以前にもまして奔放な酒盛りを催し、そのかたわら政治への見識を深めていった。かつて北アイルランド問題について長々と弁舌を振るったが、それは自分の信念に合致するものだとあらためて知り、さらに大口をたたきつづけた。彼は悪名を馳せ、学生たちの公式な代弁者として、北アイルランドからイギリス人を暴力によって駆逐することを要求する。それは突然の思いつきだったため、要求をすぐにスコットランドにも拡大させた。そうしたことは本当に退屈であり、フラストレーションが溜まって、より扇動的な発言をするようになると知りながら、それでも革命的で人を見下すような言葉をやたらに使った。そうしたとき、彼は自分自身を離れたところから眺めている感覚にとらわれた。その瞬間、自分が好きなタイプでもない甘やかされたプレイボーイであるように思えたが、自分を眺めている感覚はいつまでも続くのだった。

彼の家庭では、伝統や長く存続するものを危うくするような話題が持ちだされることはなかった。衝突はタブーだったのだ。父親は暴君ではなく、母親は抑圧されていたのでもない。両親はむしろ、市民版ロイヤルファミリーの暮らしを営んでいた。ぴかぴかに磨き上げられた彼らの存在の表面にはダブリン社会が映っていたが、その下では文字どおり何一つ実現することはなかった。それでも息子リアムは、人は生涯においてなにがしかを生みださねばならず、自分の靴を熱心に磨けばそれが可能だということや、すべてを備える者は矛盾する信念や理想を必要としないということを学んでいた。もし必要なら、国会議員のトニー・グレゴリーがネクタイ着用を拒否したとか、ヘンリー・マウントチャールズ卿が自分のエキセントリックな政治的見解を奇妙なソックスを履いて強調したとかいうような、突飛な行動のことをいうのだろう。

リアム・オコナーが大学に長く在籍するにつれ、自分の問題のありかをはっきり知るようになった。理想とは豊かさではなく困窮や貧困の中で育つものだと予感しながらも、どの服を着るべきかわからずクローゼットを引っかきまわすように、信念を探し求めた。ところが、彼にはあらゆる門戸が開かれており、あらゆるものが転がりこんだ。彼の卓越した知性が証明され、比類ないキャリアが約束された。たとえ彼がどのような言動をしようと、両親が正しい形に曲げて戻した。暴飲や暴力沙汰を起こそうと、中傷や侮辱的な発言をしようと、父親は彼をかばった。もはや彼は特別扱いされるフーリガンではない。特別扱いフーリガンの王様なのだ。

イギリス人への中傷記事を発表し、IRAに共感を表明すると、彼は一度だけトリニティ・カレッジから警告を受けた。それはめったにないことで、彼は満足し誇りを感じた。ところが、父親がかけた一本の電話のせいで何もかもが正しい道に戻ってしまった。彼はひどく落胆した。ゴム製の壁を全力で押しているようなものだった。思いどおりに行動できるが、必ず誰かが親切にも譲歩してくれるのだ。

彼は、宗教と権力が解けない毛玉のように絡み合う北アイルランドへの興味を失った。そこで理想を見つけることはできない。彼の存在が運命づけられたエデンの園から脱出するに値する理由は一つもない。もちろん、生きていることを実感するには、まさに逃げだすしかないとは感じていた。ただ、天国を去る本当の理由がないのだ。天国を去れば、生活の質が劣化するだろうから。

その同じ年、リアム・オコナーはさして努力もせずに最優秀成績で学位を得た。将来も生活費を稼ぐ必要はないのだろうが、とにかく職には就こうと決めた。スノッブという職に。

それからはすべてシナリオどおりに運んだ。大学の助手から教員へ、通常かかる年月の半分で昇格を果たした。教授になり、さらに理学部の副学部長を務め、実験研究に没頭する。彼は光を用いた実験を始め、望めばすべてを可能にする仮想世界を発見した。心の奥底では、信念や理想に従って重要な意義のあることをしたいと、以前にもまして切望した。けれども理想を探すということを口にだしはしなかった。お世辞を言われ尊敬されて、パーティーの花形になった彼は、自分の性格の弱さを知り、ミラン・クンデラの有名な小説『存在の耐えられない軽さ』の世界を知り、ますます絶望した。もっとも彼は、物質的な豊かさには恵まれていたのだが。

彼の皮肉には磨きがかかった。さらに、スマートな虚無主義を取り入れ、アルコール依存症を深め、自分の実験に邁進した。自分の人生劇場が、美人や金持ちたちの確固たる世界なのかと思うと、彼は吐き気をもよおした。ただ、彼が軽蔑する観衆がいなければ自分は存在できないのは、嫌というほど承知している。だから彼は冷笑を浮かべて観客を観察する。すると、そのしぐさがさらに観客を感動させるのだった。彼は作家として人生で二度めの助走を始め、サイエンス・ノンフィクションやユートピア小説を書いた。期待にたがわず執筆でも成功を収めた。

リアム・オコナーはわびしさを感じていた。さまざまな個性を身にまとう一方で、科学者としての経歴が彼をノーベル物理学賞候補にまで押し上げた。科学研究においても執筆活動においても、彼は抽象的な事象に傾倒した。おかげで世に認められ、あまたの賞を授けられる。世界を眺める彼の視線もますます抽象的になっていった。人類の発展と衰退、人類を代表する者たちの過ちを冷静に観察して分析した。知性は自身のまわりを循環した。以前にもまして酒を飲んだが、泥酔することはなかった。『ドリアン・グレイの肖像』に登場する快楽主義者ヘンリー卿が彼の手本で、おそらく彼には欠け、ヘンリー卿には備わる真正さを探し求めた。科学の才能や知性に磨きをかけるとき、彼にはオスカー・ワイルドが際立たせた重要な要素が欠けていた。それは願望だ。しかも最悪なのは、彼が願望を持ちたいと思わないために願望に欠けるのではなく、一つも思いつかないため、願望がないということだ。

そもそも彼のような人間がなぜ問題を抱えているのか、他人は理解しなかったのだろう。だから彼はそれからも輝きつづけ、酒を飲み、内外を問わず上流社会で浮き名を流し、次々と情事を重ね、ホモセクシュアルになるほうがいいかとちょっと考える。しかし、そればかりは断固拒否し、酒を飲み、さらに奔放に浮き名を流し、まわりの熱狂した世界に考えられうるかぎりの攻撃を仕掛けた。まわりが引けば引くほど、彼はたたみかけるように攻撃をエスカレートさせた。彼に刃向かう者は一人もいなかった。その頃では彼は経済力でも人気でも父親を上まわっていたが、ふかふかの羽毛布団にだらしなく横たわる息子を、それでもまだ父親はベッドから引き離すことができたのかもしれない。けれども父親は世に認められた道楽息子に煮えきらない非難の言葉を垂れただけで、勘当するつもりすらなかった。両親と同じように、彼もまた自分の存在の表面だけを磨いていたのだ。父と子はそれぞれのやり方で。正当な批判を互いに浴びせ合うこともできないまま。オレンジジュースを少し加えるとラムがおいしくなるように、リアム・オコナーは人生に苦みを加えて楽しんでいたのだ。

彼が自ら選んだ役まわりでは、困ったことに、本当に心を揺さぶるものがあるときに、彼はそれを見逃してしまう。彼は心を揺さぶられることにいらついた。冒険心は、彼にはなじみのない唯一のものだった。若い頃、心を揺さぶられたいとどれだけ切望しても、感情に束縛される恐怖、傷つくことへの恐怖、毒をまき散らすのではなく自分が毒に犯される恐怖が、気づかないまま膨らんでいった。自分が関心を持つものごとを、たいてい軽視した。戦争や暴力に嫌悪感を抱くが、それは人間に幻滅したからではなく、心優しい人情があるために感じるのだということを、彼は決して認めようとはしなかった。無力の者を、最後の力を振り絞って助けることは、彼がこの上なく賞賛する行為の一つだ。けれども話題が人類の困窮に及べば、彼は同情を口にするより、人口過剰なのだと宣言した。

毒舌家リアム・オコナーは自身の毒に麻痺していた。彼の意識は、人生を快適にしてくれるものごとだけを浸透させた。百まで生きようと、今日死のうと、ダブリンのオペラ座で死のうと、漁師や農民がひっくり返らないようにカウンターにしがみつく、アイルランド西海岸の居心地のいいパブで死のうと、違いがあるだろうか。人生は、スタイリッシュに楽しく終わることが肝心なのだ。

けれども人生は終わらない。人生は、彼が達成した取るに足らないことを彼に見せつけるかのように、彼自身の中に入りこみ、いつもの硬直状態に陥らせる。そして、こう告げるのかもしれない。リアム・オコナー、もしお前が二度と動かないのなら、もう動くことができない運命なのだ。けれども、そうやすやすとわれわれのところには来られないぞ。お前は生きる。死ぬまで人生を楽しむ。ずっと遠い日まで。その日が来るまで、お前は硬直し、退屈で価値のない人生を生きろ。今ここで運命づけられたお前の人生だ。

ただし、ドクター・リアム・オコナー、それはお前が目を開け、起き上がったらの話だ。

彼の腕枕で寝ている誰かが動いた。彼に体を押しつける。キルステン・カタリーナ・ヴァーグナーという名の、背の高い美しい女性だ。それは彼も記憶していた。自分自身を好きになれない女性。自分はひょろ長く骨張っていて、青白く、魅力に欠けると思っている女性。いったいなぜそんなふうに思うのだろうか。理由ははっきりしないが、彼女は彼の心を揺さぶった。二人はセックスをしなかった。そうしなかったことが彼にはうれしかった。この硬直を思うままにコントロールし、いつか乗り越えることができたら、彼女と寝る日が来るのだろうと思うと、またうれしくなった。

この女に惚れたのだろうか。不思議にも、そんな感情はなかった。それでも今朝は生き生きしており、長らく味わったことのない爽快な気分だ。

ドクター・リアム・オコナーは目を開け、頭をもたげた。

ぼさぼさのブロンドのたてがみが目に飛びこんできた。毛むくじゃらが息を吹き返すと、キカ・ヴァーグナーが彼にウインクした。その目は、ウイスキーを飲み過ぎ、しかも泥酔に慣れていないことを物語っている。

「いったい今、何時？」

彼女が、やや高音域の印象的な声で尋ねた。

リアム・オコナーは彼女をじっと見つめて答える。

「寝坊したのではないと思うよ」

キカ・ヴァーグナー

朝食のあいだじゅう、彼女は顔がにやけていくのを必死でくい止めていた。寝不足になるのはめずらしいが、それをこれほど楽しんでいるのもめずらしかった。

アイルランド一の美男子が彼女を見つめている。手にしたパンよりも、彼女のほうを味わいたいと言いたげな目つきだ。彼の口元の笑みは爆発寸前だった。ヴァーグナーは、まるで脚の生えたウイスキー蒸留器になった気分で、まるまる二十分間シャワーを浴びたが、そのあいだにオコナーの酔いは完全に醒めたようだった。

彼女は、昨夜二人が断念したことの埋め合わせを、今朝したいところだったが、今日の予定を考えると許されなかった。そこで彼女はバスルームに姿を消して初めて服を脱ぐと、熱いシャワーを平然と浴び、服を着てふたたび姿を現わした。それが肝心。オコナーのほうは紳士然と振る舞い、まったく弱点を見せなかった。この状況でなければ、ゴルフの予定は反古《ほご》にされ、クーン編集長を狂気の沙汰に追いやることは必至だったにちがいない。

そういうわけで、二人は朝食をとりに部屋を出たのだった。

クーン編集長の目は、彼女が昨夜と同じ服を着ていることに気づかないほどの節穴だろうか。同じテーブルの者がおそろしく酒臭いことに彼が気づかないはずはない。しかし、オコナーの悪評判が幸いして、彼女の責任だとは考えないだろう。二人は並んで座っているから、酒の臭いの元を正確に特定することは不可能で、クーンはどちらの口が紛れもない安酒の臭いを放出しているのか絶対にわからないはずだ。鋭い観察眼を持つ者ならば、オコナーとヴァーグナーの視線のやりとりに何かあると汲みとるにちがいない。けれども、フランツ・マリア・クーンの性格がふたたび二人に味方した。クーンは空腹のとき、鋭い観察眼を持ってはいないのだ。彼はオートミールをせっせと口に運び、同時に話をしてコーヒーを飲んだ。事情が違えばヴァーグナーの胃は裏返っていただろう。今日は、クーンがもっとぶつぶつと不平を言い、がちゃがちゃと食器の音を立てたとしても、二人のいい気分が損なわれることはない。

二人がレストランに入っていくと、一瞬だけクーンの視線が脱線した。つかの間、瞳に不機嫌な炎が燃え上がったが、オコナーを認めて明らかに安心したのか、炎は消えた。ヴァーグナーに向けた彼の瞳に浮かんだ疑問に、彼女は肩をすくめて応じた。クーンは咳払いをしてから親しげに挨拶し、優しい声をだした。

「おや、リアム！　昨日はあんまり長くは持たなかったな。お互い歳をとったってことか」

「本当に申しわけない。フランツ、旅は疲れるよ。大きなことをやってやろうと心に決めても、結局は疲労に負ける」

オコナーは後悔しているふうには見えなかった。

「せめてよく眠れたのならいいんだが」

「どうもありがとう。横になったら、万事オーケーだったよ」

クーンは明らかに何一つ気づいていなかった。意地悪そうににやりと笑って声を落とす。

「きみがさっさと退場したのを、ひどく残念がった者が少なくとも一人はいたんだ」

オコナーは眉根を寄せ、

「本当に？　じゃあ、ご婦人方に私の謝罪を伝えてくれないか。私が彼女たちを拒否したのではないと、わかってくれると思うけど」

それ以上失うものはない。

昨夜の成り行きについてこみ入った話ができなかったのは、同じテーブルに四人めの人物がいたからだった。アーロン・シルバーマンという名の、クーンのワシントン時代の記者仲間だ。頭の半分禿げ上がった、気さくな感じの黒人で、腰まわりには肉がつきすぎている。彼のドイツ語はさほど上手ではなく、クーンが紹介し終わると、場の会話は英語に変わった。

「まるで呼ばれたようにいらしたね。ちょうどあなたの噂をしていたんですよ」

オコナーは、さも驚いたかのように身をすくめた。

「いい噂だけでしょうね」

「リアム、いい噂なんかないぞ。きみが天才だということ以外に」

クーンが言った。

オコナーは潔白を疑われて憤慨したように、

「昨夜の夕食会のご立派な出席者の皆さんが、今回のサミットの意義と無意義について断片的に論議するのを、私はまるまる二時間も耳を傾け、若くもない女優が老人のセックスを私に手ほどきしたがるのに抵抗し、ヴァーグナーさんとはほとんど話をしていない。自分は辛抱強く勇敢だと思うよ」

シルバーマンはにんまりと笑った。その話はクーンから聞かされていたが、コメントするのは失礼にあたるので、話題を変える。

「あなたは素晴らしい研究成果を上げられているそうだね。申しわけないが、わたしは物理学に詳しくないもので。けれどもドクター・オコナー――」

「ご心配なく。私は政治のことはちっとも知らないから」

「フランツから聞いたが、あなたは光を減速させたとか。なんのためにそんなことをするのか、教えてもらいたいな」

「いいですよ。重要なのは光を減速することではなく、光を飼い慣らすということ。光がわれわれの言うことを聞いてくれれば、それを応用して、随意に情報伝達の速度を加速させたり、減速させたり、迂回させたりすることができる。そう想像すると、ジャーナリストの心臓は高鳴るのでは？」

シルバーマンはコーヒーをひと口飲むと、

「まったくだ。私にすれば、減速させることのほうが魅力的だね。つまり、ニュースと慎重に付き合えば、騒々しい情報を前にして、いつでもばかにならずにすむ」

「ほー！」

クーンが驚きの声を上げる。

「あなたは大統領のお膝元にいるのでしょ？　真っ先に事情がわかるのは、とても都合がいいじゃないですか」

ヴァーグナーが尋ねた。

シルバーマンは手を振り、

「そこにいても、ほかの者より多くを見聞きできるわけじゃない。空間的な近さは、もう時代に即していないからね」

「そのとおり。クリントンは、大統領執務室がオーヴァル・オフィスじゃなくてオーラル・オフィスと呼ばれるようになる前から、インターネットで開き直っていたからな」

クーンが言った。

シルバーマンが続ける。

「ドクター・オコナー、それこそが問題なのですよ。インターネットは素晴らしいものだが、欠点もある。まったく無意味なことでも一夜で世界中に広められるんです。われわれが調査するより前に世論が影響されてしまう。つまり世論を操作できるのだ！」

「人間は気の毒で、メディアは悪い」

ヴァーグナーが卵をスプーンですくいながら言った。

彼女は、今朝はこの手の話を話題にしたいとは思わなかった。けれども今さらどうにもならない。クーンやシルバーマンのような人間がほかの話題に席を譲るはずがなかった。

シルバーマンは肩をすくめ、

「メディアは善悪ではない。単純にそこにいるだけなんですよ。ついでに言えば、民主主義国家の国民にふさわしいのが、まさにメディアだ。われわれが本当に影響力を持っていると、間違って考えられている。われわれは鎖の一部分で、ある意味、他律的なのだ。私は、例外なく不都合を引き起こす業界の不正を詫びるために言っているのではないですよ。だが、アメリカのメディアを理解するには、まずあなたはアメリカ人を理解しなくてはならない」

「アメリカの存在を本で読んで知ってからというもの、私はずっと理解しようとしてきたんですよ。今日までに本当に理解しているのは、コロンブスが道に迷ったということだけだな」

オコナーは言って、ヴァーグナーのコーヒーを注ぎたした。

「アーロン、二人に説明してやれよ」

クーンがしらけた声で言った。

「こんなに気持ちのいい朝には、誰も退屈させたくないからね」

アーロン・シルバーマンはあたりさわりのない口調で言った。

ヴァーグナーが応じる。

「退屈なんかしませんよ。ドクター・オコナーが話の途中で席を立ち、ずっと戻ってこないとしても、不思議に思わなくてもいいですよ。彼は一度にいろんなことに興味を持つんです。それが彼のジレンマで。そうよね、リアム？」

オコナーは顔をしかめた。ヴァーグナーが彼に満面の笑みを向ける。シルバーマンはちょっと沈黙し、ヴァーグナーからオコナーに視線を流した。その瞬間、彼が事情を察したことを彼女は見てとったが、それを不快には思わなかった。

シルバーマンは幅広の優しい顔に愉快そうな表情を浮かべて話を始めた。

「さて、まったく単純なことなんですよ。アメリカ人は心の底では社会的な集団を望む。自由な関心といおうか。もし昔の西部劇を観たことがあれば、私の言いたいことがわかるでしょう。人々は近所の農場を訪ね合う。孫やおじいちゃんが近況を話し、一緒に酒を飲んだり、怒鳴り合ったりする。個人のモラルは全員のモラルで、その逆でもある。他人のものごとに首を突っこみ、何もかもがオープンだ。では、この頃はどうなのか。われわれは家で一人くすぶっている。隣近所は何する人ぞだ。誰と噂話をすればいいのか。誰の噂をするのか。そこで、われわれは新たな隣人を探す。それは俳優や政治家といった公人だ。彼らは、われわれが望めばいつだってテレビの中から自分のところにやって来てくれる。彼らの訪問回数が増えるということは、われわれがそれだけ頻繁にテレビとコミュニケーションをとっているわけだ。問題は、人とかかわりたいアメリカ人がいくらテレビを怒鳴っても、テレビは怒鳴り返してくれないということ。それで、クリントンの不倫疑惑を追及する、われらが独立検察官ケネス・スターのような人間が代わって叫んでくれる」

「わかります。でも、そういうときに出てくるもの、つまりメディアがそこから引っ張りだすものは、政治でも娯楽でもない。吐き気をもよおすようなごたまぜでしょ」

ヴァーグナーが言った。

「もちろんそうですよ。けれども、それは人々が望んだ結果なのだ。事実とフィクション、娯楽と情報、芸術、科学、本物の文化と三文小説。あらゆるものが粥のように混ざり合って、いやいや調理される。ドイツではまったく違うといえますか？　イギリスやオランダのような立憲君主制の王室は、当然アメリカ大統領の家族と比較される。王室はゴシップ紙が扱うネタだ。どこかの退屈な首相のことを知りたい者などいるだろうか。アメリカ人は自分たちの政治家を君主にまで祭り上げてしまった。クリントンのプライベート・スタッフはゴシップ紙に情報提供してくれる。そのおかげで、われわれは大統領がペロニー病を患っていることを知り――」

「それ何です？」

ヴァーグナーが尋ねると、クーンが代わって答える。

「陰茎が極度に湾曲して勃起するんだ。しこりができたりする場合もあるが、クリントンのは湾曲だな」

「どうもありがとう。シルバーマンさん、続けてください」

「まあ、朝食の席でするような話じゃないな。私が言いたいのは、メディアと国民は依存し合っているということ。決していいことではないだろうが、われわれ全員の改革を妨げることがあってはならない。けれど、あなたはどうします？　アメリカ、モラルとメディア。一年半前に、ローマ法王がキューバを訪問したが、かなりのセンセーションだった。カストロと、ローマから来た年老いた学校の先生。その一連の流れの中で、キューバは初めて外国のメディアに開かれた。われわれは思う存分に報道できた。けれども、そのとき何が起きたと思います？　法王が到着したライブ報道のあと、ワシントンからの要請が発せられたんだ。たった一つのニュースの一報に津波のように襲われて、ジャーナリストは全員一掃された。そのニュースに隠れて、カストロとヨハネ・パウロ二世は歴史の周辺図のように見えたものだ。そのニュースとは、口のうまいウィリーとあだ名されるクリントンが、オーラルセックスをしたということ。大勢の犠牲者をだしたアメリカ大使館へのテロ事件ですら、それに比べればどうでもいい役まわりだ。われわれはキューバに残っていられればよかったのにと、今でも思ってるよ。けれども、人類史上、最も重要な歴史から出ていけと、われわれははっきりと指示された。だから、われわれは荷物をまとめて出ていった。アメリカ市民の大半が望みさえしなければ、そんなことにはならなかったのだろう。メディアが悪だと彼らが言えば、メディアは悪になる」

「クリントンの葉巻との因縁は、カストロよりもずっと深かった。結局、そういうことね」

ヴァーグナーが言った。

「ヨハネ・パウロ二世は長いことスキーをしていなかった。おまけにセックスは一度もしたことがない」

クーンが言い足した。

「あらあら、お行儀のいいジャーナリストはそんなこと言うの？」

「ばかばかしい！」

クーンは、口の中にあったパン屑まで一緒に吐き捨てるほどの剣幕だ。

「──これは真実だ。ドイツだって、ジャーナリストはシュレーダーの政治的な展望よりも色恋沙汰のほうに延々と興味を持っていた。それでも彼は首相になった。いや、そのおかげで首相になれたんだ。すべては正しい演出が大切ということだな」

「え？ 彼がジャーナリストのドーリス・コプフと寝たからだというの？」

「政治は人を介して機能するからだよ。これはマーケティング戦略よりもすごいぞ。そういう仕組みなんだ。メディアは人間や人格を売ることに方針転換したんだよ。複雑な状況分析をするよりうまくいくんだ」

「アメリカだけに限定される話ではないのだよ」

シルバーマンが付け足すと、クーンが大声で言い返す。

「アメリカナイズされてるんだ。マスメディアがインフラを持ってるところなら、どこででも起きている。イギリスのブレア首相だってなんら違いはなかった。あの感じのいい笑みで権力の座に就いたんだ。そういう人間を、ここケルンでは〝かわいい青年《レーヴェ・ユング》〟というのだろうな。シュレーダーは離婚しているが、同年代の男の半分が離婚したいと思っている。だからこの点で、でぶで愛妻家のコール前首相に対して一目おかれたわけだ。それからシュレーダーと財務大臣のラフォンテーヌとの舌戦。すべてショウなんだよ。人から話題が切り離せると本当に信じているやつがいると思うのか？」

「そんなこと誰が言ったんです？　ソクラテス？」

　フランツ・マリア・クーンは驚いて眉を上げ、

「そんなことも知らないのか？　結局、演出は中身を台無しにする。民主主義では、一番きれいな青い目をした者が選ばれると、そのとたんに切り捨てられるということだ。キカ、みんなにコーヒーを頼んでくれ」

　キカ・ヴァーグナーはあくびをしてウエイターに合図した。

「民主主義は常に愚か者の勝利だったと聞くのは、初耳かもしれないな」

　リアム・オコナーが口をはさんだ。

「おいおいリアム、国が社会の不平等や少数派の差別なんかを闇に葬り去っておいて、国の指導者の性道徳を公式に必要な要件とみなしたら、それは愚かどころじゃないぞ。原始的な弾圧社会に逆戻りだ」

「フランツ、あなたはかけがえのない人物だ。あなたの気高い言葉には、畏《おそ》れ多くて言い返せないな。さて、今開催されているのはあなたたちのサミットで、みんなはクリントンとエリツィンが左から右に行くのを見たがっている。個人崇拝は世界と同じくらい歴史あるものだ。昨日、私は人間じゃなくて猿だった。楽しい話をしようじゃないか」

ヴァーグナーは腕時計に目をやった。

「おしゃべりはもうできないわ。そろそろゴルフに出かけないと」

「おや、いいですね。ゴルフをされるんですか？」

シルバーマンが言った。

オコナーはナプキンを丁寧にたたんで立ち上がる。

「ええ、ゴルフは楽しいですよ。変な靴を履いて、VIPと散歩できるから。シルバーマンさん、お知り合いになれてよかった。また会えますよね？」

「たぶん無理かと」

「それなら、あなたの大統領によろしくお伝えください。テレビアニメの『ザ・シンプソンズ』のバート・シンプソンのように行動すべきだと。〝それはぼくじゃない。ぼくはなんにもしなかった！〟というふうに。だからクリントンは最も好かれるアメリカ人になった。彼が有名になったのは、たった一本のペニスのおかげだ」

「ひどい人だね」

ヴァーグナーがフォルクスワーゲン・ゴルフを運転して、郊外の町プルハイムにあるゴルフクラブに向かっていると、オコナーが言った。

「え？」

「きみがシルバーマンに言ったことだよ。私が途中で席を立って出ていくと言っただろ。真実はこうだ。私はきみが今いるところから出ていったりしない」

「じゃあ、あなたはその理由をわたしに説明しなくてはならないわ。さあ、白状するのは当然でしょ」

ヴァーグナーは笑って言った。

「どんなことでも白状するよ。ところで、誰とゴルフするんだったかな？」

オコナーは伸びをして車の天井を振り仰いだ。

「言ったでしょ。市営銀行の役員よ」

彼はため息をつき、

「昨夜の人物？　ああそうだった。ということは、私はまた大勢に紹介されるわけだ。この恰好でよかったかな？　気の利いたことが言えるといいけれど」

ヴァーグナーは彼を見やり、からかうように笑いかけた。

「オスカー・ワイルドのことならなんでも知ってるじゃない」

「いや、ワイルドの半分も立派な人間じゃないからな。私が逮捕され監獄にぶちこまれないですんでるのは、神のお恵みだ。昼食会にはクーンも来るのかい？」

「ええ」

「ああ恐ろしい。彼は退屈な男だ。誰も興味がないようなことばかり知っているからな。ちょっと車を停めてくれ」

ヴァーグナーはあわてて道端に視線を走らせた。気になるものは何もない。

「え？ どこに停めるの？ こんなにアルコールが残っていて運転できるだけでもありがたいのに」

「路肩でもどこでも」

オコナーは言った。車は郊外の街道を走っていた。まわりは畑ばかりで、遠くに水力発電所が吐きだす白い煙の山が見える。ヴァーグナーは農道があるのを見つけ、畑のあいだに車を停めた。

「で、それから？」

オコナーは彼女のほうに身を乗りだすと、優しく顔を引き寄せキスをした。ヴァーグナーはされるままになっていた。いまいましいゴルフ場に行かなくてもいいのなら、脇をひっきりなしに車が通らなければ、次のステップに身を任せたいところだ。けれど、それにはフォルクスワーゲン・ゴルフは狭すぎるし、彼女も大きすぎる。

「さて」

オコナーが言った。

「さて？」

「今日の午後になるまで、こんなことはできないだろうと思っていたんだ。でも、練習を欠かすわけにはいかないから」

彼は満足そうに笑った。

「ドクター・オコナー、あなたの想像する朗読会ツアーは、どんな枠をも越えてしまってるわ。予定をそんなにころころ書き換えられるのかしら」

「そのために、きみは私を確保しているんだ。それに、外国人客の習慣をもっと計算に入れないとね。きみがダブリンに来たら、私はフレキシブルなアテンドを保証するよ」

「でも、わたしは朗読なんかしないわ」

「そんな理由で来る必要はないよ。もう一度キスさせてくれる？　そうしたら、この世の役員全員に心構えができるから」


オコナーが晴れわたる空のもとでゴルフをし、クーン編集長がシルバーマンを連れて町に出かけているあいだ、ヴァーグナーは実家に戻った。できれば今夜も実家に泊まらないですむよう準備をしていると、父親は肩をすくめ、母親はコーヒーを入れて厳しい目で娘を見つめ、放浪中でもきちんと食事ができるのかどうか尋ねた。ヴァーグナーは適当に答えておいた。それから二時間横になり、着替えをした。いまだにクロロホルムを嗅がされている気分だ。ひどく喉が渇き、水を二瓶とオレンジジュースを二瓶立て続けに飲み干した。すぐに胸焼けがして、昨夜のような暴飲は二度とすまいと心に決めた。

ライトグリーンのスーツを着ながら、オコナーのことを思い出して胸が高鳴った。彼のことを思うだけで興奮する。不思議にも、彼を好きになることに不安はなかった。二人が初めて唇を合わせた瞬間、彼が玉座から降りてきた。彼は相変わらず恥知らずなほど美男子で、説明のつかない魅惑を彼女に振りまいた。堕ちた天使は血と肉でできた人間に姿を変え、酒を飲んでは、ばかな冗談から気の利いたコメントまで口にする。その彼に手を触れることができるのだ。

手を触れることが許される。

芽生えたばかりの関係だが、二人が愛し合い、自分が恋煩いをわずらう前に終わらせようかと、ちらりと考えた。そのあとは、いったいどうなるのだろうか。オコナーはダブリンに戻り、彼女はハンブルクに帰る。この世の地平線に魅力的な展望はまだ見えてこなかった。

彼と付き合うなんてばかげたことかもしれない。付き合わないのは、もっとばかげたことなのだろう。

彼女はメイクを直し、ハイヒールを履き、髪をポニーテイルにまとめた。いずれにせよ自分で感じているよりはましに見える。しだいに酔いも醒めてきた。その日二度めにレルヒェンホーフ・ゴルフクラブに向かうときには、道路は道路に戻っており、くねくねと予想のつかない方向に身をくねらす蛇ではなくなっていた。彼女はレストランの前に車を停め、また政治談義にならなければいいがと思いながら中に入った。

うれしいことに昼食会ではゴルフと映画の話に終始した。クーンは彼女の新たな装いに目をとめ、何時間か遅れて、ようやく意味を察したようだった。そのため彼は始終考えこんでいるようで、口をいっぱいにして話す習慣をまるまる一時間忘れてしまった。

オコナーは素晴らしい食事を褒め称えた。赤ワインを飲みながら、役員相手に、有名なゴルファーの名を次々と挙げ、彼らの練習法を延々と話した。

すべて申し分のない状況だった。

「食事はうまかったな。さて、これからどうするかね」

役員に礼を言ってから車に向かって歩いていると、クーンが穏やかに尋ねた。

「キカと私は空港に行ってくるよ」

オコナーが彼に応えて言った。クーンの同行を断固として拒否する口調だ。

クーンは足を止めた。呆然として尋ねる。

「それで？　どこに行くんだい？」

「シャノンブリッジ」

ヴァーグナーが答えた。

「なるほど。じゃあ、きっとぼくは……リアム、ちょっと失礼。大事なキカを少々借りるぞ」

クーンは言って、彼女の腕をつかむと脇に引っぱっていった。

「昨日の夜、何があったんだ？」

小声で尋ねる。

「顚末を聞きたいんですか？　彼ならフリーゼン通りにいましたよ。予想どおり。どうにかこうにか彼をそこから連れて帰ったんです」

ヴァーグナーも小声で答えた。

「なんということだ。ぼくたちが彼に何をしたというんだ？　まあ確かにあの女優は――」

「なんにもしてませんよ！　わたしたち、彼に何もしていない。彼は酔っぱらいのアイルランド人たちと一緒になって、シャノンブリッジかどこかのパブに逃げようとしていたんです。ちょっとやそっとのことでは彼をホテルに連れ戻せなかったでしょうね。だから結局のところ、わたしは彼と一緒に飲み屋を梯子する羽目になったんですよ」

クーンは疑うように彼女をじっと見つめた。

「いやいやだったようには見えないが」

「どう見えようとわたしには一緒です。編集長、わたしを信じるしかないですよ。彼がばかなことをしでかさないように、わたしは送りこまれたのでしょ。彼はばかな真似はしないわ」

「でも……」

「でもじゃなくて。彼はゴルフをした。昼食会にも出た。今晩はきっと朗読をする。これでいいでしょ？」

クーンは片方の眉を上げ、彼女を見上げた。

「まあいいだろう。自分が何をしているか自覚してやるんだぞ」

「わかってます」

「全然わかってない。でも、ぼくとしては異存はないよ。ところで彼は空港で何をするつもりなんだ？」

「パディ・クローヘシーを探すんですって」

「なるほど。そういう不吉な名前を、昨日空港のターミナルで叫んでいたな」

「そうです」

クーンはうなずき、

「六時に書店だぞ。一分でも遅れるな。頼んだぞ、キカ。ひざまずいてお願いするよ。ぼくを不幸のどん底に突き落とさないでくれ。それから、もしきみが彼と……その……わかってるだろ……」

ヴァーグナーは彼のほうに身をかがめた。

「何をですか？」

間延びした声で尋ねる。

クーンは黙りこんだ。顎をさすり、肩をすくめて自分の車に歩いていった。

「そもそもパディをどこで探すつもりなの？」

高速道路を空港出口で降り、アプローチ道路を空港に向かって走りながらヴァーグナーは尋ねた。ちょうど一キロメートル前方に、白い個性的な第一ターミナルビルが管制塔とともに現われた。ビルの前に、できた当時から広告塔なのかアートなのか区別がつかないソニーの塔がある。

オコナーは目を細め、前方の案内標識を指さして尋ねる。

「なんて書いてあるんだい？」

「P2とP3。到着、出発」

「それではなくて、その標識の横に右向きの矢印があるだろ」

「空港会社」

「そこに行こう」

「ひょっとして眼鏡がいるんじゃないの？」

「キカ、どんなことでも訊いてくれてかまわないが、全部知る必要はないよ。私のことをすべて知ってしまったら、もう私に興味がなくなるだろうからね。あそこ、あれは公共の駐車場じゃないか？」

車は数階建ての四角い建物の前に着いた。進入路から続く前庭には、中央に円型の緑地があり、駐車スペースが放射状に配されている。

「きっとここが空港会社ね」

進入路を走りながらヴァーグナーが言った。一つ残っていた駐車スペースに車を滑りこませる。車を降りて建物の玄関に向かって歩いていると、オコナーの顔に勝利を確信したような風変わりな表情が現われた。大学時代の旧友に再会しに来たという顔ではなく、旧友に数々の恥ずべき行為を犯したことを認めさせ、公衆の面前で逮捕するためにやって来たような顔だった。

「誰に尋ねるの？」

オコナーは肩をすくめた。

「きみが尋ねてくれ。きみは私の広報担当だ。きみが面倒を見る者の奇癖に備えておくべきじゃなかったのかい？」

「あなたのために備えるなんて、誰にもできないわ」

「奇遇だな。私の母が腕に私を抱かされたとき、母もそう言ったんだ」

「本当に？　あなた、何をしでかしたの？」

「私が？　なんにも。十二時間、生まれるのを延期しただけだよ。母胎の中は心地いいからね。港町の売春宿のように、深紅でふかふかして暖かい。無理やり引っ張りだされそうになって、私は蹴りまくったんだ」

「お行儀が悪かったのね。いつものことだけど」

「私は自分の時間を利用したんだ。きみも誰かの子どもなら、はしたない行為を許される。たとえ歳をとってもだ。私は自分の家庭のことを侮辱するつもりはないが、母親が本当にショックを受けて悲嘆の声を上げたのは、それが母の生涯でたった一度の瞬間だったのかもしれない。そんなに母が感情を爆発させたのを見たことがないんだ。でも、さっき言ったように、きみは私のすべてを知ることは許されないよ。とにかく、まだしばらくは」

エントランスに入ると、そこは吹き抜けになっていた。ピラミッド型のガラス天井の下に広がる光り溢れる吹き抜けを、各階の廊下やオフィスが手摺りのように囲んでいる。明るく親しみやすい建物だ。大きなパネルに各階の案内表示が載っていた。人事部は三階にある。ヴァーグナーは守衛にエレベータの場所を尋ねた。

「パディと再会することに、どうしてそんなに躍起になるの？」

エレベータの中で彼女は訊いた。

「長年かけて私が真っ当な人間になったのだと、彼は思い出させてくれたんだ。おかしいかい？　彼を見かけたとき、感謝の念が頭をよぎったんだよ」

「よくわからないわ。感謝の念なんて、あなたに浮かんでいるようには見えないけど」

「それは彼にぶちまけるつもりだ。もしかすると、才能や清らかな精神を持った者がどうして出世しなかったのか、ただ知りたいだけなのかもしれない。われわれは同じ条件だったのに」

「同情なの、それとも興味？」

「同情するには、私の知っていることは少なすぎる」

「ひょっとすると、あなたは状況を見誤ったのかも。彼は管理職なのかもしれないわ」

「パディが？　自分自身ですら管理できなかったんだよ」

「人は変わるものでしょ」

「ああ、でもよくなることは稀だ」

エレベータが停まった。二人は三階に降り立った。

「ねえリアム……昔、彼のために何かしてあげればよかったんじゃないの？」

「昔って？」

「彼が大学から放りだされたとき」

　オコナーは足を止めた。

「面白い質問だ……古傷に触れられたともいえるか。でも、きみは間違っている。古傷なんてないんだ。恨みもないし、約束もないし、自責の念もない。彼のためにもっと何かしてやれたとは思っていない。彼は大切な人間だと言ってやる決心が、私にはつかなかったのだろうな」

「どうして今さら？」

「言っただろ、興味だよ」

「じゃあ違う質問をさせてちょうだい。そもそもあなたにとって大切な人がいるの？　自分以外の誰かという意味だけど」

　彼はにやりとした。

「きみは異端審問官みたいだな。まあ、そういう人を探す努力だけはしているよ。気づかなかった？」

「わたしは、自分が特別な人の一人だとはうぬぼれてないから」

「きみはそうじゃないよ……一人じゃないってことだけど」

壁の表示を眺めて歩き、ようやくめざす人事部を見つけた。オコナーが、ずんぐりした女性に探している人物の名を告げた。女性は彼の口元を見ればいいのか、目を見ればいいのかわからないでいる。にこやかに笑いかけてからパソコンに向かい、いくつかのデータを呼びだした。

「お知り合いはどこで働いているのですか？」

女性は尋ねた。

「たぶん技術関係の部署じゃないかと。推測だけど。つなぎの作業服を着ていたから」

「パトリック・クローヘシー？」

「そうです」

つかの間、女性がキーボードをたたく音だけが響いた。やがて彼女は首を振る。

「残念ですけど。作業服を着ている人間は大勢いるから。別の部署じゃないですか？」

「ほかにどんな部署があるのかわからないので。空港の全部署をチェックしてもらえませんか？　彼の名前だけで検索できないだろうか」

さらに一分が過ぎた。女性は残念そうに肩をすくめる。

「だめですね」

「クローヘシー、パトリック・クローヘシー」

オコナーは、女性がまるで彼の言うことを理解していないかのように繰り返した。

「ええ、わかってますよ。パトリック・クローヘシーという人はいませんね」

「妙だな。顔を見間違うはずがないんだ。あれは絶対に彼だった」

オコナーは顎をさすり、なかばつぶやくように言った。

ヴァーグナーが彼のほうに身をかがめてささやく。

「あなたはすっかり酔っ払っていたのよ。こんなこと言いたくないけど、今やってることは、なんだか昔のアメリカの人気コメディ『ハーヴェイ』と一緒に思えるの」

オコナーはしぶしぶ、

「泥酔していたのはわかっているし、今でも酔っ払っている。でも、あいつは私の脇を通りすぎた。もう一人の男と肩を並べて。二人は同じ作業服を着ていたんだ」

「外部の会社のエンジニアが空港に出入りするのは普通ですよ。そういう会社の従業員であれば、探すのに時間がかかりますね」

「いや、作業服の背中にはケルン／ボンだったか、CGN空港だったか書いてあったから」

オコナーは首を振って言った。

「あなたのお友だちは、クローヘシーという名前ではなくなっているのかも」

「え？」

「つまり結婚して名前が変わったとか」

「彼のファーストネームはパトリックで、パトリシアじゃないんですよ」

オコナーは優しすぎる声をだした。

ヴァーグナーが彼の足を踏みつけ、

「奥さんの名字を名乗りたい男の人もいるはずよ。今は一九九九年なのよ。キカ・ヴァーグナーと一緒に、リアム・オコナーは男性が一度も足を踏み入れたことのない銀河に突入するの」

「それじゃあ『スター・トレック』のスポックが眉をそびやかすな。男が女房の名字を名乗るのは、フランス外人部隊から脱走した場合だけだ。でもまあいいだろう。すみませんが、技術関係の部署で、パトリックというファーストネームを運命的に名乗っている男を探してもらえませんか？」

女性はうろたえた。そもそも自分にそのようなことをする権限があるのかどうか、遅ればせながら疑問に思ったようだ。

「ところで、あなたはどういった方ですか？」

彼女は不審そうに尋ねた。

ヴァーグナーが彼の素性を簡単に説明する。ノーベル物理学賞候補だと聞いても女性は特に感銘を受けないようだが、小説家だとついでに言うと、女性の顔が明るくなった。

「ちょっと待っててください」

女性は断わって隣室に消えた。中年の男性を連れて戻ってくる。男は人事部長代理だと自己紹介して、丁寧な口調で説明した。

「うちの従業員に関する情報をお渡しできないことはご理解ください。ですが、今回は例外としましょう。ドクター・オコナー、あなたは有名な方だ。最新作は大いに楽しませてもらいましたよ。蟻に知性があるって本当ですか？」

「飛行機に乗って地上を見下ろすと、いつもそう思えるのでね」

オコナーは茶目っ気たっぷりに言った。

部長代理は上品な笑みを浮かべる。

「そう、私もです。いずれにせよ、警備センターに電話させてもらいました。それが義務ですからね。あなたがお探しの人物はケルン＝ボン空港にはいないようだが、警備センターのほうではあなたへの協力を惜しみませんよ。それはそうとして、実はアイルランド人従業員が一人いましてね。エクステリア担当のエンジニアなんです。ほかにもアイルランド人がいるなら、その男が知っているかもしれない。ご希望なら、彼と話してみますか？　名前はライアン・オデア」

「ライアン・オデア」

オコナーはおうむ返しに言った。

「その名前に心あたりでも？」

「いえ」

「今、修理に出かけているんですよ。GAT1だったかな。どこでも同じですね。どのみちお二人はエプロンには入れないから。電話番号を教えてくだされば、彼から折り返し電話させますよ」

「ケルンにはもう長くいないんです。あと二、三時間しかいられなくて。今すぐ彼と話せるように取り計らってもらえませんか？　とても大事な用があるんです」

オコナーは嘘をついた。

部長代理はちょっと考えて、

「喜んでお役に立ちましょう。少し待ってください」

彼はあらためて電話をかけた。

「やはり第一格納庫の外にいました。あちらのターミナルビルに行ってください。行き方はわかりますね？　よかった。エリアAにあるカフェテリアのバーで待っていてください。そちらに移動されるあいだに、オデアにそこに行くよう指示しておきますから」

「ご親切にどうも」

ヴァーグナーは車をターミナルビルにまわし、コインパーキングに停めた。

「あなたが見たのは、きっと別のエンジニアだったのよ。そのオデアとかいう」

オコナーは太陽に顔を向け、

「そうかもしれない。でも違うふうにも考えられる。その推測が当たっていたら、私はミステリ作家に鞍替えするよ」

二人はちょうど十五分、カフェテリアのバーで待ち、ホットカカオなるドリンクを飲んだ。名前どおりの味だった。

「あそこ」

突然オコナーが小声で言った。

ヴァーグナーは彼の視線の先を追った。ターミナルの人混みの中を、二人の男がやって来る。二人ともCGNと書かれた作業服を着て、胸にIDカードをぶら下げていた。手振りをまじえて話をしている。

「彼はいるの？」

ヴァーグナーが尋ねた。

「左。もう一人は知らない男だ。昨日の朝、クローヘシーと一緒にいた男とは違う」

「それがきっとオデアね。ねえリアム、あなたの言うとおりだった。シングルモルトがもたらす結果について、わたしが言ったことはすべて撤回するわ」

オコナーは不審そうに顔をしかめた。

そのあいだに二人の男は彼らのほうに向かってきた。今、カウンターに到着した。オコナーがパディ・クローへシーと呼んだ男は、真面目で、どこか暗い感じの顔をしている。先の細い鼻と、落ちくぼんだ黒い瞳。唇は薄く、口は、こけた頬に引かれたひと筋の線でしかない。オコナーより年上に見える。黒っぽい髪はぼさぼさで、困惑している様子だ。彼はオコナーを見つめて口を閉じた。

「あなたがドクター・コンマー？」

連れの男がオコナーに尋ねた。

それだけで、連れはドイツ人だとわかった。アイルランド訛りはまったく聞きとれない。

「オコナーだ」

オコナーはパディに視線を貼りつけたまま答えた。パディ——それはオコナーだけがパディと呼ぶ男だ。ヴァーグナーの驚いたことに、オデアだとばかり思っていた連れの男がこう口にしたのだ。

「あなたがオデアさんと話をしたいんですね？」

「そうだ」

「こちらがライアン・オデア」

オコナーの顔は無表情のままだ。対峙する男も無表情だった。二人はひと言も発することを許されず、テレパシーで会話をするかのように、互いを探り合っている。

連れの男は所在なげに足を踏みかえた。

「さてと、おれは邪魔するつもりはないから。こっちに来る途中、たまたまライアンを連れていってやろうと思っただけで。ほかにお手伝いすることはないですか、ドクター……えっと……？」

オコナーは、唇の薄い自称オデアから視線をはずさずに、

「邪魔なんてとんでもない。オデアさん、お時間をちょうだいして申しわけない。こんなに早く来てくれてありがとう。前に会ったことはなかったかな？」

そして右手を差しだした。オデア、それともオデアと名乗る男はその手を握ると、蜘蛛の巣に手を突っこんだかのように握った手を一瞬で引っこめた。

「いいえ」

彼は無愛想に答えた。

「われわれがあなたと話をしたかった理由を聞きましたか？」

「いいえ」

「じゃあ説明しましょう。昨日の朝、ある男を見かけたと思ったんですよ。楽しい大学時代、彼と一緒に講義をサボって、いつも人間形成の場に出かけたものだ。彼の名はパトリック・クローヘシー。われわれはパディと呼んでいた。ひょっとして、この名前に聞き覚えはないですか？」

「まったく聞いたこともない」

男は答えた。発音から、この男はドイツ人ではないとはっきりわかる。

「あなたにはアイルランド人の同僚がいるのではないかと思いましてね」

「いいえ」

オコナーは連れの男のほうに向くと、

「じゃああなたは？　パディ・クローヘシーという男を知らないかな？」

「全員を知ってるわけじゃないから。ここを建ててはじめてから、毎日新しいやつが加わるんだ。全員の名前がわかってる者なんかいないですよ」

連れはあたりを見まわし、腕を動かし通路を示して答えた。

「パトリックという名の男だけど？　ファーストネームが」

「いや。パトリックか。知らないな！」

オコナーは、ぼさぼさの髪をした無口な男に向き直った。

「あなたはどうです？」

男は黙って首を振る。

オコナーはため息をついた。

「残念だな。〈ハーティガンズ〉でいつも『わが心の宝』を歌っていた色白の女の子がどうなったか、彼に教えてやりたかったのだが。彼女のことを心配して、彼はやつれてしまってね。大きな不幸を小さな不幸の中で溺れ死なせてやるために、われわれが彼のアルコール依存を加速させてしまったんですよ。あなたは本当にそういう男を知らないんですね？」

オデアの目がきらりと光った。

「もう答えたが――」

オコナーは愛想のいい笑みを浮かべ、

「そうでしたね。すみませんでした。長く引き止めるつもりではないんですよ。私の名刺です。何か思いついたら、連絡していただけるとありがたい」

オデアは名刺を受け取ると、作業服の胸ポケットに滑りこませた。

「アイルランドは広い」

彼は言った。

「それほど広くはないでしょう」

オデアは口をつぐんだ。踵を返して行ってしまう。連れの男は肩をすくめ、

「気難しい男でね。そうは思いませんか」

オコナーはまだ笑みを浮かべている。

「わかりますよ。あなたにはお手数をかけた。皆さん、とても興奮しているのではないかな。明日はアメリカの大統領がやって来るんだからね」

「六月の初めから鳩のように飛んでくるんだ。ブレア、シラク、グテーレス、シミティス、ダレマ、アハティサーリ。大物ばかり。こっちは慣れてますよ。悪い意味ではないからね。明日は楽しみだ」

男は二人にうなずくと去っていった。ヴァーグナーは彼の後ろ姿を見送り、声が届かないところまで行ってしまうと、オコナーに尋ねた。

「いったい何だったの？」

オコナーは、ここでは列車はどこを走るのかと、彼女に訊かれたような顔をした。

「何が？　あれはパディ・クローヘシーだった」

「じゃあ、パディ・クローヘシーは、今はライアン・オデアという名前になった。きっと結婚して名前を変えたのではないわね」

「違うな」

「それで、これからどうするつもり？　六時に絶対行かなくてはならない朗読会は別として、ひょっとしたらの悪巧みに、あなたのほうから先手を打つには」

オコナーは腕時計を眺めた。シンプルだが高そうな腕時計だ。

「四時十五分」

彼は言った。

「あなたを三十分前までに連れていくって書店には言ってあるの。それは忘れないで」

「どうして？」

「山積みの本にサインをするためよ」

「昨日、山積みの本にはサインをしたけど」

「売れちゃったのよ」

「キカ、勘弁してくれ！　私のサインはインクで書いた虫に変わってしまった。大した特徴もないし。どうしてみんな落書きなんかに執着するんだろうな」

「簡単なことでしょ。特別なものを持っていると、自分が特別な人間であるような錯覚に陥るのよ」

「きみもそう思うのか？　それはまさに私がそっと抜けだしたい理由なんだよ」

ヴァーグナーは警告するような目つきで彼を見やった。

「そんなことしないでね」

「心配はいらない。二晩連続でへまをすることはめったにないから。私のことを甘く見はじめたら危ないかもしれないが」

「パディのほうから連絡してくるかしら」

「そんなふうには見えなかった」

「あなたは彼を守ってあげたわ」

オコナーはしばらく沈黙してから口を開く。

「私は驚こうとしたのだが、うまくできなかった。人事部にいたときから、何が起きているのかわかっていたんだ。パディがダブリンから姿を消したとき、彼は撃ち殺されたという噂が流れた。当惑する者もいれば、当然だと思った者もいる。でも、本当に驚いた者はいなかったんだ。のちになって、アイルランド北部のアルスター地方で元気でいるらしいと噂されたが、そこから先の足取りは、まったくたどれない。彼がどんな人生を送っていようと、名前を変えて国を去るしかない事情があったにちがいない」

「かなり曲がりくねった道のようね」

「パディに責任があるのかどうか、私にはわからない。もちろん彼の身元をばらしてやってもよかった。でも、そんなことをしてどうなるんだ？　彼はついに安らぎを見つけたのかもしれないし……」

オコナーは首を振り、

「……いや、パディは行方不明のままにしておこう。だから、オデアという人物は、われわれとはまったく関係がない」

二人でマリティム・ホテルに戻ると、思いがけずヴァーグナーは、オコナーとのあいだに奇妙な距離があるのを感じた。その距離は、実際の体験というより、二人が口にしなかったことや、二人のあいだが下り坂になって昨夜の状況が再現されるかもしれないという不安から生まれたものだ。以前であれば、なくても寂しいと感じなかった何かが、今は欠けているという違いも、その距離に加わっている。たとえ彼のあとを追って部屋に行き、アイルランドの言葉で〝命の水《ウシュケ・ベーハ》〟と呼ばれるウイスキーに酔いしれて、二人が真実だと表明したことを実現させるにしても、それはこの瞬間ではないように思えるのだ。彼女は部屋の前まで彼に付き添い、彼が鍵を開けるあいだ、決心のつかない様子で脇に立っていた。

もっとリラックスして。なんでもない。彼と約束なんかしてないのよ。現実になるようなことは何もないわ。

ところが彼女の体は突然こわばった。今朝、彼女の頭の中は羽根のように軽い意欲で満ちあふれていたのに、その意欲は姿をくらまし、目が覚めて夢が消え去るときに現われる、きわめて鮮明な現実に替わった。酔いが醒め、頭の中には重苦しい圧迫感がある。倦怠感に襲われた。これまでの二十四時間は非現実になってしまった。この瞬間、彼女は絶世の美男子のかたわらに立ち、彼が「ではまたあとで、ヴァーグナーさん」と別れを告げるのを待っているだけだった。しかも、彼がふたたび他人行儀な言葉遣いになったことに、彼女は驚きすらしないかもしれない。

何もかもが遠いところに行ってしまったようだ。夜の出来事。飲み過ぎたこと、抱き合ったこと、キスしたこと。オコナーのベッドで二人に起きたこと、先に延ばしたこと、喜んであきらめたこと。けれども本は閉じられてしまった。二人が一緒の章は本から抹消された。もしこれから彼と寝れば、彼女は夢を壊してしまうだろう。無理やり二人の関係を発展させるのは味気ない。台本の中に、これから二人がセックスする場面と書かれているようなものだ。時間はわずかしかないが、二人とも、その時間をつぶすことよりほかにプランを持っていない。探しだすパディはいないし、思いがけず泥酔するわけにはいかない。当惑することもできず、不測の事態も起こらない。問題は、論理的で予測のつく状況に、突然なってしまったことだ。その状況があらゆる魅力をこの一瞬から奪いとったのだ。

昨日の夜はわくわくするような可能性を生みだしてくれた。これからの一時間は、イエスかノーを強要するだけだ。

彼の横顔を眺めていると、彼女は刺すような痛みを感じた。彼は素敵だった。彼について行きたい。この部屋に、ダブリンに、シャノンブリッジに、隣の銀河にだって！　今のところは無理そうだ。頭がおかしくなってしまったのだろうか。これからどうしよう。彼について行かなければ、これは夢のままで、二人は今からふたたび離ればなれに漂っていき、二度と彼の胸に飛びこめないかもしれない。絶対にそんなことになってほしくはなかった。一方、仮定という目盛りの反対の端には、失望への恐れが待ち伏せている。あらゆる規則を抹消する魔法が、汗をかきシーツをしわくちゃにした結果、幸福感が生まれないまま消えてしまうかもしれない。

そのどちらも彼女は気に入らなかったが、彼女を捉えて放さないずっしりと重い無力感だけは気に入った。自分の姿を見下ろすと、自分が己の最大の敵であるかのようだった。

ほかにもまだ気懸かりなことがある。自分が認めたくない何か。今日の午後は、自分はもう絶世の美女ではないという不安。

夜が明ける頃は絶世の美女だった。彼も同じように思っていたらどうしよう。

彼がとまどえば破滅だ。彼がとまどう理由など知りたいとは思わない。きっと自分がもう絶世の美女ではないからだ。自分がどう決心しようと、結果は同じになるのだろう。

これからの一時間がすべてを台無しにする。

オコナーは、どこかおかしいと感じているようだった。部屋の扉がゆっくりと開き、二人が横になったベッドが視界に入ってくるあいだ、彼は身を固くした。ここに欠けているものはスポットライトとカメラクルーと映画監督。

キカとリアム。アクション！

「じゃあ」

彼女は言った。

彼の顔が引きつる。

「キカ、情けないよ。一緒に部屋で一杯やりたいのに、そうはいかないんだ」

彼女ははっとした。

「そんなつもりは……わたし……」

「私の電話を待っているんだ。ダブリンだよ。研究所で予定してる実験のために、いくつか計算をしてやると約束したのでね。よくも悪くも約束は果たさないと」

「でも、朗読会までには終わるんでしょ?」

彼女はわずかに肩を落として尋ねた。

彼は彼女を見つめると、

「約束する。まず三十分、パソコンをやっつけて、次の三十分は電話にかじりつくよ。でも遅くとも五時半には戦闘準備をしておくから……怒ってる?」

ヴァーグナーは首を振った。

「いいえ。まったく問題はないわ」

「よかった。ちょっと待って……もう一度、私のキスを受けてくれる気はないかい? 今朝のやつはあんまり長続きしなかったからな」

彼は小鳥を食べた猫のように笑った。

彼の視線が彼女を捉えた。彼女を引き寄せ、すぐまた押し離す。ヴァーグナーは体の緊張が緩み、雪解け水のように力が流れていくのを感じた。今になってようやく、筋肉が気づかないうちに張りつめていたことを知った。彼女はほほ笑み、彼の体に身を預けて目を閉じた。

またしても体の芯がほてると同時に冷たいものが走る。

「今晩、少しだけあなたを独り占めにしてもいいかしら」

彼女はささやいた。

「永遠にというのはどう?」

彼もささやき返した。

「それもいいわね」

彼は彼女の髪を梳いた。

「残念だけど、今は仕事をしないと。恐ろしい計算間違いをしそうだよ。円周率を一・八七にして、光波を赤みがかったブロンドのスペクトルの中に探すんだ」

エレベータに向かって一歩踏みだすごとに、彼女の心は軽くなっていった。

そもそも彼には時間がなかった。

仕事をしなければならない。決心しなければならないことは何一つない。彼にはやらなければならないことがある。

彼女はエレベータに乗らずに階段を下りることにした。何もかもがふらりと戻ってきた。胸の高鳴り、高揚感。決心しなければならないことが何もないという状況のおかげで、彼女は階段で足を滑らせ、尻からロビーに着地するという失態をまぬがれた。

時間はふたたび彼女の味方をしてくれた。

夜

臭い分子が少ない。すなわち危険。

小さな脚が慎重に地面に触れる。先頭の蟻が臭い分子の複雑な配列を次の蟻に伝える。背丈の短い食虫植物が注意を怠る虫を待ち伏せし、植物の口に虫を誘いこんでアロマの漂う泡に変えてしまおうとしているという情報の伝達。

すばやい情報交換。雌の偵察要員の一匹が以前から存在する小道をあとにして、右側の未知の土地を調査することを提案する。蛇の頭の動きを真似て進めば、とっさの危険にもうまく対処できるにちがいない。偵察要員の多くが行進に先立ち、地面を注意深く調べ、空中に触角を伸ばし、行進する蟻たちに情報を伝達してから後方に移動する。瞬時に後続の蟻たちが新たに蛇の頭を形成する。このようなローテーションを原則として、行列は常に高感度の鼻を形作り、すばやく安全に前進できるのだろう。

偵察要員の提案は受け入れられた。約三千匹の軍隊蟻は農場の住人にとどめを刺そうとしている。

ここまでの朗読を聞いて、会場にいる大勢の聴衆が自分の体を掻きはじめた。オコナーの新刊は蟻をテーマに書かれたものだ。人間が敗北を喫する自然科学の不思議を扱ったものだった。朗読会の入場券は完売していた。三百名の聴衆が、人間と蟻とのあいだで繰り広げられる戦いの話を聞きたかったのだ。それは従来のおそろしくぶ厚いだけの本ではなく、生物発生の最新情報を満載した本だった。描写があまりにリアルなために、読んでいて恐ろしくなる。オコナーのどの文学作品とも同じように、綿密な調査に基づいて書かれたもので、彼の全著作と同じで、オコナーの距離をとって見た世界観が反映されていた。

ヴァーグナーは椅子の背にもたれ、話の中身は気にせず、朗々とした声に耳を澄ませていた。本の内容はよく知っている。オコナーはいつでも限りなく高いところから人間を知覚するのだ。彼にとって人間とは、女王を持ち、都市を持ち、階級社会を持つ蟻と同様の生物種だった。表面的には彼はどちらの味方でもないが、ヴァーグナーはその意味がしだいにわかるようになった。彼は人間とはつまらないものだとみなしており、まさにそれを聴衆に伝えたいのだ。彼は皮肉な笑みを浮かべ、多くの脚をもつ生物の冷血な論理に対して、ホモ・サピエンスは時代遅れだと思っている。人間はばかで、蟻は賢い。例外はあるが、オコナーは自分と同じ種の大多数に対して同情するというより、嫌悪を示しているのだ。

少なくともそのように思われた。

なぜ彼は人間を軽視する役柄に魅力を感じるのだろうか。文学の歴史は人間嫌いの偉大な人々で満ちている。たいていの者は自身に備わる途方もない知性のおかげで偉大だと証明され、彼らが嫌悪する野蛮さや鈍さ、大衆の視野の狭い地平線を軽蔑する。そのほかの者は実際のところ人間の敵ではなく、包括的な構造や関係を認識する精神を持つ研究者であり分析家だ。宇宙の解明に挑む者は、どうしても細部を見逃してしまう。われわれが知る宇宙の範囲が大きくなれば、宇宙誕生の瞬間から急激な膨張が起きたとするインフレーション宇宙論や、宇宙は泡のような構成体で存在する泡宇宙論など、宇宙論はますます複雑になっていく。その一方、中規模の銀河の片隅に位置する重要でもない太陽系の第三惑星の住人に、愛情を抱く神が存在するという考えは、ますます意味を失っていく。人間の知識と推測が膨らむにつれ、よりによって、それらを考える能力を持つ人間が意味をなくしていくように思われた。もし神というものが存在するのなら、その神は、いつも命懸けで自分の住む惑星を破壊するような躾《しつけ》の悪い人間を、なぜ愛するのだろうか。何十億、何百億とある惑星のうち、よりによって地球の住人だけが、なぜ万物の創造主にとって大切なのだろうか。地球に最も近い恒星プロキシマ・ケンタウリは四・二光年離れたところに存在するが、何千億個の恒星の一つにすぎない。いくつもの恒星が集まり、われわれが銀河と呼ぶものを形成しているが、銀河も、正体不明の暗黒物質で満ちた宇宙空間に張りめぐらされた、仮想の網から滴る露の玉のような銀河集団の一構成要素なのだ。そのような世界を旅しようと誰が考えたというのか。それともオコナーのように、分子や原子、光波や光子といったナノ世界の探求をいったい誰が始めたというのか。オコナーは神の存在を信じたいが、神が人間という種を特に大切にしたとは決して思わない。それどころか、神の偉大なる実験において、人間が自転する地球を菌糸のように覆い、自意識を持ったことに、神はまったく気がつかなかったのかもしれない。はたして人間は蟻よりも価値のある存在なのだろうか。知性が退化し、すぐに暴力を振るう、これまでの人生で何一つ意義のあることを成し遂げなかった酔いどれのフーリガンが、自分のことをシロナガスクジラやイタチやバッタよりも賢いと思うのは、あまりに横柄ではないだろうか。

ヴァーグナーは指で鼻筋をなぞった。オコナーが今日の午後に言った言葉を思い出していた。彼は、昔ダブリンで、パディ・クローヘシーにどのように接したかを話してくれた。

〈彼は大切な人間だと言ってやる決心が、私にはつかなかったのだろうな〉

興味を引かれる言葉だ。オコナーが誰かを大切な人間だと言ってやるのであれば、いったい何があったのだろうか。

リアム・オコナーは人間嫌いではない。それははっきりと感じられた。世界を思うままに操ることを要求する聖書を無効だとわざわざ宣言することで、彼が人間嫌いであろうとしているように、むしろヴァーグナーには思えた。しかし、その目的はわからない。彼の思い上がった態度のおかげで、人々の興味を引いているのは間違いない。彼は人々の道化であり、偶像であり、反感や欲望の対象だった。これほど素晴らしい人間が、こんなにも悪意に満ちたことを書けるのだろうかと、誰もが疑問に思う。オコナーは人々にも自分自身にも、その疑問に答えるための努力はしない。とげとげしいコメントや、ウィットに富んだコメント、皮肉なコメント、思い上がったコメント、魅力的なコメントを彼は口にするが、それらは彼の本質をさらに曖昧にするだけだった。けれども、彼が自分の人間性や好み、弱点を公にすれば、いったいどうなるのだろうか。高いところから降りてきて、誰かに思いを寄せたら、いったいどうなるのだろう。もっとも彼にそれができれば。

人々は失望するかもしれない。

なぜなら、答えを望む者は一人もいないから。人々はありのままの彼を望んでいる。観衆を公然と罵った俳優のクラウス・キンスキーを望んだように。視聴者をあざけるテレビの人気司会者デイヴィッド・レターマンを必要としたように。人々をばかにする人気タレントのハラルド・シュミットやシュテファン・ラープを望むように。

そういうものなのだ。

今そのステージに座って蟻や酸や、毒や死の話をしているオコナーではない彼を望む者はいない。雑談するような軽快な口調で、誰も、おそらく聴衆の誰一人として理解できないことを告げる男性。その瞬間、ヴァーグナーは彼が言おうとすることを理解した——まったくどうでもいい。

突然、彼女は彼に憧れを感じ、彼女のストーリーはハッピーエンドではないのだろうと確信した。

つかの間、彼女は深い悲しみに沈んだ。

けれど、そもそも自分のストーリーにどうして終わりがあるのだろうか。ハッピーエンドとは、語ることがなくなって映画が終わるための言葉ではないのか。何もかもが静止する。冒険は終わった。これからは、やぼで静かな人生となり、自分が息を引き取るまでの未来はすべてわかりきっている。

死ぬほど退屈だ。

自分のストーリーは二日続くのか、二年なのか、一生涯続くのか。それは、まったくどうでもいいことではないのか。ストーリーが始まるということが重要なのだ。

なんと惨めな理屈ずくめの女だろう。彼女はそう思ってから、ストーリーを始めることに決めた。

ステージでは、オコナーの朗読会が終わろうとしていた。彼の演壇の前に長蛇の列ができている。会の終わりに、もう一度サインをすると約束していたからだ。ヴァーグナーはバー・コーナーに歩いていった。そこからは平積みの本や書棚が並ぶ書店の売り場が見わたせる。彼女はケルシュビールを注文した。八時をまわったところだ。八時半に、〈マリオズ・トラットリア〉を予約してある。小ぎれいな庭のあるイタリアンレストランで、パスタがおいしいと評判だ。この朗読会を運営してくれた書店のスタッフと、ケルンにある新聞社ネーフェン・デュモン・グループの記者二人を招待してあった。ケルンのマスコミ業界は独占市場の感がする。有力日刊紙の三紙は同じ新聞社から発行されており、市場競争は見られない。たとえていえば、このヒューイ、デューイ、ルーイの新聞三兄弟の読者は伯父のドナルドダックで、三人は伯父に好かれようと張り合っているため、結局、三紙は同じ傾向の陽気な文化面を掲載しているのだろう。

彼女は手鏡を取りだそうとハンドバッグに手を入れた。そのとき、目のすみに人影が入った。しかしそれは一瞬で、サインを待つ人々や帰っていく人々の群れに紛れてしまい、パディ・クローヘシーだったような曖昧な印象だけが彼女の脳裏に残った。

ヴァーグナーははっとした。人々の群れに視線を走らせる。本当にパディ・クローヘシーを見たのだろうか。

彼女はバーからゆっくりと人混みの中に入っていった。あたりを見まわし、やがて書店の前の通りに出た。

見間違えたのだろう。クローヘシーの先の尖った鼻と、ぼさぼさの髪を覚えていて、同じような外見の男を見て、勘違いしたのだ。

彼女は小首を傾げながら書店に戻り、オコナーと合流した。彼は、サインを求めて生け贄を差しだすように本を掲げる人々のもとに、クーン編集長に抱えられて連れてこられたところだ。編集長は人々に向かって、まるで自分が本の著者であるかのようにオコナーの最新刊を褒めちぎっている。ヴァーグナーは、編集長がメタリックブルーに輝く薄手のコーデュロイのシャツに、ニットタイを締めていることに見て見ぬふりをした。

ちょうどオコナーが、四十代半ばのかなりな美人に話しかけられた。

「ドクター・オコナー、どうやってこんなに魅力的な登場人物を描けるのですか？　さっき朗読してくださった、農場の若い女性。気持ちの悪い虫と戦う女性で……とっても……人間味があって……温かくて……まるで……」

「まるで？」

オコナーは身構えた。

「まるでわたしみたい！　そうなんです。彼女の中にわたしがいるみたいで。まるでわたしのことを書いてくださったみたいなの」

女性は顔を輝かせて言った。

「それは光栄ですね。彼女、食べられてしまうんですよ」

女性は口をつぐんだ。自分の本を受け取るとすぐ本を開いて、オコナーがおざなりに走り書きしたサインに恭《うやうや》しく見入った。

「キカ、ほらごらん」

オコナーは言って薄笑いを浮かべた。

「わかってるわ」

ヴァーグナーは答えた。二人は、意思を伝達してくれる見えない糸で結ばれているようだ。

「オーケー」

クーンは鼻にかけた声で言うと、残りの聴衆に背を向けてオコナーを守った。サインはこれで充分だと彼も思ったようだ。

「腹が減ったな。どう、食事に行こうか？　どうせこいつら、ぞろぞろここにたむろしてるんだ。ぼくたちにマカロニをおごってもらいたくて、うずうずしてるにちがいない」

クーンが言うと、オコナーはにやりとした。

「彼らに聞こえるように、もう一度言ってくれないか。私にはシャンパンに匹敵するほどの価値がある」

「それが肝試しだというなら――」

「くだらない。それに編集長が不作法をするのは許されないでしょ。リアムは嫌なやつだけど、ちゃんと自覚しているのよ」

「ぼくは、そんなことをするつもりじゃなかったんだ」

クーンはつかえながら言った。

「わかりました。ちょっとリアムに話があるの」

クーンは怒った目をして彼女を見つめた。

「二人きりでということだろ。ぼくとしては異存はない。外で待ってるよ」

彼は言って、この二時間だらけていたために外にはみだしたシャツを、ゆうゆうとズボンに押しこんだ。女性の書店員のところに歩いていって話しかけた。

オコナーがキカに尋ねる。

「どうかしたの？」

「リアム、わたし――」

若い男が二人のあいだに割って入り、開いた本をオコナーの鼻先に突きつけた。

「〝ギゼラ、きみの誕生日に〟って書いてもらえませんか？」

オコナーは男をにらみつけた。

「できない」

「でも……」

「ノックすることを学びなさい。扉がなくても同じだよ」

彼は男を脇に押しのけると、ヴァーグナーと腕を組んで演壇から少し離れた。若い男は、オコナーが義務と責任を果たさなかったとでも言いたげに、二人の後ろ姿を見送った。これ見よがしに、本を積まれた辞書にたたきつけると、大股で書店を出ていった。

オコナーはため息をついた。

「読者は、奴隷のように従順か恥知らずかのどちらかだ。恥知らずを追い払うと、奴隷はもっと従順になる。ファンを持つのも退屈だね。キカ、きみは今ここでセックスしようと言いたかったのだろ？　大賛成だ。ほかに何か？」

「どうして？」

「リアム、パディ・クローヘシーが来てたかもしれない」

「確信はないけど、彼を見かけた気がするの」

オコナーは眉根を寄せた。

「いつ？」

「今さっき。見間違えたのかもしれないわ。わたしの横を通りすぎた男がいて、彼じゃないかと思ったの。あとを追いかけたんだけど、すぐにいなくなってしまって」

「姿をはっきり見たのか？」

彼女はとまどった。

「いいえ。正直に言うと、デジャ・ヴュだったのよ。人違いだと思うわ」

「パディはいつでも予測不能のことをするやつだった。あいつだったのかもしれないな。でも何も言わずに帰るのだったら、何をしに来たんだろうか」

「そんなこと、わたしに訊かれても」

オコナーはしばらく黙りこんだ。やがて口を開く。

「キカ、きみが見たとしたら、それはライアン・オデアという人物だ。空港で働いていて、われわれ二人には愛想のない男だった。われわれは彼を知らない。私は彼を知らない。しかも、そういう男と知り合いになる気もないから、われわれはめずらしくフランツ・マリア・クーンの胃の言うことを聞いて、食事に行くとしよう」

十時半頃、彼らはマリティム・ホテルに戻ってきた。戻る前にオコナーはグラッパを飲まないかと誘ったが、ヴァーグナーは断わっていた。二夜連続で泥酔するのはごめんだったのだ。ところがオコナーも驚くほど謙虚な態度を彼女に見せた。出版社のために彼女が行なう秘密のミッションを配慮してのことだろう。彼女の中に乙女心を嗅ぎつけて以来、彼が消耗戦の中で彼女を木っ端微塵に吹き飛ばそうとしていることは明らかだった。けれども昨夜から何かが変化した。二人は仲間で、仲間は仲間を裏切るような真似はしない。

〈マリオズ・トラットリア〉はいつものように最高の味だった。仔牛のツナソース、手長エビのタリアテッレ、レモンシャーベットを味わいながら、ヴァーグナーはオコナーに視線を送り、彼もそれとわかる返事を返した。返事がテーブルの下を戻っていったことには、彼女のほかは誰も気づかない。彼女は長い二本の脚に恵まれたことに以前にもましてうっとりとし、体の触れ合いで交わす二人だけの会話を楽しんだ。

オコナーはおそろしいまでの集中力を発揮した。足の指が彼女のふくらはぎをさまよい上がり、柔らかな腿の内側をアイルランドのために占領するあいだ、彼は記者と書店のスタッフに次々とお愛想を並べた。そのためクーン編集長はときどき彼に視線を送り、実はここに連れてきたのはオコナーのドッペルゲンガーで、本物のオコナーは今頃どこかで新たなスキャンダルにまみれているのではないかと疑っているようだった。

現実であれば、あまりに美しすぎる。

十時をまわるとヴァーグナーが、オコナーは多くの予定をこなしたが、まだこなすべき予定がたくさん残っているのでと告げて、夕食会をお開きにした。彼女の言葉はオコナーには二重の意味を持つが、ほかの出席者はこれでお開きになることに理解を示した。ヴァーグナーは大きく息を吸った。「あんよを使っての会話を満喫した今、作家とその広報担当者は二人だけの会話を違う手足も使って楽しみたいから、マリティム・ホテルのスイートに戻ります」と言ってみたかった。けれども二人はクーン編集長のために、気持ちよく過ごした宵をホテルのバーで一杯飲んでクーンをまた締めくくろうと決めた。〈マリオズ・トラットリア〉から車で帰る途中、彼女はクーンをまた仲間に引き入れてやり、パディが二人存在した話を打ち明けてはどうかと提案した。

「きみ、頭は大丈夫？　そんなことをしたら、彼は何から何まで自慢しまくるに決まっている」

ヴァーグナーは肩をすくめた。

「だったらどうなの？　わたしたちが何をこそこそやっているのか、どうせ編集長はわたしにしつこく尋ねるわ。彼を喜ばせてあげましょうよ。そうすれば、わたしたちは平穏無事でいられるでしょ」

「いいだろう。きみがボスだから」

「どうしてそんなに熱が入るの？　ただの昔話じゃない」

「誰にも関係のない、ばかばかしい昔話なんだ。でもいいよ。きみが知った話だ。クーンが知ってもかまわない。ただ、われわれが報告したあとに、大昔のアイルランドの抵抗運動の歴史を彼に延々と講釈されたらかなわないな」

「そしたら二人で彼から逃げましょう。どうせ逃げるつもりでしょ。シャノンブリッジに行くのはどう？」

「きみには恐れ入るな。きみは任務を全うしなくてはならないんだよ。シャノンブリッジなんか提案しちゃだめだ。きみは私を監視するんだろ」

「心配はいらないわ。ちゃんと戻ってくる時間を決めるから」

彼女は満足そうに笑みを浮かべた。

「本当のところ、あなたはクーン編集長のことをどう思っているの？　わたしよりも、あなたのほうが彼とは長い付き合いでしょ。彼のことは好き？」

「いい質問だ。きみは彼が好きなの？」

「さあどうかしら」

オコナーは考えこんだ。

「そうだな、私は少し好きになったんだと思う。誓いをたてた一九六八年世代が、ウッドストックのビデオを見るのが好きなのと同じように。きみだったら、強い酒を飲んで、ひと晩たっぷりウッドストックのビデオを見たら、一年間はうんざりしていられるよ」

「あなたも、彼がヒッピーの生き残りだと思ってるの？」

「ヒッピーの生き残りなんて一人もいない。あるのは精神障害のショッキングな症例だけだ。牛肉のハンバーグを作ったら、肉なんか残らないだろ。クーンが私に写真を見せてくれたことがある。彼と知り合った年のことだ。一九六九年、彼は本当にウッドストック・フェスティバルに行っていたんだよ。知ってたかい？」

「知らなかった」

「長いマットを持って、服はほとんど着ないで。徹頭徹尾フォークロア。でも、彼は泥の中を転げまわりはしなかった。将来の上司がウッドストックのビデオを見るということを、彼は確信していたにちがいない」

「当時は政治的な時代だったと、編集長は言ってるわ。彼個人の話ではないと思うけれど。それに、わたしたちにはもう政治的な時代なんて来ないだろうとも言ってる」

「本当に？」

「ええ、わたしたちは上っ面だけの人間で、シャネルを着てるから」

オコナーは小ばかにするように口元を歪めた。

「気にする必要はないよ。若者への嫉妬を口にできない者が言うことだ」

「わたしにはわからないわ。今朝、シルバーマンが言ったことを覚えている？　エンタテインメントが支配しているとかなんとか。当時の彼らは本当に政治的だったの？」

「彼らは何も動かさなかったんだ。政治的なはずがない。でも、ぼくはまだ子どもだった。私がきみに言えるのは、体面を気にするならジャガーに乗れということだ。でも、せいぜい一九七七年以前の製造モデルだよ。実用主義的な者は反論するだろうな。始終エンジンは壊れるし、足まわりは水漏れし、窓は閉まらないからね。でも、まさにこれだ! ジャガーはこうでなくては。そうなって初めてジャガーを好きになるんだ」

「感動する話ね。でも、クーン編集長とどういう関係があるの?」

「二カ月したら、私は四十になる。そうなったら、私の言うことはすべて年寄りのたわごとだ。でも今はまだ青二才だ。ウッドストックは私の時代よりずっと前のことだった。そのビデオを見ると悲しくなるんだ。聞こえてくるのはひどい音楽。ステージにいた者の大半がわめいていただけで、ギターのコードだってちゃんと弾けない。ザ・フーは悲惨で、楽器を粉々に打ち壊していた。グレイス・スリックは自分の曲を第一声と第二声のためにアレンジしてたけど、そもそも正しい音程を保って歌えた者はいない。確かにジョニー・ウィンターは素晴らしかった。ヘンドリックスもそうだ。でもファジーな演奏なら、クロスビー・スティルス・ナッシュ&ヤングが私は好きだ。コッカーは、まあまあ。ジョプリンは、ぞっとする。けれども、彼らが生みだした音の一つひとつを、彼らが歌った歌詞のひと言ひと言を、クーンなら果汁のように飲み干すだろう。そして、まさにこれだと言うんだ。それが一九六八年世代だった。ぼくたちは政治的で、そのためにうまくいかなくて、それでまっすぐ突き進んだ。これがクーンのわが家だ。そして彼の言うとおりだ。彼は自分や同世代の者を大きな希望だと感じていたのかもしれない。私には、何千人という半裸の人間が土砂降りの中で夢を見ていたことしか伝わってこない。その夢の中では、何に賛成するかではなくて、何に反対するかが重要だった。一つだけはっきりしていたことがある。いつの日か空から誰かが降りてきて、不当なことを公平なことに変えてくれる。一つの仕事から何千と利益を上げさせてくれる。働かずして金が儲かるようにしてくれるんだ。だって、その仕事はパーティーを運営してマリファナを巻くことだからね。そして空から降りてきた者は、互いがファーストネームで呼び合う社会を作り、株の仲買人の頭に花を編みこみ、象徴としてウォールストリートを木っ端微塵に吹き飛ばす。戦争はもう存在しない。貧困もない。食べ物は充分にあり、特に麻薬はたっぷりあって、みんなは誰とでもセックスをする。彼らはウッドストックを始まりだと思ったが、それは終焉だった。ヒッピーたちの最初のオルガスムスは、同時に最後のオルガスムスになる運命だった。これから困難な時代がやって来る、すなわち彼らは下降線をたどるのだと教えてやる者はいなかった。若くして死んだ殉教者のほかには何も残っていなかった。なぜなら彼らは歳をとり、クーンのようになることに耐えられなかったからだろう。彼は地歩を固めることを拒んでいるといまだに思っているが、彼が拒まれているのだとはわからない。一方で、私がおんぼろのジャガーに魅力を感じることを決して理解できない若者が大勢いる。いつかきみは、自分より若い人間と対立する日が来ることを知る。彼らは、きみがきみの理想を抱えていては、どんな順番もまわっては来ないときみに教えようとするだろう。なぜなら、きみの理想はばかげていて、そこにきみが何を夢見たのか誰も理解できないからだ。それぞれの時代には、それぞれの頑固者がいる。クーンは絶望的に時代遅れの人間だ。けれども同時にそんな道徳主義者でもある。彼は悲しげな姿をしているが、それが彼にある種の魅力を与えているのだ。それで私は彼のことが好きなのだと思う。人は自分がサンチョ・パンサであることをしばしば好むものだ」

ヴァーグナーは彼の言ったことを考えた。

「彼は寂しいのだと思う？」

「絶対にそうだ」

「気の毒なクーン伯父さん」

「いや、そう気の毒でもないよ。彼は愚かで、上っ面だけの男だ。知りすぎるほど博識だが、それを人に伝える才能にまったく欠けている。彼とは何度も一緒に酒を飲んだことがあるんだ。あれはコークにあるパブだった。強い酒を何杯か飲んだら、彼がすっかり雄弁になって、私は片側五車線の高速道路のランプに立っている気分になった。本線に合流したいけど、車の流れに切れ目がないんだ。しばらくして、彼のとりとめのない考えを黙って聞いてくれる友人たちに彼を引き渡し、私はその場から退場した。でも、それで彼は傷ついたようには見えなかった」

「じゃあ、そうだったのね？　あなたたちは夜ごと飲んでたと、編集長は言い張ってたわ」

「ああ、われわれはそういうこともやっていたんだろう。でも、私はめったに付き合わなかったな」

うに言った。

ヴァーグナーが車をマリティム・ホテルのアプローチに進めると、オコナーは思い出すよ

オコナーはラフロイグ十二年を注文した。スコッチらしい抜群の強さが感じられるウイスキーだ。バーテンダーはその酒があることを誇りにしていた。ついに味のわかる人間に出会ったとうっとりして、グラスの半分より上まで注いでしまうと、ピートとヨードと、病院の消毒の臭いがオコナーのほうに漂ってきた。バーテンダーはジョニーウォーカーやバランタインを注ぐことが習慣になっていた。三回蒸留したウイスキーと二回蒸留したウイスキーの違い、スコットランドのスペイ川流域で作られるスペイモルトと、アイラ島のアイラモルトの違いがわかる者であれば、それは幻滅を誘う仕事だ。バーテンダーは思わずオコナーに大盤振る舞いするところだったが、そんなことをすれば、彼の話に耳を傾ける義務が出てくるだろう。バーテンダーとは、とてつもない容量を持つ歩く記憶装置だ。パスワードを知る者に災いあれ！

一方クーンはコニャックを飲み、ヴァーグナーは水だけだ。最初の乾杯のあと、二人はクーンにパディ・クローヘシーの話をした。遠くのほうで安っぽい推理小説の響きが聞こえる。ところがクーンは麻痺したように魅了されていた。瞬く間に自分の推理を展開し、ライアン・オデアに変身したパディのことを根掘り葉掘り訊きだすのだった。二杯めのコニャックを飲み干すと、彼は本当に、パディのような人々を世に送りだすことになったであろう、北ア

イルランド分断の歴史に触れた。このままだと、延々と語りだしそうだ。ヴァーグナーはクーン編集長に打ち明けたことがよかったのかどうか、真剣に疑った。オコナーは自分のウイスキーを急いで飲み干すと、スツールから滑り降りた。

クーンがすかさず尋ねる。

「いったいその男は空港で何をやってるんだ？　なんだか潜入しているように聞こえるぞ。相当に物騒な話じゃないか。アイルランド人は潜入の世界チャンピオンだ。一九九〇年代、イギリスのマスコミ各社は上層部に至るまで、シン・フェイン党のスパイに潜入されていたって知ってるか？　で、その背後に誰がいたと思う？　ＩＲＡだ。彼らが浸透――」

「もう寝ないと」

オコナーがあくびをした。

「え？　ようやくいい感じになってきたんだぞ」

クーンは彼を見つめて言った。

「ああ、わかってるよ。でもこれが宿命なんだ。いい感じになったところで眠りこんでしまう。いい感じになることほど眠くなるものはないな。おやすみ、フランツ……キカ……」

彼は彼女の右肩に腕をまわして引き寄せると、頰に軽くキスをした。

「まだ実家に帰らないのかい？」

彼女はこれ見よがしに目をこすってうなずいた。

「そろそろ帰ろうと思っていたの。眠くなっちゃった」

「じゃあ、おやすみ」

「ええ、おやすみなさい」

オコナーはばか丁寧なお辞儀をすると部屋に戻っていった。

「下手な喜劇役者だ。きみたちはぼくをこけにできると本気で思ってるのか？」

クーンが毒づいた。

ヴァーグナーは一瞬考えこんだ。

「ええ、そう思ってますよ」

リアム・オコナー

運命は違う展開を望んでいた。

オコナーがバーを出て、明るい照明の輝くロビーをガラス張りのエレベータに向かって歩いていると、背後に彼を呼ぶ声が聞こえた。

「ドクター・オコナー！」

誰かが駆け寄ってくる。制服姿のレセプションの男だ。オコナーは足を止めた。本にサインを頼まれるのでなければいいのだが。

「お電話が入っています」

オコナーははっとした。

「誰から？」

「わかりません。お名前をおっしゃらないものですから。尋ねてみましょうか？」

「いや、いいですよ」

「スイートにおつなぎしますが」

「ここで話せればありがたいのだが」

「承知しました。あちらの電話ボックスをお使いください。一番におつなぎしますので」

オコナーはガラス張りの電話ボックスに入り、扉を閉めた。数秒後、電話が鳴り、彼は受話器を取って相手が出るのを待った。

「おれだ」

よく知る声が、強烈なダブリン訛りの英語で言った。

オコナーはにやりとした。

「きみのボキャブラリーは〝いいえ〟と〝知りません〟の二語になってしまったのかと思ってたよ」

彼はあざけるように言った。

電話の向こうの声が一瞬沈黙した。

「それですべて察したらどうだ。まあ、こっちの芝居に合わせてくれたことには感謝しておく。もっともケイティの話は興醒めだけどな」

「確かに。オデアとかいう男には関係ない話だからな。神の言いなりになっていた私の親友パディ・クローヘシーが、彼女の歌を聴こうと〈ハーティガンズ〉に入り浸り、ペニスを硬くしていたことは。でも、それほど歌のうまい女じゃなかったな。まあ、恋人にはなんでもかわいいものだ」

「くそったれが。おれは惚れてたんだよ。なのにお前は彼女と寝たんだ」

「性欲は知性の下僕。おや、逆だったか？　われわれは『シラノ・ド・ベルジュラック』を地でいってたわけだ。きみは彼女の詩を書き、私が彼女を征服した。きみの意向に沿って行動してやればよかったのか？　それに、わたしはつらい失望からきみを守ってやったのだから、感謝されて当然だろ。酒場の色恋を脱ぎ捨てた彼女は、自分の弾くギターよりずっと貧相だったぞ。きみはがっかりする必要はなかったんだ」

「神に代わって《エゴ・テ》、お前を許してやる《アブソルヴォ》よ。二人で会えないか？」

「ああ、いいぞ。明日――」

「今からって意味だ」

　オコナーはとまどった。

「さてパディ、今はちょっとまずいんだ。これから別の楽器の練習があるんだよ。楽器の調子を狂わせたくないんでね」

「今日、空港で一緒だった女のことか？」

「そうだ」

「いかす女だ。お前じゃあ彼女のサイズに合わないな」

「それはどうも。なぜ朝飯のときではだめなんだ？」

「都合が悪い――」

クローヘシーの口調には逼迫《ひっぱく》した響きが混じっていることに、オコナーは気がついた。

「――おれは今すぐのほうがいいんだ。長くはかからない。昔のよしみじゃないか。おれは明日はだめなんだ。明後日、お前は発ってしまう。昔の戦友に、十五分ばかりくれてやってもいいだろ」

『『フロム・ア・デッド・ビート・トゥ・アン・オールド・グリーザー』』

オコナーはイギリスのプログレッシブ・ロックバンド、ジェスロ・タルの名曲のタイトルを一語一語はっきりと唱えた。

「――いったい今どこにいるんだい？」

「すぐ近くだ」

オコナーはロビーを見やった。

「そんな近くじゃないぜ。ライン河畔まで下りて来いよ。待ってるぞ」

クローヘシーはずばり言った。

「わかった。五分でそっちに行く」

彼は電話を切り、首を傾げて電話機を眺めた。それからバーの前まで行って中の様子を窺う。ヴァーグナーがちょうどハンドバッグの口を閉めたところだ。不満顔のクーンの前には、ほとんど口をつけていないコニャックの新しいグラスがおかれている。ひとり言を言っているのか、グラスに話しかけているのか、彼の唇が動いていた。

オコナーは彼女が出てくるのを待った。彼女は彼を見るなり、顔に浮かべていた偽りの眠気をぱっと消して、輝くばかりの魅力的な表情に変えた。彼はそのとき唐突に、彼女が彼の手から滑り落ちてしまうかもしれないという強烈な不安に襲われた。急いで彼女に歩み寄る。次の瞬間、二人はとろけるようなキスをした。オコナーはライン河畔に行くべきか、真剣に考えた。

その反面で。

「ちょっと事情が変わったんだ」

彼はヴァーグナーにささやきかけた。

彼女は顔を離して彼を見つめる。

「変わった？」

「そうだ、ちょっとしたことがあって」

彼女は聞こえるように音を立てて息を吸いこむと、口を開いた。彼女が答える前に、彼はさっと彼女の唇に人差し指をおいた。急いで言い足す。

「十分か二十分で済むことなんだ。バーからちょっと離れよう。クーンは、われわれが彼をからかっているとは思わないはずだ」

「いいえ、そう思ってるわ。彼はばかじゃないもの。いったいどうしたの？」

オコナーはクローヘシーから電話があったことを話した。ヴァーグナーの眉間に小さな皺が一本現われた。疑問を浮かべた表情は彼女によく似合う。

「あなたはライアン・オデアとはかかわりたくないのだと思っていたけど」

「あいつは変幻自在なんだ。最近またパディという名前に変わった。彼の名前のリストがそれで終わりだと確認したら、すぐに戻ってくる。きみは私のスイートでミニバーにあるものでも飲んで待っててくれるか、バーにいるクーンのところに戻っててくれないか」

「どちらも魅力的ね。でも、あなたのスイートで何をしていればいいのかしら。フロアスタンドでも誘惑する？」

「さっさと片づけてくるから。約束するよ」

彼女は下唇を突きだしてみせると、クーンのもとに戻ることにした。バーに消える彼女は、世にも稀な腰の動きで宇宙の法則を歪めてしまった。オコナーは正真正銘の感動を味わっていた。

彼は急ぐでもなくホテルを出て、暖かな夜気の中をライン河畔まで下りていった。遊歩道に視線を流す。長く探す必要はなかった。パディが手摺りにもたれている。彼の目は午後会ったときよりも、ずっと深く落ちくぼんでいた。街路灯の光を浴びて、頬と顎の骨は無精髭で覆われた死者の頭蓋のようだった。

「パディ」

彼は言った。まるで過去に向かって呼びかけているかのように、自分の声が耳に響いた。

その声が反響するほかは、何一つ聞こえてこない。記憶が宿っているはずの場所には、大きな穴がぽかりと開いている。

一瞬ためらってから二人は抱き合い、互いの背中をたたいた。硬くぎこちない抱擁だった。電話では、二人が最後に会ったときから十五年の歳月が流れたとは互いに思わなかったが、こうして実際に対面してみると、オコナーは、失敗に終わった実験結果をまのあたりにするような気分だった。絶対に終わらせないと誓ったストーリーの終焉。

決して始まらなかったストーリー。

「元気そうじゃないか」

クローヘシーが言った。まったく言葉にそぐわない響きがある。彼はオコナーの肩を抱きながら、同時に距離をとっていた。その瞬間、彼はこのシーン全体に漂う馴れ馴れしさを恥じたのか、腕を放して一歩後ろに下がった。

「昔日の面影」

オコナーは平然と言った。

クローヘシーは歯を見せて、

「ずいぶん久しぶりだな。リアム、おめでとう。お前はすっかり有名人だ。どうやって人気を獲得したんだい？」

オコナーは肩をすくめた。

「大したことじゃない。流行に乗り、ヴィクトリア朝気質も踏襲し、あまり形式張らないこと。十八世紀イタリアの山師カリョストロが、現代の貴族に生まれ変わったということだ。知ってのとおり、トリニティ・カレッジは人間を、たいていの者が忌み嫌う存在に変える研究所だ」

彼はひと息おいてライン川を見やった。対岸に広がるドイツ地区では町の灯りが煌めいている。照明をつけて進む船が川面に黒い泡を立てていた。

「私のことはどうでもいい。それよりきみはどうなんだい？」

「うまくやってるさ」

「本当だな？」

こんなことをしていて何のためになるのだろうか。ふいに彼は疑問を抱いた。今こうしていると、パディに会いたいと思ったことがくだらない、余計な考えに思えてきた。二人のあいだには墓穴が口を開けている。ずっと昔から疎遠だったのだ。オコナーはケルン一豪華なホテルという書き割りの前に醒めた気分で佇み、かつて二人が同じ考えを持ったことなど一度もないのだと、そのとき思い知った。向かいに立つ男はパディ・クローヘシーかもしれないが、彼の存在は、積年の誤解をようやく今になってオコナーに証明してみせてくれたのだ。

「あの当時、いったいどこにいたんだ？　きみのことは何一つ耳にしなかった。撃ち殺されたという噂だけは聞いたが、誰も信じはしなかったんだ」

クローヘシーはぎこちない笑みを浮かべる。

「お前の研究は、科学の世界に積もった埃をいくらか巻き上げたな。ノーベル賞のことだぜ」

オコナーの問いには答えずに言った。

「候補に挙がっただけで、まだ王妃の前でワルツを踊ってはいない」

「賞はきっと貰えるさ。お前はいつだって何もかも手に入れたんだ。お前のポートレートが何年も前からベストセラーの裏表紙に載ってるのを、おれは知ってるぞ。結婚はしてるのか？」

「いや」

「ゴシップ紙を飾る、お前のアイドル像を完成させるのに必要な美人は、いまだ現われないんだな」

「保証や見返りもなしに結婚誓約書にサインするつもりはないから。きみはどうなんだ？」

「寸前まで行った。でも、彼女がまずい質問をしてくれたんだ」

「どんな？」

「お前はどう思う？」

「ああ、気持ちはわかる。で、きみはどう考えたんだ？」

「おれが、自分で思ってる人間でなければいいのにと考えた。大したことを訊かれたわけじゃないんだ。女はそういうことを何度となく訊くものだ。男の頭の中に、女ではコントロールできない領域があるということに、女はいらつく。男の考えが集まって悪巧みになるんじゃないかと心配してるんだ。でも、彼女がおれに尋ねた瞬間、おれの世界は、なんというか消滅しはじめた」

「きみの世界はいつだって消えていってたじゃないか。それを女性のせいにするのは失礼だ。私のまわりにいる女性はみんな、散り散りになった世界をちゃんと集めて、きちんと箱に収めていたぞ」

「おれのことを誤解している。問題はきっかけだけだったんだ。言い換えれば、お前が長年座りつづけた箱の中を覗こうと、誰かが箱の蓋を開けた。すると中から黒い邪悪なものが這い出てきて、それがお前の顔をしていたということだ。で、いきなり……」

彼は言いよどんだ。やがてオコナーの顔をまっすぐに見つめると、

「自分自身を怖いと思ったことがあるか？」

オコナーはゆっくりと首を振り、

「怖い？　いや、ないな。嫌悪感ならあるかもしれないが、恐怖を抱いたことはない」

クローヘシーはうなずいた。まさにその答えを予想していたかのようだ。

「おれがダブリンを去った日——トリニティ・カレッジから放校されて半年後のことだ。おれはダブリンのキルメイナム刑務所の裏にある、彼女の小さなアパートの台所に立って、シチュー用に玉葱を刻んでいた。彼女はすぐそばで冷蔵庫にもたれていた。今のお前とおれのあいだよりも近いところにいたんだ。おれは一定のリズムで包丁を玉葱を刃元に進める。毎回、玉葱をギロチンにかけるようなものだ。そのとき、包丁をもっと激しく動かして玉葱を押しだせば、夕食ができ上がると思った。特別なことを頭で考えなくても、それは

本能でわかる。ところが、彼女はおれが何を考えているのかと尋ねた。だから、おれは急に考えをめぐらせた。パディ・クローヘシー、お前の手は包丁の柄を握っている。その手を高くあげ、右にさっと動かせば、刃は空を切り裂く。それだけのことだ。もし左に二十センチ動かせば、刃は肉体を切り裂き、一人の人間が死ぬ。驚いたことに、二つは同じ動きなのに、結果はまったく違う。多くの効果をもたらすためには少ない動きで充分だ……でも、当然おれは玉葱を刻みつづけた。いかに簡単にやってのけられるかということが、はっきりわかっただけだった。それは誰にでもできる。それからおれは一人になった。彼女は食卓に行って食器を並べている。おれたちは離れたところにいて話をした。おれはぺちゃくちゃしゃべり、彼女もぺちゃくちゃしゃべる。部屋は、おれたちの作りだす音で満たされた。テレビがつけっぱなしになっているような雰囲気だった。おれは窓辺に立った。そこでまた考えたんだ。さっと飛べば、お前は外に出られるぞ。苦労なんかいらない。わずかな高さの違いを乗り越えるだけでいい。せいぜい一メートル十センチ。日常性から踏みだす一歩は小さくて充分だ。大した距離を行くわけじゃない。そこでおれは考えた。そんなに簡単なら、窓枠に登って身を投げればいいじゃないか」

「で？　身を投げたのか？」

クローヘシーは首を振った。

「いや。だが、それを考えただけで、おれは限界をすでに乗り越えたんだとはっきりわかったんだ。たいていの者は、そんな疑問を抱かない。窓から跳躍するという選択肢を、自殺だとして否定するんだ。ものごとを自覚していないのなら、お前はそれを乗り越える必要はない。一方、お前が〝ノー〟と言った瞬間に、対極で〝イエス〟と誰かが言う。しかもこの〝イエス〟は増大する。それは際立って、お前を苦しめる。お前の人生の一分ごとに、一秒ごとに、一瞬一瞬、お前の人生時計の針が一つ進むごとに」

オコナーは黙りこんだ。

「おれに可能かもしれないことへの恐怖に、あっという間に耐えられなくなった。恐怖はその醜い顔を見せてやろうと、隅っこに隠れて待ち伏せしているのだとわかった。おれが何をしようと同じだ。おれがどこにいても、誰と出会っても、瞬時におれの頭はあらゆる最悪な可能性ばかりに考えをめぐらせる。想像は明確なヴィジョンになる。お前の頭の中では、お前の目では、いったいどんなヴィジョンが見えるだろうか。お前が人を車ではねる。人を絞め殺す。人の、それとも自分の手足を切断する。拷問する。殺人を犯す。そんなことから、どれくらいお前は離れているんだ？　邪悪からという意味だぜ。そもそもそれは邪悪なのか？　自由の特別な形なんじゃないのか。もしそうなら、どうやっておれは自分を自由にできたんだ？　容赦なく増大するこの圧力からどうやって」

クローヘシーはひと息おいた。視線はすぐ目の前の宙に向けられている。

「まあ当然、おれの頭がどうかしてしまったんだと思った。彼女と食卓に座って飯を食いながら、彼女の喉を包丁で切り裂くところを想像していた。やっぱり、おれは狂っちまったんだ！

ところが、そうじゃなかった。おれに彼女を殺す気はなかった。おれは彼女を愛していた。自制を失い、愛するものを壊そうと残酷なことをしでかす寸前、おれはパニックになっていた。でも同時に計り知れない力があって、恐ろしい光景を想像するだけで、正気を失わないですむ行動に、おれを駆りたててくれた。人は己の限界を知るべきだというが、それは無意味だ。限界を知るということは、限界を超えたいと望むこと。問題は、限界を超えたら戻ってこられないことだ。お前が心に巣くう悪魔に一度でも屈してしまえば、お前はまっすぐ地獄に堕ちる」

彼はオコナーの顔に視線を向け、笑みを浮かべた。

「リアム、お前はこんなふうに自分自身を怖いと思ったことはないだろうな。たいていの人間には耳慣れない。そこがお前とおれの違いだ。常に不公平を感じて生きなければならない人生とは、お前はいつでも縁遠かった。お前の人生には楽しみしかないんだ。お前の頭の中では、フランス革命は一度も起きなかったし、施しものめあての暴動もなければ、帝国主義や搾取や抑圧への武力闘争もない。自分自身にうんざりしたかもしれないが、自分自身に苦しめられたことはない」

「その上、私は人を殺したことはないし、木っ端微塵に吹き飛ばしたこともない」

「それもまた真実だ」

オコナーは黒い川の流れに目をやった。

「パディ、どうしてわれわれはここにいるんだ?」

「どうして？　おれの人生はお前の人生とは違う方向に流れた。それもまた、些細なことの一つだ。おれたちの性格のわずかな食い違い。ひとつまみの運命。お前が決して知ることのなかった大きな怒り。おれたちはほんのちょっと違っただけで、何光年も離れたところに流されてしまった。おれたち二人には天賦の才があったが、お前は作家としての野望も抱く立派な研究者になり、おれは追放者になった。おれは理想に身を捧げて敗北した。お前は理想の重荷を背負うことを拒否して勝利した。そこには論理もなければモラルもない。人への信頼を奪いとる奇妙な歪みがあるだけだ。もっともそんな信頼に意味があればの話だが。結局、お前はとびっきりのスーツを着てここに立ち、名を成した。おれもお前と同じように名を成したんだぜ。新しい名前ってことだ。この名前を持つ者が、おれたちの今の姿を意味することはない。お前は何ごとも、どうにかうまく取り組んだ。おれは考えられるかぎりの間違いを犯し、自分の気持ちを偽って生きのびてきた。この新しい名前は、おれの最後のチャンスなんだ。おれは、ライアン・オデアはちゃんと働いているとだけ言いたい。撃ち殺される恐怖を常に抱えて毎晩悪夢にうなされ、冷たい汗をびっしょりかいて目を覚ますなんてことは、もう決してないんだ。お前が今日会いに来てくれたことは、パディ・クローヘシーにはうれしかったかもしれない。でも、パディは死んだ。あいつは、正当なことも、役立つことも何ももたらさなかった愚かな行為の犠牲になった。一方、オデアは静かにしているのが好きなんだ。おれの言いたいことはわかるだろ？」

「はっきりとはわからない」

「おれたちの人生が同じゴールに行き着くのであれば、それはフェアなのだろう。さっき本屋にいたんだが、お前はおれに気づかなかったと思う。お前はどんな活力からも遠ざかってしまったように、おれには見えた。同時にどんな痛みからも。お前から発散されるのは正義の冷たさで、それゆえに、おれはお前がうらやましい。けれども、おれはお前と境遇を交換する気にはなれない。そんなこと想像もできないし、何であってもお前と交換するところなんか想像できない。まったく意味がないからだ。お前とはビール一杯ですら一緒に飲まない」

オコナーはしばらく沈黙してから口を開く。

「どうしてそんな無意味な怒りを抱いたんだ？　われわれは薄氷の上にいた。その魅力は氷の上に立てることであって、氷を割ることではなかったじゃないか」

クローヘシーは肩をすくめた。

「お前からすればそれはお遊びだったと、おれは言ったはずだ。おれは覚えてるぞ。お前はさぞやうれしかったんだろ。自分が抜けださなきゃならない冷たい穴を氷に開けることができて。お前はもう忘れたのか？　お前は退屈してたのか？　意味探しだったのか？　でもおれから見れば、お前は百パーセント父親の息子になった。お前は王冠だって盗めたかもしれないな。お前にはどんな可能性でも開かれていたんだから」

「きみもそうだったじゃないか。ばかばかしい。パディ、きみが持っていないものは、私も持ってはいない。きみは輝かしい物理学者になれたんだ」

　クローヘシーは静かに笑った。

「リアム、おれは輝かしい科学者になったんだぜ。それで、やつらはおれを狩りたてはじめた。ＩＲＡがスローガンでしか、アルスター自由戦士《UFF》と赤手防衛軍《RHC》の区別もできないとわかって、おれは足抜けしようと思った。けれども、おれはやつらのために楽しい遊び道具をあまりにもたくさん作ってやっていたんだ。うまいアイデアも充分すぎるほど持っていた。おれは、おなじみの知りすぎた男だったんだよ」

「そんな深みにはまらなければよかったんだ。パディ、きみには未来があった。私と同じように」

　オコナーは腹立たしげに言った。彼の言葉は水面を飛んでいくようだった。

「それは違う。リアム、お前には一緒に生きていく過去があった。だが、おれにはなかった。未来とは過去なんだ。それ以外の何ものでもない」

マリティム・ホテル

　バーを出てから二十分も経たないうちに、オコナーは戻ってきた。黙ってヴァーグナーとクーン編集長のあいだに座ると、クーンの手からグラスを取って、一気に飲み干した。

　クーンは無表情で彼を見つめる。

「オーケー。ぼくにわかってるのは、一人は寝ると言って帰ったはずなのに、ぼくが時間をもてあまさないように、すぐとんぼ返り。もう一人も寝にいって、三十分後にはぼくのコニャックを飲み干すために戻ってきた。これは、ぼくに関係することだとしか思えないね。そうだろ？」

「そのとおりだ」

オコナーは言った。こめかみに指をあて、ぐるぐると揉みはじめた。やがてクーンに視線を向けると、ゆっくりと口を開く。

「今、きわめて危険な男と会ってきたんだ」

ヴァーグナーはため息をついた。オコナーの目から、彼が真剣に話していることがわかる。パディは、楽しみに水を差すことにかけては第一人者だと判明したようだ。彼女はどんなに不愉快な思いをしても、この一件を克服しようとするオコナーを全力で支えてやろうと決めた。頬のこけたアイルランドの幽霊が二人のロマンスの中を徘徊しはじめる前に、悪魔払いをして過去に葬り去るために。

「二人で話をした。いや、ちょっと違うな。私が美辞麗句を並べ立てたら、続いてマクベスが陰気な独白をする場面に同席させられたんだ。初めは、ただ奇妙な雰囲気を感じただけだが、ホテルに戻ろうと歩きだしたら、不気味になった。きっと私が想像の風船を膨らましたのだろう。でも、いろいろなことが頭をよぎったんだ。話してもいいかい？」

「もちろんいいわ。彼をどこにおいてきたの？」

彼女はおとなしく言った。

「パディのこと？」

「そうよ」

オコナーは手に持った空のグラスを眺め、左右にまわしてからクーンの前に返した。

「夜の闇に消えた。引き止めるべきだったのかもしれないが、彼に立ち去ってもらうほうがいいと思ってね。バーは安全なところだ」

「彼のそばにいるのは危険だということ？」

「シャノンブリッジに行くのは今じゃないということだ。何が言いたいか、わかってくれれば」

「ふーん、わかったわ」

つかの間、死んだような静寂が訪れた。少し離れて座るほかの客たちのざわめきも、死に絶えたかのようだ。バーテンダーがワイングラスを磨く布だけが音を立てていた。

クーンは薄笑いを浮かべ、

「なあ、きみたち、きみたちが共謀してやっている空騒ぎに、ぼくはうんざりしてるんだ。もう我慢できない！」

肺いっぱいに空気を吸いこんで、一気に怒りを爆発させる。

「リアム、どうかお願いだ、ぼくに教えてくれないか。ぼくはきみの編集者なんだぞ！　ぼくが今度のツアーをお膳立てしたからこそ、きみはきみの低俗な本を売りつけられるんだ。

なのに、きみは悪ふざけをするわ、監視の目をくぐって抜けだすわ、ぼくのアシスタントといちゃついて謎解きに没頭し、ぼくの酒を最後の一滴まで飲み干した。なんだよ、きみたちはぼくを厄介払いしたいのか。わかった、ぼくにはそれがいいことなんだ。ああ、よくわかった。きみたちには本当にいらつく！ 話してくれ。ぼくを悩ませないでくれ。ぼくは慰謝料を請求する。傷つけられて首にされたんだからな！ これが最初で最後だ。いったい、何が、あったんだ？」

オコナーは眉をそびやかし、

「決闘はサーベルか？ ピストルにするのか？」

クーン編集長の心拍数を平常値に戻すには、ヘネシーのダブル一杯ではすまなかった。そこでオコナーは素直に、今はライアン・オデアという名の男との再会について報告した。クーンの憤りは消え去った。まるで子どものようだとヴァーグナーは思った。かまってやらないと、どこまでも横柄になる。仲間に入れてやれば、すぐに機嫌を直す子ども。

報告が終わると、三人はそれぞれに考えこんだ。

「じゃあパディは静かにしていたいのね。いいじゃない。どうして放っておいてあげないの」

しばらくしてヴァーグナーが言った。

「静かにしたいなんて、あてにならないからだ。私はパディをよく知っている。あいつが話してくれたことは、どれも真実だ。そこに問題があるんだよ」

「わかった」

クーンが落ち着いて言った。

オコナーは彼を見つめ、

「何がわかったんだい？」

「きみは、率直になる理由を持たない男が率直になったことに不審を抱いている」

「これはまいった！」

オコナーは言ったきり、黙りこんだ。

ヴァーグナーは、これからどうすべきか悩んだ。男二人はそれぞれの思いにふけってカウンターをじっと見つめている。彼女はクーンの言ったことを掘り下げて考え、ある奇妙な結論を導きだした。バーテンダーを呼んで、自分にはトニックウォーターを、オコナーにはマッカランの十二年を注文する。ラフロイグ、タリスカー、ラガヴーリンといった蒸留所で作られるウイスキーには、アルコールを吸ったハムサンドのような味わいが広がり、キスをするとそれが際立つことが、彼女もしだいにわかってきた。そこでちょっと考え直し、トニックウォーターを取り消してオコナーと同じものを注文した。

スコッチが手元に届く。オコナーは優しさに溢れるまなざしを彼女に送ると、また自分のグラスに注目した。

沈黙が煩わしくなってきた。

「ちょっと話してもいいかしら」

彼女が声を上げると、オコナーは視線を上げた。

「あなたの友だち、あるいは、かつての友だち、ライアン・オデアことパディ・クローヘシーは、明日は忙しいから、今晩あなたに会いたいと言った。そうだったわね？」

クーンも目を上げた。彼女の声には奇跡を起こす何かがあるようだ。

「それから、あなたは発《た》ってしまうから、そのあとではあなたに会えないとも言った。そうでしょ？」

オコナーは笑みを浮かべ、

「先を続けてくれ。きみの話を聞きたいよ」

「すると、パディはあなたが明後日ここを発つことを知っている。電話で彼にその話をしたの？」

「いや、話していない」

「じゃあ、どうして知っているのかしら」

オコナーはちらりと考えてからクーンの肩に腕をまわし、兄弟のように引き寄せた。

「彼女、すごくないか？」

クーンの耳もとにささやきかける。

ヴァーグナーは話を進めた。

「あなたがいつまでケルンにいるかを知りたいだけなら、あなたに訊けたはずでしょ。でも訊きもせずに、彼はそれを知っていた。つまり彼はあなたの情報を誰かから苦労して探りだした。どうしてそんなことするの？　直接あなたに尋ねればいいじゃない」

「ああ、どうしてだろう」

「なぜなら、あなたが彼を訪ねたことで、彼を苛立たせたから。そうでしょ？」

「まあそうだ」

「じゃあ、なんだったら絶対そうなの？」

　オコナーは椅子の背にもたれ、賞賛する目で彼女を眺めた。

「キカ、きみのことをアーサー・コナン・ドイルは名誉に思うぞ。まさに私もそれを考えていたところだ。でも、私の結論はきみのとは違う。私は、オデアの身元がばれるのが気に入らない第三者がいるのだと思うんだ。言ったように、私はパディのことをよく知っている。われわれが離れて生きてきたことは事実だ。そもそも二人が結束したことがあるとすれば、それは女と酒と幻想だった。立派な成果は得られなかったが、その代わり、苦労はなかった。いずれにせよパディは、私には何も失うものがなかったということを、自分の心象風景を長々と吐露して、さっき私に教えてくれた。最後のひと筆を加えるという感じではなく、執拗に塗り重ねて念押しするみたいに。しかも、きみも気づいたとおり、私がケルンで何をして、いつまで滞在するか、かなり充分に知っていた。こういう洗練されたやり方を、大学時代のパディは持ち合わせていなかった。昔のあいつだったら、私に会う必要があるなら訪ねてくるだろうし、そうでなければ訪ねてはこない。さっきのあいつはそうではなくて、私を彼の心の迷宮に追い立ててから、あからさまな警告と一緒に私を解放したんだ」

「警告？」

クーンがおうむ返しに言った。

「そう、私を閉めだす警告だ。彼は静かに暮らして働くために新しい名前を得たと、私に思わせたい。ばかばかしい。実直になった悪党と最後のチャンス。感動して涙が出るな。でも、われわれは鼻汁を拭って分別を失わないように努力しよう。じゃあ、もし彼が誰かに送りこまれたのだとしたら？　その誰かさんは、旧友がパディ・クローヘシーの背後を嗅ぎまわり、IRAのかつての活動家――ほかに彼がどこをうろついていたか知らないが、そういう男が突然、ヨーロッパで有名な空港の一つの技術関係の部署に現われたことを、世間に言い触らしてもらいたくないんだ」

「その空港とは、今月の初めから世界各国の要人がやって来ている空港だ。これから到着する者だっている」

クーンがコニャックをひと口飲んで言った。まるで注釈をつけるかのような口ぶりだ。もうひと口飲んだ瞬間、彼は目を見開いた。自分が何を言ったのか、ようやく気がついたようだった。

「なんてことだ」

ヴァーグナーが男性二人のあいだに割って入り、それぞれの肩に腕をまわす。

「ちょっと待って。パディがライアンになったことを、まず確認しておきましょうよ。そのほかは全部わたしたちの想像だから」

「われわれの想像ですむ話なら、とっくに今宵はもっと魅力的なことをしていただろうな」

オコナーがはっきりとわかる光を目に宿して言った。彼は続ける。

「もちろんすべて曖昧な推理だ。でも、パディは私に彼のことを忘れろと言うためだけに、あんなにも早く飛んできたのだろうか？　彼の話はぎこちない。彼は自発的に行動したのではないのだろう。誰かが彼に言ったんだ。パディ、お前は運のない男だ。とんでもないことだ。これは予定にはなかったぞ。そのオコナーとかいうやつは、まったく都合の悪いときに現われた。そいつに会って言ってやれ。お願いだから、おれを裏切らないでくれ、おれの未来を台無しにするな。おれは堕ちた天使で、気高い考えがいっぱい詰まってて、邪悪が嫌いで、なにがなんでも立派な人生を送りたい、とか言ってやれ。そいつを適当に騙すんだ。ところが善良なパディにはそんなことはできない。私の前に現われて、適当なおしゃべりなんかできない。私に何を言うべきか、まったくもってわからない。だから真実を話した。でも、転落した理由だ。何がうまくいかなかったかだ。彼は過去を話して気が楽になった。彼がしゃべりすぎた。結局、彼に悪知恵を耳打ちした者の意図とは正反対の結果になった。私は彼を不審に思ってしまったんだ。気の毒なパディは、私に子守歌を聞かせるために送りこまれた。では、その理由は？　私を黙らせ、やつらが落ち着いて仕事をできるようにするため。やつらはその仕事のために、ここにいるんだ」

「わかったわ。クローヘシーと、どこの誰だかわからない黒幕が空港に潜入していると、あなたが確信しているのなら、それからどうなるの？」

ヴァーグナーが訊いた。

「さあわからない。これから誰がケルンにやって来るんだい？」

「クリントンは明日の夕方だと思う。それから日本人。たぶんカナダからも」

クーンが指を折りながら答えた。

「全員が明日なのか？」

クーンは眉根を寄せ、

「ああ、たぶん。エリツィンは明後日だったかな。タラップを下りられればだが」

「そんなに具合が悪いの？」

ヴァーグナーが尋ねた。

オコナーが割って入る。

「そんなに酔っ払ってるんだ。一昨年ダブリンに来たときは、彼の専用機はまるまる三時間、誘導路に停まったままだった。アイルランドの首相は、ボリス・ニコラエヴィチ・エリツィンが今に姿を見せると思って待っていた。ところが彼はその頃せん妄状態で、ＳＰとつかみ合いの喧嘩をしていたんだ。結局、専用機はまた離陸していった。儀仗隊は閲兵式をできずじまい、首相は習い覚えたロシア語の挨拶が無駄になった」

クーンはうなずき、唇をすぼめると、

「エリツィンの国政上の手腕を見事に物語っているな。あと、日本人は十九日に来るんだった。違うか？　まあいいさ、もっと重要なことがある。ファーストレディだよ。確かヒラリーは十九日に到着する。ビリー坊やの成長した精子も一緒に」

「娘のチェルシー？　おやおや、聖家族が全員集合か」

クーンが歌うように、

「『アメリカ・ザ・ビューティフル』。あっそうだ、ミス・オルブライトを忘れてはいけない」

「もうそれで充分。リアム、単純なことだったのよ。警察に行って、何が起きてるか教えてあげて」

ヴァーグナーが言った。

オコナーはしばらく彼女の言葉に思いをめぐらせた。

「でも、われわれの勘違いだったら？」

「さあね。わたしたちの勘違いであれば、何も起きないでしょ。それなら彼は悪いことなんかなんにもしてないことになる」

「でも、われわれは彼の正体を暴露したんだ」

「ちょっと待って。あなたは自分で言ったわ――」

「自分が何を言ったかわかっているよ。きみの言うとおりだ。でも、私はすべてを正しく見ている確信がないんだ。私が極端に退屈な人間であることを忘れないでくれ。私はばかげたことを妄想して小説に書き、それで金を稼いでいる。パディが逆に職を失ったら不公平じゃないか」

ヴァーグナーは彼を見つめた。

「わたしはそうは思わない。何もかもでたらめな話なら、あなたはどうしてそんなに興奮しているのよ」

「でたらめじゃない！」

知り合ってから初めて、彼女にはオコナーが急に無力になったように思えた。そのことへの憤りを抑えきれず、グラスに手を伸ばしてウイスキーを飲んだ。

「ライアンとかいう名前のパディはどこに住んでいるのかしら？　どうやって生活しているのかしら？」

「いい質問だ」

「あなたの同意が得られてうれしいわ」

オコナーは目をすがめた。

「どういうつもりなんだ？」

「ちょっと気晴らしをするつもり。明日になれば、ここでは国賓たちの劇場が始まる。そこにパディが登場する。彼は本当に新しい人生を静かに送りたいのかもしれない。でも……」

彼女は言葉につかえた。違う、それはばかげている。そんな状況で、本当の人生から滑り落ちる者はいない。それではまるで映画だ。自分たちは真剣だと思い、推理劇を演じる。クーンは自分の飲んだコニャックの支払いをして部屋に戻る。わたしはリアムと一緒にドイツとアイルランドの友好関係を深める。

オコナーは手の甲に顎をのせ、まばゆい煌めきを放つ目で彼女を眺めていた。考えこむと彼の虹彩の青が強く輝くことに、彼女は初めて気がついた。彼女の全身がとろけはじめる。彼にもたれ、彼に身を任せたいという激しい欲求に見舞われた。

シャノンブリッジに行っている暇はない。

彼女は大きく息を吸うと顎を持ち上げた。

「でも、彼は犯罪行為をするために空港にいるのかもしれないわ。そして、それはこのサミットに関係することなのよ」

彼女はきっぱりと言った。

「やれやれ」

クーンが言った。

オコナーは相変わらず彼女を眺めている。

「じゃあ、きみはどうすればいいと思っているんだい?」

彼女は眉を上げた。

「そうね……彼がケルンで働いているのなら、どこかに住んでいるはずでしょ。ミスター・オデアなる人物の居所を突きとめられるにちがいない。そうしたら、そこに行って、彼が帰っているかどうか確かめる。まだだったら、帰ってくるまで待つ。そして、あなたが彼と話をする。第二ラウンド。今度は、あなたは美辞麗句を並べ立てるのではなくて、彼に手を差しのべる。パディが悪さを企んでいるのだと、それでもあなたが考えるなら、わたしたちは警察に知らせる。そうでないときは……」

オコナーはにやりと笑った。

「シャノンブリッジ」

「たっぷりとお楽しみを詰めて」

パトリック・クローヘシー

彼は腕時計に目をやった。二十三時三十分。ヤナと通信ユニットを通じて話したのは二十分前のことだが、いまだに彼の脳裏に彼女の言葉が心地よく響いていた。通信ユニットは彼らがFROGと呼ぶもので、エンコーディング＝デコーディング・システムを用いて機能する。FROGの外見はモトローラ社製の携帯電話と、ロゴの書体に至るまで寸分の違いもない。けれども、このユニットを開発したグルシュコフは暗号用のICチップのほかにも、いくつかの装置をはめこんでいた。ミルコとヤナは自分のFROGで、チームのほかのメンバーの会話を盗聴することができる。しかも、メンバーのFROGのスイッチが切られていても可能なのだ。

「あいつに会った。おれたちで取り決めたとおりのことを、あいつには言っておいた。もう心配はない」

彼は一気に彼女に伝えた。それは、彼がまだライン河畔に立って、オコナーがマリティム・ホテルの複合ビルの陰に消えるのを眺めていたときのことだった。

「彼はあなたを信じたの？」

「オコナーはおれを知っているんだ。あいつは――」

「名前を言わないで」

「くそ！　すまない。ああ、あいつは全部信じた。友だちを裏切らないだろう」

ヤナは一瞬沈黙する。

「よかった。本当によかった。それを聞けてうれしいわ。じゃあ、おやすみなさい」

たいてい彼女の声には、ぞっとするほど冷たい響きがあるか、柔らかく心地よい響きがあるかのどちらかだ。けれども、今は眠そうに聞こえた。

「ああ、おやすみ」

クローヘシーは車のスピードを落として角を曲がった。彼は半年足らず前から、その通りに住んでいる。彼は小刻みに息を吐きだした。ハンドルと、それを握る手のひらとのあいだに薄い汗の膜ができている。その代わり喉は涸れ井戸のようにからからだ。

建物の玄関前に駐車スペースは空いておらず、百メートルそのまま走って、路肩にようやく一台分の空きを見つけた。

住まいに向かって戻るとき、彼は急ぎ足にならないように注意した。彼らに監視されているかどうかは定かではないが、おそらく監視しているだろう。すると、落ち着きのない動作や、そわそわしているとわかる所作は、どのように些細なものであっても彼の運命に敗北を決定づける。彼が勝利する唯一のチャンスは、自信のあるふりをして、すべて順調だという印象を彼らに与えることだった。

なぜ、こんなことになってしまったのだろうか。

まさかこの自分の情報を、空港にやって来たドクター・リアム・オコナーなる人物に提供しろと指示を受けたときに、彼の心臓は鼓動を停止した。この半年、すべては計画どおりに運んでいた。ごく小さなミスさえなかった。高度な専門教育を受けたプロですら失敗するほどの問題を、彼らは克服していた。密かに装置を設置し、世界一の情報機関すら手玉に取っていた。しかしそれも、オコナーとあそこで、あの時間に出くわすという、ほとんどありえない可能性の犠牲になるためだけだったとは。

言語道断だった。

クローヘシーには、ヤナの考えがよくわかる。彼女は最大限の警告を受けたのだ。うわべでは、彼女はこの情報をきわめて冷静に受け取ったようだが、ヤナという女は感情を決して外にださない。彼女の頭はコンピュータのように働く。彼が情報を伝えている最中にも、彼女は考えられうる可能性を呼びだし、それぞれを秤《はかり》にかけていたはずだ。ケルン＝ボン空港で偽名を使って働いている者がおり、それはオコナーのアイルランド時代の知り合いで、地下に潜り、おそらくＩＲＡのメンバーで絶対に危険人物だから、オコナーが警察に通報するという最悪のシナリオを、真っ先に想定したのだ。

その人物の身元に問題はなかった。彼がライアン・オデアとしてすんなり働けるのは、ひとえに彼の身元に疑いを持つ者が一人もいないからだ。パトリック・クローヘシーと、ライアン・オデアという二人の人物を比べようと思いつく者などいない。二人を関連づけて考える者はいないはずだ。だから、彼は完璧に安全だったのだ。

いまいましい今日の午後までは。

ライアン・オデアとの類似点を見つけようと思ってパトリック・クローヘシーの人事書類を調べれば、それに気づくのにさほど時間はかからないだろう。

ヤナは、クローヘシーをもうチームにはおいておけないと思っているにちがいない。オコナーを地獄に堕としてくれ。彼は切実に願った。かつて二人は今とは違う人生の中に一緒に存在したことがあり、自身の幸運をむしばむさまざまなやり方に共通点を持っていた。今ではどうでもいいことだ。先ほどライン河畔で会った男は、トリニティ・カレッジ時代のセンチメンタルな思い出が嘘であることを暴いた。知ったことを言い触らして歩く前に、あいつはさっさと死ななければならない。

しかし問題が一つだけあった。あいつは女を連れていたが、おそらく女もあいつと同じことを知っているにちがいない。さらに、オコナーと女は、のちに複数の人間と接触した。空港での出会いについて話す機会は、今晩はいくらでもあったはずだ。クローヘシーは彼が人に話したとは思わないが、自分だけがそう思っていてもしかたない。可能性は存在する。オコナーと女を排除すれば、この段階では、もっと大きな問題を引き起こすだけだろう。

この作戦の成功は、彼らが是が非でも暴力を避けることにかかっている。ケルンに張りめぐらされた警備網の中で、サミットが滞りなく進行するということに疑問の余地を与えてはならない。彼らは人を殺すことはできなかった。すでに決定しているサミットの進行予定が、最後の瞬間に変更されれば、彼らにとって最悪の事態となる。

しかし、ライアン・オデアの正体を暴露されても困るのだ。

彼らは、パトリック・クローヘシーをもてあましているにちがいない。

彼は極力落ち着いた足取りを心がけ、あたりを見まわすことは避けた。ヤナが彼を監視させているにせよ、彼女の凶悪な番犬ミルコは、今頃どこをうろついているのだろうか。この瞬間、ミルコの足音が背後に聞こえたとしてもクローヘシーは驚かなかった。ただ、ミルコは足音を立てず、こちらには聞こえない。彼はめったに姿を見せなかった。約束した時間ちょうどに現われて、すぐまた消える。彼がどこに姿を消し、彼の時間の九十九・九パーセントを何をして過ごしているのか、ヤナですら知らないようだった。クローヘシーはミルコに会うたびに不快感を覚えたものだ。ミルコは、どこにでもいる人物のようにさりげなく振舞っている。日々のクライマックスは食事や睡眠で、自分のまわりに起きていることにはさほど関心のない目つきをしていた。性欲さえなさそうだ。外見は悪くはないが、バービー人形の恋人ケンのように、中性的で、何ごとにも無関心で、成り行き任せの感があった。

クローヘシーもプロだから、ミルコの空虚な態度が偽りであることくらい見抜いている。ミルコは鋭い分析力を持つ理性を隠しているのだ。知能は高く、ヤナと同じように何カ国語も流暢に操り、作戦立案や武器にも精通していた。クローヘシーは、ミルコが彼をリクルートしに来た日のことを思い出した。彼はすでにヤナのことは知っていた。この業界で彼女を知らない者はいない。しかし、実際に彼女を知る者はいなかった。CIAですらせいぜい彼女の名前しか知らないのだ。彼女はカルロスやアブ・ニダル、そのほかの第一級のプロの暗殺者とほぼ同時期に名付けられた。ヤナの出身地や現住所を知る者はいないし、写真は出まわっているにもかかわらず、本当の外見を知る者はいない。彼女は自分の容姿を必要に応じて変えていた。彼女がセルビアの愛国者であるなどと思いつく者は一人もいなかった。

もし彼女が本当にセルビア人なら。もしミルコが自称どおりセルビア人であるなら。自分が請け負う仕事の目的も知らずに、百万ドルを受け取る者に、いったい何がわかるというのだ。ミルコとヤナがセルビアの利益を代表していることは明らかだった。彼らは作戦の黒幕については ひと言も触れていない。二人は単独で行動しているように装ってはいるが、とてつもなく強大な権力の依頼で働いていることを、クローヘシーは確信している。二人には百万ドルなど小銭であるかのように、彼には思えたのだ。

百万ドル。

暴力のスパイラルから遠ざかるには充分な額だった。すべてを変えてくれる唯一の仕事。新しい身分証明、新しい名前。二度と生まれ故郷のアイルランドに戻れないのは残念だが、その代わりに、逃亡の必要も、悪夢にうなされることもない人生が手に入る。

彼は、自分さえ何も望まなければ、アイルランド人は自分を放っておいてくれるだろうという幻想に浸っていた。それは新たな人生の門出を祝うチャンスかもしれない。暴力のない人生。けれどもIRAを去ることはできない。一生涯メンバーでありつづけるにしても、内部が不信感で腐食した組織の中では、必ずしも長い人生が保証されるわけではない。伝統的なIRAは外見同様、粉々になってしまったのだ。その結果、たいていのメンバーには市民として生きるという厄介な道が残された。一方、クローヘシーのようにIRAの研究機関の神経中枢で働いていた者には、それは危険を意味した。クローヘシーは組織のトップたちを、何人かではあるが知っている。途中下車してソフトランディングするには、彼はあまりに出世しすぎてしまったのだ。彼のような元活動家には、かつての戦友の追跡をかわし、国際テロ組織に雇われるという希望を抱いて、あらためて地下に潜る道しか残されていない。結局、彼は北アイルランド独立を切望するアイルランド人だが、明らかにセルビア愛国主義者である奇襲部隊の一員になり、ヤナとグルシュコフが開発したシステムを、彼を手助けする者と一緒に、実践で使えるようにしてやったのだった。一カ月前にヤグレーザーは使用可能となった。彼らは今日まで毎日チェックを続けてきた。それは奇跡と紙一重の装置だ。操作はきわめて複雑で、メカニズムは手がこんでおり、うまく機能させるには原子時計の精度を必要とした。

クローヘシーの仕事は完了していた。だから、この新展開を目のあたりにすると、恐ろしい想像しかできなかった。

仕事が終わった日に、なぜ彼は辞めると言えなかったのか。ヤナがそれを望まなかったのだ。彼がさしあたり空港で働きつづけるほうが賢明だと彼女はみなした。サミットの前に人員構成が変わることを望まなかった。作戦への疑惑を呼ぶと考えたのだ。チームの六番めのメンバーによって彼らの安全は確保されているが、あらゆるリスクの最小化はきわめて重要だった。〝無音作戦〟が終了した瞬間に、彼は空港から消えることが可能になる。一秒たりとも、終了前であることはない。

クローヘシーは三十八番地の建物に着き、入口の鍵を開けた。暗いホールに入ると、古い建物の重い一枚扉が音を立てて閉まるまで待った。階段を二段飛ばしで三階まで駆け上がる。自分の部屋に雪崩れこむようにして入り、玄関の床に身を投げた。正面の壁にかかる鏡に、自分の顔とは似ても似つかない顔が映っている。まるで死人の顔だ。落ちくぼんだ目だけがぎらぎらと輝き、パディ・クローヘシーが茫然自失で自分の人生を案じていることを物語っていた。

正確には、どうすれば命を失わないですむかを考えていた。

あらためて腕時計に目をやる。二十三時三十五分。彼がオコナーとライン河畔で別れたのはわずか三十分前だ。

ヤナが彼を殺すことを検討しているのは、火を見るよりも明らかだった。問題は、オコナーは自分を信用しているので、明日まではばかな気を起こさないという話を、ヤナが信じるかどうかだ。彼自身は信じてはいない。オコナーは想像力に富む人間だ。きわめて頭脳明晰で、騙されるような男ではない。しかもクローヘシーは意図していたよりも語りすぎてしまった。予定どおり彼をなだめすかし、平穏以外の何ものも望まない、潜伏中の気の毒なパディに同情を抱かせるはずが、思わず自分の本心を吐露してしまったのだ。彼に自分の心の奥底を覗かせてしまったのだが、かつて二人が袂《たもと》を分かった理由をオコナーに教えたかったのだ。そして、十五年前に愛する女のもとを去ったとき、自分に何が起きたのか、自分自身でも納得したかったからでもある。右手にナイフを握りしめ、逃げていく自分の理性を凝視しながら、女の死体のかたわらに血まみれで立つ自分の姿を、クローヘシーは見たくなかったのだ。

彼らはおれを殺すつもりだ。本当にそうなのか。

彼は無理やり気を静めて考えた。おれがとどまれば、ヤナはおれを危険だとはみなさないかもしれない。百万の報酬を手にできるだろう。もしその読みがはずれれば、もう百万は必要なくなる。

逃げてもかまわない。百万は持たずに。その代わり命を持って。

残された時間は一、二時間だとクローヘシーは踏んだ。ヤナが本当におれを消そうと考えているのなら、おれの出勤前に実行するはずだ。ひょっとすると、時間を与えて油断を誘うつもりかもしれない。寝こみを襲う気だろう。

いったいおれは何を考えているんだ。

惜しいのは金か命か。

大昔の銀行強盗の決まり文句を、まさか自分が真剣に考えるときが来るとは思いもしなかった。百万がなければ、おれに価値はない。丸裸で逃亡する者に価値はない。何もかもが無駄になるだろう。

百万ドル！

本当に百万ドルを捨てるべきなのだろうか。

彼は反動をつけて玄関の壁から汗を掻いた体を突き放し、浴室に行った。蛇口をひねると、火照りがとれるまで冷たい水を何度も顔にたたきつけた。気分がよくなりはじめたそのとき、家の電話が鳴った。

呼び出し音が一回鳴るたびに、まるで感電したかのように体が反応する。洗面台にかがんでいた彼の両手が、水を受けたまま動きを止めた。指の隙間から水がしたたり落ちる。ふたたび喉を締めつけられ、心臓が不規則に鼓動する。

彼は待った。電話は鳴りつづける。六回めの呼び出し音が鳴ると留守番電話に切り替わり、彼の録音してある声が応答した。

つかの間、雑音が流れる。それから電話の主は電話を切った。

おれがまだ帰宅していないと、彼らは思うだろうか。彼らは待つのか、それとも家にやって来るのか。おれが帰る前に部屋に入り、おれを迎えることができると考えて。

これで決まりだ。彼らは自分たちの百万ドルが惜しいのだ。初めから支払う気などなかったのだろう。

できることなら彼は窓から飛び降りて逃げたかった。

あわてる必要はない。できるかぎり迅速にここを出るには、正しい手順を踏まなければいけない。おれはまだ無一文ではない。ちょうど二万マルクを現金で持っていた。チームのメンバーは緊急時に使えるように、かなりの金を手元においている。服が必要だ。鞄一つに荷造りしなければならない。何を持っていくか慎重に考えなければならない。偽造の身分証明書、自分の身元を特定できるものは全部。そして国境を越える際に必要なもの。

彼は灯りを消し、寝室のクローゼットから唯一の旅行鞄を引っ張りだすと、暗闇の中で仕事に取りかかった。

キカ・ヴァーグナー

ヴァーグナーの体に温かいものが流れこんできた。その温もりの半分は、この瞬間、自分自身をきわめて聡明で建設的だとみなすことで生まれたものだ。彼女は賢明な提案をしたが、それでいて自分という存在は、真実と幻想とのあいだの中二階にふらふらと迷いこんでしまったかのように思える。この三十六時間、ほとんど眠っておらず、こんなに大酒を飲んだのは生まれて初めてで、明晰な頭脳はまどろんでいる。今こうして交通規則を破ってまでも、瞑想状態の泥酔男を車に乗せてケルンの町中を猛スピードで飛ばしているのは、現実がサスペンス映画に変わってしまったのかどうかを確かめに行こうとしているからだ。

期待どおりライアン・オデアの名前は電話帳に載っていた。オコナーがその番号に電話をすると留守番電話になっていた。まだ帰っていないのかもしれない。オコナーは留守電にメッセージは残さないほうがいいと考えた。そこで二人は車で出向くことにしたのだ。信号を二つ通過するごとに状況は刻々と変化し、彼女にはすべてが不条理であるように思えてきた。しかし、この一件の途方もない成り行きを、いつしかまた彼女は追っていた。ケルンの南に向かって走る車が、古い建物や並木に縁取られたローラント通りに近づくにつれ、彼女の感覚は霊的になり、精神が肉体から抜けだして、首を振りながら自分の行動を眺めている。彼女の肉体はオコナーに首筋を撫でられながら、足がアクセルを踏みこんでいた。

耳の中に血液が流れる音が響く。

クーン編集長は、パディを探しだす案に大した熱意を持たなかった。どうやら乗り気ではないようだ。この映画にはブルース・ウイリスやハリソン・フォードが出演しており、きっと彼らに会えるチャンスがあると約束して、彼を説得したが、結局、二人はあきらめた。クーンはバーに縛りつけられたように座っている。二人に邪魔者扱いされたと思っただけなのかもしれない。けれども、ヴァーグナーには彼が落ち着かない理由が理解できた。車がローラント通りを走っていることは現実だ。フィクションの法則は本の中でしか通用しない。現実世界では、クーンは何にでもなれるが、ヒーローにだけは絶対になれない。

でも、それでいいのだ。

ローラント通りはフォルクスガルテンという公園に沿って走っていた。そこは広々とした公園で、大木やビアガーデン、鴨の泳ぐ池があり、夏場、町中がうだるように暑くなると、大勢の市民が緑の芝生に集う。バーベキューの匂いが鼻をくすぐり、ボンゴやコンガといった打楽器がリズムを刻む。ヴァーグナーのフォルクスワーゲン・ゴルフが暗いシルエットとなった公園の脇を通りすぎるとき、公園はまるで放棄されてそこに横たわっているかのようだった。

ローラント通りにも人影はない。まばらな街灯が寂しい印象をさらに強めている。くすんだ古い建物は、費用をかけて清潔な正面を持つ建物に替わっていた。

「リアム、こんなことしてるなんて、わたしたちどうかしてる」

「まあ、そうかもしれないな。建物についている番地の表示が読めるか？」

オコナーは目を細めて尋ねた。

「そういえば鮫は目がとっても悪かったのよね。あなたの友だちは三十八番地に住んでいて、ここは十八番地。で、路肩に駐車スペースがあるわ」

彼女は車を街灯のすぐ下のスペースに一発で縦列駐車した。

「ぎりぎりだったな」

「完璧よ。車に乗って、あなたを待ってましょうか？」

「いや、一緒に来てくれないと。きみの姿には、男を感激させると同時に萎縮させる、類い稀なるメリットがあるからね」

二人は薄暗い通りを三十八番地まで歩いた。そこは立派とはいいがたい外観の建物だった。

呼び鈴の表札によると、オデアの住居は三階だ。

オコナーは長々と呼び鈴を押した。

アパート

クローヘシーははっと身を固くした。

扉を開けるな。死んだふりをしろ。

ふたたび呼び鈴が鳴った。

口の中がからからに渇いていた。居間の窓枠に体を押しつけ、危険を承知で外を窺う。驚いたことに、ミルコとヤナが迎えに来たのではなかった。道に立って上方を振り仰ぎ、じっと目を凝らしているのはオコナーだ。

クローヘシーは自分の姿を見られる前に後ろに飛びのいた。

不思議だ。話すべきことはすべて話したというのに、こんな時間にリアム・オコナーは何をしに来たのだろうか。さっきの電話も彼からだったのか。

いや、すべてを話したわけではなかった。あいつはおれを信じなかったのだ。

クローヘシーは一瞬扉を開けようとしたが、すぐに気を変えた。リアムは帰ってくれるだろう。危険は犯さないほうがいい。一秒でも貴重な時間だ。その時間をリアムに盗まれるだけだ。

　彼は荷造りに戻り、さらにスピードを増した。

キカ・ヴァーグナー

　オコナーは一歩下がって建物を見上げた。

「どこにも灯りはついていないな」

「もう一度、呼び鈴を押してみて」

　それから何度押しても応答はなかった。

「わんぱく小僧はまだ帰ってないんだな」

　オコナーがぶつぶつと言った。

「となると、ホームズ先生？」

「ワトソン君、単純なことだよ。きみのゴルフに二人で身を隠し、車の窓が曇るまで張りこみを続けよう」

　それは最高にホットな張りこみになったが、ベストではなかった。二人は二度、激しくもつれ合い、シートの背もたれを壊してしまうのではないかと、ヴァーグナーは真剣に心配した。そのたびに二人は自分たちに課された義務をしぶしぶ思い出し、外の様子に目を凝らすのだった。

「もう家に戻っただろうか？」

「どうして？　外を誰か通ったの？」

「くそ、気づかなかった！」

「誰も通らなかったわ。五分前に一人歩いていったけれど、そのあとは誰も」

「確かなのか？　私は男を一人見たぞ。はっきりとこの目で」

「わたしも。彼、わたしの上に乗っかって、ブラウスのボタンをはずそうとしてた。あなたが見たはずないでしょ」

「それもそうだ」

「ところで今何時？」

「あきらめるには早すぎる時間だ」

「ちゃんと教えてちょうだい。それとも自分の腕時計の針すらわからないの？」

「何もかもわかっているよ。細かいところまで見ないほうが、世界は美しい」

「それで？」

「何が、それでなんだい？」

「何時なの？」

「ちょっと待って……零時十分」

キカ・ヴァーグナーは彼の腕を振りほどくと、シートに体を滑らせて起き上がった。長い髪が顔にかかる。その髪を払い、めくれていたスカートを直した。フォルクスワーゲン・ゴルフの車内で、身長百八十七センチの女といきずりの売春婦のようにいちゃつくなら、青あざだらけになるのは間違いない。

「まるまる十五分、あなたのパディを待ってたわけだけど、それでも充分じゃないの？」

オコナーは顎をさすりながら、

「さあね。実は、われわれが今していることが正しいのかどうかもわからないんだ」

「犯罪捜査にちょっとだけ参加した」

「それが重要なことか？」

「わたしに訊いてもしかたないでしょ」

オコナーは腕を伸ばして、窓の外に目をやった。

「白状するけど、この件にはもう魅力を感じない。くだらないことをやっているみたいで」

「パディはあなたのところに送りこまれたのだと、今でも信じているの？」

彼は指をぱっと広げた。

「そうだとして、いったいどうなるんだろうか。私は幽霊を見たのかもしれないし、それも違うのかもしれない。なんだか、だんだんばからしくなってきた」

「じゃあどうする？　警察に行く？　ホテルに戻る？　まだ待ってみる？」

彼は彼女を見つめた。

「きみのゴルフは拷問部屋だ。ここで待つのは体の節々に悪いな。さっき脇を通った素晴らしい公園を散歩するのはどうだろう。新鮮な空気を吸って、もう一度すべて考え直してみるんだ。どうかな？」

「とってもいいアイデアね」

ヴァーグナーはほっとして言った。

車を降りて手足を伸ばすのは気持ちがよかった。オコナーがさりげなく彼女の腰に腕をまわすと、二人は後方にあるフォルクスガルテンに向かって歩きだした。彼の肩に頭をあずけたかったが、そうするには彼の身長がわずかに足りなかった。

二人が木立を抜け、月明かりに照らされた池の前まで来たとき、ヴァーグナーの携帯電話が鳴った。

彼女の耳に呼び出し音は届かない。

彼女のジャケットから滑り落ちた携帯電話は、まるで彼女を呼び戻したいかのように、ゴルフの座席で鳴りつづけた。画面が緑色にぼんやりと光り、〝着信〟の文字が浮かんでいる。

やがて静寂が戻ってきた。

フランツ・マリア・クーン

クーンはノキアの携帯電話を耳に押しあてて、マリティム・ホテルのバーのスツールに座っていた。なぜヴァーグナーは電話に出ないのだろうか。彼女は、この小さなマシンが体の一部になったような人間の一人だ。彼女にはいつでも連絡がつく。何が彼女の邪魔をしているのだろうか。

彼はしかたなく電話を切った。

頭のおかしな物理学者オコナーと、彼の広報担当ヴァーグナーが出発したのは、三十分前のことだ。三十分は長い時間ではないが、そろそろクーンの頭蓋を共鳴させてくれてもよさそうだった。クローヘシーを探すという非現実的なアイデアが生まれたのは、永遠ともいえるほど昔のように思えてきた。

いいアイデアではなかったのだ。

彼は落ち着かなかった。一人で寂しく三十分を過ごすうち、ばかげた推測をすればするほど、それが筋の通った考えに思えてくる。ケルンは二度めの、単独開催としては初のサミットに熱狂していた。二年前、当時の首相ヘルムート・コールがケルン市長ノーベルト・ブルガーに、東西ドイツ統一によりライン川流域の州が首都をなくした慰めに、この一大メディアイベントを開催することを固く約束した。それ以来、町は歴史の息吹で満ちあふれている。まだ終わってもいないのに歴史と表現する前首相の世界観が、現在のシュレーダー首相の派手好みと、ライン地方の人々の自意識と結合したのだ。記念すべき開催月となる六月の何カ月も前から、例外的な警備体制が敷かれていた。最高に複雑な外交儀礼が関係部局によって進められ、ロジスティックの怪物を作り上げた。その怪物がコントロール不能に陥らないことを祈りつつ、大勢の責任者たちは任務にあたっている。互いの能力はバランスがとれ、ケルンは国際的な情報交換の交差点になっていた。

かつて、これほど多くの外交団と、さまざまな国の警備関係者がケルンにやって来たことはない。いかなるリスクをも排除するために、片方が調整する儀式に、もう一方が目を光らせている。

けれども、どのようにしてリスクを排除するのだろうか。

クーンはオコナーの携帯に電話をかけた。しかし電源が切られていた。さもありなん。携帯を持っていかなかったのかもしれない。オコナーは携帯電話が嫌いだった。誰からもすぐ連絡がつくことを嫌っているのだ。自分から連絡したいときにだけ、彼は携帯電話を使う。

二人がしたいことをしているのならいいのだが。

クーンは誰かがおいていった新聞を不機嫌そうに手に取り、ケルンの地方版に目を凝らす。

そこもサミット一色だ。

そうこうするうちに、ケルン市民の一大イベントに対する意欲は失われてしまったようだ。町はまるで厳戒態勢の中にあった。市民は、もともとサミットを、メディアセンターも含めて見本市会場に収納するつもりだったが、すっかりそれは忘れ去られてしまった。コール前首相の考えはそうではなく、当時、彼の意見には百キロの巨体と同様の重みがあったのだ。サミットは国民に近い存在であるべきだ。前年のバーミンガム・サミットのように隔絶させるべきではない。

初めケルン市民は、サミットの軽快な気分に満足し、国民の祝日のような大はしゃぎを賞賛していた。けれどもそれは、市民が自分たちの町で、もはや何一つ口出しできないとわかるまでのことだった。六月の三日と四日に、EU諸国の首脳たちがケルンを占領した。その五日後にG8の外相たちがやって来た。片隅では、豊かな先進国の慈悲深い枢機卿である財務相たちが、債務問題をG8声明をまとめるため、債務国から来たかわいそうな兄弟たちと会合を持った。ケルンは世界の中心に移動した。動員された警察官は、ドイツ赤軍《RAF》が猛威を振るった一九七〇年代ですら比べものにならないほどの数だ。数では、植えられた花の数も引けをとらない。統計によると、十六万五千株のツリガネソウ、九万株のゼラニウム、五万五千株のフクシアが町の雰囲気を和ませた。けれども、ケルンがあたかも戦時下にあるという事実を変えることはできない。

コソボでは人道的侵害の大惨事が進行する中、ケルンの町はドレスアップを始めていた。コソボの農家やセルビアの橋が瓦礫と化すが、ケルン市の幹部は未完成のヴァルラフ＝リヒャルツ美術館をカラフルな覆いで隠してしまおうと決めた。セルビア南東部ではNATO軍の鉄橋空爆で五十五人が命を落としたが、ケルンでは、中世の館キュルツェニヒ邸と市庁舎を結ぶ通りがきれいに舗装し直された。コリシャでは爆弾の雨によって百人ほどのアルバニア系住民が死んだが、そこから何百キロか離れたケルンの通りは砂を吹きつけられて、路面に付着した二十五万のガムが取り除かれた。一方は他方とまったく関係がないように思われるが、実際には、一大イベントが繰り広げられる二つの世界は遠く離れているのではない。

現実に、二つの世界は相関関係にあり、不穏な雰囲気が満ちている。そうでなければ、すべてはうまくいくはずだった。サミットは賑やかに開催されているが、地下室では警報が鳴っている。世界最強の連合軍を挑発しなければならないと思っている狂人がいるからだ。

ミロシェヴィッチとユーゴスラビア議会が、Ｇ８が提示した平和のためのロードマップに同意すれば、ヨーロッパは痙攣の発作が消えるように思われた。戦争終結への展望はあらゆるものをくまなく照らした。ケルンは平和都市に昇格する。カーニバルの雰囲気と非常事態のあいだに日常性が存在する余地はない。通りや広場や橋はカラフルな国旗の海に変わった。記者の大群は、好意的な報道をしてもらうために市が配った食事券を手にして、会場から会場へと飛びまわる。代表団の何千人という随行員は、展覧会やコンサート、講演会や映画の試写会などの文化行事が目白押しで大喜びだ。建物の正面は磨かれ、建築現場は覆い隠され、壁の落書きは消され、噴水は掃除され、ベンチは塗り替えられ、壊れた街灯は修理され、路面電車の駅の照明は取り替えられる。コール前首相がめざした国民に近いサミットは現実となった。それともドイツの芸人ユルゲン・ベッカーが評したとおりだろうか。町はぴかぴかにきれいで、犬の糞までも消えてしまった。十六年にわたるコール前首相の政権が無駄ではなかったということだ。

まやかしの魅力の真っ只中にあって、聞こえてくるのはヘリコプタや、隊列を組んで走る警察車輛の騒音だけだった。これがまさにサミット開催都市というものだ。

そこに疲労が加わる。

どこにでも出没する警察は、しだいに多くの市民の神経にさわるようになった。すべて終わったのではないのか。セルビアは退場し、ロシアは出航し、ゲーアハルト・シュレーダー首相とヨシュカ・フィッシャー外相は銅像になったのではないのか。そうなる代わりに、新たな道路封鎖の柵が同時多発的に地面から生えてくるようだった。強烈な批判の声が高まる。旧市街にある飲食店には、前々から商売繁盛が約束されていた。閉店時刻が撤廃され、お役所仕事も例外なくナイトライフに援助の手を差しのべたが、客たちは物々しい封鎖の柵やテープを目のあたりにして、店には寄りつかなかった。さらに悪いことに、アメリカのシークレット・サービスはドイツ連邦刑事庁《BKA》に対して、旧市街にある飲食店の戸外からパラソルや花のプランター、椅子やテーブルを撤去するように強要した。テラス席が消滅すると店の主人たちは腹を立て、騙されて雇ったアルバイトや買いこんだ食材や飲料などのコストを計算した。市に対して苦情を申し立てる店主もいれば、赤字を清算するために、さしあたり外務省に請求書を送る店主も現われた。一般商店も封鎖の柵のおかげで客の入りは期待はずれに終わり、同じように怒りをあらわにした。当局もアメリカの突然の要求に驚愕していることを、途方に暮れて関係者に表明したのだ。外相会合が終わる頃には、高揚感はすっかり消え去っていた。ケルン市長はVIPを迎える栄誉のときがいつまでも続くことを望んだが、浮かぬ顔をした市民の数は増していった。厳しい警備のために、市庁舎前で行なわれたEUサミット歓迎式典には、マスコミは殺到したものの、世界の政治エリートをひと目見ようという市民に用意された二百席が余ってしまった。

国民に近い存在は特に警察だ。関係官庁はケルン市民の怒りを和らげようと懸命に努力した。しかし、来るG8サミットに向けて警備体制がヒステリーのように緊迫していくのを、市民に覆い隠せるはずもなかった。

人々は首を振った。ケルンの平和はいったいどうなったのか。それでも、何もかも順調だ。これから何かが起きるはずがない。

クーンはスツールにのせた尻を不機嫌そうに左右に揺すりながら、何年か前にゴルバチョフがドイツで暗殺されそうになったことを思い出した。あの当時もすべてが宥和の旗印のもとにあった。リラックスした雰囲気が人に錯覚を起こさせる。明日からケルンは、ますますテロリズムの標的になるのだろう。首脳たちが気さくに手を振り、ふたたび成果を上げたという満足の笑みを浮かべる舞台裏では、いかなる高揚感にも心を動かされない警備機構が警戒の度合いを引き上げる。ワシントンで特派員生活を送ったクーンは、アメリカ人が大統領の暗殺にとてつもなく大きな恐怖を抱き、不測の事態を未然に防ぐためなら、ありとあらゆる行動をとることを理解していた。シークレット・サービスは信用という言葉を知らない。目前に迫った首脳会談は多くの者の目には陽気なお祭り騒ぎに映るかもしれないが、とりわけ警備のサミットでもあるのだ。クリントンに関しては、千人のスペシャル・エージェントを伴ってやって来ると噂されていた。数週間前からケルンには武装したアメリカの警備関係者が潜入しており、やはり武装したドイツ連邦刑事庁《BKA》の職員が配置されている。エリツィンの警備態勢は少々引けをとる。シュレーダーは、どんなに警備は手薄だとアピールしても、彼には指一本触れることはできない。命が危険にさらされる恐れを徹底して排除する警備態勢を、首脳たち全員が享受していた。ネズミ一四、警備網をかいくぐることは不可能だった。しかし、ケルン＝ボン空港に潜入したテロリストを、どのようにして排除するのだろうか。テロリストの存在は何を意味するのか。

この疑問を嚙みしめるにつれて、クーンの不快感が増した。確かにこれまではすべて順調だった。最悪の事態は、シュレーダーとフィンランドのアハティサーリ大統領がEU首脳会談で抱き合ったあとに乗り越えた。一週間前、アルバニアのクマノヴォで和平案に合意し、コソボ戦争は終結していた。基本的には、以前よりも懸念材料は少なくなっている。ベオグラードの石頭ミロシェヴィッチは意気消沈していた。あるいは、意気消沈を装っていた。誰もがふたたび互いを愛するようになった。エリツィンは電話でシュレーダー首相の和平への意志を確認した。中国の朱鎔基首相は、たとえ自分がどのような意見であれ、北京政府の建設的な役割を強調した。

勝利者たちを出迎えるしかない。皇帝たちに栄冠を！

怪しげな話。

もし本当にテロの可能性があるのなら、なぜ二週間前に起きなかったのだろうか。当時、先進国の経済政策に反対して、十万人がケルンの町をデモ行進した。そこには戦争反対論者や自治主義論者、過激な暴徒が紛れこんでいた。その頃、背骨の折れたロシアはバルカンを凝視し、NATOは、セルビア部隊の撤退合意が完全になされるまで、アハティサーリの和平使節に空爆を続行させると、眉をひそめて通達した。テロの恐れがあるのは、なぜそのときではなく、今なのか。

当時にはなかった重要なことがあるからだろうか。

今シークレット・サービスが、クーンの頭の中で恐ろしいまでに膨れ上がった考え、すなわち決定的瞬間が引きのばされているという可能性をまったく考慮に入れていないとするならば、偽名を使うクローヘシーは懸念材料とはみなされない。大惨事は起きる瞬間まで、誰も起きるとは思っていない。決定的な瞬間は知らないうちにやって来る。

誰も予測できなければ、壊滅的な打撃となる。

今このサミットの場でテロが起きれば、どのような効果がもたらされるだろう。輝かしいポーズの場であるサミットの真っ只中で。同盟者としてのエリツィンと、顔をこわばらせてはいるが、おとなしく拒否権の発動を断念した大中国を加えたサミットで。

パディ・クローヘシーは何をするつもりなのか。リアム・オコナーが活劇調で語ったように、そもそもクローヘシーが何か企んでいて、ただの手先ではないのだとすると。

彼の背後にいる人物は誰なのか。

クーンはため息をついた。だめだ、そういう人間を真夜中に探すのはよくない。愚の骨頂だ。くだらない思いつきだ。ばかげた行為をなんとしても阻止するべきだ。あの二人は探偵の真似をやめて、なぜ警察に行かないのだろうか。

いや、二人はすでに警察に行ったのかもしれないぞ。それがベストだ。けれど、それならどうしてヴァーグナーに連絡がつかないのか。彼女は携帯電話の電源を切っているのではない。呼び出し音は鳴るのだ。当然、二人が実際にあの男と会って話をしている可能性もあった。しかし、そうであっても電話に応答しない理由にはならない。

それとも彼女は電話に出られないのか。

クーンは一瞬、警察に通報しようかと思った。けれどもオコナーは、パディが恥ずべき行為に関係していると証明されないかぎり、警察を介入させることには難色を示していた。オコナーは自分の思いどおりにならなければ、おそろしく腹を立てるにちがいない。クーンの出版社との契約も考え直しかねなかった。第一級の小難しい人間なのだ。彼が幽霊を見たという理由で、クーンが警察に通報するという間違いを犯せば、パディ・クローヘシーが悪党である可能性以上に、クーンの懸念するところとなる。

彼はグラスの酒を飲み干し、勘定を支払った。

何ごとも頼りにはならない。パディの住むローラント通りに出かけて、何が起きているのか見届けるしかないだろう。もちろん自分の気を静めるためだけだ。きっと何も起きていないのにちがいない。こういう場合はいつもそうだ。けれども見届けて損はなかった。

なぜオコナーは問題ばかり引き起こすのだろうか。

きっと何も起きてはいないのだ。彼はマリティム・ホテルの地下駐車場に向かいながら思った。まったく何も起きてはいない。

上着のポケットを探って車のキーを取りだした。二度、キーが手から滑り落ちたが、ようやく古い型式のシトロエン2CVのロックを開けて乗りこんだ。

コニャックのおかげで、彼の恐怖は行動意欲に思えるのだった。

ミルコ

ミルコの姿は通りの反対側の暗闇に紛れ、まったく見えなかった。彼は木立の下に佇み、アイルランド人の物理学者と背の高い女が車を降りて、公園の方向に消えるのを眺めていた。革のジャケットからFROGを落ち着いた手つきで取りだし、ヤナを呼びだした。

「小鳥どもは十五分、女の車の中でいちゃついていた。たった今、車を降りたところだ」

「期待されたとおりね。二人は何をしているのかしら」

「さあね。おれの目には、二人は大急ぎで警告を発する気はないように見える。腕を組んでフォルクスガルテンの方向に歩いていった。恋人同士のようだったぜ」

「それでも気になるわ。二人がまだあたりにいるのだったら、意図はわからないわね。いつ戻ってくるのか。誰と戻ってくるのか」

彼女はひと息おいた。

「これで決定は下されたわけでしょうね」

「そうだな。おれたちは問題を解決するとしよう」

「決めたとおりに」

ヤナは念を押した。

彼は通話を切った。クローヘシーは、オコナーとの会話を盗聴されていたことに気づいていない。

クローヘシーは自己陶酔して自分の過去をオコナーに告白したが、彼の心の中で何が起きたのだろうか。それがアイルランド人の感傷というものなのかもしれない。彼はオコナーと共有する過去の甘い思い出を少し口にし、自分を裏切らないでくれと頼むだけにすべきだったのだ。ナイスガイの身の上話――トラブルを抱えてしまい、名前を偽って海外で生活して働く男のストーリーは、語るには重すぎる話ではなかったのだろうか。もう少し感情の高まりを抑え、親しげに肩をたたきあい、サミットが終わったら必ずビールを飲みに行こうと約束する。もしそのとおり話が運んでいたら、オコナーはこの一件に頭を使うことにはならなかったはずだ。

ところがパディ・クローヘシーは救いようのないおしゃべり男で、さらに悪いことに理想主義者だった。山あいの修道院で会った初老の男は、背信行為を犯す才覚に長け、偽善的で恥知らずであるかもしれないが、理想という話になると、あの男もまたおしゃべり女のようにぺらぺらしゃべった。ヤナだけは違う。ミルコが彼女に感心するのは、彼女が自分の行動の本当の動機を口にしないからだ。彼女の心の奥底にあって、彼女を駆りたてているものが何か、ミルコは薄々感づいていた。それは、自分の民族に貢献したいという願望。傷の痛み。

れで壊れた精神。彼女を打ち負かした過去。自分が決してなるつもりのなかった人間になったと自覚して、そ

暴力のスパイラルはどこまでも進行する。

ミルコは急ぐでもなく通りを歩いた。顔には薄ら笑いを浮かべている。クローヘシーは彼の姿を見なかった。オコナーとライン河畔で話していたときですら。ミルコは二人からわずかに離れたところで、イヤホンを通じて二人の会話を聞きながら、黒い川面を眺めていたというのに。

幾分楽しげに、彼はジャケットから金属の束を取りだし、建物の入口の鍵をピッキングしはじめた。今ではノスタルジックな楽しみだった。しかも、漫画家が描いた自分の姿が目に浮かぶ。無精髭を生やした泥棒面に黒いアイマスクを着けて、ウサギのような耳と犬のような鼻。まるで、カール・バークス原作のディズニー・アニメ『わんぱくダック夢冒険』に登場するビーグルボーイズだった。ハイテク装置をしばらくのあいだお預けにして、古きよき時代のピッキング道具、金梃子《かなてこ》や凶器に持ち替えるのは今でも楽しかった。ミルコが鼻歌を歌うあいだ指はひとりでに動き、蜘蛛のように鍵穴を這いまわる。十秒もかからずに鍵がはずれた。彼がこんな手口で忍びこんだことに気づく者はいないはずだ。彼のピッキングは引っ掻き傷一つ残さない。たいていの場合、生き残る者もいない。

暗い玄関ホールに足を踏み入れ、開けた扉の枠をつかんで動きを止めた。何度この扉の鍵を破らなければならないだろうか。さしあたり鍵がかからないようにしておくのがよさそう

だ。サムターンをまわしてデッドボルトをだしてから手を放すと、扉は半開きの状態で閉まった。古い建物のすり減った階段を三階まで上る。スニーカーを履いた足をそっと厚い床板におき、クローヘシーの部屋に近寄っていく。壁の幅木ぎりぎりのところを歩いた。そういう場所は床板が軋む恐れが一番少ない。彼の部屋はゆったりとした階段の空間から横に六メートル離れた、天井の高い廊下の突きあたりにある。ミルコは玄関扉のすぐ脇の壁にもたれると、親指をジーンズのポケットに引っかけて待った。

ミスは犯していない。

見張りを始めて十分が経ち、部屋の中から聞こえる音が大きくなった。扉に足音が近づいてくる。両開き扉の一方が勢いよく開いて、クローヘシーが現われた。手には中型の旅行鞄を提げている。

「パディ、こんばんは」

ミルコは言った。

クローヘシーの顔が驚愕で引きつった。この瞬間、彼が走って逃げようと思っていることはミルコにもわかる。壁から身を突き放し、彼の行く手に立ちふさがった。

「あんたの助けがいる。問題があるんだ」

ミルコはクローヘシーが言葉を取り戻す前に言った。

目の前の男は黙ってミルコを見つめている。

「問題って、いったいどんな？」

「中に入らないか。中で説明するよ」

クローヘシーは硬直してしまったかのようだ。瞳が震えている。ミルコの視線を受け止めながら、あらゆる選択肢を考えているのだろう。ただ、ミルコが彼に助けを求めているとは信じていない。彼は身じろぎ一つしなかった。ミルコは彼の胸に手をおき、そっと部屋の中に押し戻した。

「どうしてこんな暗いところでうろうろしてるんだい？」

ミルコはついでのように尋ねた。

「特に理由はない。おれはただ……」

クローヘシーは声がうわずらないように必死だ。

「どうでもいいさ。おれには関係ないことだ。さて、聞いたところじゃ、オコナーとの一件はうまくいったそうだな」

ミルコは扉が二人の背後で閉まるのに任せ、声を落として言った。

「うまくいった。ああ、最高にうまくいった」

「彼はあんたを信じたのか？」

「もちろんだ！」

「いいだろう……」

ミルコは芝居がかった間をおく。

「一つ問題が減ったな。その代わり別の問題が持ち上がった。失敗したんだ」

「そ……それは何が？」

「ヤナがテスト信号を送った」

クローヘシーは大きく息を吸いこんだ。鞄を床に下ろして緊張する。

「今さら？」

「ああ。彼女が言うには、システムが申し分ない反応を示さなかったそうだ。ターゲットのミラーの位置調整にわずかなぶれが生じたとか。二十センチから三十センチぐらいらしい。どういう意味か、おれが言わなくてもわかるだろ」

クローヘシーの表情がすべてを物語っている。ミルコが真実を話しているのかどうか、推し測っているのだ。目に希望の光が煌めいた。眉根を寄せると、ぼさぼさの髪を掻いた。

「ぶれが生じるはずはないのだが」

彼はゆっくりと言った。すぐに愚かな答えを口にしたと気づき、あわてて付け足す。

「つまり、たぶん生じたんだ。問題はメカニズムじゃない。カバーがついていて、申し分なく機能するから。もしそうなら、制御装置にエラーが出るし」

「でも、ヤナはメカニズムじゃないかと心配しているんだ」

「ありえ……おれにはわからない。グルシュコフと話さないと」

「グルシュコフは配送所だ。おれたちの意見は一致している。あんたに一緒に来てもらうのが一番だ」

クローヘシーは一歩あとずさる。

「パディ、どうしたんだ？ 怖いのかい？」

ミルコは穏やかな口調で尋ねた。

「どうしておれが怖がらなくちゃならないんだ」

「あんたにはその理由があるんじゃないのか。オコナーとの話が大してうまくいかなかったのなら、あんたを排除することを真剣に考えるしかないだろうな」

「あんたたちは……そんなことを……」

ミルコは笑みを浮かべ、

「当然だ。あんたはどう思う？ けど、あんたは時間を稼いだ。オコナーは危険ではないかもしれない。あの女も。女の名前はわかっているのか？」

クローヘシーは首を振った。

「どうでもいい。あんたは心配するな。おれたちは、あんたの助けがいるんだ。何ごとも最後の瞬間にうまくいかないのは嫌だろ？」

「いったいどう……」

クローヘシーは言いはじめ、身をかがめて鞄のほうに手を伸ばした。そこで一瞬考えて、ふたたび体を起こす。

「あんたは逃げるつもりだった」

ミルコがはっきりと言った。

「違う、おれは——」

「あんたは逃げるつもりだった。そうじゃないのか？　逃げる必要なんかない。さあ行こう、やることがあるんだ」

クローヘシーはしぶしぶうなずいた。彼が緊張を解いたことにミルコは気がついた。玄関扉を開けると、彼の袖をつかみ、黴臭い廊下に押しだした。

公　園

「ゲームをしよう」

「昨日からしてるんじゃないの？」

「そうだが、今度のゲームはちょっと違うんだ。きっと気に入るよ。ゲームの名前は、時間を利用しろ」

「あ、わかった！　〝今を楽しめ《カルペ・ディエム》〟にちなんだのね」

「時間を使え《カルペ・テンプム》。一つだけ時間の速度に対抗できることがあるんだ。迅速性——それで時間を利用する。そこが肝心だ。わかるかい？　だから、このゲームにはたった一つしかルールはない」

「というと？」

「じっくり考えないこと」

「わかった。で、ゲームの目的は？」

オコナーは首を振り、

「目的を知ることではなく、目的を認識することがこのゲームだ。きみのこれからの言動のすべては、きみが分別という水門を閉めないで、きみからほとばしり出るようにしなければならない。きみは不合理でもいいし、教養があってもいいし、感情的でも、ばかでも、間抜けでも、悲劇的でも、エリートでも、荒削りでもいい。でも、じっくり考えることだけは許されない」

二人は木立を抜けて池のまわりを歩いていた。対岸にあるレストランのテラスに十代の若者たちがたむろしている。何人かがボンゴを打ち鳴らし、低い笑い声が二人のところまで聞こえてきた。太鼓のリズムには、ルールを帳消しにするのに最適な、太古の儀式のような雰囲気があった。公園には、先ほど車で脇を通りすぎたときに感じた、見捨てられた印象はなかった。それでも、まわりで聞こえるささやき声の主たちは、一緒に暮らす親密な環境にふさわしいように思われた。ここでは互いの邪魔をし合うのではなく、ちょっとした危険、秘密を告白したり、冒険したりするために空間を残しておく。

二人の前に密集した木立が現われた。小道はその中に通じている。

「ねえ教えて、ゲームはどんなふうに進行するの？」

彼女が尋ねた。

オコナーは謎めいた笑みを浮かべる。

「毎回違うんだ。今ここで始まる。次は何かというと、きみから出てくるもの」

「じゃあ誰が勝つの？」

「それもまた決まっていない」

「あらあら、まあいいわ。やってみましょう。誰から始める？」

「きみから」

「わかった。わたしはどうするの？」

「今この瞬間の状況を描写するんだ」

「そうねえ」

「考えちゃだめだ」

「そうね、そうだったわ。ちょっと待って。えっと……たった今わたしたちは……」

「ひと言で」

彼女は空を振り仰いだ。夜空は異様なまでに鮮明だった。ジャンプすれば、夜空の星にたどり着けそうな気がする。

「暗闇」

彼女はささやいた。

オコナーの瞳が煌めく。

「ばん！　ビッグバン。闇。言葉のシークエンス、無意味、意味。どんどん続けるぞ。暗がり、闇、不吉、雑然、空虚。凝集、構造、世界は闇の中で形成する。光の追加。光……光…

…火、キャンプファイアー。闇の中で、人々は火のまわりに集まっている。伝説や物語。昔話。神話。長老たち……フッ……フッ族、そうだ、アフリカのフッ族の神話では、闇は原始の状態や理想の状態に匹敵する。闇は、神々が世界を輝きの中に放つ前は、あらゆるものを支配していた。でも神々は偉大だったから、闇もまた神々が創りだしたにちがいない。偉大な全能の神々。闇は世界を創りだす前に創られたにちがいない。

光が創られる前に闇が創られたことなど、フッ族にはどうでもよかった。その代わり、賢人たちは火のまわりで語ったんだ。闇が神々を生みだした。だから闇は神そのものだ。最高のもの、神々しいものは、どう考えても光に先行する」

ヴァーグナーはビッグバンに立ち会っている感覚にとらわれていた。オコナーは猛烈な早口で語った。まったく関連のない言葉の切れ端が文章になり、物語になる。

「悪くないわ。これはあなたが考案したの？」

彼女の問いには答えず、オコナーは先を続ける。

「実際に、闇は人類の歴史に常に致命的な模様として織りこまれている。われわれは光のないところで自分自身を知覚する。覆いをかけた暗い部屋の中で、薄暗い小屋の中で、目が見えず精神が錯乱して命が終わる。殺人犯は明るく照らされた道の反対側で犠牲者を探す。太陽が姿を消すところで、心は打ち砕かれ、鼓動をやめ、あるいは盗まれる」

「あらあら、それは言いすぎよ！」

「きみの番だ」

「こんなこと、わたしにはできないわ」

「ばかばかしい、誰だってできるよ。立ち止まるな、バトンを渡すぞ！　さあ、さあ！」

彼女は空気を求めて喘いだ。

「わかった。えっと……じゃあ……いいわ……闇の中で、ロメオがジュリエットのもとに急いでいる。オルフェウスが妻のエウリュディケを探している。恋に落ちた獣が美しいイザベルに近づいていく。光のないところで、マクベスがダンカンを殺す。ユーディットがホロフェルネスの首を斬る。暗闇は、急ぐユダの装束。闇は、寛大さの光を知らないイアーゴの頭を支配する。形のない黒の中で、生まれたばかりの惑星ガイアが脈動する。糸を紡ぐ女神ノルンたちの本性が隠れ――」

「ノルン？」

「ちょっと、ずるいわ！」

「話をやめちゃだめだ」

オコナーはにやりとした。

ヴァーグナーは笑った。絡まり合った枝の下に足を踏み入れる。枝は高い木の上のほうから垂れ下がっていて、自然の天蓋を作っていた。相当な古木にちがいない。オコナーは彼女の後ろをついて来る。

「素敵なところね」

彼女が小さな声で言うと、オコナーはうなずき、

「大聖堂。ここで不安が希望と結婚するんだ。分別の光を浴びて、われわれは凝固する。けれども、とどのつまり願望がわれわれを探している。薄暗い無意識の深淵から、欲望が湧き上がってくる」

ヴァーグナーは彼のほうに体を向けた。このゲームが好きになっていた。

「自分自身の不幸に魅了されることはよくある。闇の手先はわたしたちに真実を語る。無邪気な玩具でわたしたちを騙して奈落に誘う」

「びっくりした！」

「そうよ、マクベスよ」

「懐かしのスコットランド人。私はスコットランドが好きだ。私はきみのスピリットが好きなんだ！」

彼は彼女に近づき、唇を彼女の唇のまぎわまで寄せた。ヴァーグナーは彼から身を離し、自然の天蓋の真ん中まで歩いた。木の幹のざらざらとした表面を指でなぞる。

「スコットランド？　あなたはアイルランド人でしょ。はっきりとした立ち位置がないんじゃないの？」

「私は立ち位置がなくて困ってはいないよ。一つや二つ譲り渡してもいいくらい、立ち位置ならたくさんあるんだ」

「いいかげんな人なのね」

彼は小さく笑った。

「じゃあきみは？　裸足の伯爵夫人さん？」

「わたしたち、パディのことをどうするか考えるんじゃなかったのかしら」

「考えるつもりだった。覚えているよ」

「その代わりに、ここまで来てしまったのね」

彼は首を振った。

「そうじゃない。人生はまっすぐではない。いろいろな状況が、われわれをこの瞬間に押し流したんだ。すべては、この瞬間のためだったんだよ。目的を認識する。ルールを覚えているね」

「じっくり考えない」

「考えるな！　じっくり考えるな！」

二人は腕を大きく開いて木の幹に体をあずけた。

「きっとパディの件は大したことじゃないわ……このゲームに比べれば」

彼は彼女に近寄り、

「ノルンの三女神は運命の糸を紡ぐ。そうだったね？　三番めのノルンが運命を引き裂く話。これはゲームだ。人生をゲームだと思わなければ、われわれはとっくに運命に負けている。きみは今夜負けたいの？」

「負けることとなんて、そもそもできるの？」

「私にはわからないな」

彼は彼女の前に立った。彼は自分と同じ背丈なのだと、彼女はふたたび感じた。彼の瞳が闇の中で煌めいている。つかの間、彼は真剣に考えこんだように見えた。やがてにやりとすると、

「サロメ、きみが決めろ。洗礼者ヨハネに口づけするには、月のない夜が必要だ。禁じられたことが、今、起きるはずだ。そうでなければ、決して起こらない」

彼の両手が彼女の顔に触れた。首筋をなぞり、そっと胸に下りてくる。

彼女はささやいた。

「さあいらっしゃい、最愛の人、夜の子ども。一番鶏がときを告げるまで、わたしはお前を愛し、抱いていよう。太陽がお前の不死身の体を焦がしたら、闇の支配者よ、お前は誰がこのゲームの勝者となったか知るであろう」

ずっとよくなってきたわ。マクベスからドラキュラ伯爵になった。次は何が来るかしら。

息を感じるほど近くにオコナーの顔があった。彼女は唇を開いた。彼の舌先が彼女の舌先をもてあそび、奥に侵入して、撤退した。

「ゲーム。敗者は、この誘惑に屈しない者」

彼はささやいた。

「じゃあ勝者は？　勝者は何を手にするの？」

「この一瞬を」

彼は彼女のブラウスのボタンをはずす。彼がブラジャーを上にずらすと、彼女は素肌に彼

の両手を感じた。彼の親指が乳首のまわりに円を描く。

こんなことはしないほうがいい。彼女はちょっとしたパニックに襲われて考えた。酔いが醒めれば、残るのはひどい虚しさだけ。オコナーは舞台の上で生きている。彼もそれがわかっている。彼は自分を変えられない。わたしには彼を変えることはできない。わたしたちにそのチャンスは微塵もない。

こんなことを考えるのはゲームだから？

彼女は頭をのけぞらせ、彼を見つめた。

「どうしてあなたは、わたしより小さくないの？　男はみんな、わたしより背が低い。あなたも。なのにあなたは、どうしてわたしより大きく見えるの？」

彼女は荒い息をつきながら言った。

「騙しているんだ」

「どんなことも？」

彼は笑みを浮かべた。

彼女は彼の肩につかまり、ここで終わりにしろと告げる理性を捨てた。彼を引き寄せる。彼のジャケットの裏地を指で引っかくと、ジャケットは芝生の上に飛んで落ちた。ネクタイが続く。自分のブラウスの縫い目が裂ける音を聞きながら、彼のシャツをはだけて彼からはぎ取ると、ボタンが飛び散った。彼の肌は滑らかで、胸毛は一本も生えていない。胸の筋肉が浮き出ている。上半身は彫像のようだ。そこには不摂生な生活や、この世に存在するために静脈にアルコールを補塡している現状は、まったく感じられなかった。彼は雄猫のようにくぐもった声を上げた。軽々と彼女を高く持ち上げる。彼女が脚を彼の体に巻きつけると、彼の舌が彼女の乳首をまさぐり、彼の手がスカートの下に入ってパンティをつかむ。彼女が地面に飛び降りると、パンティとスカートが下に落ちた。彼の瞳に、生まれたままの自分の姿が映っている。彼女は身震いした。

「クレイジー・スウィーニー。巨人フィン。恭しい妖精プーカ。エリンの島の強大なパワー。聖ブレンダン。どうか私とともに。私のかたわらに！」

彼は彼女の尻をしっかりとつかみ、太腿のあいだにある黄金の三角地帯に顔を埋めた。

フランツ・マリア・クーン

どこかで何かが軋《きし》む音がする。

最も嫌な感じのする騒音だ。クーンはサスペンションだろうと思った。けれども、それは三ダースある騒音のうちの一つで、どれも謎に包まれているから、もう気にしないことにした。

アクセルを踏むと、車は環状道路をがたがたと走った。

クーンはこの車を愛していた。おそらく最も古い型式のシトロエン2CVだろうが、まったく動かないわけではない。それでも彼は神の配慮に感謝した。これまで交通量の多い厄介な通りを走る必要がなかったのだ。そもそも路面電車のレールを一本またぐだけで、背骨に相当な打撃をくらうから、ショックアブソーバのような有益な部品が欠けていることがはっきりとわかる。クーンの錆びついたポンコツ車の場合、乗るのではなく、乗馬するという。小石や小枝を踏むだけで彼の全身が揺さぶられる。車の速度を時速二十キロに減速させるための路面のうねりは、無傷の体にはテロ攻撃だった。どんな整形外科医でも、この車を体調不良の原因リストに入れるはずだ。

けれども、この車を売り払ったり、スクラップにしたりすれば、クーンの夢が賞味期限を過ぎる前の日々との最後のつながりを断ち切ってしまうことになる。車に貼ったステッカーも犠牲にするしかない。古いシトロエン2CVから、ステッカーは絶対に剝がれない。ステッカーは彼自身よりも、過去のほうにずっと強力に貼りついているからだ。昔の反原発のステッカー、ウッドストックのエンブレム。すべて救いようのないほど時代遅れだった。けれどステッカーがなければ、かけがえのない過去を証明するプロセスは失われてしまう。

車のカセットデッキから、アイアン・バタフライの『イン・ア・ガダ・ダ・ヴィダ』が流れてくる。クーンは室内灯をつけて、助手席を半分覆うフォルク製ケルン市街地図に目をやった。もう少しで行きすぎることに気づき、間一髪、右折した。

地図によれば、ここからフォルクスガルテン通りまで走れば、そのまま道はローラント通りに名前を変えるはずだ。

気分は最低まで落ちこんでいた。

クーンはケルンが嫌いだ。どう考えても、ハンブルクとは比較にならない。電車でケルンに降り立つと、〝世界の玄関口〟と印象的な文字で書かれた広告がまず目に入る。ドイツ鉄道が誇る高速列車ICEをケルンで下車し、駅の正面玄関から町に出ると、脂臭い汚い屋台の看板に〝リーフコーヘ〟と、ドイツ名物のジャガイモ料理〝ライベクーヒェン〟のことをケルン方言で書かれているのが目に飛びこんでくる。おかげで、そのすぐ脇に大聖堂の石筍のような尖塔が天にそびえ立つ様子は、見る人にさらに冒瀆的な印象を与えていた。ケルンの人々は町のシンボルすらきちんと紹介できない。彼らはとにかく様式美を持っていないのだ。彼らの方言には安っぽい響きがあるし。

クーンは、とりわけ人々が浮かべた満面のにやにや笑いのせいで、ケルンを嫌った。そういう顔をすれば、ライン惑星の住民以外に誰も信じていないこと――ケルンは世界の中心で、ガリレオの天動説のように、あらゆるものがケルンのまわりをまわっているということが、証明されると思っているのだ。他人の目が見るものと自分の目が見るものとのギャップについては、もう語りようがない。ケルンはサミット開催の今、ヨーロッパの密かな首都だ。ケルンの人々は自分たちが何一つ貢献できない平和を袋に詰めこみ、他人の目には違って映る気さくな態度を見せている。各国の首脳たちですら、飲み友だちと同等に扱ってしまうケルンの人々をクーンは理解できなかった。

呪われたケルン。ほかの町であれば、オコナーはパディ・クローヘシーに出会わなかっただろう。ほかの町であれば、二人の遭遇はクーンに妄想させることはなかったし、キカ・ヴァーグナーが連絡してこない理由を確かめに、見知らぬ通りに車を走らせる必要もなかった。結局、彼はそこに行って間抜けのように立ちつくす。彼の心配をばかにされ、笑われて。恩知らずたちめ。

シトロエン2CVは喘ぎながら公園の脇を走った。

地図によるとフォルクスガルテンと呼ばれる公園らしい。やがてまた家々が現われた。どうやらこのあたりのようだ。

そのとき、キカのフォルクスワーゲン・ゴルフが目に入った。

車を止めて眺めたが、誰も乗っていない。アドレナリンが大量放出されて股のあたりがむずむずするのを感じながら、彼は車を先に進めて駐車スペースを見つけた。小さなシトロエン2CVがなんとか停められるスペースだ。クーンが車を降りると、ドアはがたがた音を立てて閉まった。三十八番地を探しに出かける。きっとキカとオコナーとクローヘシーは、いい気分でビールを飲んでいて、彼が現われたら大笑いするのだろう。

腕時計に目をやる。そろそろ零時三十分になるところだ。

三十八番地には、百年前には典型的だった豪華な建物が、今はうらぶれた姿をさらしていた。クーンは目を細めて呼び鈴の表札を眺めた。クローヘシーは三階だ。一歩、通りにあとずさりし、建物の正面を見上げたが、どこにも灯りは見えなかった。

呼び鈴を鳴らしたほうがいいのだろうか。

決心がつかないまま入口の扉に寄りかかると、驚いたことに扉が内側に開いた。鍵がかかっていなかったのか。嫌な気持ちになったが、風変わりな冒険心に捕らえられ、忍び足で階段に近づいた。灯りをつけるべきだろうか。

少し離れたところに、ぼんやりとオレンジ色に輝くスイッチが見える。

灯りはつけないことにした。陰謀のセオリーに従って家宅侵入するのなら、灯りをつけるのは変だ。ショーン・コネリーが灯りをつけるのを見たことなんかないぞ。

すぐに暗闇に目が慣れた。

抜き足さし足で階段を上がる。足元の段がかすかに音を立てるたびに、彼はぎょっとした。三階にも、背後の短い廊下になんとか確認できる両開きの玄関扉の脇に、オレンジ色に輝く照明のスイッチがあった。

廊下に足をおき、スイッチの光に向かってそろそろと歩きだした瞬間、扉の向こうに音が聞こえた。誰かが取っ手を押し下げたのだ。クーンは飛びのいた。勇気のすべてが両膝に集まる。階段を、一つ上の階をめざしてあわてて上がった。半分まで上がったところの壁にニッチがある。彼はくぼみに体を押しこんだ。

話し声が響いてくる。

びくびくした感じの男の声が英語で言った。

「おれにはわからない。もしかするとピエゾに問題があるのだろう。アダプティブミラーはターゲットよりもデリケートだから」

「静かにしろ。それに英語を話すのはやめるんだ。海外にいるときは気をつけろ」

「わかってるよ」

クーンの視界に二人が入った。顔ははっきりとは見えないが、一方は痩せて猫背気味だ。暗い色の髪はぼさぼさだった。彼はオコナーの人物描写を思い出した。あれは、きっとクローヘシーだ。その後ろになかば隠れて歩く男は、黒っぽい革のジャケットを着ていた。二人はクーンのほうに背を向けて、階段を下りていく。

びくびくした男の声が聞こえてきた。

「ヤグを撃てば、きっとシステム全部が粉々――」

スラブ訛りがさえぎった。

「いいかげん黙れ。おれたち……」

その続きは聞くことができなかった。ひそひそ声がクーンの耳に響いた。二人の足音は下の階に遠ざかっていく。一瞬ののちに入口の扉が閉まった。

クーンはニッチの中で身じろぎ一つせず、落ち着こうと必死だった。二人は行ってしまった。何を話していたのだろうか。

彼はそっと廊下を覗きこんだ。

ヴァーグナーとオコナーは中にいるにちがいない。でなければ、キカのゴルフがすぐそこに停めてあるはずがない。二人はパディ・クローヘシーを訪ねるつもりだった。車にはいなかった。ということは、この部屋にいる可能性が最も高い。

どうかしているぞ。頭が変になったのか。何を考えているんだ。ここはどこだ？　ハリウッドなのか？

彼は床が軋んで音を立てないように慎重に足を進め、三階に下りた。視線が玄関扉にとまる。

目の錯覚だろうか。それとも扉が少し開いているのか。

彼は扉に近寄った。クローヘシーとスラブ訛りは出ていったのだから、ちょっと中を覗けるはずだ。

震える手を真鍮の取っ手におく。扉は、音もなくスローモーションのように開いた。

逃げなければ。

そうする代わりに中に入った。

ミルコ

同情を感じることはミルコの性格にはそぐわない。しかし今日、パディ・クローヘシーの一件では、奇妙なことに哀れみが彼の心に忍びこんできた。クローヘシーは悲しい運命を持つ男だ。抜きんでたプロフェッショナルになれたかもしれない。しかし、残念ながら彼の莫大な能力には、冷静な思考がまったくできないという欠点が連結していた。装置を設置するのに彼は名人技を発揮し、ライアン・オデアとしての偽装を完璧にこなした。ただし、感情が入りこむまでのことだ。専門性だけを考えれば、彼には価値がある。感情が混じれば、何もかも彼は機能しなくなる。

二人は通りを渡った。

「あんたの車はどこだ？」

ミルコが尋ねた。

「百メートルほど先に停めた。歩いてすぐだから、おれたち――」

ミルコがさえぎる。

「おれので行こう」

クローヘシーは足を止めた。

「どうしてあんたの車なんだ？」

ミルコはため息をつき、両手を広げる。

「おれが言ってるからだ。パディ、時間がないんだよ。ここで立ち止まって言い合ってる暇に、貴重な時間をなくしてしまう」

クローヘシーは唾を呑んだ。そのとき、彼が泣いているのをミルコは目にした。

「怖いんだ」

クローヘシーが小声で言うと、ミルコはゆっくりと首を振った。クローヘシーのかたわらに行き、腕を肩にまわして引き寄せる。

「なあパディ、おれたちは一緒にここで乗り越えてきたじゃないか。半年間、この瞬間をめざして努力してきたんだ。仲間は少ない。ヤナとおれがチームの仲間をそんなにあっさり見捨てると、あんたは本気で思ってるのか？」

クローヘシーは答えない。自分の体を抱きしめている。

「もちろん今夜じゅうに、あんたは地下に潜らなければならない。それは決まったことだ。あんたはチームを離れなきゃならない。明日もまだケルンにいるのは危険すぎるからな。装置をチェックして、ちゃんと動くようにしてくれないか。それから鞄を持って、この国を出るんだ」

ミルコは親しげにクローヘシーの髪を撫でる。

「迅速にということだ。わかったか？　あんたの金は用意してある。グルシュコフに一つか二つアドバイスしてくれるだけでいいんだ。おれがあんたを車に乗せていって、またここに送ってやる。あんたが自分の車でオランダ国境を越えるのに一時間もかからないさ」

クローヘシーは荒い息をついた。やがて、うなずいて言った。

「あんたたちに殺されると思ってたんだ」

「言ったように、それも検討した。でも、それはおれたちの流儀じゃない。しかも、あんたは必要とされているんだ」

「わかった」

「だがな、パディ。おれたちがこの件を実行に移すまで、あんたの姿が消えてるってことが絶対なんだ。あんたが明日もケルンにいるとなると、おれはもう何もしてやれない。わかってくれたか?」

「もちろんだ。そのとおりにする」

クローヘシーの声にはしっかりした響きがあった。鼻水を拭い、希望に満ちた笑みを浮かべた。

「わかった。じゃあ行こう」

二人は、公園の向かいに整然と並ぶ立派な木立の脇を並んで歩いた。ミルコのジープはマロニエの巨木の下に停まっていた。

「乗れよ。鍵はかかってないから」

クローヘシーは助手席によじ登った。ミルコは車をまわって運転席に体を滑りこませる。

「コーラはどうだい?」

彼が優しげに尋ねると、パディはありがたそうにうなずいた。

ミルコは彼の背後に右手を伸ばし、パディの髪をつかんで頭をグローブボックスに打ちつけた。気味の悪い音が上がる。パディはうめいた。両手が高く持ち上がり、指が開いて虚空をつかむ。彼は致命的な間違いを犯したと本能的に悟ったにちがいない。けれどもそれに気づいて抵抗するより、ミルコの襲撃のほうが一足早かった。ふたたび頭がプラスチック素材のグローブボックスに打ちつけられる。体がぐったりした。ミルコは消音器を装着したワルサーPPKを左手でホルスターから抜き、パディの首に押しつけて引き金を引いた。

上品な死。消音器付きのピストルの発射音は、世の中の騒音とは比較のしようがないほど控えめだ。

ミルコの肩に慰めを見いだそうとするかのように、パディがのしかかってきた。

彼は武器をホルスターにしまうと、用意しておいた布をパディの首に巻いた。ワルサーPPKが残す傷口はワルサーTPHほど小さくはないが、とにかく控えめだった。まさにイギリス風。ミルコは、あとから車を掃除する必要がないように車内で人を殺すやり方を心得ていた。せいぜい鑑識はわずかな血の飛沫を発見するくらいだ。曇った目には、車内は清潔そのものにしか映らない。

ミルコは通りに視線を走らせた。車が二台、脇を通りすぎていく。そのテールランプが点になるのを彼は待った。それから慣れた手つきでパディを後部座席に移動させると、毛布をかけ、さらに黒い防水シートで覆った。ミルコのほかにもう一人が車内にいることは、これで誰にもわからない。

彼は煙草に火をつけ、考えをめぐらせた。

これから死体を運び、そのあとパディの車を始末することになるだろう。その前に、もう一度アパートに行って、鑑識を調子づかせるような代物が残っていないか確かめる必要があった。家宅捜索があった場合に、パディが大あわてで出ていったと見えるように工作しておくのだ。パディは逃走計画にしぶしぶ応じた。ミルコのすることは多くは残っていない。怯えきっていたパディは、ミルコが部屋の扉をきっちり閉めなかったことすら気づかなかった。

ピッキング道具の出番は割愛できるというものだ。

彼はジープを降りてロックすると、軽やかな足取りでローラント通りに戻っていった。

どのみちクローヘシーはもう必要なかったのだろう。彼は名人技で装置の設置を完了している。装置は問題なく機能しているし。

フランツ・マリア・クーン

「こんばんは」

室内は真っ暗だった。いい兆候か悪い兆候かのどちらかだ。ヴァーグナーとオコナーがここにいなければ、それはいいことだが、二人がいれば、それは芳しくない。映画であれば、その場合、死んでいるか、縛られて口をふさがれているかだ。

これは映画じゃないんだぞ。クーンは心の中で繰り返した。びびるのも、いいかげんにしろ！

玄関扉の枠を手で探ると、指が照明のスイッチに触れた。飾り気のない天井灯がぱっとついて、彼の思考も照らしてくれた。あたりが見える者は、まわりから自分の姿を見られる。彼は反射的に扉を閉めて鍵をかける。ほっと息をついて振り返った。

誰かいる。

押し殺した悲鳴をひと声上げて飛びのくと、体が玄関扉に激突した。自分の向かいに立つ男がいきなり視界に入ってきて、同じことをやっている。男はクーンと同じだけ驚いたにちがいない。男の背後にも大きな両開きの扉が見えた。男の目にも驚愕の色が浮かんでいる。

男もクーンと同じ姿をしていた。

一切合切を一度に理解して、クーンは鏡に映る自分の姿に吠えかかった。煮えたぎる怒りで恐怖心が薄らいでいく。身震いするると玄関をぐるりと見まわした。洋服掛けと足元にある安物の敷物のほかは、何一つ見あたらない。隣り合わせに並んだ扉と、短い廊下の突きあたりにある扉はどれも少し開いていた。

クーンは唇を尖らせると、『クワイ河マーチ』のさわりを口笛で吹きながら、一番手前の部屋に足を踏み入れた。

そこは小さな台所だった。玄関から差しこむ光に、安っぽいユニットキッチン、テーブルと椅子二脚が照らされている。流しの上の壁には、断崖の海岸を写したポスターが貼ってあった。〝アルスター魂〟とケルトの字体で書かれたロゴが写真に飾られている。台所には、古くなったソーセージと黴の臭いがかすかに漂っていた。

彼は玄関に戻った。台所の隣は狭い浴室だった。洗面台のすぐ脇に便器があり、座ったまま手が洗えそうだ。少し離れた床に、かなり小振りのシャワー用排水パンがあるのが見える。青いビニール製カーテンが半分ほど引いてあった。

なんとなく落ち着かない。

クーンはマーチの続きを口笛で吹きながら、廊下の突きあたりの部屋を調べた。誰にも襲われたり脅されたりしないで時間が過ぎ、彼は安心感を取り戻した。それは征服者が抱く傲慢さを伴っていて、彼は事態を楽しみはじめていた。必ずしも楽しい晩を過ごしているわけではないが、この瞬間が彼のアカデミックな人生にスパイスをきかせてくれたことは否定できない。

彼はにやりとした。禁じられた行為への喜びが膨らみ、ヴァーグナーとオコナーの居所だけでなく、楽しみ満載の軽率な行動にも彼の注意は向けられていた。他人の人生で暴けないものは何もない！　人とは本のようなものだ。自分自身を校正する。つまり、著作をという意味ではなく、残されたこれからの生涯をすべて含めて人間教育すること。習慣を取り除くこと。間違った決定を正しい決定に置き換えること。人生の各ステージを短くするか書き換えること。なんと荘厳な考えだろう。クーンのような人間は、欲望の対象となる女がまったく魅力に欠け、平凡で、つまらなくても、強引に言い寄る。相手に嫌悪を示されて拒絶されても、女のセリフは線で消して、〝イエス〟に書き換えてしまう。人生とはなんと軽快なものか。確固たる魅力を備え、デザイナーズスーツに身を包んだオコナーのように見えなくてもいい。キカ・ヴァーグナーの背の高さを冷やかしてもかまわないし、褒美に彼女と寝ることもできるかもしれない。どのようなシーンも、そのシーンが起きた瞬間に書き換えることが可能だ。この瞬間、パディの洋服簞笥からすすり泣く声が聞こえるかもしれない。縛られて口をふさがれたキカの姿を発見するかもしれない。英雄的な解放シーンのあとに、感謝の場面が続くかもしれない。

オコナーなのか？　くそったれのオコナー！

クーンは活気づいて、みすぼらしい洋服簞笥を開けた。しかし下着が何枚かあるほか、中はがら空きだった。

突然、彼は自分の考えを恥ずかしく思った。自分は心の底から心配して、ここまでやって来たのだろうか。

頭の中で冒険するだけなら、ただですむ。それがどうした！

彼はふたたびあたりを見まわした。パディ・クローヘシーはかなりの実存主義者であるようだ。寝るのは床に敷いたマットレスの上。その脇の壁際には、うずたかく積まれた本の山がいくつもある。クーンは興味を引かれて、一番上の本の表紙に目をやった。薄暗がりの中でタイトルを読もうと本に身をかがめる。プルーストの英訳だった。このアイルランド人は、決してばかではないな。ヤーセル・アラファトの伝記、物理学関係の専門書。ヘミングウェイ、テネシー・ウイリアムズ、トニー・モリソンの小説。ネルソン・マンデラの平和闘争について。悪者のパディに対して共感にも似た気持ちが、クーンに芽生えた。

寝室から居間に入った。そこにも見るべきものはなかった。台所のアルスターのポスター以外、絵や写真の類は一枚も持っていないようだ。おそらくかなり高価なテレビを見られるように、黒いレザーのカウチが唯一の家具として愛情をこめて配置されている。来客用のソファセットはない。窓際には、キャスター付きコンテナケースに左右をはさまれてデスクがおかれている。雑誌やクリアファイル、ばらばらのメモ用紙、筆記用具、ブロックメモで、デスクは埋めつくされていた。その合間にいくつものマグカップがおいてある。近づいてつぶさに調べなくても、その数の多さはそこに同席した人数を示しているのではなく、クーンが自宅で繰り広げるのと同じ、クローヘシーのだらしなさを象徴しているのだとわかった。乾ききったマグカップからは、もはやコーヒーの臭いはしない。一週間か二週間も放置されたものもあるのだろう。誰にも苦情を言われないですむならば、居心地のいい環境だ。

彼は窓を見つめて考えこんだ。

帰ったほうがいい。ここに来た目的は達成した。ヴァーグナーもオコナーもいないし、二人はクローヘシーと一緒にいるのでもない。

もう少しデスクを漁ってみてもいいだろう。

行儀が悪いぞ。頭を切り換えろ。ここで見逃したものは何一つない。さあ、もう出ていけ。

ところが、彼の中で退化したと思われたフィリップ・マーロウが、いきなり不安に対抗して予想外の大きさに膨らんだ。神経を逆なでする二人がここにいないからといって、パディが二人の失踪に絡んでいない証拠にはならない。この部屋で発見するものは、どのようなものでも大事な手がかりにちがいない。

そして、フランツ・マリア・クーンが秘密のベールを剝ぐ男になるかもしれない。

彼は躊躇した。冒険心が逃走心に変わる。

そのとき、何かをこするか、引っかくかする音を聞き、彼は躊躇しすぎたことを悟った。

何者かが玄関扉を開けようとしているのだ。

クーンは血の気が去り、体が萎えていくのを感じた。動くこともできず、静寂に聞き耳を立てた。

それはもう予感ではなく、はっきりと知覚できる騒音だった。脅しの響きが聞きとれるが、それだけで冒険への興味が死に絶えた。勇気の最後の一つが一緒に墓場に運ばれる。

扉の取っ手が引き下げられた。

そのとき彼はまるで羽が生えたかのように、驚愕した勢いで玄関から浴室に飛びこんだ。正体不明の侵入者が取っ手を一番下まで押し下げる一瞬前のことだった。浴室の扉がかちりと音を立てて閉まると同時に、玄関の扉が軋みながら開く。二つの音は相まって、一つの音になった。クーンは狂ったように闇に目を凝らし、シャワーの排水パンに飛びこんでカーテンを閉め、壁のタイルに背を滑らして尻がつくまでしゃがみこんだ。

数秒間は、耳の血管を血が流れる音しか聞こえなかった。体に開いたありとあらゆる穴から血が噴きだしそうな勢いだ。心臓は容赦なく鼓動する。

自分の心臓。なんという大きな音だ。

鼓動の音を聞かれてしまうかもしれない。扉の向こうにいるのが女でも男でも、なんであろうと、この心臓が鼓動する音を聞いたら、彼を捕まえに押し入ってくるだろう。

落ち着け。落ち着け！

胸が高鳴る数秒が過ぎ、鶏がいきなりゼリー詰めにされたような静寂を彼は感じた。扉の向こうからは、かすかな物音すら聞こえてこない。それとも錯覚なのか。彼はどうにかこうにか気を静め、聞き耳を立てた。

いや、誰かが室内にいる。そっと動いているのだ。

クローヘシーだろうか。それともスラブ訛りの男のほうか。そのとき、いきなり彼は窮地に追いこまれた。二人が出ていったとき、灯りはついていなかったのだ。おまけに玄関扉も鍵はかかっていなかった。どちらが戻ってきたにせよ、部屋に第三の人物がいることに気づかないはずがない。

クーンは上着の内ポケットを探り、ノキアの携帯電話を取りだした。画面が点灯し、彼は電話帳を呼びだした。名前の列が現われる。親指でキーを押しつづけ、キカ・ヴァーグナーの名前が出るとダイヤルキーを押す。

応答してくれ。たとえどこにいようと。

呼び出し音は鳴りつづけた。先ほどと同じだ。留守電にも切り替わらない。

キカ、いったいどこにいるんだ。

どうにかして自分のことを知らせなければならない。震える指で、彼はショートメッセージを打ちはじめた。理性の最後の残りが、彼が何を書かなければならないかを教えてくれた。今、どこにいて、何を知っているか。そして助けを求めた。

物音。足音。誰かが扉の向こうで立ち止まった。

クーンはものすごい勢いで指をキーの上に滑らせる。一つキーを押すたびに携帯はぴーぴーと音を鳴らす。送れる文字は百六十文字までだが、それを超えるかもしれない。書き間違いなどはどうでもよかった。

扉が開いた。

灯りが差しこみ、クーンの目の前をふさぐカーテンの青い色がパステルブルーに変わった。指を止める。メッセージを打つのもここまでだ。シャワーカーテンの中を覗かずに出ていってくれと願い、ひたすら待った。

送信だ。このくそったれのショートメッセージを送信しなくては。

キーを押せば、ぴーと音が鳴る。

静かな足音が近づいてきて、シャワーカーテンのすぐ前で止まった。やがて、何者かが浴室を出ていく足音が聞こえた気がする。玄関から大きな物音が聞こえてきた。何者かは、ここには誰もいないと判断し、自分の存在を隠す必要はないと考えたようだ。

次の瞬間、玄関扉が閉まる音がした。

深いため息がクーンの口から漏れる。汗が噴きだしていることに、ようやくそのとき気がついた。恐怖は限界にまで達していたのだ。

英雄行為のために小便を漏らしていないことを祈った。恥ずかしさは、いつでもあとから忍び寄ってくる。うしろめたい気持ちを感じずに、シャワーや男性トイレにはもう入れないかもしれない。

彼は文面を読み返したりはしないで、急いで送信した。

携帯を上着の内ポケットにしまい、タイルの壁に背をつけたまま立ち上がる。

そのときシャワーカーテンが引き開けられた。

クーンは悲鳴を上げ、どしんと尻餅をついた。革のジャケットを着た男がのしかかってくる。どうせ目に入るのは哀れな状況だとあきらめていたかのような、虚ろな顔がクーンを見下ろしていた。ただ、その目には興味の光が冷たい煌めきを放っている。

クーンは喘いだ。家宅侵入の謝罪と言い訳めいたことを言おうとしたが、喉の奥から出たのは甲高いうめき声だけだった。

恐怖になかば呆然として、すみのほうに体をじりじりと押しつける。

男は動かなかった。クーンを見すえているだけだが、その氷のように冷たい視線を浴びて、クーンはまるで体が小さく萎《しぼ》んでいくような気分だった。あと数秒にらまれていたら、彼は萎みきって排水溝に消えたかもしれない。

男がいきなり腕を振り上げた。

クーンは男の腕が高々と上がり、ものすごい勢いで振り下ろされるのを見た。ふたたび悲鳴を上げ、両腕で頭を守ると、自分の悲鳴が裏返るのを聞いた。死の恐怖にとらわれる。男のスレッジハンマーのような拳が、シャワーの水栓レバーにたたきつけられた瞬間、クーンの膀胱は中身をすべて放出した。手が切れるほど冷たい水がシャワーヘッドから噴きだし、瞬く間にクーンはびしょ濡れになった。シャワーの水音と悲鳴が合体して地獄の轟音を作りだす。男がシャワーを止め、クーンの襟をつかんで引っ張り上げても、彼は叫びつづけた。

もう悲鳴を止めることはできないのだろうか。

「静かにしろ」

男が言った。

クーンの悲鳴がすすり泣きに変わる。喉を詰まらせ、全身が震えていた。

ゆっくりと顔を上げると、ピストルの銃口が目の前にあった。

公園

「スウィーニーって誰なの？」

ヴァーグナーがささやいた。

昨夜と同じように、彼女は横たわる彼に半分覆いかぶさっていた。脚を絡め、頭は彼の胸と上腕のあいだにできたくぼみにはめこんで。それでも何もかも昨日とは違う。彼の鼓動の音に耳を澄ませ、リラックスして心地よい脱力感に浸っていた。それなのに頭は冴え、長いこと忘れていた生命感も満ちている。

二人が何度愛し合ったか、どれほど長く愛し合ったか、彼女は言うことができなかった。けれども、それはどうでもいいことだ。言いたいことは少し違う。何年も前に果たすべきことを成し遂げた感覚にとらわれたとでも表現しようか。中毒にさせられる何か。効き目が続いているうちから、また欲しくなるほどの何か。

パズルの一片が特定の空いた場所に合うように、人も運命づけられているのだろうか。その場所がどこにあるのか、その場所が誰なのか、わたしにはわからない。わたしは人かもしれないし、土地なのかもしれない。その場所を見つけた瞬間に、自分自身を見つけた瞬間に、わたしはぴたりと収まる。わたしのために誰かがそれを取っておいてくれる。そこにはもっと大きな幸せがあるのだろうか。そんな経験を一度もしないで、何人の人が死んでいくのだろうか。

一度もゲームをしないで、何人の人が死んでいくのだろうか。

自分の場所を探しに、なぜケルンに戻ってこなければならなかったのか。より高い摂理というものが合図して時間を追い払うのだとすれば、今夜それがなされたのだろうか。それをしたのはオコナーではなかった。彼女でもなかった。それは二人の出会いだった。とてつもなく大きなもの。想像を絶するもの。たいていの場合、二人の人間が蒸し暑い夜と相まって生じるものをすべて超越した何か。それは場所であり、時間であり、ゲームボードであり、二人の人間であり、人間の精神を理性から解放するのに最適な、万物の根拠である狂気だった。

彼女の手首では、腕時計が忙《せわ》しくときを刻む小さな音がした。それは初めて自分で稼いだ金で買った腕時計だ。彼女はそれを気に入っていた。それはとても高かった。本当に高額だったが、そこに視線を落とす価値はない。この瞬間に彼女の興味があるものは、時間と、その時間が過ぎていくことだ。物理学者たちは幾度となく主張するだろう。人間と世界と全宇宙は熱力学第二法則の破壊的な力に束縛されている。そのため、あらゆるエネルギー、あらゆる物質はいつか終わりを迎える。愛も、情熱も、憎しみも、苦しみも、幸せも、感覚も、存在もすべて。けれども今夜、自然の法則は無効だった。

ふと、彼女はこの町を二度と訪れることはないだろうと感じた。頭上では風が木の葉を揺らしている。遠くで打ち鳴らされていた太鼓の音はもう聞こえない。大地と、草と、自分の下にいる男の匂いが鼻をくすぐる。

彼女はわが家にいた。

「スウィーニー？」

オコナーが言った。

「さっきその名前を言ったでしょ。クレイジー・スウィーニー。あなたは考えられるかぎりの神様に願いをかけたわ」

オコナーは笑った。

「たまにきみはシャンパンを浴びたくなる。でもシャンパンがないときは、言葉を浴びるといい。スウィーニーは神様じゃない。王様だ。古いアイルランドのダル・アライデの王。彼は痩せこけた断食僧を殴り殺し、聖なる男の鐘を壊した。その罰として彼は鳥に変えられ、正気を失った。彼は韻を踏んでしか話すことができない。呪いで空中に追放され、彼の足は二度と大地を踏むことを許されず、永遠に嵐にさらされた」

「当然の報いね。もみくちゃにされた殺し屋。それで、そんな人があなたに力を授けるというの？」

「スゥィーニーのこと？　もちろんだ。ふたたび人間に戻してやると、彼に約束してごらん。彼はきみのためにどんなことでもしてくれる。呪われた者たちは汚職体質なんだ」

彼女はため息をつき、体を転がして彼の横で仰向けになった。地面はひんやりとして心地よく、ここに根を下ろすことができそうな気がした。ずっと高いところに、枝と木の葉でできた天蓋がある。

「ねえ、こんな感覚を知らない？　ある種の場所には全然……時間が存在しない」

彼女は尋ねた。

オコナーは彼女のほうに顔を向け、

「そういう感覚なら、子どもの頃から持っているよ」

「わたしはほとんどないわ。この木、これが私の場所。ねえ、それっておかしいでしょ。わたしたちがここからすぐに立ち去ることは、わたしはわかっている。二度と戻ってこないかもしれない。わたしは一瞬にしがみつくつもりはないの。でも、一緒に持っていけたらいいな……時間を征服したという感覚を。そんな感覚がわたしたちの中にあれば……」

オコナーは沈黙していた。

「あなたの場所はどれなの？」

彼女は尋ねた。

「私の人生すべてがそういう場所だと思う」

「それであなたは幸せ？」

「わからないな。人生には長所がある。きみが若ければ、成長する時点がいつかやって来ると、きみは考える。遅くとも三十歳からは、きみは決して成長することはないのだとわかるはずだ。きみは歳をとるだけ。そういう考えを、きみはつまらないと思う。だから、きみは時間と、ばかばかしいほど真剣な世界のすべてを否定する。私は自分で切り抜けることはできない。けれども、私は……とりわけ私のまわりで起きていることに無関心なんだ」

「ものごとを真剣に受け止めることが大切なときもあるわ。そう思わない？」

彼は片腕を伸ばして、彼女の頬を撫でた。

「誰のために？　大切なのは、私のちっぽけで、重要ではない人生だ。私がものごとを真剣に受け止めたら、それが誰のためになるんだ？」

「誰かいるかもしれない」

「そうかもな。けれども、他人の想像に応えるために存在する者は、この世にいない」

「ごめんなさい。そうね、それはあなたの人生なのね。それをすっかり忘れていたわ」

彼は彼女の耳を引っぱった。

「おい、キカ！　われわれは今夜、空を飛んだ。またいつか飛ぶだろう。私の両足が地面に触れたら、きみはそれでもまだ私を求めるだろうか」

「あなたが自ら空にとどまることができればいいのに」

オコナーは黙りこんだ。ヴァーグナーは上体を起こし、肘をついて体を支えた。

「あなたを非難するつもりではないのよ」

彼女は小声で言った。

「きみはそんなことをしていない」

「あなたに強い印象を与えるものは何もないの？」

彼女は言った瞬間、単純なことを尋ねた自分に腹が立った。話を変えるために、すぐ言い足した。

「つまり、戦争があったでしょ。わたしたちはここに横たわって幸せよ。でも別の場所では……」

彼は眉根を寄せた。顔から笑みが消える。

「別の場所とは、どこなんだい？　別の場所は、ここではない。別の場所とは仮定の場所だ。別の場所は、私が望むところでしかない」

「別の場所は、どこにでもあるわ」

彼女は頑なに言った。

「本当にそう思ってるのか？」

「ええ」

「それは結構。じゃあ、この町の全員が誇りに思っている今回のサミットのことを、きみに説明してもらおうじゃないか。それが、別の場所なんだぞ。私がぼろぼろのコソボ難民だとしよう。ブラツェの難民キャンプにいて、今頃、妹や両親はどこにいるのだろうかとか、そもそも生きているのだろうかと考えているとしよう。すると奇妙な別の場所というのは、きみたちの美しい町で行なわれている華やかなお祭り騒ぎにほかならない。なぜなら、社会的に危険な狂人の男が、これからしばらく彼の獰猛な犬を鎖につないでおくと確約したからだ。私には印象的だ。じゃあ、ルワンダにある別の場所はどうなんだ？　クルドは？　われわれの町では、男も女も路上で焼身自殺をするんだ。なぜなら、彼らの親戚がどこかで虐殺されているか、地雷原を歩いて手足を失うのではないかと毎日恐れなければならないからだ。それでも別の場所なんだ。エリツィンが世界戦争を脅しに使わないとか、中国人学生がアメリカ国旗を燃やさないとかいうことを、もし考えるならば、それが現実との小さな違いなのだ。われわれは他人の恐怖を決して分かち合わない。他人の恐怖を自分の恐怖に置き換えるだけなんだ」

「そういうことすべてが、あなたを冷たい人間にすると言わなかったかしら」

「そのとおりだ。多くの戦争、暴動や犯罪、山火事や洪水をまのあたりにして絶望の中であがくという点で、私はいい人間ではない。あらゆるものの背後にあるメカニズムに、私は吐き気を覚える。きっときみは、ひねくれているとか心が冷たいとか言って私を非難するだろう。けれども、きみは私が嘘をついていることに絶対に気づかない。私は嘘をつくことを憎む。だから、われわれの玄関先にある別の場所を憎むのだ。きみ自身の町の片隅で起きていること、それこそが真の〝別の場所〟だ。でも、われわれは身のまわりの困惑を世界のどこか遠いところに飛ばしてしまう」

「それが、かかわらない理由なの？　コソボ、クウェート、ルワンダ。まったく興味がないのね？」

「私に何も言わないでくれ。われわれは、われわれの身に降りかからないように、ミロシェヴィッチが追放やパージをやってくれればと切に願っているのにほかならない。だからコソボの人々が急にわれわれに近くなる。NATOがそこで仕掛けたことがエスカレーションするのを、われわれが恐れているからだ。この戦争を望んでいる民族は一つもない。イギリスはIRAとのいざこざに辟易《へきえき》としている。イギリス人は平穏を望んでいるのだ。なのに突然、エリツィンが第三次世界大戦について理論立てを始める。トニー・ブレアのような人々は、最悪の場合、どこで、どうやって生きのびるかなんてことに頭を悩ます必要はないから、今になって彼らは関与しなければならないんだ。全住民の意志に矛盾して、ブレアは困惑の賛歌を歌う。それはきみたちのシュレーダー首相や、防衛大臣のシャーピン、緑の党出身のフィッシャー外務大臣も同じだ。ビル・クリントンも同じだ。自分の航空機が爆弾を落として、罪のある者もない者も殺している国についての彼の知識は、私がティエラ・デル・フエゴやセネガルについて知っていることと同じくらい乏しい。彼はユーゴスラビア空爆の輝ける展望について、とても感動的に語った。なぜなら、あそこは四月よりも五月のほうがずっと天気がいいからだ。しかも五月よりも六月のほうが天気がいいことを、なんとまあ彼は知っていたんだ。地理の成績は一番だ！　大統領の別の場所。私が世界規模の災害、災難や戦争に興味がないと表明することは、とても非難すべきことだとは思わないか？　いや、私には関係ない。私はそこに居合わせなかった。テレビで見ただけだ。どうもご親切なお尋ねをありがとう」

ヴァーグナーは唖然として彼をじっと見つめた。オコナーはひどく興奮して話していた。彼は疲れきっていたが、いつもと違って、高慢であざけるような様子は見られなかった。

彼女が彼の心を和ませていたのだ。

それを知って、彼女はうれしかった。思わずにやりと笑ってしまう。彼のほうに体を転がし、彼の腕に体を突っ張った。その腕ががくんと折れ、彼女の体が彼の上に押し上げられた。

「ほらね」

「ほらねって？」

「あなたのこと、わかっちゃった」

「いったい何を？」

「あなたには同情心がある」

オコナーは眉を上げげた。その瞬間、窮地を前にしたイギリス人俳優デイヴィッド・ニーヴンにそっくりだった。落ち着き払って、自分の服装に乱れがないか気にするところが。

「どうやら、きみにはばれてしまったようだ」

「だったらどうなるの？」

彼はためらった。

「どうなるかなんて私にはわからない。わかっているのは、今日の午後は働かなくてもよかったということ」

「え？」

「働く必要はなかった。誓って言うよ。これはきっと最初で最後のことだ。私はきみに嘘をついた。今日の午後、私には仕事なんてなかったんだ。これっぽっちもなかった」

彼女はしだいにわかってきた。

「それで……それなのにどうして……？」

「怖かったんだ」

「怖い？」

「きみを誤って失うのではないかと恐れていた。きみも同じように怖かったのじゃないかな」

彼女は視線をめぐらして彼に目をとめ、また目をそらした。おやおや、こんなことが起きるなんて許されない。じゃあ、わたしたちはどうすべきなの。わたしはあなたを愛することができないわ、リアム・オコナー、あなたはニヒルな空想の産物なのよ。わたしはとっても幸せ。このままでいたい。お願い、助けて。わたしを一人にしないで。わたしを捕まえてて。わたしを放して！

遅かった。

いいわ、それならそうなればいい。

そうなる。

そうなった。

「ねえ抱いて」

彼女は言った。

二人はいったいどんな人生を生きているのだろうか。クレイジー・スウィーニーのように、風に吹かれて話題から話題へ飛びまわり、こうして樫の古木に守られて、午後の話や難民の苦しみを同じ語彙に詰めこむ。この数週間、誰もが自分だけの繭に閉じこもってしまったように、二人は一つの繭に閉じこもり世界から隔離される。聞こえるのは激しい雷鳴ではなく、風にそよぐ小枝の懐かしいささやき声。感じるのは、燃えている家々の熱気ではなく、二人の体が燃える熱気。

オコナーは両手で彼女の腰を抱えた。彼女は彼に馬乗りになって身を震わす。

この夜、彼女は彼を愛しているとは言わなかった。彼も一切、彼女に言わなかった。

ヤナ

カリーナ・ポチョワ、テレサ・バルディ、ラウラ・フィリドルフィ。

十を超えるさまざまな人格が、ケルン旧市街にあるスタイリッシュなホッパー・ホテルの、上品な家具が配された薄暗い客室に集まっていた。ヤナという架空の名前を持つ女性を先頭にした幽霊の集団。ヤナは服を着たままベッドに横たわり、虚空を見つめて思いにふけっていた。

ソニア・コシッチだけがここにはいない。

この頃では、彼女のいないことが多い。それでよかった。彼女がいれば、困ったことにしかならないからだ。ソニアがやって来るたびに、ヤナは幻想と必然性が組み合わさって生まれた曖昧な生き物であることを、思い出してしまう。ヤナがこの仕事を引き受けた日から、ソニアは、ヤナが自分が生みだされた理由を忘れて一人歩きしていると非難する。ソニアはヤナの裏切りを責め、世界中の困窮がエスカレートした責任を負わせる。ヤナが大事なビジネスをするとき、ソニアはたいてい邪魔な存在だった。

こうしたことは長いあいだ起きなかった。創造された人物は、自分を創造した女性と協調して生きていくことに納得していたのだ。ソニアに経済基盤を持たせてやるため、ヤナは命を吹きこまれた泥人形ゴーレムのように、汚い仕事を山ほど片づけた。二人はうまく補い合ってきた。ソニアは怒りや悲しみ、憎しみや愛を感じることができる。ヤナはどの感情も、特に多くは持ち合わせていない。彼女はプロ気質と精密さを高く評価する。何年ものあいだにヤナは何人かの命を奪ったが、それはソニアが必要とするものを彼女に与えるためだった。独自の民兵組織を、偉大なる大統領と協力して築くための資金。大統領は粉々に砕け散った遺産を集め、それぞれをそれぞれの場所に配置してくれるはずだ。彼女は、強大で正当な部隊を組織したかった。セルビアのマフィアであるアルカンやドゥギのまわりに集まる間抜けな殺戮集団ではなく、正当と認められるところに暴力装置を投入する部隊を組織するつもりだったのだ。

それは完璧な取り決めだった。

ところが、ヤナが目標に向けて砲弾を一発放つごとに、ソニアは躊躇するようになっていった。彼女の力は萎え、自信は厄介な疑念に変わった。結局、彼女は子どもに逆戻りした。大人になった小さな人間ならば悪い人間にはならないという希望を、すべての子どもが抱くように。女性になったソニアのために、彼女は人生を返してほしかった。半年前、さまざまな人格を持つヤナがシルヴィオ・リカルドに言った。

「今、ソニア・コシッチがクラジナの丘の上で拳を振り上げているわ。彼女の中のあらゆるものが、呼び声に続けと叫んでいる。わたしたちはこれ以上、歴史の脇役や落伍者に格下げされたままでいることはできない。わたしたちはいつでも犠牲者でしかなかった」

彼女はソニアが集団殺戮の醜悪さに嫌悪を覚えて、とっくに武器を手に立ち上がっていたことを把握せず、そう言ったのだ。リカルドは心の底から不安になり、彼もまたその合図を間違って解釈した。憎しみに導かれてコントロール不能に陥ったために、プロの殺し屋ヤナにとって危険な存在になったパルチザン、ソニアを目にしていた。

そうこうするうちに、ヤナは二人とも思い違いをしていたのだと気がついた。この物語の終わりには、よりよい世界も、救われた崇高な民族も、ふたたび勝ちとった世界遺産も、公正を叫ぶ声も存在しないだろう。怒りのシンボルすら見あたらず、あるのは二千五百万ドルだけ。それより多くも少なくもない。ヤナとソニアは新たな誰かのための居場所を作りだすため、互いを殲滅し合うのだろう。過去を持たず、その代わりにおそらく将来がある誰かのために。

ヤナとソニア。

死は分かち合えない。

彼女は右手を目の前にかざして指を動かす。

ぶーんと、かすかな振動音が耳に届いた。

急ぐでもなくナイトテーブルに手を伸ばし、FROGを取ると応答した。ミルコの声が聞こえてくる。

「終わった。今、あいつのアパートだ。だが問題が一つある」

「どんな問題？」

「あいつのことを嗅ぎまわってたやつがもう一人いた。例のつがいは森に飛んでいったが、あいつの風呂場に男が隠れていたんだ」

「その男は見たのかしら……」

「いや。けれども、ほかに何かつかんだのかどうか、当然おれにはわからない。男の持ち物を調べて、閉じこめてある。男の意図はまったくわからない」

「証明書は持っていたの？」

「身分証明書がある」

ヤナは考えこんだ。このところ不愉快なことだらけだ。

「わかったわ。その男が何をしてたのか探ってちょうだい。急いでね。わかったら知らせて」

「了解」

彼女はFROGをナイトテーブルに戻し、ベッドから立ち上がった。ミニバーに行ってミネラルウォーターを一瓶取りだした。渇いた喉に水を流しこむ。解決できない問題はない。けれどもたいていの場合、彼女の喉を干上がらせる嫌な副作用を持っていた。

クローヘシーを雇ったのが間違いだったのだろうか。

違う、そうではない。二本めの栓を開けながら彼女は思った。こんなことになるとは誰も予測できなかったのだ。ミルコがクローヘシーを見つけだしてきたのだが、限られた状況で最高の人物だった。しかも彼は逃走中の身だった。クローヘシーはIRAと縁を切り、よりよい人生を夢見ていた。かつての闘争仲間に追いまわされ、文字どおり、命をつなぐことができる究極のオファーに敏感になっていた。

彼には新しい身分証明と百万ドルを提供した。クローヘシーはまつげ一本動かさずに承諾した。彼には一分の隙もない聖人伝を与えてやった。電話で一連の関係先とコンタクトをとり、それによってルーチーンの検査過程を経て、ライアン・オデアなる人物の証明書をクローヘシーに授けてやった。

彼らはあらゆることを計算に入れていた。

ただ、あのいまいましいアイルランド人物理学者のことは入っていない。

ヤナは二本めの水も飲み干すと、ふたたびベッドに横たわって待った。ちょうど十分後、ミルコから連絡が入り、浴室にいた男の身元を彼女に告げた。

「まずいわね。あっさり消すわけにはいかないわ」

「そういうことだ。しかし、解放するわけにはもっといかない」

彼は一瞬、間をおいて答えた。

そのとき彼女は思いついた。この仕事をやり遂げるまで、オコナーと女を心配のいらないところに追いやっておけるかもしれない。その編集長とやらが役に立ってくれるはずだ。その一方で、この件がどう発展するかは計算できない。最悪の場合、編集長とパディの失踪に捜査の手が入ることを考慮しなければならない。そうなるとパディのアパートは監視されるだろう。

これから起きるテロと関連づけられることだけは、なにがなんでも避けなければならなかった。

けれど、一つ方法があるかもしれない。

彼女は頭の中でシミュレーションしてみた。オコナーが介入してきた場合、ライアン・オデアの背後に誰が潜んでいるか、捜査当局は速やかに発見するだろう。オコナーは危険人物だが、彼を始末しても意味はない。彼が死ねば、これまで誰にパディのことを話したかを知る術がなくなるからだ。けれども、彼から信用を奪うことは可能だ。それができれば、警察沙汰になった場合、捜査を見当違いな方向に導けるだろう。

グルシュコフを起こすことにしよう。彼の部屋は一階上のフロアだ。ヤナは、彼が何かしたくてうずうずしていることを知っていた。装置の設置を終えた今、そこらをぶらぶらして待っているときに、彼は飽き飽きしているのだ。当面オコナーと女を監視しておくのは悪い考えではなかった。

彼女は頭の中で作戦を練った。作戦は形を変え、洗練され、再チェックされ、完成した。わずか数秒のことだった。

うまくいくはずだ。

「もしもし、ミルコ？」

「なんだ？」

「これから言うことをやってくれない？　手紙を書いてほしいの」

キカ・ヴァーグナー

くすくす無邪気に笑いながら、破けた服を互いに着せ合ったのは、ちょうど三時二十分のことだった。

「そのシャツ、高かった？」

「すごく。きみに破かれて本望だ。きみのブラウスは？　おばあちゃんの形見なんだろ？」

「もちろんそうよ」

「申しわけないことをした。すごく似合っていたのにな」

「きっと、おばあちゃんの魂はわたしたちの上にやって来るわ。放蕩者め！　あなた、マイケル・ダグラスの映画を観すぎよ」

「それは違う。彼が私の映画を観すぎたんだ」

二人は古木の天蓋から公園に出た。別れの痛みを感じそうだ。ただの場所を去るのではなく、時空の向こうに浮かぶ島を離れる気分だった。ここが別の場所だ。

別の場所は、このまま残るのだろうか。

彼女は明日のことを考えた。二人でゆっくり眠って、愛し合い、怠惰に過ごす。彼女には午後遅くに一連の予定が入っていた。彼女の役目はオコナーの隠密のエスコート係りではあるが、出版社としては、彼女がケルンにあるWDR放送の文化出版部と、RTL放送を訪ねることにやぶさかではなかった。四時半に公共放送局のWDRを訪ね、一時間半後、民間放送局のRTLに行くことになっている。そこで話が長引いたり、彼女を夕食に誘おうと思う者が出てこなければ、そのあとはまた自由になる。何をしても自由だ。

ぴったり寄り添って池のまわりをそぞろ歩いた。二人の遥か頭上に三日月がクールでシャープに輝いている。

「気分はどう？」

しばらくしてオコナーが訪ねた。

「夢みたい。あなたは？」

「とびっきりいい気分だ。誰かさんを張りこむ気はまだある？」

「考えるなって、あなた言ったわ」

「いつからきみは自分に禁止事項を設けたんだい？」

「ゲームのルールは、考えてはだめということじゃなかった？」

「ああそうだった」

「でも、あなたの言うとおりね。パディをどうする？」

オコナーは考えこんだ。

「きみの車が停めたところにまだあったら、どうするか考えよう」

しばらくしてヴァーグナーはフォルクスワーゲン・ゴルフの助手席に乗った。オコナーが自分が運転すると言い張ったからだ。彼女には好都合だった。この物語が終わらないうちは、なんでも好都合なのだ。

彼女はふと気がついて腰の下に手をやり、携帯電話をつまみだした。

「何やってるんだい？」

オコナーが暗がりの中でイグニッションの位置を探りながら尋ねた。

「てっきり公園でなくしたと思ってたのに。ところで、左ハンドルの車の運転は本当に大丈夫？」

「だめだな」

「じゃあパディはどうする？」

彼は首を振り、

「この時間じゃ、彼と話すには遅すぎるだろう。明日、いや今日、もし彼が仕事に出てきたら、早い時間に空港に行くというのはどうだろう。彼にその気があるなら、話をしてみるよ。そのあとでもまだ何か臭ったら、全能の警察のお世話になろう」

「よさそうね」

彼女はあくびをして腕を伸ばした。手に持っていた携帯の画面に目がとまる。

「あらら」

彼女が声を漏らすと、彼は彼女を見た。

「どうしたんだい？」

「ショートメッセージが容量オーバー。表示が出てる。誰かがショートメッセージを送ってきたんだけど、容量オーバーで受け取れなかったみたい」

「大事な用件の心あたりでも？」

彼女は眉根を寄せた。次々と着信メッセージの履歴を呼びだす。友だちや、知り合いや、同僚からのものだ。消去できないものは一つもないが、消去することを忘れて、その上、容量オーバーを示す小さな封筒マークが点灯しているのを見落としていた。

「心あたりはないけど、きっと出版社よ。クーン編集長かもしれない」

オコナーは車をだした。ホテルに戻るあいだ、彼女は溜まっていたメッセージを次々と消去した。それでも、容量オーバーで受け取れなかった不吉なメッセージは、受取人のところに届くまで、まだしばらく天空をめぐっていそうだった。

画面に文字が現われる。

〈五件の着信があります〉

「すごい。回線は大忙しだったのね。この三時間、わたしたちは引っ張りだこだったみたい」

「誰からだったかわからないのか？」

〈新規の番号はありません〉

画面を見て彼女は悪態をついた。

「この携帯、ばかじゃないの！　電話をかけてきた人は知ってるけど、誰だったかはわかりません。そう言ってるのよ。三十人以上、登録してあるから、そのうちの誰かでしょうって」

オコナーは首を傾げた。

「朝の二時か三時に、どこの誰が連絡してくるだろうか」

「いいところに気がついたわね」

「クーンがわれわれがいなくて寂しかったとか？　われわれが何に勤《いそ》しんでいるか知りたか

ったんだろう」

オコナーの言うとおりだ。それなら納得がいく。クーンはパディ・クローヘシーを探しに行くことに乗り気ではなかった。それに気を悪くしていたように見えたのだ。

「彼に電話したほうがいいかしら？」

「こんな時間に？　三時半過ぎだよ。かんかんに怒るぞ。いや、電話してごらん。いいアイデアだ」

「あなたって悪い人ね。わたしはただ、本当に緊急の用件があるような気がして」

彼女は一瞬ためらった。やがて肩をすくめる。

「わかったわ、電話してみる。せいぜいわたしの首を切るぐらいしか、編集長にはできないから」

彼女は彼の携帯に電話をかけた。もう寝ているだろうから、ホテルの代表電話にかけて彼を起こしたくなかったのだ。ホテルの交換なら、彼が出るまで永遠に呼びつづけるだろう。携帯なら、彼が出なければそれでいい。

ところが、呼び出し音が三回鳴ったところで彼が出た。

「もしもし、キカです……」

彼女は言葉に詰まった。

「……今、大丈夫ですか？　ごめんなさい、起こしてしまったのだったら――」

「起こされたわけじゃない。原稿を読んでいた」

彼の声が言った。

「原稿？」

「そうだよ、えっと……旅行に持ってきたんだ。ホーエンシュタウフェン朝をテーマに小説を書いた作家の原稿。それについては、一度、話し合ったことがあっただろ」

ヴァーグナーは、どこか妙だと感じた。機嫌が悪いのではなく、落ちこんでいる様子だ。

「そうでしたね。ホーエンシュタウフェン朝。今夜、わたしの携帯に電話をくれました？ちょっと出られなかったので……」

「え？」

編集長はどうしたのだろう。まるで心ここにあらずだ。原稿を読むのを、そろそろやめるところだったのかもしれない。

「わたしの携帯です。さっき電話をくれたかどうか知りたくて」

「いや、かけてない。どうして、きみに電話しなくてはならないんだ？」

「さあ」

彼はしばらく沈黙した。

「きみたちのほうは順調か？」

「おかげさまで」

「あのクローヘシーのところには行ったのかい？　彼は家にいたのか？」

「いなかったわ。編集長、なんだかお疲れのようね。そんな原稿を読むのはやめて、寝ればいいのに。もうすぐ四時ですよ」

彼はあくびをした。少なくとも、あくびをしようとしたように電話では聞こえた。

「わかってるよ。そうだ、言い忘れていたことがある……明日は、朝飯を食いに行かないから。一日じゅう外出してると思う。デュッセルドルフに行かなくてはならないんだ。そのあとでエッセンに行って……くだらない用事だ。きみたちが出ていってから電話があってね」

ヴァーグナーは不審に思った。

「どんな電話？」

彼は悪い空気を吸ったかのように荒い息づかいになる。

「ハンブルクの本社。いつものことだ。会社の連中は自分たちの宿題をやってなかったんだ。いくつかの書店で配送ミスがあって、それに朗読会の問い合わせもあるし。彼らは、どうせぼくがこっちに来ているんだから、ぼくがなんとかすればいいと思っているんだ。いつものことだ。じゃあ……また……いずれにせよ明日は決まったスケジュールはなかったから。きみたちはすごくお似合いだな……キリンに乗った猿か」

彼は言って甲高い声で笑った。

彼がちょっとした下品な冗談を付け足したことに、彼女はほっとした。それはいつものクーン編集長だ。

「本当に大丈夫なんですか？」

彼女は心配そうに尋ねた。

「え？　ああ、大丈夫だ。大丈夫じゃないはずがないだろう。でもぼくは、えっと……もう寝るよ。きみの言うとおりだ。うわ、もう四時か。憎きホーエンシュタウフェンめ」

回線に雑音が混じった。

「今日は、ぼくの頭だけがぼんやりしてる気がする。さっきまで、なんとか渡りきらなきゃならないものごとが多すぎたから。じゃあ、うまくやってくれ。ぼくの神経にさわるようなことはするな。いいな？」

「わかった、わかりました」

「そもそも、きみたちはどこにいるんだ？」

「ホテルに戻るところ」

「ぼくの部屋をノックするなよ。そんなことをしたら殴られるぞ」

「わかってます」

「じゃあ明日……明日のいつか。電話で連絡を取り合おう。携帯を持ってるから」

「了解」

彼女は電話を切り、小首を傾げて小さな画面を凝視した。やがて画面のライトが消える。

「どうだった？」

オコナーが尋ねた。

「電話はしていないって……なんだか具合が悪そうだった。明日、山のような仕事を押しつけられたそうよ。わたしたちが秘密めかしたことをしたから、傷ついたのかしら」

「われわれは秘密めかしてなんかいなかったけどな。彼は一緒に来てもよかったんだ――」

オコナーはにやりとして、

「――もっとも一緒にきたら、三時間、彼は車を見張るしかなかったけれど。ところで、世の中にクーンのような男がいなかったら、世界中のホテルのバーはいったいどうなってしまうのだろう」

「さあね。編集長が気の毒だわ。彼はちょっと嫉妬してるんじゃないかな」

「私に？」

「彼、奥さんがいないから。そういうこと。それでは本当にひどい目に遭っているのよ」

オコナーはマリティム・ホテルのアプローチに車を乗り入れ、地下駐車場のほうに曲がった。シャッターが上がるあいだ、彼は彼女のほうに身を乗りだし、長く優しいキスをした。

「クーンのことは心配するな。ついでに言うと、彼は自分の容姿のせいでうなだれるような男じゃない。でもその代わり、彼の容姿めあてで結婚する女を恐れなくてもいい」

配送所

スラブ訛りの男は彼の手から携帯電話を取り上げると、満足そうにうなずいて言った。

「うまいじゃないか。なかなかよかった」

クーンはへなへなとくずおれた。

どうしてキカは、彼が送ったショートメッセージのことに触れなかったのだろうか。とっくに受け取っているはずだ。まだ届いていないのなら、何もかもおしまいだ。先ほどまでは地獄にいるような時間だった。スラブ訛りは彼に強制的にシャワーを浴びせてから浴室に監禁し、三十分間放置した。携帯電話はその前に取り上げられていた。クーンは、男が部屋の中を歩きまわり、なにやらやっている音を聞いていた。浴室に永遠に閉じこめられることよりも、男が彼を連れに戻ってくる瞬間を思うと、そちらのほうがずっと恐ろしかった。

やがてついに監禁を解かれるときが来たが、拳も飛んでこなかったし、もっとひどいことにもならなかった。スラブ訛りは彼を居間にせき立て、カウチに座らせた。武器はしまっていたが、相手が飛び上がったり、ましてや逃げだそうとしても、そうするより早く男が武器を抜けるのは、クーンの目には明らかだった。

男はクーンに答えを要求し、もし彼が男を騙そうという気になったらどうなるかを知らしめた。そこで彼は、今夜オコナーがクローヘシーと会ったことを、キカの名前は一切ださずに説明した。それが勇気を奮い起こしてできる最大限の英雄行為だったが、少なくとも彼女については伏せておくことができた。スラブ訛りは注意深く話に聞き入り、最後に薄笑いを浮かべた。男は明らかにクーンの絶望的な努力を見て楽しんでいた。男の目に自分は、耳を真っ赤にして母親に嘘をつく小学生に見えるのだろう。

「お前を待っている者はいるのか？　誰かからこの件で電話がかかってくるのか？」

スラブ訛りがクーンに尋ねて、彼の携帯電話を取りだした。

「わからない。今夜はない」

クーンは口ごもって答えた。

「じゃあ、もしそうなら？」

男はショートメッセージのことを知っているのだろうか。ありえない。クーンは送信して、すぐに消去したのだ。送信履歴に証拠は残っていないはずだ。

「わからない」

彼は繰り返した。

男は携帯電話をひっくり返しては眺めている。

「じゃあ、オコナーはどうなんだ？　それから女は？　その話をしようか。女は何という名前なんだ？」

男は間延びした声で尋ねた。

「ぼくにはわか……」

クーンの目の前にあらためて銃口があった。彼は大声をだす。

「ヴァーグナー！　キカ・ヴァーグナー。ああ、お願いだ。頼む！　彼女はまったく関係がないんだ。うちの広報担当で、彼女は何も知らない。信じてくれ、嘘じゃないから」

「じゃあお前は？　お前は何を知っているんだ？」

「なんにも。誓って何も知らない。なんにもだ！」

スラブ訛りは少し驚いたふうに首を振った。武器をまたしまうと、クーンにウインクした。

「どうしてお前は人生を不必要に難しくするんだ？　つまり、お前自身のせいで。なぜ初めから本当のことを言わないんだ？」

「約束する。なんでも誓う」

彼は荒い息をついて言った。

男は彼の前にしゃがむ。

「ともかく初めからだ。で、明日はどうなってる？　お前がいなくて寂しがるやつは誰だ？」

クーンは心臓が鼓動をやめるのを感じた。彼はすすり泣いた。

「お願いだ。ぼくに何もしないでくれ、ぼくは……」

「まあ興奮するな。誰もお前に何かするとは言ってない。明後日には何もかも終わるだろう。そうしたら、お前はもう心配しなくていいんだ」

男は柔らかいともとれる声音で言った。

クーンをしばらく無言で見つめる。クーンは自分の思考が雲のように額の内側を通りすぎていくのが見えた。やがて男は彼に立つように手振りで示す。

「もう一度、風呂場に行っててくれ」

男は温かい口調で言った。

クーンはカウチから飛び上がった。脚はほとんど役目を果たしていない。震えながら浴室に入ると、また閉じこめられた。けれども今回は、数分でスラブ訛りは戻ってきた。一緒にパーティーの計画でも立てるような口調で告げる。

「よく聞け、おれたちがこれからやることだ。おれたち二人は素敵なプランを考案する。どうだい？　あらゆる不測の事態に備えてだ。たとえば、お前のこの小さな機械がお前と話したいと言ったら、お前は何をしゃべらなくてはならないか。それから、お前は明日どこにいることになってるか。わかったか？　お前は早い時間に会社の人間に電話をかけ、彼らが信じる、素敵なストーリーを語ってやれ」

男は答えを待たず、クーンの腕に荷物一式をのせた。服に書類にパソコンだ。二人は部屋を出た。スラブ訛りは静かに歩こうとはしない。クーンにはその理由がわかる。こそこそすれば、かえってすぐに人の注意を引くからだ。逃げようとしても無駄だと観念し、彼はおとなしく男の前をおぼつかない足取りで歩いた。二人でキカのフォルクスワーゲン・ゴルフの脇を通りすぎる。クーンは刺すような痛みを感じた。

彼女はどこにいるのだろうか。オコナーはどこに。いったい二人に何があったのか。

百メートル足らず来たところで、スラブ訛りが彼の袖を引っぱり、フォアゲビルクス通りの木立の下に停めてあるジープを指さした。

「お前が運転するんだ」

車が走っているあいだじゅう、スラブ訛りは黙って助手席に座っていた。クーンはわなわなと震えているにもかかわらず、木に激突したり赤信号を見逃したりもせず、車線を守って車を走らせることができた。彼の思考は、過度の希望と支離滅裂な回想のあいだで悲鳴を上げていた。人生のさまざまなシーンが目に浮かんでは消えていく。運命を決める道は二股に分かれ、お前は今夜の成り行きを変えることができたはずだと彼にほのめかし、虚無に消えていく。車はライン川を渡り、やがてこぢんまりとした工業団地にさしかかった。みすぼらしい建物や事務所、荷積み場、駐車場などを通りすぎる。車が最終的に入っていったのは、とある敷地の前庭で、どうやら配送所のようだ。暗闇の中に何台かのトラックの巨大なシルエットが見えた。スラブ訛りは車を停めて降りるよう、彼に指示した。二人は建物まで歩き、中に入った。

そこは倉庫のようで、蛍光灯が冷たい光を放っていた。中央に、貨車の台車のような物体にのせられた巨大な箱がある。クーンはぱっと見てトラックの台車だと思った。そのくらいの大きさだが、車輪がついていて、しかもレールにのっていた。一方の側からケーブルが何本か出ており、二つある丸太のような物体につながれている。どれもクーンが初めて見るものばかりだ。ほかの知識人と同じで、彼は知識の殿堂に住んでいた。その見晴台から見ると、日常生活の実用的な品々の上には霞《かすみ》がかかっているのだ。そのほか彼の目に入ったものは、銀色をした三脚が一つと、台座にのった操作パネルが一つ。彼の好奇心は恐怖という壁を越えていた。けれども、あれは何かと訊くような真似はしない。正直言って、知りたいとも思わなかった。ミステリ小説もテレビのサスペンスドラマも、知りすぎた者の行く末を充分すぎるほど教えてくれる。

「あっちに行くんだ」

スラブ訛りが彼を一方の壁際に連れていった。細いスチール製のパイプが天井を走り、そのまま床まで下りている。男は手錠を取りだして、クーンをパイプの一本につないだ。それから踵を返し、倉庫の奥まったところにある扉の一つに姿を消した。クーンは男の後ろ姿を見送った。困難と一緒に、置き去りにされた。彼はあたりを見まわした。謎めいた台車のほかは、ほとんど何もない。少し離れたところに、細長い木製テーブルと椅子が数脚、壁に寄せておいてあった。それが家具と呼べるすべてだ。あとは、わが家を感じるにはほど遠いものばかりだった。

人の声がかすかに聞こえた。

人質になったことがはっきりとし、突如クーンは、いまだかつて感じたことのない惨めさを味わった。自分が何をされるのか、敢えて想像しないことにした。それとも、すでに彼らはヴァーグナーに何かしたのか。オコナーにも。

見捨てられたという、ぞっとするような感覚に襲われる。

彼はすすり泣きしはじめた。

扉がふたたび開いた。女が一人、彼のほうに歩いてくる。

「ばかみたい」

女は言った。声には柔らかで暗い響きがあった。女のドイツ語には目立った訛りはない。

クーンは初め、女はイタリア人かと考えた。けれども、しだいに自信がなくなった。

「きっと……ぼくを殺すのだろ？」

彼は訊いた。その声がホールの虚空に、いかにも涙もろく響く。彼は一度に恥ずかしさを覚えた。ばかばかしい。この女は自分を殺すに決まっている。彼は己の恐怖を恥じた。なぜなら目の前にいるのが女だからだ。

女は彼を暗い瞳で見つめている。顔には仮面をつけているような印象があるが、どことなくかわいらしい。唯一、女の視線には刺すような激しさがあった。

「それはあなた次第よ」

「ぼくの何？」

「怖がらなくてもいいのよ。むやみに人を殺したりしないから。厳密に選別するの」

彼女はひと息おいて、自分が口にした言葉にすごみをきかせた。ふたたび口を開く。

「もっとも、あなたが明日の夕方までスクリーンから消えたままでいてくれたら、それであなたのお友だちが疑問に思ったり、警察に行ったりしなければ、明後日には、あなたは自由になる。これが取引」

クーンに希望が湧いてきた。女の言葉から、キカとオコナーは少なくとも今はまだ危険な状態ではないと聞きとれる。

「ぼくは必ずそうする」

彼は息もつがずに言った。

女は少しうつむいた。クーンに近づき、彼の顎をつかんで両頬を押さえつける。

「わたしは、どんな間違いも、どんな失敗も、どんなトラブルも認めない。よく覚えておくことね。あなたがうまくやったら、あなたは生きていられる」

彼女は手を放した。クーンは唾を呑み、ぐったりとして壁に寄りかかった。

「どんなことでもする」

彼は弱々しく言った。

「それでいい」

女は答えて、つかの間無言で視線を彼に貼りつけた。やがて背を向け、台車の陰に姿を消した。

しばらくするとスラブ訛りの男が戻ってきた。クーンに、ケルンでの行動の一つひとつをあらためて問い質す。オコナーやキカのことも詰問する。そのあとで男は一連の指示を与えた。結局、また彼は一人取り残された。

先ほどよりも長いことクーンは床に座り、呆然と宙を眺めていた。彼をかまいに出てくる者はいない。何を待てばいいのかわからないまま、彼は待った。それがなにより最悪だった。

彼の携帯電話が鳴った。

スラブ訛りがやって来て、もの言いたげに片手を心臓のあたりにおいた。そのしぐさが、必要ならクーンを処刑する武器をここに持っているぞという意味であっても、あるいは、どこに銃弾が命中するかを示したものであっても、クーンは間違いを犯さなかった。彼らから吹きこまれた話をしゃべった。しかも電話の相手の骨張った顔に笑みを浮かばせるほど、彼はうまくこなしたのだ。

クーンはほほ笑み返すことができた。

「ぼくは生きていたい」

彼が言うと男はうなずいた。

「それは、おれたち全員が望んでいることだ」

ショートメッセージ。一縷の希望。

ほかにもまだ希望はある。たぶん。

クーンが電話で話したことの中に、二つ秘密のヒントを織りこんだのを、スラブ訛りは気がつかなかった。あまりにも目立たないヒントで、そもそもヴァーグナーも理解できなかったのではないかとクーンは心配した。けれども、もっとはっきり言う勇気はなかった。きっとひどいアイデアであったのだろう。おそらくそれが最後のチャンスになるのだから。

この人もうらやむ状況にあって、彼は陰謀の存在を知った。絶対にそうだ。しかも何かが起きるのは空港にちがいない。

そう考えた瞬間、やつらが誰を狙っているのか、クーンはぴんときた。

やつらはぼくを殺しはしない。そんなすぐには。もしかすると、明日の夕方までは。

それまでに奇跡が起こるにちがいない。

誰でもいいから奇跡を起こしてくれ。

コンピュータ・ルーム

ミルコは、司令室に改造した部屋に戻って待っていた。まぶたは半分閉じ、思考はいわゆる待ち受け状態に切り替わっていた。彼はめったに眠らない。何日も眠らないこともある。このトランス状態が、肉体と精神を再チャージする彼のやり方だった。十分間のトランスは、三時間の睡眠よりも効果的なのだ。

しばらくするとヤナが彼の横にやって来た。手には入れたてのコーヒーを持っている。ミルコは彼女の横顔を眺めた。予期せぬ事態が起きたにもかかわらず、ヤナが落ち着いてリラックスしている様子に、彼は満足感を覚えた。もともとこの最終段階に、彼らのすることは何もなかったのだ。オコナーとパディの再会もなく、クーンが軽率にも浴室に侵入しなければ、死ぬほど退屈だっただろう。彼らがこの配送所にいなければ、ヤナは存在しない。その代わり、イタリア、ピエモンテ州アルバのネウロネット株式会社の女社長であるラウラ・フィリドルフィと、主任プログラマーのマキシム・グルシュコフは、ケルンの旧市街、ベルギシェス・フィアテル界隈にあるエレガントなホッパー・ホテルに宿泊し、ケルンのソフトウェア開発会社の人々と会合を開いている。二人のうちの一人がかつてケルンを訪れていたことを示す証拠は、数ヵ月前と数週間前の偽装工作のおかげで、どこにも残ってはいない。初めて二人はライン川に面したケルンの町にやって来た。一週間の滞在予定で、アウディA8を二台借り上げた。ビジネスがサミット景気に多少なりとも便乗できてうれしいと、しきりに口にするのだった。

二人はしばらく無言だった。やがてミルコが口を開く。

「じゃあ、仕事はこれでおしまいだな。これ以上は、あんたにしてやれることはない。今からは、自力でやってくれ」

「緊急の場合は、あなたとFROGで連絡がとれるかしら？」

「もちろん大丈夫だ」

彼は探るような目を彼女に向ける。

「おれたちが考えたのとは少しばかり違う展開だな。ヤナ、あんたとは腹を割って話すが、おれの依頼人たちは、あんたがこの問題をどう解決するかに興味はない。彼らが前提にしているのは二千五百万ドルに値する仕事だ。当然彼らは、前払いした七桁の金を持ってずらかれる人間がいることもわかってる」

「そんなことにはならないわ。換金レートは、わたしには高すぎるでしょうから」

ヤナは関心なさそうに言った。

ミルコはうなずき、

「じゃあ、おれが請求するしかないだろうな。ついでに言えば、しぶしぶだが。おれたちは長い道のりを一緒に歩いて来た」

ヤナは幾分皮肉めかして、

「そうね、楽しかったわ。あなたの依頼人にはいつ会うの？」

彼は躊躇した。

「昼前だ。われわれの依頼人——そう言ったほうがいい。彼らはあんたをこれっぽっちも大目に見ないだろうが、あんたの働きにはきわめて高い評価をしているんだ」

ヤナはコーヒーに息を吹きかけた。

「言葉で飾るのはやめてちょうだい。わたしがトロイの木馬に乗ってる人たちを知らないかぎり、それはあなたの依頼人であって、わたしの依頼人ではないわ」

ミルコは肩をすくめた。

「好きにしてくれ。先を続けようか。われわれは今夜、あんたから聞いた口座に、さらに一千万送金した。それ相応の迂回をして。残りがあんたに届くのは、仕事が完了した確かな証拠をおれたちが受け取ったらすぐにだ。おれたちは相当速く受け取るんだろ。世界中のテレビ局が放送するからな」

彼はにやりとして言った。

彼女はうなずき、

「リアリティ番組」

「そうだな。たまに思うんだが、おれたちがアメリカの半分を吹き飛ばしたら、人々はワイドショーかなんかだと思うかもしれないな。それぞれは自分にふさわしいものを受け取るんだ」

ミルコはひと息おいた。

「おれはこの共同作業をずいぶん楽しませてもらったぜ。ヤナ、あんたは引きつづき楽しんでくれるといいが。一時間以内に、おれはこの国を出る。おれのあとは追うな。おれや、おれの依頼人を探しあてようなんて骨の折れることはするな。おれたち二人は今後一切会わないし、互いの噂を聞くこともない。話し合っておくことがまだあるなら、今この場で言ってくれ」

「別れを飾るラストタッチ」

ミルコは小さく笑った。

「あんたは信じないと思うが、おれはあんたが好きだ。おれたちの職業には、共感のためのスペースは多くない。普通おれはそんなものを抱かない。あんたがいなくて、おれがちょっとだけ寂しく思うってことを、あんたに対する、おれの個人的な評価の表現だと受け取ってくれ」

つかの間、彼女の顔がこわばった。やがて顔から厳しさが消える。

「そんなふうに言ってくれるなんて、優しいのね。でもミルコ、こういう仕事を個人的に捉えたらどうなるかも、わたしは知っているのよ」

「あんたがやっているのは個人的なことじゃないのか？」

「状況が違えば、そうだったかもしれない。あなたがあのとき、わたしをわたしの愛国的なルーツで感動させようとしたことはわかっているわ。あなたは正しいことをしたのかもしれない。でも、あなたは同時に二千五百万ドルを提示した。もっと安い金額だったら、この仕事を受けただろうかと、最近になって考えたことがあるの」

「それで？　受けたのかい？」

「いいえ、受けなかった」

ミルコは彼女をじろりと見る。

「ふん。愛国主義は高い額を要求すると思っていた。この金を、あんたにとってこの仕事よりも興味のある目的に利用することは可能だろう。あんたがこの仕事を達成するだけで、大勢のあんたの民族に例外なく役立つということは別として。あんた自身は疑っているんだろうが、それでもこれは大勝利になるだろう」

「誰にとっての勝利なの？」

「セルビア人の勝利。セルビア民族の勝利」

「そうね、わたしたちセルビア人は、どんな敗北からもいつでも勝利を勝ちとってきた。わたしたちがセルビア民族の役に立つと、あなたは真剣に思っているの？」

ミルコはためらった。

「セルビアの問題になら、そうだ」

ヤナは眉根を寄せた。ゆっくりと首を振る。

「問題になら。妙だとは思わない？　当然、人々のあらゆる運命を超えたところに、必ず国家の問題が存在する。昔、わたしはそれがわからなかった。わたしは変遷の果てに、また抽象的なところに戻ってきたの。初め、わたしは人々のために戦った。それはまともなことだった。やり方についてはさまざまな意見があるでしょうが、わたしが救う人の命にどんな価値があるのかわかっていたとしても、そのために別の人間を犠牲にするのは言語道断だということも自覚していた。でも、もっと高いレベルのところには、自分たちの問題に役立たせるために、人間を死に追いやることができる取り決めがあることを、わたしは知らなかった。きっと、わたしには政治家のものの見方が欠けていたのね。けれども、その問題というものが本当は何なのか、わたしにはわからない。どこでそれを見つけるの？　どんな姿をしているの？　どこで生きているの？　ミロシェヴィッチは、十年前はまだセルビア民族の話をしていたわ。でも最近では、セルビア問題。もちろんアルバニアの問題も存在する。誰が政権の座に就いていようと、問題という言葉は、それぞれ個人が考える意味において定義される。セルビアという国に対して、欧米やNATOという問題が成り立つ。人々全体の問題を忘れてはならないのだけれど。なんだか、ただ問題だけをめぐって戦われているのよ」

ミルコは沈黙している。

「わたしはクラジナで死んだセルビア系住民を何人か知っているの。彼らはクロアチア人の犠牲になった——違う、クロアチア問題の犠牲になったというべきかもしれない。いずれにせよ当時はクロアチア問題だったから。わたしはそれをいくらか個人的に捉えていた。一九八九年に、ミロシェヴィッチがコソボ・ポリェに住むセルビア人を、六百年続く、確執と迫害と裏切りに満ちた悲劇の犠牲者だと表現したとき、わたしにはミロシェヴィッチが正しい決定的な証拠に思えた。当時わたしは心底愛国者だった。クロアチア問題でわたしが経験したことから、クラジナからの避難民に起きた悲劇を、二度と繰り返してはならないと考えていたの。けれど、悲劇は繰り返されたようだった。コソボで。わたしのしたことは、厳密には、何人かの人間に臨終を迎えさせたわけだけれど、そうすることでわたしはセルビア問題のために戦っていた」

「あんたは何かを信じてしまったんだ。どこが間違いなんだ？」

「間違いは何もない。ただ、ミロシェヴィッチとセルビアの反対派がコソボでした行為の墓掘り人よりも、現在そこで暮らしている人々のほうが大切だということに気づいたとき、わたしは初めて信念を失った。二週間前、ミロシェヴィッチが降伏したとき、わたしはふたたび信念を失った。コソボでの人道災害はこれからも続くということに、ミルコ、あなたは気づかなければならないわ。アルバニア人が戻ってきたら攻撃に転じて、セルビア人を狩りたて、拷問し、略奪し、殺す。ミロシェヴィッチはありがた迷惑をわたしたちに示したけれど、彼は政治家なのよ。悲劇の第二ラウンドが始まる。でも今度は、世界はもうそんなにじっくりと見てはくれない。そう、わたしたちが悪者なのよ。ケルンのサミットが終わったら、あらゆる価値はもとに戻ってしまうでしょう。もし、セルビア人がコソボから逃げだすしかなく、こまごました持ち物や彼らの命が奪われることになっても、二度めの調停はないのよ。それをミロシェヴィッチがなしくずしで我慢してしまった。だから、わたしは彼を軽蔑する」

「あんたは彼を一度は賞賛した」

「当然与えられるべき権利を、彼がセルビア人に取り戻してやろうと決めたことを、わたしは賞賛した。彼がそのために人と競う心構えができていたことにも。そういうものは戦いなくして機能しない。誰もがわかっていたわ。でもねミルコ、わたしは殺人者を賞賛することはできないの。暗殺は象徴。大量虐殺は蛮行。そんなことはミロシェヴィッチには初めからわかっていた。彼は嘘をついて、わたしたちを欺いた。彼は、自分の部下も自分の……問題のために犠牲にするということすらわかっていたのよ。半年前には、わたしはそうだという確信がまだ持てなかった」

ヤナはコーヒーをひと口飲むと、ミルコの目を静かに見つめた。

「わかったでしょ、わたしは問題のために戦うことをやめたの。大量虐殺も、強制収容所も、追放も、わたしは誰のためであっても決して望まない。他人の利益や、ただのお金のために、わたしは人殺しをするつもりはない。何ごとにおいても、わたしは挫折した。残っているのは、自分の仕事を実行するための特別な能力。わたしは人を殺し、それで支払いを受ける。問題という言葉を、わたしはもう信じることができない。しかも時間を戻すことはなおさらできない。するとわたしに残っているのは、屋根裏部屋で首を吊るか、自分の職業を告白するかの選択肢。正直に言うと、わたしは生きる気力がなくなるほど嫌な思いなんかしていない。わたしは大金持ちになって、とてつもなくいい暮らしを送っているわ。中身はあんまりないかもしれないけれど。でも、二千五百万ドルがそれをすっかり変えてくれるにちがいない」

ミルコは彼女を見つめ、心を惹かれるような嫌な感動を覚えた。

「おれにそんなことを話さないほうがいい」

「どうして？　陰気な秘密を一人で引きずってるなんて、愚かなことだと思うわ。自分のしていることが不満ではないの。これはわたしの職業だから。職業になってしまったのね。わたしたちはみんな、代理戦争をやっているわ。あなたもそうよ。あなたが何に後押しされて今の職に就いているかなんて、わたしには興味がない。それぞれは、それぞれのやり方でストーリーを確立する。ミロシェヴィッチはセルビア人の世界に秩序をもたらしたのではなく、自分の世界に秩序をもたらしただけ。ヨーロッパは百パーセントまで利他主義に満たされ、最後にアメリカとの同盟を結ぶ。じゃあドイツは？　ドイツ人はどんな代理戦争をしているのだと思う？」

「おれにはわからないな」

ヤナは笑みを浮かべた。

「彼らは、台無しになった自分たちの百年に爆弾を落としたのよ。わたしの民族に対する干渉を、アウシュビッツという言葉を頻繁に使って正当化した国は、ドイツをおいてほかにないわ。だから、ベオグラードが空爆されたとき、ドイツ人はみんな一致して無口だった。だから、討論はびっくりするほど穏やかに行なわれた。彼らはみんなベストを尽くそうと思っていた。でもわたしに言わせれば、彼らはセルビアを爆撃したのではなくて、自分たちの過去のゲシュタポや武装親衛隊や国防軍に爆弾を落とした。遅ればせながら、原罪の許しを貰おうとして」

ミルコは両手をあげた。

「きっとあんたの言うとおりなんだろう。それが何を変えるんだ？」

「何も変えないわ。あなたの個人的な賞賛とやらを、わたしに告げるいわれはないということを、あなたに知ってもらいたかっただけなの。それから、わたしたちが互いを好きになるには、わたしたちは間違った職に就いている。がっかりしないでね。ミルコ、あなたの依頼人のところに行って伝えてちょうだい。わたしはわたしのお金のために仕事をする。それから、この仕事が完了したら、お金はすぐに貰いたいと。それで充分よ」

彼女は少し顔をそむけてコーヒーを飲んだ。

ミルコは体を固くした。自分がこの女に感嘆していることを以前にもまして感じた。おそろしく恥ずかしいことだが。

キカ・ヴァーグナー

彼女ははっとして目を覚ました。

頭の中では何もかもが逆さまになっていた。自分がどこにいるのか必死で思い出す。心臓がばくばく打っている。不穏な夢の亡霊たちが夜明けの光を浴びて色褪せていくと、死と差し迫る危機の印象が残っていた。

何かが彼女を駆りたてる。

すぐ脇に左右の足が見えた。彼女は頭をもたげ、その足に視線を這わせると、それは両脚、平らな腹、力強い肩、人間一人の姿になった。オコナーだ。枕にのせた頭を少し横に傾けて、静かに規則正しい呼吸をしている。彼を眺めていると、胸騒ぎの中に深い欲望が混じりこんできた。けれども、それらが混ざり合ってできるカクテルは、喜ばしいというより当惑の味がした。

どうやら彼女は頭と足の位置を反対にして寝ているようだ。

ゆっくりと胸の高鳴りが収まっていく。

幸せが頂点に達すると、なぜ人は恐ろしい夢を見るのだろうか。

不安げに彼女は上体を起こし、この数時間の出来事を時系列に並べてみる。二人が大樹の天蓋を出てから起きたことの断片を、迷子になった子どものように思い出しては、順番に並べた。

ここはマリティム・ホテルだ。

彼女の視線がベッドの向かいにあるカップボードを捉えた。

鏡の前におかれた四分の一ほど中身の残ったボトルを見ると、いきなりすべての出来事がひとりでに順番に並んだ。ホテルに戻る途中、クーン編集長と電話で話したこと。彼が出版社から呼びだされたこと。どうやら真夜中の電話で。彼はエッセンとデュッセルドルフに行かされる羽目になり、戻りは夕方遅くなるかもしれない。不可解な話だ。二人は朝の四時に、ルームサービスに酒のボトルを一本持ってこさせた。それから、二人でオコナーのベッドにもぐりこみ、本当に酒を飲みはじめた。もう一度愛し合うには疲れすぎていた。それでも、この瞬間を決して終わりにしないと決めたのだった。

彼がオコナーという名の男でなければ、こうしたことにいつまで持ちこたえられるだろうか。

彼女は両脚をベッドのヘッドボードに跳ね上げ、なぜ自分が目を覚ましたのか考えた。自然に目覚めたのではない。音がしたのだ。不愉快で、強烈な音。

ビープ音。

ぴーぴーと甲高い音が二度続けて鳴った。携帯電話にショートメッセージが着信したことを知らせる音に似ていた。

メッセージ！

彼女はあわてて跳ね起き、よろめいた。どれくらい寝ていたのだろうか。時計の文字盤がぐるぐるまわり、ようやく針と時間がはっきり見える知覚能力が彼女に戻った。

八時四十五分。なるほど、まっすぐに立っていられないはずだ。

一歩一歩探るように、床一面に散らばった服のあいだに足をおいた。すんでのところで携帯電話を踏むところだった。彼女の片方の靴の横にある。身をかがめると、頭蓋の中で脳みそが前方に滑りだし、額の骨にあたって止まった。思わず吐きそうになり、携帯を拾い上げられないまま、体をまっすぐに立て直した。二度めは慎重に試みる。携帯を右手でつかんでゆっくり持ち上げ、画面の表示を読んだ。

〈ショートメッセージの着信〉

キーを次々と押して、送信者の番号を画面にだす。

クーンの番号だった。

クーン？

論理に合わないメッセージが待っていそうだったが、その理由はわからなかった。親指でキーをひと押しして、テキストを画面に呼びだす。表示から文字に変わり、彼女は表情を変えずに画面に目を凝らした。初め、その短い文面の意味を理解することができなかった。

〈たすけて　ぱでぃのあぱ　やく　やぐ？　うつ　もんだいあり　ぴえざ　だぷてみら　たげと〉

その下の送信者欄に、クーンの番号が表示されている。

しかし、それが彼女の胸騒ぎを引き起こしたのではなかった。

画面には、送信時刻が見間違うことのないほどはっきりと表示されていたのだ。

〈送信：

１９９９／０６／１７

〈00・56・12〉

彼女がクーンに電話する二時間半前だ。

「リアム」

彼女はささやいた。

頭痛がするのも忘れて、彼女はオコナーの肩をつかんで力いっぱい揺さぶった。

「リアム。リアム！　起きて」

彼は目を開け、彼女を見つめる。

「乾杯《スランチェ》。まだ残ってる？」

マキシム・グルシュコフ

マリティム・ホテルは大賑わいだった。九時少し前。バスが次々と玄関先に横づけされる。外交団や特派員が群れとなって到着する。荷物が台車にのせられロビーを押していかれる。レセプションの前は押し合いへし合いだ。

マキシム・グルシュコフはロビーの様子を眠そうに見張っていた。眼鏡のレンズに、ガラス張りの正面玄関に差しこむ日の光が反射している。ダークスーツに身を包み、シルクのスカーフを巻いていた。ぴかぴかのスキンヘッドがペーパーバックを片手に、三杯めのカプチーノを前に座っていると、芸術家か物書きに見えるかもしれない。彼は三時間前からロビーに座ってプラトンを読んでいた。視線は常に本の上端より上において。

彼は、オコナーと女が早朝に戻ってきたことを知っている。二人はまっすぐ部屋に上がり、以来、姿を見せていない。

そのとき、エレベータを降りて玄関の方向に急ぐ二人の姿が彼の目に飛びこんだ。

とても長い脚だ。グルシュコフは思った。美しい脚。

カプチーノを飲み干して腰を上げ、二人のあとを追う。二人はタクシーに向かっていた。グルシュコフはホテルのアプローチを道路ぎわまで歩き、そこに停めておいたアウディに乗りこむ。イグニッションキーをまわした瞬間、二人の乗るタクシーが脇を通りすぎた。

急ぐでもなく彼は車の流れにふわりとアウディを乗せると、タクシーとのあいだに二、三台入れて尾行した。彼は慣れない役割を密かに楽しんだ。マキシム・グルシュコフは、妻を殺害した容疑でロシアで指名手配されており、そのあいだに、十人以上の殺人幇助を犯していたが、今はまるでサスペンス小説の中にいるような気分だった。

あの車を追え！

いい気晴らしだった。いつも頭を使ってプログラミングばかりするのは、なんとも疲れるものだ。

やがて、自分たちがおかれた状態を思い出し、楽しみは萎んでしまった。

タクシーはライン川を渡り、空港方面に向かう高速道路に入った。

グルシュコフはスピードを上げた。どうやらヤナの心配が現実となりそうだ。しばらく二台は混み合う高速を走った。やがてタクシーは空港出口に向かい、二台はアプローチ道路に入った。

頭上に案内標識が現われる。到着、出発、駐車場への順路が表示されていた。タクシーは標識にあるどの方向にも向かわなかった。その代わりターミナルビルのずっと手前で脇道に消える。グルシュコフは減速し、アウディをゆっくりとその脇道に進めた。道は左にカーブし、空港会社の社屋を過ぎると平屋の建物に通じている。

今、その建物の前でヴァーグナーとオコナーがタクシーを降りるところだが、彼はその建物が何か知っている。彼らは自分の庭のように空港のことならすべて知っていた。彼はそれ以上よそ見はせずに平屋建てを通りすぎ、道なりに左にカーブしてアプローチ道路の高架下をくぐり抜け、高速道路に戻った。

あの平屋建ては警察署だ。

彼はヤナに電話をかけた。

（下巻へ続く）

訳者略歴　ドイツ文学翻訳家　訳書『深海のＹｒｒ』『黒のトイフェル』『砂漠のゲシュペンスト』『ＬＩＭＩＴ』シェッツィング（以上早川書房刊）他多数

HM=Hayakawa Mystery
SF=Science Fiction
JA=Japanese Author
NV=Novel
NF=Nonfiction
FT=Fantasy

沈黙《ちんもく》への三日《みつか》間《かん》

〔上〕

〈NV1236〉

二〇一一年三月 二十日 印刷
二〇一一年三月二十五日 発行

（定価はカバーに表示してあります）

著者　フランク・シェッツィング
訳者　北《きた》川《がわ》和《かず》代《よ》
発行者　早川浩
発行所　株式会社 早川書房

郵便番号 一〇一 - 〇〇四六
東京都千代田区神田多町二ノ二
電話 〇三-三二五二-三一一一（大代表）
振替 〇〇一六〇-三-四七七九九
http://www.hayakawa-online.co.jp

印刷・三松堂株式会社　製本・株式会社明光社
Printed and bound in Japan
ISBN978-4-15-041236-4 C0197

＊本書は活字が大きく読みやすい〈トールサイズ〉です